안전한 남자

혜태 장편 소설

안전한 남자

SCARLET ROMANCE STORY

CoN TENTS

Prologue 난 안전한 남자가 아니야 — 7

1 하룻밤만 안전한 남자가 돼 줘요 — 20

2 미안, 내가 오늘은 위험한 짐승이라서 — 69

3 외로운 사람 눈엔 다른 사람 외로움도 보여야 하는 거야 — 110

4 안전한 남자가 사는 곳 — 139

5 관계를 재정립할 만한 계기? 예를 들면 섹스라든가 — 162

6 고슴도치가 없는 방 — 199

7 나는 절대로 사라지지 않아! — 225

8 내가 무섭고, 더럽고, 막 그래? — 250

9 굿나잇, 마이 슬립 메이트 — 281

10 사람들이 사랑을 하는 이유 — 322

Epilogue 행복해지자, 같이…… — 363

작가 후기 — 398

그녀는 숨을 쌕쌕거리며 남자의 집 안을 서성였다. 젖은 손을 허벅지에 비비고 마른 입술 매만지기를 여러 번. 더는 참지 못하고 욕실 앞으로 가 문을 두드렸다.

'쏴아─'

샤워기 물줄기 아래 선 남자는 두 눈 질끈 감고 샴푸를 하다 문 쪽을 돌아봤다. 그 바람에 샴푸 거품이 한 눈을 찔렀다.

'쿵쿵쿵.'

두 번을 넘긴 노크 소리엔 초조함이 묻어 있었다. 긴 팔로 샤워기를 내려 빠른 손놀림으로 몸을 씻어 냈다.

목덜미로부터 복근을 타고 미끄러져 내려가는 거품들이 발끝에서 아스러진다. 물거품의 소멸과 함께 드러난 자신의 남성을 내려다봤다.

'내 과거를 알게 된다면…… 그녀는 감당할 수 있을까.'

엉킨 머릿속도 거품 따라 아스러질 수 있다면……. 찰나나마 기쁜 상상이었다.

저 문밖에서 초조하게 자신을 기다리고 있는 여자와는 많은 밤을 보냈다. 두 사람은 분명 같이 자는 사이지만 동시에 같이 자는 사이는 아니었다. 시쳇말로 손만 잡고 자는 사이.

'오늘 하룻밤만, 안전한 남자가 돼 줘요…….'

첫날 밤, 그녀가 건넸던 말이었다. 딱 오늘처럼 찬물로 몸을 씻으면 오돌토돌 닭살이 올라오던 밤이었다.

'안전한 남자? 그게 뭔데요.'
'내가 잠들 때까지 안아 줄 사람이 필요해요. 그냥, 안아 줄 사람.'

그 솔직한 눈동자 앞에서 아득해졌다. 홀려 버렸는지도. 그리고 어쩌면 가능할지 모른다고 생각했다. 정서적 공복감은 그의 인생 전반을 아우르는 테마이자 족쇄였다. 그런데 처음 본 남자한테 대뜸 잠들 때까지 안아 다독여 달라고 말할 수 있는 여자라니…….

'어째서 저런 말을 구걸처럼 들리지 않게 뱉을 수 있는 거지?'

저 여자한테서라면 자신도 이해받을 수 있을 거란 어떤 확신을 했던 것도 같다. 기꺼이 그녀의 '안전한 남자'가 되기로 했다. 그녀가 모르는 내밀하고도 지난한, 과거의 시간들을 혀 밑에 감춘 채…….

지난날을 들킨다면 그녀와 나눈 숱한 밤들은 모두 물거품을 따라 아스러질 거라 신념했다. 스스로도 몸서리쳐질 만큼 잘 알고 있으니까.

'난, 절대 안전한 남자가 아니야…….'

□ ■ □

5년 전. 그는 지금의 그녀와 정반대인 한 여자애를 알고 지냈다. 고작 스물 언저리의 여자라면, 모름지기 위험한 남자에게 미혹당하는 법이었다. 안전한 남자한테선 일말의 매력도 느끼지 못하던 여자에게 그의 존재는 마냥 아름다울 뿐이었다.

스물둘이 시작될 무렵의 그는 내리막길 위에서 브레이크가 고장 난 자전거 같았다. 위험하고 또 위험한 주제에 더는 그럴 수 없을 만큼 평화로운 표정으로 시간 속을 거침없이 내달렸다. 마치 파멸을 맞으러 가는 길인 양. 철이 없던 여자의 눈엔 그의 추락마저 슈퍼카의 드리프트처럼 근사해 보였다.

빨갛게 들뜬 맘으로 온통 뜨거웠던 여자는 제 사랑에 심취해 그의 고통―이를테면 평화로운 얼굴 이면의 위태로움― 같은 건 들여다볼 여유가 없었다.

"덕분에 이사비 완전 굳었다. 나 때문에 힘들었지?"

"괜찮아."

그는 좁다란 방구석에 여자의 마지막 이삿짐을 들여놓고는 손을 털었다. 이사 좀 도와 달라고 무려 한 달을 졸라 엎드려 받은 절이었다. 그래도 여자는 감격스러웠다. 그는 조른다고 봐 주는 남자가 아니었다. 대낮에도 불을 켜야 하는 반지하 방에 용달도 없이 이사한다니 불쌍해 보였던가. 동정으로 선행을 베풀 남자도 아니었다. 뭐, 아무래도 좋았다.

"……"

이사를 마쳤으니 그의 역할은 끝이었다. 둘 사이에 시공간이 멈춘 듯 어색한 정적이 흘렀다. 아까부터 책상 위에 발딱 올라앉아 있던 여자는 애꿎은 책상만 손톱 끝으로 피아노 치듯 두드렸다.

"무슨 독서실 책상을 아직도 쓰냐."

흡사 독서실 책상 같은 구식 학생용 책상을 보며 그가 말했다.

"어? 하하……. 그러게. 웃기지? 난 이게 좋더라구. 없으면 공부가 안 돼."

"형광등도 달렸네."

여자가 중학교 시절부터 탐닉해 온 그의 얼굴은 볼 때마다 새삼 감탄하게 되는 외모였다. 남자치고 흰 피부는 결점 없이 깨끗했고, 선이 돋보이는 서늘한 얼굴이지만 눈이 따뜻했다. 모르는 사람이라면 수영이나 무용을 하리라 짐작할 법한 체형이었다. 밸런스 좋은 몸을 나른하게 구부리는 자세가 어울렸다. 앞머리가 콧등을 간질이자 손가락빗으로 아무렇잖게 쓸어 넘기는, 바로 저런 모습에 반했던 것 같다.

긴 세월 끈질기게 곁을 맴돌아도 눈길 한 번 주지 않던 그가 이사를 도와주러 왔다. 불과 얼마 전까지만 해도 너무 눈부셔서 다른 세계 사람 같았던 남자와 한방에 같이 있다. 동창이라기보다 차라리 스타의 팬 같았었는데…… 지금 이렇게 여자의 자취방에 같이.

이럴 땐 무슨 말을 어떻게, 무슨 표정을 어떻게……. 정신없이 이삿짐을 나를 때까진 그런대로 괜찮았는데, 더는 할 일이 없어진 지금 이 어색한 침묵을 어떻게…….

"내, 내가 형광등 켜지는 거 보여 줄까?"

여자는 딱 죽고만 싶었다. 책상 형광등 켜기가 마술도 아니고. 고작 이따위 것으로 그를 잡을 수 있을 리가 없잖은가. 용건이 끝났으니 이제 그는 저 문을 나서며 돌아갈 테고, 평소 그의 성격대로라면 이렇게 단둘만의 공간 따위의 사치스러운 행복은 다시없을 테다. 여자는 숨어 버리기라도 하듯 책상 형광등에 고개를 처박았다.

"옮길 때 삐뚤어졌나? 이게 지금은 잘 안 켜지는데 이렇게 잘…… 맞추면…… 어라? 이상하네. 잠깐만 있어 봐. 이렇게 돌려서……!"

순간, 허리에 그의 손길이 느껴졌다. 큰 손바닥이 등허리 전체를 덮더니 양손으로 여자의 허리를 가볍게 쥐듯 어루만졌다. 미동도 차마 못 하고 침만 겨우 꼴깍 삼켰다.

"왜…… 안 켜지지? 아, 안 되나 보다. 고장, 났나 봐……."

포기하고 책상 형광등에서 손을 떼자, 그의 손도 허리춤에서 떨어졌다. 겨우 몸을 돌렸다. 용기 내 고개를 들었을 때 어느새 코앞에 와 서 있던 그의 눈은 이미 여자를 내려다보고 있었다. 가만가만한 눈으로 서로를 응시하던 그때 '파밧' 하고 천장의 형광등 불이 꺼졌다. 밖은 벌써 어둑해져 순식간에 방 안에 어둠이 내렸다.

"어? 저건 또 왜…… 명불허전 반지하. 형광등 두 개 사 와야겠네. 너 갈 때 따라 나가면 되겠다."

아직 책상에 걸터앉아 있던 여자는 내려오려 책상 앞 의자에 발을 디뎠다. 그런데, 그가 의자를 치웠다.

"……!"

그리고 의자가 있던 자리에 그의 발을 놓았다. 자기 두 종아리 사이로 들어선 남자의 다리가 느껴지는 순간부터 그의 눈을 마주칠 수가 없었다.

"아, 아무것도 안 보인다야……. 더 늦기 전에 얼른 나가서 사와야……."

그 순간, 등 뒤에서 책상 형광등 불이 깜빡이다 끝내 켜졌다. 방 안에 책상 있는 곳만 밝았다. 그는 자꾸만 여자의 눈과 마주치려 했다. 빤히 쳐다보는 것이 부끄러워 여자는 고개를 이리저리 돌리며 연신 책상을 피아노 삼아 두드렸다.

"봐…… 내가, 켜진다고 했지?"

'따가닥. 따가닥. 따가닥. 따…….'

그의 손가락이 여자의 손가락을 멈추게 했다. 이제야 둘은 눈을 맞췄다. 그가 여자의 치마 속 허벅지로 손을 옮기며 나지막이 물었다.

"해도 돼?"

'좀 더 로맨틱한 말은 없었니?'

원망 어린 눈 속에 눈물을 그렁하게 담은 채로 고개를 끄덕였다. 스물 남짓의 여자는 '로맨틱하게 꼬셔 주기 전엔 못 줘' 라든가, 손익 분기점은 D점에서 형성하는지 E점에서 형성하는지 따위를 계산할 줄 몰랐다. 오직 '내가 좋아하는 이 사람도 나를 원하고 있구나' 그 사실 하나만 감동적이면 되는 거였다. 그의 목에 팔을 감은 채 '촌스럽게. 그만 울어야지' 만 연거푸 되뇌었다.

그동안 그는 치마 속으로 손을 넣어 여자의 팬티를 벗겨 냈다. 한 손으론 바지 지퍼를 내리고 남은 손으론 제 목에서 여자의 팔을 가져와 다시 물었다.

"후회, 안 할 거지 넌……?"

'난 네 눈이 좋아. 항상 이렇게 촉촉한 눈…….'

여자는 말없이 고개를 주억거렸다. 그때 왠지 슬프게 보이던 그의 눈이 영문은 모르겠지만 어쨌든 마음이 아파 와 목이 멨다.

"왜 울어. 바보같이……."

그는 눈물을 닦아 줬다. 여자는 고개를 저으며 스윽 팔로 남은 눈물을 닦았다. 그리고 어느덧 바짝 다가온 그의 입술에 제 입술을 포갰다. 그의 부드러운 머리칼을 만지며 키스하는 상상을 여러 번 했더랬다.

'행복해. 난, 다른 여자들보다 더 똑똑하려고 했는데……. 똑

똑하면 이렇게 쉽게 끄덕이면 안 되는 건데……. 몰라, 그냥 행복할래. 사랑해……'

마음이 행복으로 벅찬 여자의 첫 키스는 과격하고 서툴렀다. 상대 입술의 통통한 부피감을 가늠할 새도 없이 정신없이 빨아들였다. 치아가 그의 입술을 찍듯 할퀴어 오자 그는 가만 엄지를 들어 여자의 입술에 댔다. 마치 진정하라는 듯.

그제야 얌전해진 여자는 그가 이끄는 대로 입술을 맡겼고 그러자 신세계로 가는 문이 열렸다. 달큰하고 미지근한 혀의 감촉과 고개를 돌릴 때마다 입술 새로 흘러드는 바람의 촉감까지.

'이런 게 키스구나……'

맥이 풀렸다가 번뜩 정신을 차렸다. 자꾸만 다리 사이가 뜨거워지고 있었다. 이사 날 굳이 치마를 입었던 건 확실히 그에게 잘 보이기 위해서였지만, 그렇다고 상황을 이렇게 만들 계산은 맹세코 없었다. 눈도 마주치기 어려웠던 그를 이쪽에서 먼저 유혹한다는 건, 감히 될 법한 상상이 아니었다. 그런데 제멋대로 달아오른 몸에 여자의 가운데가 진작부터 녹아내리고 있었다.

'이렇게 쉽게? 안 돼. 키스만으로 치마까지 적셔 버린 사실은 들키고 싶지 않아!'

이럴 작정으로 이사를 도와 달라 칭얼댄 여자처럼 보일까 봐 두렵고, 창피했다. 그가 다리 사이로 깊게 들어올수록 치마 밑 습기와 온도가 전해질 것만 같아 자꾸만 엉덩이를 뒤로 뺐다.

'제발. 더는……! 그렇지만, 키스가 너무……'

꼭 내일이 없을 사람처럼 적나라하게 쏟아붓는 그의 자극적 키스에 결국 모든 생각이 멈춰 버렸다. 수치심마저도.

넋을 놓고 빠져 있던 그 순간, 그가 여자의 허리를 살짝 들어 올렸다. 그의 허리를 양다리로 감은 채 아직도 입술에만 빠져 있는 여자의 엉덩이를 제 쪽으로 세차게 끌어당겼다.

"아!"

여자는 그제야 좀 전에 하기로 했던 게 키스만이 아니었음을 깨닫고 그의 입술을 놓았다. 밀쳐 내고 싶을 만큼 아려 올수록 그의 목을 더 꽉 끌어안았다.

"흡. 상⋯⋯. 아! 아아. 상⋯⋯."

그의 이름은 '상'이었다. 이씨 성에 이름자는 상. 선생님들은 '이상'이라 불렀고 친구들은 '상이'라고 불렀다. 여자는 달리 부르고 싶어 외자 그대로 '상'이라고 불렀다. 오직 머릿속으로만. 소리 내 그의 이름을 불러 본 건 오늘이 처음이었다.

"하웃. 상, 들려? 너 이름 부르는 내 목소리⋯⋯ 듣고 있지, 상? 흡!"

"⋯⋯."

움직임이 빨라지고 숨이 거칠어질수록 그의 시선은 여자 등 뒤의 저 책꽂이로 꽂혔다. 자꾸만 흔들리는 게 곧 와르르 앞으로 쏟아질 것만 같았다. 결국 한 팔을 뻗어 책꽂이를 잡았다. 덕분에 안으로 더욱 깊어지는 살결에 여자의 비명이 소리를 높였다.

놀란 스물둘의 남자는 그제야 여자의 눈을 봤다. 몸을 맞댄 뒤 처음이었지만 여자는 깨닫지 못하고 있을뿐더러 안대도 그건 전혀 중요치 않은 부분이었다.

"조금만 참아, 조금만······."

고개를 끄덕이는 여자의 입술에 짧은 키스를 하고는 세차게 끌어안고 마지막 30초를 빠르게 움직였다.

"읍! 으흠······ 상, 상······ 상······!"

있는 힘껏 참고 또 참다 그의 이름을 연거푸 몇 번을 불렀을 때야 동작이 잠잠해졌다. 그는 그대로 여자의 어깨를 한참을 안고 서 있었고, 여자 역시 책상에 걸터앉은 그대로 안겨 있었다.

"하아······ 후우······."

숨을 고르다 마지막을 깊게 내뱉더니 그가 또다시 물었다.

"여기 집세, 내가 반절 낼까?"

"······?"

그가 몸을 떼고 마지막으로 물었다.

"나랑, 같이 살 수 있겠어?"

촌스럽게. 정말 그만 울어야 하는데, 얼굴이 흉하게 일그러지며 눈물이 나고 말았다.

"나 가정에 취미 없는 거 알지? 너 애 셋 낳아 키우는 게 꿈이라며."

연거푸 고개를 끄덕였다. 그런 욕심까지 부릴 상황이 아니었다. 이 남자랑 같이 있는 것 외엔 아무것도 관심 없었다. '엉엉' 소리까지 내며 그의 목에 매달려 한참을 울었다. 살을 섞는 순간들에 수없이 이름을 불러도 단 한 번의 대꾸가 없는 것이 남자답다 느낄 나이였다. 그즈음엔 대개 사소한 말 한마디에도 그렇게 울 수가 있었다.

스물을 갓 넘긴 그 퍼렇던 날들에는, 다들 그랬다.

□ ■ □

다시 5년 후.

'쿵쿵쿵.'

수인은 욕실 문을 두드리며 그를 재촉했다. 이내 문이 열리고, 드디어 그의 얼굴을 마주했다. 이상. 그는 미처 다 입지 못한 후드 티를 꿰며 서 있었다. 급하게 입느라 모자가 씌워진 채로 나오며 그는 등 뒤로 손을 뻗어 욕실 문을 닫았다.

"윽!"

수인은 다급하게 그의 옷을 낚아채 끌어당기며 들이받듯 안겼다. 있는 힘껏 품으로 달려드는 그녀의 기세에 밀려 욕실 문에 쿵 하고 그의 등이 닿았다. 상은 귀엽다는 듯 살풋 웃으며 물었다.

"뭐가 그렇게 급한데?"

수인은 그의 가슴팍에 얼굴을 묻은 채 큰 심호흡을 반복했다. 마치 공황 발작에 봉투 호흡이라도 하는 양 그의 체취를 깊게 빨아들였다. 상은 문득 자신의 후드 티 끄트머리를 잡은 그녀의 손끝이 가늘게 떨리는 걸 본다. 이제야 그녀의 예사롭지 않은 심사를 눈치챈다.

"괜찮아? 응?"

수인은 그의 옷자락을 움켜쥔 채 무너지듯 스러졌다. 따라 주저앉으며 그녀의 눈치를 살핀다. 이내 조용한 흐느낌이 이어진다.

제 가슴에 얼굴을 묻은 그녀의 슬픔이 심장에 박혀 와 아프다.

"당신을 어쩌면 좋냐……."

분명 혼자라는 생각에 울컥했을 거다. 수인이 그를 찾아왔다는 건 으레 그런 심정의 날이었으니까. 언제나 포커페이스를 단정히 유지했었는데, 오늘은 다르다. 5년 전의 여자애는 그가 달래 주면 금세 웃었더랬다.

하지만 이 여자는 다르다. 대체, 당신을 어쩌면 좋을까. 상은 자신의 긴 양다리를 오므려 그녀를 다리 사이에 가뒀다. 그러곤 품듯이 꼬옥 보듬었다.

"안전벨트."

그의 다리가 만들어 준 안전지대 속에서 수인은 차츰 마음을 진정시킨다. 좀 더 안전하기 위해, 안락한 그의 품으로 파고들며 더욱 깊이 끌어안았다. 그런 수인의 정수리 끝에 턱을 괴고 아담하고 볼록한 뒷머리를 천천히 쓰다듬었다. 그녀의 불안을 어르고 달래며 동시에 위로받는 상이었다. 품 안 그녀의 체온은 그의 공허를 뜨겁게 채우고 있었다.

'삐— 삐—'

그녀의 등 너머로 제대로 닫히지 않은 현관문을 다시 닫으라며 도어록 경고음이 울고 있었다. 하지만 상의 귀엔 들리지 않았다. 여자를 품는 순간에도 흔들리는 책꽂이를 신경 쓰던 남자가 서서히 달라지고 있었다.

'난 당신이 찾는 안전한 남자가 아니야. 하지만, 당신은 날 안전하게 해. 5년 전, 아니, 그 이전부터 당신을 기다려 온 것 같은 착각에 빠진다면…… 믿겠어? 내 빈방은 오직 당신만으로 채울 수 있다는 걸, 나조차도 믿을 수 없는 이 사실을…… 당신은 믿을 수 있을까.'

더는 없을 줄 알았던 사랑을 다시 만났다. 그의 모든 걸 흔들고, 무너뜨려도 좋을 여자. 상은 수인을 더 꼭 끌어안았다.

1
하룻밤만 안전한 남자가 돼 줘요

신주쿠의 밤은 네온사인으로 휘황했다. 여기저기 호객 행위가 한창인 가운데 수인은 픽업 차량을 기다리고 있었다. 세기말 스타일의 노란 바람머리를 한 캬바쿠라 삐끼는 대어를 낚은 표정으로 수인을 훑었다.

「오오. 아가씨 부내가 줄줄 흐르네. 좋은 데 있는데 놀다 갈래요?」

뉴트럴한 핑크베이지 계통의 팬츠 정장에 재킷을 캐주얼하게 걸쳐 입은 수인은 당연한 듯 자신을 일본 여자로 오해하고 있는 삐끼를 곁눈으로 바라봤다.

단정한 아이라인과 버건디 립스틱 외엔 변변한 색조 메이크업도 없는 수인의 깔끔한 얼굴은 중국에 가면 중국인, 일본에선 일본인으로 무리 없이 묻히곤 했다. 어딘가 모르게 이국적이란 평가에 일일이 변명해야 하는 나라는 동양에선 한국뿐이었다. 때문에 차라리 마음 편한 해외 취재 건은 웬만하면 거절 않는 편이었다. 하지만 이번 일본행은 초장부터 삐걱거린다.

「우리 가게 바로 저긴데, 지금 나랑 같이 어때요? 완벽한 서비스로 모시겠습니다!」

공항까지 차를 보냈던 인터뷰이는 신주쿠까지만 혼자 와 달라며 급작스레 동선을 변경시키더니, 그녀를 20여 분이 지나도록 길 위에 방치하고 있었다. 성가신 호객 행위가 이어지자 수인은 어깨 위 카메라 가방 줄을 고쳐 잡고 인도 아래로 내려갔다. 택시를 잡으려는 순간, 그녀 앞에 은색 롤스로이스가 섰다.

"마, 한참 기다렸제? 타소, 타."

저 50대 남자는 맨주먹 하나로 일본에 건너가 아카사카에서 5성급 호텔을 일궜단다. 다음 달 경제지 CEO 인터뷰 페이지의 주인공, 수인의 취재원이었다.

"이래 미인 기자님이 오는 줄 알았음 내 단디 하고 나오는 긴데 말이야. 오늘 밤 대접 하나는 단디 할꾸마! 여 재밌는 거 많습니다. 하하!"

느낌이 좋지 않다.

"내 호텔까지 와가, 방 구경도 않고 가모 내사 마 안 섭하겠나!"

여자로 태어났음에 감사 기도라도 올려야 할까. 신이 주신 육감, 여자의 촉은 언제나 최고의 적중률을 자랑한다. 롤스로이스에 어울리지 않는 저렴한 말투로 차에서부터 은근슬쩍 수인의 손을 주무르더니, 호텔 구석구석 친히 소개하면서 에스코트를 핑계 삼아 어깨와 허리를 수시로 훑는 성공 CEO님이셨다.

"제안은 감사하지만 서울에서 또 일정이 있어서요."

"에헤이…… 한창 이쁠 때 일만 하고. 그카믄 늙어져 후회한대이. 며칠만 있다 가아."

성공 CEO님은 아예 임직원 전용 통로로 이끌었다. 눈짓을 보내자 벨보이도 쭈뼛쭈뼛 물러갔다.

"우리 스위트 잘해 놨다. 말라꼬 두바이 안 부럽게 돈을 처발라 놨겠나! 다 이럴 때 좋자는 거 아이겠나……."

수인은 등허리를 느리게 쓸어내리는 둔탁한 검지의 감촉에 속눈썹 하나도 꿈틀 않고 평온한 미소를 지어 보였다.

"스위트룸이라뇨. 어차피 떠날 사람인데 이렇게 큰 신세 지기는 좀……."

"스읍! 내 절대로 두 번은 안 권한다! 싫다는데 억지로 그카는 건 싸나이가 아이그든. 진짜로. 딱! 하룻밤만 있다 가자."

"아무리 하룻밤이라고 하셔도……."

"그으래! 딱 하룻밤만 여 묵고, 낼 밝으면 내 직접 운전해가 공항 앞에 턱 하니 뫼셔다 준다꼬."

드디어 도착한 엘리베이터 문이 열렸다.

"정 그러시다면 오늘 하루만……."

수인의 수긍에 성공 CEO님의 얼굴엔 금세 화색이 돌았다. 이제 본격적으로 치댈 요량으로 엉덩이를 향해 손을 뻗는데, 수인은 얼른 몸을 빼내 엘리베이터에 오르며 닫힘 버튼을 눌렀다.

"어잉?"

"그럼, 덕분에, 오늘 밤 편히 쉬다 가겠습니다."

수인은 닫히는 문틈 새로 성공 CEO님을 향해 정중하고 우아한 묵례를 건넸다.

"저! 저……!"

황망한 눈으로 어버버 하고 선 성공 CEO님은 닫혀 버린 엘리베이터 금속 문에 비친 자신을 머쓱하게 바라봤다.

스위트룸 복도에 들어서자 성공 CEO님께서 대기시켜 놓은 담당 컨시어즈가 그녀를 객실까지 안내했다. 참았던 짜증이 솟구쳐 가방을 버리듯 던져 놓고 소파에 풀썩 앉아 버렸다.

「택시 한 대 부탁드려요. 5분만 있다 내려갈게요.」

컨시어즈가 나가고, 수인은 인터뷰 내내 희롱당한 불쾌감을 진정시키려 애썼다. 혼자뿐인데도 떨리는 손을 누가 볼까 무서워 허벅지 밑에 깔고 앉았다. 더러 있는 일이었지만 이 정도로 노골적인 경우는 처음이었다. 어른스럽게 이 참담한 심정을 이겨 내려 마음을 다잡아 보는데, 그에게서 연락이 왔다.

휴대폰 액정에 뜬 이름은 '재혁'. 무려 4년간 공식도 비공식도 아닌 어중간하고 지지부진한 연애를 그와 이어 가고 있었다. 명색이 '애인'인 그는 아카사카 호텔 부자한테 겪은 그녀의 수치에 관하여 이렇게 말했다.

— 그럴 수도 있지.

……그럴 수도 있지? 수인은 내내 아버지뻘 남성의 손아귀에서 주물러지던 자신의 손을 옷에 슥슥 닦으며 되뇌었다.

'그럴 수도 있지…… 그럴 수도…….'

— 나이 먹었다고 남자 아니냐? 남자들 얼마든지 그럴 수 있어.

"그게 얼마나 더러운 느낌인지 알아? 당신 여동생한테, 이런 일이 생겼대도 그렇게 말해?"

한숨과 함께 후회가 터져 나가는 느낌이었다. 애초에 말을 꺼내는 게 아니었다.

"후우……. 전화 왜 했는데?"

— 별일 없으면…… 오라고 할라 그랬지.

밤에 걸려 온 남자의 '보고 싶다' 는 전화가 사실 '자고 싶다' 임은 자명하다. 굳이 보고 싶다고 말하는 성의를 봐서 알면서도 속아 주는 것이 여자 아니겠는가. 재혁은 그 성의가 없었다.

'하지만, 어떻게 이 상황에?'

좀 전까지 애인의 성추행이 대화 토픽 아니었던가. 4년을 알았지만, 그의 공격 패턴은 아직도 파악이 안 된다. 이 대단한 전술가에게 새삼 한 번 더 실망하는 수인이였다.

"그래, 그럴 수도 있었겠네. 애인이란 남자도 데리고 잘 생각밖에 못 하게 하는 싸구려."

— 아아. 왜 또 분위기 피곤하게 몰아.

"당신한테 난 어쩜 이렇게 한결같이 하잖니?"

휴대폰 너머 그의 짜증 섞인 한숨 소리가 둔기가 되어 가슴을 쳤다.

「실례합니다. 묵고 가시겠습니까?」

수인이 내려오지 않자 다시 올라온 컨시어즈가 눈치 빠르게 사태 파악을 했다. 수인은 무심결에 끄덕였고, 휴대폰을 든 채 테라스로 자리를 옮겼다. 와중에도 놀랄 만큼 예쁜 아카사카의 반짝이는 야경을 배경으로 재혁의 나머지 말을 들었다.

— 그만하자 진짜! 넌, 날 안 만나는 게 좋을 것 같아.

그저 위로가 필요했을 뿐이었는데…… 어떻게 이런 결론에 다다랐을까. 문득 이 아름다운 밤 배경에 이런 남자의 목소리는 방해 전파일 뿐이라는 생각이 들었다.

— 하아…… 넌 날 안 만나는 게 낫겠어.

"……."

그의 말에 수인은 입술을 앙다문 채 휴대폰을 더 꽉 움켜쥐었다. 그리고 다시 입을 열었다.

"그런 판단은 누가 대신해 주는 게 아니야. 특히, 헤어지자고 말하는 쪽에선."

전화를 끊어 버리고 나서야 드디어 완벽해진 야경을 내려다본다. 그림은 분명 좋아졌지만, 갑자기 아무 의미 없는 풍경이 됐다.

정말 이 호텔 방에서 하룻밤 신세를 지게 됐다. 화장대 위엔 벌써 반이나 빈 양주병이 놓였고, 수인은 드라이어로 젖은 머리를 말린다. 머리칼 사이로 눈물이 비친다. 요란한 드라이어 소음만이 감도는 스위트룸의 넓이가 견딜 수 없게 쓸쓸했다.

'풀썩.'

화장대 위에 그대로 엎드리는데 툭 핸드백이 떨어졌다. 쏟아진 내용물을 주워 담다가 카드 전단지를 발견했다.

『어떤 요구든 들어 드립니다. 각종 대행. 출장 서비스.』

아까 저녁, 신주쿠 유흥가에서 만났던 노랑머리 삐끼가 몰래 찔러 넣어 둔 모양이었다. 수인은 흔들리는 눈으로 카드 속에서 춤추는 글자들을 유심히 읽었다.

□ ■ □

같은 시각. 호텔 로비에선 후드 티를 뒤집어쓴 남자, 상이 들어서고 있었다. 막대사탕을 입에 문 채 주차관리요원과 장난스럽게 눈인사를 나누는 모양새가 한눈에도 장기 투숙객 같았다.

그는 복도 끝 자기 방까지 걸으며 콧노래를 부르다가 일순, 괜찮은 영감이 떠올라 우뚝 멈춰 섰다. 그러더니 흡사 팬터마임을 하듯이 복도를 누비며 혼자 연기를 시작했다. 복도 끝에서 걸어와 총 쏘는 사람, 총알 피하는 상대편 사람, 주변에서 비명 지르는 여자 등 1인 3역을 해내고 있었다.

"빵! 으윽……."

총에 맞아 죽어 가는 시늉을 하다가 끝내 철퍼덕 쓰러진다.

'쿵!'

하필 다른 객실 문에 머리를 박고 말았다.

"하잇테 구다사이. (들어오세요.)"

"……?"

또 하필, 수인이 묵고 있던 객실이었다.

상은 놀라 벌떡 몸을 일으켰다. 그렇게 가운 차림의 수인과 눈이 마주쳤다.

"하잇테 구다사이."

들어오라니? 상은 당황해 손끝으로 자신을 가리켰고, 수인은 객실로 앞장서 들어가며 다시 일본어로 말을 이었다.

「문 좀 닫아 주세요.」

상은 그저 눈을 동그랗게 뜬 채 그대로 문을 닫았다. 복도 쪽에서.

수인은 객실 소파를 향해 걸어가며 말했다.

「우선 좀 앉……?」

남자가 없었다. 수인은 다시 객실 문을 열어 복도를 둘러봤다. 상은 살금살금 까치발로 저만치 도망 중이었다.

「지금 뭐 하시는 거예요? 들어오시라구요.」

아무래도 저 일본 여자가 단단히 화났나 보다. 조용히 쉬던 중 문에 머리 박는 소리는 꽤 거슬렸을 수도 있다.

'그래, 적당히 사과하고 가자.'

상은 머쓱하게 뒷목을 몇 번 문지르고는 그녀를 따라 객실로 들어가 테이블을 사이에 두고 마주 앉았다. 매섭게 가라앉은 수인의 눈빛에 기가 죽었다.

「조금 전 제 실수 때문에 폐를 끼친 것 같습니다. 대단히 실례가 많았습니다.」

일본어가 모국어나 다름없는 수인이 듣기에도 그의 유창한 일본어는 완벽한 네이티브 수준이었다. 현재 아카사카 호텔 방의 두 남녀는 추호의 의심도 없이 서로를 일본인으로 착각하고 있었다.

「죄송했습니다. 그럼…….」

「정말 무슨 요구든 들어주나요?」

「네?」

수인이 자리에서 일어나 바(bar)로 가 진토닉을 만들기 시작했다. 상은 그 틈을 타 엉거주춤 일어나 문 쪽으로 발을 옮겼다.

「남자들은 왜 그럴까요?」

상의 발이 멈칫 섰다.

「여자가 팔짱을 끼면 자기를 향해 뛰는 고동을 느끼는 게 아니라, 가슴을 느끼죠.」

「그야 뭐. 하하…….」

아무래도 술에 취해 뭔가 착각하고 있거나 제정신이 아닌 여자 같았다. 어색한 웃음으로 때우며 슬금슬금 객실을 빠져나갈 궁리뿐인 상이었다.

「여자가 껴안는 순간, 조만간 잘 수 있겠구나…… 키스를 하는 순간 아, 오늘은 되겠구나. ……이딴 생각 하지 않는 남자!」

'쿵!'

수인이 드라이 진 병을 바(bar)에 세차게 내려놓자 상은 깜짝 놀라 그대로 굳었다.

「내가 먼저 안겨도 값싸게 안 보는 남자……. 쉽게 공격하지 않는 남자…….」

수인이 건네는 진토닉 잔을 얼떨결에 받아 들긴 했다.

「저…… 아무래도 뭔가…….」

「오늘 하루만 그런 남자가 돼 줘요.」

「……!」

여태 막대사탕을 물고 있던 그는 천천히 입에서 '뽁' 소리가 나게 사탕을 빼 들고는 그녀의 눈을 응시했다.

「하룻밤만, 안전한 남자가, 돼 줘요.」

「안전한 남자라는 게……?」

「훗. 아이 같은 남자요.」

「……?」

「애들은 예뻐해 준다고 얕잡아 보지 않잖아요. 예뻐해 주는 만큼 따르잖아…….」

「요즘 애들 안 그러던데. 차라리 강아지를 한 마리 키우시는 게…….」

'쾅!'

수인은 진토닉 잔을 내려놓으며 소리쳤다.

「그런 개 같은 남자가 없으니까 돈 주고 산다잖아요!」

상은 놀란 눈으로 식식대는 그녀의 불안을 마주했다. 호텔 바닥에 흩어져 깨진 크리스탈 잔의 파편을 보다가 피가 배어난 수인의 손에서 시선이 멈췄다. 대체, 이게 다 무슨 상황이란 말인지. 공기의 흐름이 멈춘 듯한 스위트룸의 적막을 가르고 인터폰이 울렸다.

상은 반사적으로 문을 열어 주러 나가려다 이어지는 그녀의 말에 발을 멈췄다.

「그냥! ……내가 잠들 때까지 안아 줄 사람이 필요해요.」

'저 눈빛. 지금 저 여자는 진심이다.'

인터폰과 노크 소리가 계속되고 있음에도 상은 객실 문을 돌아보지 않았다. 그의 시선은 오직 수인에게만 꽂혀 있었다.

「이런 일 하다 보면…… 별별 여자 다 만나 봤을 거 아녜요. 가끔, 나처럼 희한한 여자도…… 걸릴 수 있는 거죠. 싫으면, 지금 나가요.」

수인은 쿨한 척 등을 돌리고는 창밖을 내다보지만, 앞이 깜깜하다는 표현이 딱인 기분이었다. 끝내 발끝으로 시선을 떨구고 말았다.

'……지금 나, 무슨 짓을 하고 있는 거지?'

가까스로 눈물을 참고 있을 때였다. 손끝에 무언가 와 닿는 느낌에 고개를 든다. 상이 린넨 냅킨을 그녀의 손에 갖다 대고 있었다. 나란히 선 채 냅킨을 사이에 두고 마주 잡은 두 손……

「이럴 땐, 상처 부위를 꽉 누르고 심장보다 위로 팍! 알아요?」

심판이 승자 결정 하듯 손들고 있는 수인과 이상. 그녀는 긴장이 조금은 풀린 듯 희미한 실소를 그려 냈고, 그는 개구지게 웃으며 막대사탕을 다시 물었다. 두 사람은 한동안 그대로 서서 아카사카의 반짝이는 야경을 바라봤다.

이때, 객실 문밖에선 수인이 부른 신주쿠 어느 캬바쿠라의 호스트가 투덜대며 발길을 돌리고 있었다.

우울하거나 기분 전환이 필요할 때, 여자들은 돈을 쓴다. 옷을 사고, 미용사의 기술을 사고, 구두를 산다. 하지만 수인은, 남자를 샀다.

□ ■ □

혼자였다면 분명 한참이 남았을 스위트룸 침대 위에 수인과 상은 서로를 마주 보고 누웠다. 거즈를 감은 그녀의 손은 그의 손과 포개어져 있었다. 아마 잠들기 직전까지 그녀의 상처 부위를 꼬옥 누르고 있었던 모양새였다.

'쌔액. 쌔액……'

피곤했던 밤의 허리를 지나며 그녀는 깊은 잠에 빠져 버렸다. 하지만 그에게는 쉬이 잠들 수 없는 밤이었다.

상은 천천히 눈을 뜨고 그녀의 얼굴을 물끄러미 바라봤다. 귤 알갱이 같은 입술을 하고서, 이 여자는 무책임하게 잠들어 버렸다. 조금만 시선을 내려도 벌어진 가운 틈새로 새하얀 젖무덤이 사악하게 고개를 내밀어 곤란했다.

그 순간, 침대 맡 스탠드 불빛에 마른 눈물 자국이 비쳐 보였다. 최대한 조심히 그녀의 눈가로 긴 손가락을 뻗어 본다.

그때였다. 그녀가 잠결에 뒤척이며 그의 품으로 거칠게 파고든 것은.

"흐응……."

그녀가 상의 품속으로 거칠게 파고들어 왔다. 상의 숨이 멈추고 눈이 동그랗게 커졌다. 수인은 얼마간 그의 가슴팍에 머리를 깊이 파묻더니, 잠투정인지 나쁜 꿈 와중인지 이마에 내 천 자를 그리며 칭얼거렸다.

"왜 나한테는…… 왜 항상 나는……. 흑……."

상의 눈이 또 한 번 크게 뜨였다. 일본어는 그녀의 모국어가 아니었던가 보다. 그녀가 같은 한국 사람일 거라는 사실에 상의 입가엔 엷은 미소가 떠올랐다. 유치하게 운명 따위를 운운하고 싶어진 순간이었다.

엉거주춤 그녀를 안아 조심스레 등을 토닥여 본다. 이내 잠잠해진 그녀는 다시 쌕쌕 숨소리를 내며 잠에 빠졌다.

"……."

세련되고 성숙해 보이던, 다 큰 여성의 잠투정이 묘한 배반감과 함께 친근함을 불러일으켰다. 멀쩡한 자기 방을 놔두고 처음 본 여자의 방에서, 바로 그녀를 팔에 안고 누워 있는 이 해괴한 상황이, 갑자기 말도 안 되게 편해졌다.

'쌔근쌔근…….'

하지만 그녀의 숨이 그를 괴롭혔다. 가슴께에 수인의 들숨과 날숨이 오갈 때마다 마음이 간지럽다가 뜨겁다가 하기를 반복했다.

'안전한 남자가 돼 줘요.'

그래, 오늘 밤 안전한 남자이기로 했으니까. 상은 조용히 눈을 감고 그녀의 숨을 촉각이 아닌, 청각으로 느껴 보기로 했다. 숨소리의 규칙적 리듬에 몸을 싣고 부디 잠들 수 있기를 바라며……

□ ■ □

스위트룸 가득 들어찬 햇살은 잔인하게도 수인의 수치심을 낱낱이 비췄다. 핸드백에 정신없이 짐을 밀어 넣다가 침대를 본다.

남자는 후드 티를 뒤집어쓴 채 우스꽝스러운 자세로 잠들어 있었다. 이불 밑으로 무릎까지 말려 올라간 청바지와 반쯤 벗겨져 뒤꿈치를 드러내고 있는 양말이 보였다.

수인은 후회에 찬 표정으로 눈을 한 번 질끈 감고는 다시 바삐 짐을 챙겼다.

「지금, 내빼는 건가?」

상이 눈을 비비며 몸을 일으키고 있었다.

「아, 그게……!」

'돈!'

잊을 뻔했다. 수인은 지갑에서 지폐를 꺼내 테이블에 내려놓았다가, 핸드백을 뒤져 봉투를 찾아 넣었다가, 다시 뺐다가 우왕좌왕이었다. 그러는 사이, 그녀의 코앞에 그가 다가와 섰다. 수인은 차마 그의 눈을 마주하지 못한 채 돈을 내밀었다.

「여기요.」

상은 지폐를 멍하니 보다 일단 받아 들었다.

수인은 얼른 짐을 마저 챙기고, 상은 하품을 하며 다시 침대 위로 쓰러졌다.

「그런데, 보통 이럴 때도 돈을 받나?」

수인은 누운 채 지폐를 좌라락 펼쳐 보고 있는 상을 돌아봤다.

「뭐 한 게 있어야 챙기지, 한 게.」

그녀는 민망해 시선을 떨궜다.

「체크아웃 해야 돼요. 그만 돌아가 주세요.」

상은 벌떡 일어나 수인의 코앞에 와 서며 지폐를 흔들어 보였다.

「아침 먹을래요? 내가 살게.」

수인은 들은 체 않고 황급히 방을 나섰고, 상은 허겁지겁 신발을 꿰고 따라나섰다.

「어이! 이봐요!」

상은 전력 질주 해 수인을 쫓아 로비까지 내려왔지만 그녀가 보이지 않았다. 이 호텔에 머무는 동안 친근해진 주차 요원에게 달려갔다.

「좀 전에 나간 여자! 머리 이렇게 구불구불 길고, 좀 예쁜 감이 없잖아 있고.」

「아아. 저기?」

수인이 택시에 오르고 있었다.

상은 떠나는 수인의 택시를 뒤쫓을 요량으로 다음 택시로 달려가며 주차 요원에게 소리쳤다. 그를 향해 뒷걸음질 치며 손을 흔드는 상의 표정이 밝았다.

「내 방 알죠? 1007호! 짐은 우편으로 좀 부탁해요!」

□ ■ □

서울. 전통식 고급 해물요리전문점 '물과 사람(水人)'. 어머니가 차린 일식 요정을 수인이 지금의 현대적 모습으로 바꿔 놓았다. 병약해 가는 어머니를 거들던 것이 어느덧 본업인 기자직을 프리랜서로 돌리는 상황까지 됐다.

수인은 대뱃살이 오른 접시를 들고 귀빈실로 들어갔다. 틀어 올린 머리에 단정한 블랙 드레스 차림, 깔끔한 붉은 립스틱의 수인은 금배지를 단 지긋한 연배의 남자 손님들 앞에 무릎을 꿇고 접시를 세팅했다.

"박 의원이랑 같이 와서 그런가, 일진이 아주 좋습니다. 한 사장을 다 보고."

"사장은요. 어머니 계신데."

"에이. 엄마 것이 내 것이고 다 그런 거지 뭘. 모녀 단둘이 이만큼 꾸려 가는 거 보면 정말 대단해! 한 사장, 언제 우리 박 의원 인터뷰 한번 따지? 박 의원도 우리 한 사장 잘 알아 둬야 돼. 장차 대권 보는 사람이 이 집을 모르면 안 되지. 높으신 분들 회동했다 하면 여긴데, 웬만해선 자리가 없어요. 우리 한 사장 미모 보려고 줄들을 섰거든. 하하하!"

동석자들 가운데 가장 어린, 40대 중반쯤의 박 의원은 조용한 미소로 화답했다. 그는 호남형 외모와 신사적인 이미지로 인기몰이에 성공해 차기 서울 시장 후보로 거론되고 있는 인물이었다.

"드세요. 오늘 오오토로 아주 상급이에요."

예의 정숙한 묵례를 건넨 뒤 귀빈실에서 나온 수인은 식당으로 들어서는 손님들을 분주히 맞는다. 총장, 검사, 연예계 거물까지 한 테이블만 건너면 알 만한 셀러브리티들로 만석이었다.

중국 초청 교수단을 깔끔한 광둥어로 안내하며 능숙한 서비스를 하고, 직원들에게 적확한 지시를 내리는 수인의 모습은 아카사카의 호텔에서와는 판이했다. 더 이상 히스테릭하고 불안해 보이던 그녀는 이곳에 없었다. 역시, 그녀가 가진 매력을 한마디로 설명하기란 어려운 일이다.

'탁!'

'물과 사람' 메인 홀 한편에 마련된 회전초밥 바(bar) 테이블 위로, 모둠초밥 한 접시가 다소 사납게 놓였다. 수인은 후드 티를 뒤집어쓴 채 막대사탕을 쪽쪽 빨고 있던 남자를 노려보고 있었다.

"Hi?"

상은 능청스럽게 눈꼬리를 구부리며 인사를 건넸다. 초밥에 꽂혀 있는 깃발 모양의 데코픽— 'Welcome'이라 쓰인—을 뽑아 흔드는 그를 향해 수인은 작지만 단호한 어조의 일본어를 뱉는다.

"혼또니 케이사츠 요비마쓰요. (정말 신고해요.)"

아랑곳 않고 입에서 막대사탕을 뺀 다음 초밥 하나를 입에 넣으려는데, 수인이 팔을 잡아끌며 밖으로 이끌었다. 그 바람에 떨군 초밥을, 상은 애처롭게 뒤돌아보았다.

회전초밥 바(bar) 안에서 플레이팅을 하고 있던 푸드스타일리스트 윤정이 허리를 빼고 무슨 일인가 내다봤다. 손님의 몸에 손을 대는 수인의 모습은 일찍이 본 적 없는 것이었다.

수인의 손에 이끌려 '물과 사람' 밖으로 끌려 나온 상은 그녀가 잡아끈 팔이 아프다며 엄살을 부리다가 '물과 사람' 전경을 둘러보며 탄성을 지었다. 그러고는 호텔에서와 사뭇 달라진 수인의 차림새를 위아래로 훑어보았다.

'이 여자…… 정체가 뭐지?'

「그쪽 나라에선 뭐라고 부르는지 모르겠지만, 여기선 보통 이런 걸 스토킹이라고 하죠.」

아직까지 백 퍼센트 일본 남자라 믿고 있는 그녀의 오해를 풀어 줘야겠다. 하지만…….

「내가 그쪽을 불렀던 건, 거기가 외국이고 당신이 일본 사람이었기 때문이었어요.」

……상은 해명하려 열었던 입을 다물었다.

「그리고, 그쪽이 프로였기 때문이었구요. 수많은 여자를 만날 테니 내 얼굴도 금방 잊어 줄 것 같아서요.」

당신이 단단히 잘못 알고 있다고, 난 직업남성이 아니라고 말하고 싶지만…….

「원하는 게 뭐예요.」

「…….」

그냥 꼭 한 번 다시 만나고 싶었을 뿐이었다.

「좋지 않았나? 내가 안아 준 거.」

수인은 누가 듣기라도 할세라 주위를 둘러봤다. 난처해 미치겠다.

「난 좋았는데. 같이 자는 거.」

「이봐요.」

「그래서 계속 같이 자 주고 싶은데…… 어때?」

「허. 누구 좋자는 거예요?」

「자기가 엄청나게 매력적인 줄 아나 봐?」

괘씸한 그를 노려보지만, 상의 표정은 여유롭기만 했다.

「그냥 또 그렇게 절실한 날이 온다면 날 애용하라고. 그뿐.」

「물 건너서까지 영업 뛰어요? 가요. 그런 날 없어요.」

더는 상대해 주기 싫어 수인은 가게 안으로 돌아가려 발을 돌렸다.

「진짜아?」

뒤통수로 들려오는 그의 말에 수인은 멈칫 섰다. 가뜩이나 그날 일을 후회하고 있는데 놀림감이 된 기분이었다.

「한 번 내 치부를 목격했다고 무슨 대단한 딜미라도 잡은 것 같아요? 자 줘? 내가 불쌍해 보여요?」

「……응.」

수인은 터져 나올 것 같은 화를 가까스로 참으며 입을 열었다.

「딴 사람 거 다 받아도, 당신 동정만큼은 사양이니까 다신 나타나지 마요!」

분노가 치민 수인은 그길로 가게 안으로 쌩하니 들어가 버렸다. 곧이어 안에서 나온 남직원 둘에 의해 상은 쫓겨났다.

수인이 상을 처리하고 다시 '물과 사람' 메인 홀로 들어섰을 때, 반갑지 않은 또 하나의 얼굴이 기다리고 있었다. 검사실 직원들과 회식을 온 재혁이었다. 수인은 자신을 향해 눈인사를 날리는 재혁을 가볍게 무시하고 사무실로 들어가 버렸다. 가게에 불청객이 둘이나 나타나다니. 흔치 않은 일이었다. 수인은 평소보다 조금 이른 퇴근을 결심했다.

"먼저 들어가서 미안해요."

수인은 발레파킹 아르바이트생에게 꾸벅 인사를 건넸다. 쫓겨난 뒤에도 주차장 한구석에 쪼그리고 앉아 수인을 기다리고 있던 상은 그녀를 발견하자 엉덩이를 털며 일어났다.

"차 빼 드릴게요, 사장님."

"아뇨. 저 그냥 택시로 가려구요. 오늘은 운전이 귀찮네."

수인은 출입구까지 이어지는 향나무 길을 걸어 나갔다. 상은 막대사탕을 빨며 각종 모양으로 다듬어진 향나무 울타리를 사이에 두고 수인과 평행을 이루며 따라 걸었다.

"한 사장님! 한수인!"

머지않아 뒤에서 쫓아 달려오는 재혁의 목소리에 수인은 미간을 찌푸렸다.

"헉……. 왜 이렇게 걸음이 빨라. 오랜만이네. 아, 저번에 통화는 했구나. ……가?"

수인은 시선을 주지 않고 또각또각 계속 걸으며 대꾸했다.

"가지 말고 오랜만에 만난 기념으로 자자고?"

"하하하!"

"일행 있잖아. 가 봐."

"아아. 새로 온 검사장. 딸랑딸랑 중. 자리 거의 끝났어."

"나, 당신 만나지 않는 편이 더 좋을 것 같다며."

"야, 말이 그렇다는 거지."

우뚝 걸음을 멈춰 서는 수인의 옆모습에서 한기를 느꼈는지 재혁은 머쓱하게 시선을 돌렸다.

"알잖아……. 나 원래 이기적인 거. 연애 못하는 거."

"미안해."

수인의 갑작스러운 사과에 재혁의 눈에 물음표가 떴다.

"미안해. 귀하지 않아서 그렇게 대하는데, 왜 하찮게 대접하냐고 보채서."

"……."

"얼마나 외로우면 그렇게 성가시게 구는데도 결국 나한테로 올까……. 그래서 또 미안해. 외로운 사람이란 거 알면서 못 받아줘서. 잘 지내."

"……."

수인은 멍하게 서 있는 재혁을 내버려 둔 채 출입구 앞에 서 택시를 잡으려 고개를 뺐다. 이윽고 재혁이 쫓아와 팔목을 붙들었다.

"잠깐 내 말도 좀 들어 봐."

"연애를 못해? 달리 갈 데가 없으니까, 당신같이 불친절한 남자한테 몇 년을 부대낀 나만 할라구!"

"야, 내가 좀 잘못하긴 했는데……."

"1년 후에 찾아도, 2년 후에 찾아도 난 혼자겠지. 안 변하겠지! 그런데 그거 이용하지 마."

"한수인……."

"외로운 사람 눈엔, 다른 사람 외로움도 보여야 되는 거야. 그게 맞아."

상은 조금 떨어진 거리에서 수인의 눈을 가만히 응시했다.

"그러니까, 틀려먹은 당신은 외로워 죽겠어도 난 찾지 마. 이제, 각자 외롭자 우리."

수인의 단단한 눈빛에 재혁은 잡고 있던 그녀의 손목을 풀어 주었다. 때마침 수인 앞에서 택시 문이 열렸다. 상이 택시를 잡아 놓고 친절히 문까지 열어 준 것이었다. 참담한 기분의 수인은 미처 상의 존재를 깨닫지 못하고 쌩하니 택시에 올랐다.

상은 껄렁하게 막대사탕을 씹으며 재혁을 한 번 야려봐 주고는 수인의 옆에 따라 탔다.

택시가 달리는 내내 수인은 연신 창밖만 보며 마른 입술을 매만지고 있었다. 상은 그런 수인의 눈치를 살피며 막대사탕을 이리저리 돌렸다. 그러다 수인의 핸드백에 비죽 나와 있는 휴대폰을 꺼내 셀카를 찍기 시작했다.

'찰칵.'

천진하게 V 자를 그리고 사진을 찍어 댈 동안에도 수인은 전혀 눈치채지 못하다가, 문득 무릎이 거슬려 보면 상이 쩍 벌린 다리를 달달 떨고 있었다.

"뭐 하는 거예요, 지금? 기사님, 세워 주세요!"

「아까 말 잘하대.」

「내려요!」

"앗!"

수인은 옥신각신 버티던 상을 택시 밖으로 떠밀었다. 다시 택시를 출발시키며 그녀는 뒤를 돌아봤다. 엉덩이를 털고 일어난 상이 택시 뒤꽁무니를 보며 입가를 실룩거리고 있었다.

"따가운 여자네……."

그가 뭐라고 하는지 모를 일이었지만 확실히 좋은 말은 아닌 것 같았다.

수인은 좀 전 상의 행동에 기가 막혔다. 휴대폰 배경화면이 상의 셀카로 바뀌어 있는 것도 어이없다. 바탕에 깔아 놓은 포스트잇 앱에 착실히 '010—9876—XXXX. call me call me.'라 입력까지 해 뒀다. 거대한 피로 덩어리가 머리 위로 떨어지는 기분의 수인이었다.

'삐리릭.'

어두운 집에 불이 밝혀졌다. 오랜만의 귀가.

상은 집 안으로 들어섰다. 침대가 거실에 덩그러니 놓여 있고, 책장이 아닌 바닥에 늘어 세워 둔 책들 정도가 눈에 띄는 미니멀한 공간이다. 제일 먼저 우리에서 고슴도치부터 꺼내 쓰다듬었다.

"다녀왔습니다."

고슴도치에게 먹이를 주고, 욕실로 가서 세면대에 물을 틀고는 후드 티를 벗는다. 씻고 나와 벗은 상반신 그대로에 검은 슬랙스만 꿰어 입으니 여태까지와는 전혀 다른 성숙한 분위기다. 어쩐지 조금은 서늘해 보일 정도가 되었다.

커피를 내려놓고는 일본 호텔에서 보내온 DHL 박스를 풀었다. 각종 메모들과 책 가지를 꺼내고 노트북도 연결했다. 집에 두고 갔던 휴대폰의 전원을 켠다. 부재중 전화와 문자 메시지들이 한꺼번에 우르르 쏟아져 들어왔다.

[이 작가님, 비창문학 김편(김 편집장)입니다. 해외에서 새 작품 집필 중이시라고 들었는데, 실례가 안 된다면 제가 찾아뵈도 될는지요. 30분이면 됩니다. 꼭 좀 시간 내주세요.]

[대체 어디 계신 겁니까. ㅜㅜ 메시지 확인 하시면 그냥 잘 있다고 문자라도…… 아니, 쩜 한 개만 찍어 보내 주세요. 비창이랑 계약하면 배신이에요! ㅜㅜ]

스피커폰 기능으로 녹음된 음성 메시지를 들으며 상은 노트북 앞으로 자리를 옮긴다.

[작가님, 살아는 계시죠? 저는 죽게 생겼네요. 우리랑 재계약 안 해도 돼! 그러니까 제발, 딱 한 번만 만나 주세요. 안 그럼 진짜 저 짤려요.]

원고 청탁의 볼멘소리를 배경으로 노트북 모니터에 워드 파일이 뜨고, 제목이 보인다.

『H호텔 액션활극』

상은 무심하게 스크롤을 내려 원고를 훑어보더니 이내 창을 닫고는 미련 없이 휴지통에 버려 버린다. 그리고 다시 새 창을 연다. 모니터를 응시하는 상의 눈빛이 전에 없이 진지하다.

커피를 한 모금 마시고는 잔을 내려놓는데, 책상 위에 커피 잔 얼룩이 묻는다. 발밑에 널브러진 책들 가운데 아무거나 집어 그걸 컵받침으로 쓴다. 동그랗게 커피 잔 얼룩이 찍힌 컵받침용 책의 띠지에는 '최연소 이상 문학상 수상자' 라는 글귀가 보인다.

제목은 〈고슴도치가 없는 방〉. 저자명은 '이상' 이다.

□ ■ □

수인은 '물과 사람' 의 푸드스타일리스트이자 친동생처럼 여기는 윤정과 함께 식자재 주문을 하러 수산시장에 나왔다.

"5만 원에 세 마리인데, 한 놈 더 묶어 넣어 줄게."

"아저씨들 너어무 차별하시니까. 언니랑 오니까 어쩜 이렇게 후해!"

수인에게만 두둑한 덤을 챙겨 주는 장사치들은 매번 윤정의 심기를 건드렸다. 어딜 가나 남자들의 시선을 받는 언니를 닮고 싶었다. 하지만 결국 열등감을 느끼는 처지일 뿐인 자신이 스스로도 치사스러워 시기심이 들 때마다 애써 자기 비하 농담조로 포장해 넘기곤 했다.

"에잇. 덜 생기면 장도 보질 말아야지. 원."

수인은 멋쩍어 윤정의 레퍼토리인 익숙한 심술을 웃어넘겼다.

"윤정아, 나온 김에 그릇도 좀 주문하자."

하지만 그릇 상가에서도 상황은 마찬가지였다. 윤정이 혼자 올 때는 직원이 나오지만 수인이 오면 꼭 사장이 직접 나와 맞이했다.

"왜 이렇게 오랜만에 오세요. 내가 너무 튼튼한 걸로만 챙겨 드리나. 허허."

윤정은 유리잔이 깨져라 손톱으로 튕겨 보며 주문을 했다.

"이거 하나에 만 원짜린데 왜들 그렇게 깨나 몰라! 이걸로 흠 없는 애들로만 세 박스 챙겨 주세요."

"알겠습니다아. 한 사장님네 들어가는 건데 흠집이 있으면 안 되지요."

"아니 그거 말고, 나뭇잎 잔으로 달라구요. 그거. 그거요!"

신경질적이긴 하지만, 이제는 수인 뺨치게 능숙한 주문을 해내는 윤정이 기특했다.

"너 우리 가게 다닌 지 얼마나 됐지?"

"7년?"

"벌써?"

"'물과 사람'에 청춘 다 바쳤지 뭐. 이 그릇들은 뭘 믿고 이렇게 예쁘냐? 다 사고 싶어 환장하겠네."

수인은 요새 들어 부쩍 그릇 상가 출입이 잦아진 윤정을 미소로 바라봤다. 윤정에게 어떤 때가 도래했음을 느끼고 있기 때문이었다.

"우리 공연 보려면 시간 좀 남지? 커피 한잔하고 움직일까?"

장 보러 나온 김에 오케스트라 공연을 보러 가기로 했다.

수인과 윤정은 적당한 노천카페에서 중간에 뜬 시간을 커피로 때우기로 했다. 윤정은 장 보느라 걸어 다닌 종아리를 주무르며 투덜거렸다.

"고새 이 종아리 근육 갑툭튀 한 것 좀 보소? 아이 씨. 똑같이 걸었는데 왜 언니 다리는 매끈하냐?"

"너 요새 제일 예뻐. 일 그만하구 시집가."

"똥차가 빠져야 세단 길이 뚫리지! 언니 빠지면 갈게."

"내력인가 봐. 난 가망 없어 뵈니까 너 먼저 가. 대리만족이라도 좀 하게."

"시집은 꽁으로 가나. 쩐이 있어야 가지."

"너 우리 가게 다닌 지 벌써 7년이네. 그간의 노고를 치하해서 식 정도는 올려 준다 내가."

미쳤다고 손사래를 치면서도 윤정은 그 마음이 사무치게 고마웠다. 7년 전, 서빙 알바로 '물과 사람'에 취업했던 그녀를 푸드 스타일리스트가 되도록 지원해 준 것도 수인이였다. 가족보다 자신을 더 위해 주는 사람한테 질투나 하고 있는 자신이 불현듯 한심해져, 괜히 말을 돌렸다.

"공연 시간 아직 멀었어?"

시간을 확인하려 수인이 휴대폰을 여는데, 윤정이 낚아채 갔다.

"저번에 가게 왔던 애지? 누군데 메인에 깔아?"

'배경화면!'

휴대폰 설정 하나 바꾸는 것에 쩔쩔매다 깜빡하고 사진을 지워
놓지 못했다. 수인은 당황해 휴대폰을 뺏듯이 가져왔다.

"누구랄 것도 없어."

"예쁘게 생겼네. 나한텐 왜 이렇게 빈티 나는 것들만 들러붙는
지. 근데 생각하면 또 간단해."

"또 무슨 소릴 하려구."

"똥엔 파리가 꾀고, 꽃엔 나비가 꾀는 거지."

수인은 윤정 덕에 오랜만에 재밌어라 하며 웃었다.

"내가 언니 얼굴이면 꽃돌이들 수집이나 하면서 살 텐데. 비린
내 나는 생선집 푸드스타일리스트? 안 하지."

"비린내 그만 맡구 시집이나 가시라구요, 그러니까⋯⋯."

말끄트머리를 흐리는 수인의 얼굴에서 그늘을 본다. 지적이고
고급스러운 분위기의 수인은 '물과 사람'을 찾는 오피니언 리더
들에게도 선망의 대상이었다. 그런 수인이 그저 오래된 연인 사이
일 뿐인 윤정의 후줄근한 연애를 부러워하고 있다는 걸 안다.

"⋯⋯언닌 어떡하면 행복하냐."

수인은 애써 장난스럽게 윤정의 어깨에 기대며 답했다.

"사랑받으면?"

"어우! 완전 아낙네 스타일. 구티 나, 진짜. ⋯⋯그래. 천지 빼
가리에 어떤 여자가 남자 없이 살겠냐. 수녀, 비구니 아닌 다음에
야."

"어릴 땐 남자 없이 못 사는 여자들 한심하고 가여워 보였는
데, 이젠 남자 없이도 잘 사는 여자들이 더 좀 그래⋯⋯. 그 악다

구니를 누가 알까 싶어서."

"방 안에 틀어박혀 외롭다 노래 부른다고 뭐가 달라져? 난 언니가 행복해지려고 노력했으면 좋겠어."

그저 웃어넘기는 수인의 얼굴에는 조금의 그늘이 드리웠다.

오케스트라를 보는 내내 수인의 시선은 오직 콘트라베이스에 닿아 있었다. 사실, 오케스트라엔 취미가 없었다. 그저 콘트라베이스 소리를 듣기 위해 지불하는 티켓값이었다. 수인은 콘트라베이스를 보며 사막에서 물을 그리워하는 자의 표정을 짓곤 했다.

"공연 보고 가시나 봐요."

예술의 전당 주차장에서 박 의원을 만났다. 일전 귀빈실에 들렀던 박 의원은 아내와 함께 공연을 보고 돌아가며 차창을 내리고 수인에게 인사를 건넸다.

"아, 네. 안녕하세요?"

박 의원은 시동을 걸다 말고 예의 그 점잖은 미소로 꾸벅 인사를 하고는 다정해 보이는 아내와 함께 자리를 떴다. 앞서가며 비상등을 깜빡여 주는 센스도 잊지 않았다.

"에효. 저렇게 사는 여자도 있는데, 난 뭐냐. 틀도 좋고 인물도 훤하고. 저런 유부남이라면 도박도 해 볼 법하지."

윤정은 핫하게 떠오르는 신진 정치인의 아내를 부러워하며 한숨을 쉬었다.

"위험한 소리 하고 있어."

수인은 윤정의 농담에 핀잔을 주고는 차를 출발시켰다.

거리를 내달리면서 수인은 좀 전 박 의원 부부가 서로를 보던 눈길이 떠올랐다. 서로를 귀하게 보던 그들은 마치 눈길로 어루만지고 있다는 느낌마저 배어날 만큼 다정했다.

"어떻게 하면 넘어올 것 같은 아슬아슬함 말고, 어떻게 해도 안 넘어올 것 같은 안타까움……. 섹시하지?"

"누가 그렇게 섹…… 헉! 언니, 아까 그 아저씨 맘에 있었어?"

"하하. 있긴 뭐가 있어. 그냥 와이프밖에 모르는 남자, 섹시하잖아. 부부가 서로 참 좋아 보이더라."

"그으래! 오픈 마인드! 좋은 자세야. 핸디캡 없는 남자? 없어. 없어."

"유부남은 핸디캡 정도가 아니라 금단이거든? 범죄. 그냥, 좋은 남자 같아 보이더라 그거지. 불륜녀 되고 싶을 만큼 안 궁해, 나."

"언니, 내가 친언니 같아서 하는 소리니까 기분 나쁘게 듣지 말고. 언니는 사주 뜨면 딱 첩 팔자야."

'끼익!'

수인은 급브레이크를 밟았다.

"뭘 그렇게 놀라? 몰아, 몰아. 차 몰아."

"너는 애가."

"그러니까, 푸닥거리를 하든지……."

"하든지?"

"즐겨."

"미쳤어."

수인은 다시 차를 출발시켰다.

"난, 언니처럼 돈도 없고 지성미도 없고, 용기도 없어서, 남자 친구 공부 뒷바라지나 해 주고 산다지만, 언니는…… 좀 편하게 연애해도 되잖아."

윤정은 10년 가까이 사귄 남자 친구와 자잘한 생활 문제로 요즘 한창 피로에 절어 있었다. 수인은 그런 윤정이 안타까웠다.

"그렇게 짝퉁 좋아하는 사람이 연애만 죽어라 진퉁 고집할 거 뭐 있어."

윤정은 턱 끝으로 수인의 낡은 스트랩 구두를 가리키며 말했다.

"아까 예술의 전당 그 휘황찬란한 샹들리에 밑에서 보니까 더 깨더라."

"……."

오래 서 있는 일을 하다 보니 구두는 무조건 발이 편한 게 제일이었다. 벌써 몇 년을 신어 닳고 닳은 수인의 구두였다.

"그거 짝퉁이야. 싸구려도 신을 거면 오리지널 싸구려로 신든 가."

심지어 이미테이션인 줄 알면서도 편하다며 그 구두만 고집하는 수인에게 윤정은 핀잔을 줬다.

"지켜본 세월 동안 암수 서로 정다운 꼴을 못 봤네요. 진짜배기 나타날 때까지 적당히 즐길 줄도 좀 알아야지. 보니까 점괘가 괜찮아."

"뭐가?"

윤정은 수인의 휴대폰 속 상의 포즈를 따라 했다.

"콜미 콜미!"

"정말 아무 사이도 아니라니까."

"연애가 언제 별거디? 이것저것 다 따지고, 정식으로 사귈 수 있는 남자랑만 데이트하고. 언니 벌써 서른둘이다. 아직도 로맨스에 희망을 거니까 맨날 풍요 속의 빈곤인 거야."

틀린 말은 아니었다.

"살 부대끼고 살아도 모르는 게 남자 속인데, 정색하고 찾아봤자 언놈이 진퉁인지 알 게 뭐야. 대충 아무것도 아닌 연애도 한번 해 봐. 말마따나 발 편한데 짝퉁이면 어때. 까짓 진퉁 생기면 바꿔 신음 그만이고."

……그게 쉬웠다면, 4년 만난 남자한테 일방적 청첩 소식이나 듣는 일도 없었을 거라고 수인은 생각했다.

수인은 당장 휴대폰 배경화면부터 바꿔야겠다고 결심하며 대문 안으로 들어섰다. 엄마가 정원 연못가에 앉아 잉어들에게 먹이를 주고 있었다.

"왜 찬 데 나와 있어. 비 올 것 같은데."

"가게, 이제 네가 맡아."

"또 그 소리. 알았어. 알았으니까 들어가자. 감기 들어."

엄마를 일으키려는데, 옆에 놓인 여행용 캐리어를 보고는 그대로 굳는다.

"그 사람이 나 찾아. 아프대."

"자기 마누라는 어쩌고 엄마를 찾아!"

"넌 아버지한테 말버릇이……!"

"그 사람한테 엄마는 아직도 술 따르는 요정 마담이지, 조강지처 아니야. 몰라? 내가 다 접고 가게 이만큼 만들어 놨잖아. 늘 그 막에 기생 취급 당하지 말라고! 그런데 기어이, 제 발로 그 사람한테 가겠다고?"

"딸년이 하는 기생 취급, 그 사람 하나 더 보탠들 뭐가 달라."

굳은 얼굴로 캐리어를 들고 일어나는 엄마를 보며 수인의 온도가 차갑게 식는다.

"……또 버려질 거야."

수인은 차갑게 돌아서 집으로 들어가 버린다.

'쾅.'

얼마 지나지 않아 대문 닫히는 소리가 들려왔다.

엄마는 자이니치였다. 음식 솜씨 하나 믿고 한국에 들어와 지금의 '물과 사람' 자리를 크게 일으켰다. 그사이 한국 남자를 만나 수인을 낳았고, 얼마 못 가 버려졌다. 일본어가 더 편했던 엄마 덕에 2개 국어를 할 수 있었고, 학창 시절에는 '쪽바리' 소리도 들을 수 있었다.

요정 정치의 잔재가 남아 있던 시절이라, 고급 일식집을 하는 엄마는 또래 친구들 눈엔 술 따르는 게이샤쯤으로 비쳤고, 그때마다 심장이 찢겼다. 뼛속까지 한국 사람인데, 늘 이방인으로 사는 기분이었다. 누구에게나 있는 과거지사. 그저 다 옛날 일이다.

'……그랬으면 좋겠다.'

우리를 떠난 뒤 아버지란 남자는 이번에야말로 순수 혈통 일본 여자랑 결혼해 교토에 산다고 들었다. 그런데, 나이 들고 병들자 옛사랑이 그리워진 걸 보니 병간해 줄 둘째 마누라도 떨겼던가 보다.

'효자도 마다할 병 수발을 들겠다고 밤 비행기를 타는 엄마를 위해 열녀비라도 신청해야 하는 걸까.'

수인은 찌를 듯한 두통에 상비약 상자를 뒤지는데, 요란하게 울리는 휴대폰 진동음이 골치를 더했다.

— 안 받을 줄 알았는데. 받네?

나쁜 일은 역시 한꺼번에 몰아친다. 재혁인 줄 알았으면 절대 받지 않았을 거다.

— 저번에 이 얘기 하려고 했었는데. 나, 결혼해.

'결혼……?'

— 솔직히 결혼 전에 하루는 너랑 보내고 싶었어. 그래야 다신 너 안 찾을 것 같아서…….

지난 4년간, 그의 입에서 결혼 같은 단어는 들어 본 적도 없었다. 이쪽에서도 관심 없었으니 그건 됐다. 그런데 결혼 전 총각파티 방식으로 자신을 처리하려 드는 재혁의 말이 분했다. 수인은 어금니를 앙다물고 눈물을 씹어 삼켰다.

— 그리고 어차피 알게 될 것 같아서 말인데, 지난번에 같이 갔던 우리 검사장님 있지. 그분 딸이야……. 양다리 걸쳤다고 뭐라고 한다면 나도 할 말 없는데, 정말 잠깐이었…….

칼같이 끊어 버렸지만 휴대폰을 쥔 손이 부들부들 떨렸다. 몸이 비통함을 다 담아내지 못하고 끝내 밖으로 흘려 내고 있었다. 우는 것조차 분해 황급히 닦아 냈다. 정말이지 다 싫다. 연애라는 명목하에 자행되는 남녀의 지리멸렬한 부침들이 신물 난다. 다 벗어던지고 싶다. 수인의 눈빛에선 결심이 굳었다.

□ ■ □

기어이 굵은 밤비가 쏟아지고 있었다. 수인은 우산을 들고 차에서 내려 두리번거린다. 벌판 한가운데 덩그러니 놓인 집 한 채가 보였다. 수인은 그리로 걸어갔다.

"앗!"

낡은 구두가 흙바닥에 박히며 휘청하고, 손에서 우산을 놓쳐 버렸다. 수인은 빗물 젖은 얼굴을 쓸어 내며 흙 속에 빠진 구두를 뽑아냈다. 제대로 흠뻑 젖은 꼬락서니가 엉망이었다. 남은 구두 한쪽을 마저 벗어 손에 들고 맨발로 걸어갔다.

드디어 다다른 목적지. 현관문이 열렸다.

수인은 잔뜩 젖은 채 비통한 얼굴로 서 있었다. 그녀를 말없이 맞이하는 남자는, 상이였다. 그는 수인의 손바닥 위에 그날 '물과 사람'에서 가져온 'Welcome' 데코픽—초밥에 꽂혀 있던 깃발 모양 이쑤시개—을 건넸다. 수인은 손바닥 위로 힘없는 시선을 떨궜다.

"웰컴……."

상은 수인의 손에 걸린 얼룩진 구두를 가져와 들고, 그녀의 등 뒤로 현관문을 닫아 주었다.

연어 구이를 만들고 있는 상의 솜씨에 수인은 놀라는 중이다. 기름을 끼얹는 폼이 한두 번 해 본 손놀림이 아니었다. 수인은 상이 내어 준 커다란 배쓰타올을 두른 채 집 안을 둘러본다. 낯설다. 저기서 요리를 하고 있는 남자도, 이 집에 와 있는 자신도.

얼마 후, 상이 세팅한 테이블 앞에 마주 보고 앉았다. 식사를 하는 둥 마는 둥 하더니 수인이 포크를 내려놓았다.

「입에 안 맞나?」

「나에 대해 아무 판단도 하지 말아 줘요. 정에 굶주렸다거나 처절하게 외로운 여자라거나…….」

상은 끄덕였다.

「아무것도 묻지 말고 그냥 안아 줘요. 잠들 때까지.」

턱을 괴고는 대수롭지 않다는 듯 끄덕였다.

「연애 걸지도 말고. 그리고…….」

「그쪽은 만져도 되고, 난 안 되고. 그 하나에서 열까지 다 비인도적인 불평등 조약.」

수인은 왠지 좀 염치가 없었다.

「그쪽도 안는 거 이상은 절대 안 돼! ……웬만히 섹시해야지.」

스푼에 요리조리 얼굴을 비춰 보며 치명적 표정을 하는 그를 수인은 미덥잖게 바라봤다.

「그렇게 못 믿겠으면 계약서를 쓰든가. 아! 그럼 되겠네. 내가 덮쳐선 안 된단 조항에 개런티 걸어요. 돈값 할 테니까.」

수인은 조심스러운 손길로 신용카드를 내밀었다. 골드카드다. 상은 내심 당황했지만 멋쩍어하는 수인을 배려해 내색 않기로 했다.

「매번 계산하는 거 불편해…….」

'흐음. 이걸 어쩌나.'

할 수 없이 일단 받아 두기로 한다.

「그러시든가.」

상은 골드카드를 챙기고, 접시를 싱크대로 가져가 치웠다. 그 사이 수인은 와인 잔을 들고 바닥으로 내려가 무릎을 안고 앉았다.

「그런데, 여기밖에 안 될까요? 남자네 집으로 오는 거 꼭 콜걸 된 기분이라 싫은데…….」

「이보세요. 돈 받고 손님 받는 건 지금 나거든요?」

'하긴…….'

수인은 와인 잔을 들이켜지만, 그새 잔이 비었다. 아쉬워할 찰나.

'쪼로록.'

와인이 채워졌다.

「이런 서비스받는 콜걸이 어딨어.」

수인은 소리 나는 쪽으로 고개를 돌리고, 등 뒤에서 와인병을 들고 있던 상의 얼굴과 마주쳤다. 하마터면 이마가 닿을 뻔했다. 아직 취기가 오르지 않은 수인의 얼굴이 화끈거렸다. 처음으로 자세히 보는 그의 얼굴이었다.

'남자치고 입술이 빨갛네……'

그때, 상의 입술이 달싹하고 벌어졌다. 그리고 점점 가까이 다가오고 있었다.

"……!"

상은 수인의 등 뒤에서 그녀의 어깨 너머로 와인을 따라 주고, 그대로 몸을 낮췄다. 마치 등 뒤에서 눈 가리기를 하는 자세처럼. 그리고 제 쪽으로 고개를 돌린 수인과 눈을 맞췄다.

'무슨 비밀이든 털어놓고 싶게 하는 눈을 가졌었네……'

수인의 눈을 응시하며 무엇이든 말하고 싶은 기분에 입술이 달싹거렸다. 그녀의 눈을 조금 더 가까이 보고 싶어 조금씩, 천천히 다가갔다.

'그런데 잠깐. 이 여자, 왜 긴장하고 있는 거지?'

입술에 잔뜩 힘을 주고 있는 수인이 귀여워 장난을 치고 싶어졌다. 상은 좀 전보다 더 과감하게 수인의 눈을 빤히 보며 다가갔다.

「여기선, 내가 주인이지. 그렇지?」

「저, 저기요…….」

「이 밤중에…… 이렇게 흠뻑 젖은 채로 내 영역에 들어와서…… 이런 식으로 날 도발하는 건가?」

수인은 빠르게 고민했다. 화를 낼지, 지금이라도 박차고 이 집을 나가 버릴지. 그때였다.

「내 책.」

「……?」

상은 눈짓으로 수인의 엉덩이 밑을 가리켰다. 수인은 본인이 깔고 앉아 있던 책 가지들 위에서 냉큼 일어났다.

「이 집의 모든 오브제들은 깨끗하게 써 줬으면 좋겠는데.」

상은 슬쩍 쪼개며 와인을 병째 들이켰다.

'쪽!'

보틀 입구를 빼는 소리를 경쾌하고도 좀 야하게 내며…….

수인은 시답잖은 장난에 당한 게 억울해 널브러진 책 가지들을 주워 담아 한편에 신경질적으로 세워 두었다.

두 사람은 거실 통창 밖을 바라보며 거리를 두고 앉아 앉았다. 창밖으로 비는 멎었다. 바닥에는 와인병이 달빛의 굴절을 받아 그려 낸 오로라 같은 초록빛 그림자가 드리웠다. 열린 창으로 딱 기분 좋을 만큼의 선선한 바람이 들어와 커튼을, 수인의 머리칼을 나부끼고 있었다.

「근데, 그 안전한 남자라는 발상은 대체 어디서 나온 거야?」

수인은 조소를 띠며 답했다.

「착한 남자를 밝히기 시작하면서부터.」

「착한 남자? 착한 남자의 기준이 뭔데?」

「섹시한 남자.」

「섹시한 남자의 기준은?」

「착한 남자.」

「으윽!」

머리를 장난스럽게 쥐어뜯는 상의 리액션에 수인이 웃었다.

「한 3, 4년 전쯤? 왜 휴먼 다큐 같은 거 있잖아요. 거기에 나온 남자였는데, 콘트라베이스를 하던 사람이었어요. 어느 날 시골 사는 어머니한테 사고가 생겼대요. 뇌를 다쳐서 하루아침에 대여섯 살짜리 어린아이가 돼 버리신 거죠.」

상은 턱을 괴고 수인의 이야기에 귀를 기울였다.

「그렇게 유학도, 음악도 다 접고 바닷가 마을로 돌아가서 백합이나 노랑조개를 잡으면서 살아요.」

「착하다는 게, 남을 위해 자기 욕망을 희생하는 그런 거?」

수인은 가만히 고개를 저었다.

「마음이 넓은 거. 저 정도 불행이면 절망도 당연하다고 생각했는데, 그 사람은 이렇게 말했어요. 세상 밖으로 나갈 수 없다면 세상을 내게로 불러오면 된다…….」

「체념도 그런 식이라면 꽤 멋지네.」

「그렇게 넓은 사람이라면 기댈 수 있겠구나……. 그리고 안아 주고 싶었어요. 그때 알았어요. 난 착한 남자를 밝히는구나. 우습죠? 더 웃긴 건, 내가 그 사람을 만나게 됐다는 거예요.」

「정말?」

「우연히. 우리 가게에 해산물을 대 주러 왔더라구요. 유치하게도 이런 게 설마 운명 같은 건가, 뭐 그런 생각도 들고…….」

「운명 맞는 것 같은데?」

수인은 고개를 저었다.

「실제로도 참 선하고 성실한 사람이더라구요. 차일피일 어떻게 말을 붙여 볼까 고민하다가 인사도 한번 못 했어요. 그러다 어느 날 갑자기 그 사람이 일을 그만두더라구요. 그냥, 그렇게 끝.」

「찾으려고 마음만 먹으면 찾을 수 있을 것 같은데. 한번 찾아가 보지?」

「가서? '참 섹시하세요' 그래요?」

이제 엷은 농담도 뱉는 수인의 말에 상은 피식 웃었다.

「……내가 착한, 안전한 남자를 찾을 때까지만. 같이 기다려줘요…….」

상은 수인의 눈을 보며 끄덕였다.

「이렇게 어이없는 부탁을 왜 그렇게 쉽게 들어줘요?」

「당신이, 재밌으니까.」

「……?」

「지금까지는 생각날 때만 찾는 남자들을 만나 왔겠지만…….」

수인은 자신을 꿰뚫어 보는 상의 말에 적잖이 놀랐다.

「난, 날 찾아 줄 때까지 늘 생각하고 있을게. 여기서…….」

「…….」

둘은 서로를 가만히 바라봤다. 상이 깨끗하게 씻어 창틀에 널어 둔 수인의 낡은 구두에서 떨어지는 물방울 소리가 예뻤다.

'또옥. 또옥.'

상의 집은 오래된 목조 건물이어서 대체로 어두웠다. 가구가 거의 없이 횅한 공간이었지만 마루, 나무 벽, 오래된 괘종시계가 어쩐지 그리운 감각을 더해 편안했다.

「베개는 이 정도 높이면 될까?」

호텔에서나 볼 법한 폭신폭신하고 새하얀 이불을 침대 위에 깔며 상이 물었다. 수인은 대강 고개를 끄덕이면서도 다음 동선은 어떻게 해야 할지, 1번 동작은 뭘로 할지 고민했다.

"……."

담담한 척, 침착한 척하며 그저 침대 앞에 묵묵히 서 있는데, 상이 다짜고짜 손을 잡아 침대로 이끈다. 이불을 들추고 먼저 누우며 수인의 손을 살짝 잡아당기지만, 수인은 멈칫했다. 10년 산 부부도 아니고, 자연스레 침대에 드는 게 좀 뭐했다.

「일찍 나가야 한다며. 벌써 새벽 4신데, 조금이라도 자는 게 좋지 않아?」

그토록 불평등한 계약 조건을 까다롭게 걸어 놓고, 똑똑한 척은 다 해 놓고, 정작 상대를 '슬립 메이트'가 아닌 섹스 파트너 후보로 보고 있는 건 자신이라는 반성이 들었다. 수인은 침대로 들어가 살살 몸을 뉘였다. 하지만 그와 조금은 멀찍이 떨어진 채였다.

「이리 와…….」

상은 이불을 들어 품을 열었다. 수인이 머뭇거리다 그의 품으로 들어가려는 순간, 상이 품을 닫았다.

「……?」

「나 일본 사람 아니야.」

「……!」

수인은 벌떡 상체를 일으켜 앉았다. 여태까지 일본어로 얘기하고 있었단 사실을 스스로도 눈치채지 못할 만큼, 너무도 자연스럽게 대화를 나누고 있었던 것이다. '나 일본 사람 아니야' 란 말조차도 일본어였으니까. 상은 남은 말을 이었다. 또박또박한 한국말로.

"당신이 오해하는 것 같아서. 그렇지만 아무래도 좋을 것 같아서. 그런데 이제 내가 안 편해서."

돈을 벌기 위해 한일 양국을 오가는 남자쯤 되겠구나, 외지인이 가끔 머무는 현지(現地)의 집이라 이렇게 썰렁하구나, 그렇게 여겼다. 그런데 한국 사람이었다니. 혹시 소문이라도 잘못 퍼져 괜한 구설수에 오를지도 모른다. 상에 대한 불신에 찬 수인은 밀려오는 불쾌감에 침대를 벗어나려 발을 내렸다.

"이런 걸 바란 거 아니었나?"

"……?"

"이름도, 나이도 묻지 않았잖아 서로. 그렇다는 건 사생활에 대해 알 필요 없는 관계를 바라는 거라고 생각했는데……. 틀렸어?"

"시치미 떼고 국적까지 속이기를 바란 적은 없죠!"

상은 이제야 나른하게 몸을 일으켰다.

"그래서 바로잡잖아. 당신을 속이는 것 같은 기분이 들어서, 불편했어."

당장 박차고 일어나려던 수인은 조용한 어조로 전하는 상의 말을 좀 더 들어 보기로 했다.

"어릴 때……. 일본 친구가 있었어. 오래 두고 가깝게 지냈던. 나쁘지 않았어. 오랜만에 그 친구랑 얘기하는 것 같은 기분도 들고……. 하지만 계속 그럴 순 없잖아. 당황하게 했다면 미안."

"……한국 사람인 건 확실해요? 나, 등본 떼 봐야 하는 거면 지금 말해요."

상은 고개를 저었다.

"나보다 일본말도 잘하고, 대체 정체가 뭐…… 아니, 아니에요. 맞아요. 알 필요 없는 관계."

"그냥 이렇게 같이 잠드는 관계면 되는 거, 맞지? 서로에 대해 어떤 판단도 하지 않는……."

지난한 연애의 피로감, 관계의 부침에서 벗어나기 위해 이 남자를 찾아왔던 거였다. 꼭 외국 사람이 필요한 것도 아니었다. 단지 엮이지 않을, 잊히기 쉬울 사람과의 거래를 원했을 뿐이었다. 이건 치부가 맞으니까. 이런 외로움은 가족이나 절친에게도 들키고 싶지 않으니까.

결국 수인이 원한 건 그녀의 외로움을 끝까지 비밀에 부쳐 줄 사람이었다. 지금 눈앞에 있는 남자와는 이미 비밀을 공유한 사이가 되어 버렸다.

"……."

상은 이불 한쪽을 걷어 다시 들어오라는 제스처를 하며 수인을 바라봤다.

"자자……."

수인은 다시 침대로 들어갔다. 상은 팔을 뻗어 수인의 목 아래에 두고 그녀가 품에 들어오자 너무 세지도, 약하지도 않게 끌어안았다. 그리고 자신의 목 아래에 블록처럼 딱 맞춰진 수인의 머리를 쓰다듬으며 낮게 속삭였다.

"……잘 자."

많은 일이 있던 하루였다. 바빴고, 외로웠고, 비참했고, 비에
젖었다. 아까 마신 와인 두 잔의 기운이 이제야 한꺼번에 밀려왔
다. 밤바람에 고슬고슬하게 마른 머리칼이 '소스락소스락' 소리
를 낸다. 그의 손이 일정한 박자로 등을 토닥였다.

'왠지 모르게 위험한 예감이 드는 이 남자와 이러면 안 될 것
같은데……'

잠이 왔다. 그가 다시 한 번 '잘 자' 하고 잠꼬대처럼 속삭이
는 말에, 자기도 모르게 대답하고 만다.

"응……."

□ ■ □

수인은 프리랜서로 일하고 있는 경제지 편집장을 만나기 위해
A출판사 빌딩에 들어섰다. 몇 시간 못 잤는데도 숙면이었던가 보
다. 몸이 가뿐했다.

"그렇게 두문불출하고 써 대면서 작품을 왜 못 내놔? 아아. 이
상이 그놈, 대충 하나 좀 써서 주지!"

경제지 편집장 박 부장의 사무실에 들어섰을 때 그는 한창 통
화에 열을 올리고 있었다.

"거 드럽게 신비주의 떠네. 담당 편집부한테도 몇 해째 얼굴
한 번 안 보여 줬다는 게 말이나 돼?"

수인이 박 부장을 기다리는 사이 남자 인턴이 들어와 녹차가 담긴 종이컵을 내어 줬다. 그러고는 무슨 연예인이라도 본 듯 방실방실 인사를 했다. 수인은 미소로 받았다.

"이 나이에 우리가 새파란 애들한테 청탁 같은 걸로 딸랑거리기까지 해야 돼? 에잇. 먹고살기 힘들다 진짜. ……그래, 이따 한잔하자고."

전화를 끊고 인상을 구기는 박 부장에게 수인은 무슨 일이냐는 듯 눈썹을 추켜 보였다.

"아아. 문학 팀 이 차장. 속 썩이는 작가 녀석이 하나 있거든. 이상이라고. 알지?"

"네?"

"가만 보면 좀 심해! 무슨 여자가 맨 경제지 아니면 다큐멘터리. 문학을 봐야 가슴이 따뜻해지고, 연애도 진행이 되고 그러는 것이지."

수인은 못 말리겠다는 듯 웃었다.

"아무튼 뭐 천재 소리 좀 듣는다고 콧대 세우는 놈 하나 있어. 열일곱에 등단했거든."

"네에. 이 차장님이 직접 컨택하시는 거 보면 인기 많은 작가인가 봐요."

"인기, 많으면 뭐해. 신작을 안 내놓는데. 여하튼 뭐 찾는 사람들이 계속 있으니 돈 만들려면 별수 있나. 그런데, 어인 일로 몸소 납시었나?"

"이런 타이밍에 죄송한데, 저 페이지 빼고 싶어요."

'툭.'

편집장은 드라마에서처럼 볼펜을 떨어뜨렸다.

"나한테 왜 이래……."

"죄송해요."

"지난번 일본 건 때문에 그래? 원래 주색 가까이하는 사람치고 순수하지 않은 사람 없다? 그 양반도 마음이 허하고 정이 그리워서……."

"알아요."

"알지?"

"그래서 저 보내신 거."

"……."

박 부장의 얼굴은 반질반질 투명한 거울 같아서 '어떻게 알았지?' 하는 속마음까지 다 비쳤다. 기자 시절엔 죽을 쑤다가 사내 정치를 잘해 데스크에 오른 전형이었지만, 이럴 때는 참 정직한 사람이었다.

"아닌 말로다가 한 기자 같은 베테랑 아니면 누가 그런 걸 둥글둥글 넘기겠어."

"광고 스폰 때문에 접대 차원에서 보내신 거 아니구요?"

"아잇! 내가 아무렴 한 기자를! 우리가 한 해 두 해 같이한 것도 아니고……."

"탓하자는 거 아니에요. 그런 일 한두 번도 아니구요."

사람 좋게 웃는 수인을 보자니 편집장도 염치가 없어 흰소리를 냈다.

"그동안 한자리 안 잡고 뭐 했어! 다달이 회장님들 인터뷰 따는 자리가 흔해? 기회를 줘도 못 먹어요. 쯧쯧."

"저 진급했어요. 이번 달부터 가게 제가 맡아요."

"그것 때문에 그만둔다는 거였어?"

"가게 힘들어서 기자 일에 한 발 걸치고 있었는데, 점점 가게 일이나 이 일이나 접대하기는 매한가지인 것 같아서요. 나중에 색다른 꼭지 생기면 또 불러 주세요."

"미워 죽겠는데 얼굴은 왜 이렇게 좋아졌대?"

박 부장의 말에 기막히단 듯 웃으면서도 뺨을 매만지는 수인의 손길에는 왠지 수줍음이 깃들어 있었다.

수인은 박 부장의 사무실을 나와 엘리베이터로 향했다. 같은 층에 있는 문학 팀 벽면에는 각종 도서 홍보용 포스터들이 줄지어 붙어 있었다. 문학 팀 사무실을 가로질러 엘리베이터 앞에 서는데, 문자가 들어왔다.

[오늘 밤도 11시? 이따 같이 자려고 낮잠도 못 자고 있음.]

'두근.'

일하는 중간 밖에서 받은 상의 문자가 은밀해서 심장이 작게 내려앉은 건지, 그저 설렘인지 잘 모르겠다. 하지만 피식 웃음이 샜다. 수인은 엘리베이터에 오르며 답문을 적기 시작했다.

[12시. 더 늦진 않을 거예요.]

문자를 다 보내 놓고도 그녀의 얼굴에는 엷은 미소가 머물고 있었다.

'띵!'

1층 도착음도 미처 듣지 못한 채였다. 잠시 후, 엘리베이터 문이 도로 닫힐 무렵에야 수인은 정신을 차리고 황급히 내렸다.

그녀를 내려 주고 또 다른 누군가를 태우러 올라가는 빈 엘리베이터 안은 화려하게 랩핑되어 있었다. 후드 티를 깊게 눌러쓴 남자, 상의 뒷모습을 배경으로 〈고슴도치가 없는 방〉을 캘리그래피로 쓴 도서 홍보용 랩핑 광고였다.

2
미안, 내가 오늘은 위험한 짐승이라서

남자와 여자가 한 침대에 누워 밤을 지새우면서 그냥 가만 끌어안고만 있었다면, 누가 믿을까. 그저 안아 줄 뿐인 남자를 찾는 여자는 또 누가 이해할 수 있을까.

'세상 어떤 남자가 여자를 안고 냉정할 수 있는데?'

수인은 상상해 본 적이 없었다. 이름도, 나이도 모르는 남자와 아무 일 없이 같이 잠드는 상황에 처하리라고는 말이다.

남자가 어느 정도 나이를 먹으면, 그러니까 잎새에 이는 바람에도 여성의 육체를 갈망하던 시절을 통과하고 나면 살을 섞을 여자가 아닌, 그저 잠을 같이 잘 여자가 그리워진다는 이야기를 들은 적이 있다. 겨드랑이 밑의 비어 있는 공간이 못 견디게 외로운 밤이 슬펐다는 이야기를 듣고는 수작이라고 생각했다.

'다 지긋지긋해. 사랑도, 섹스도……'

윤정의 말마따나 수인은 '물과 사람'에서 여배우 부럽지 않은 만인의 연인이 됐다. 정재계 인사들이 그녀와 눈인사 한 번 나눈 기쁨에 겨워 괜한 웨이터에게 여러 장의 팁을 쥐여 주며 없던 선심까지 베풀곤 했다.

'고마워서 그래. 받아 둬. 그리고 한 사장한테 잘 먹고 간다고 꼭 좀 전해 줘.'

남자들에게 수인은 바람으로 벗길 수 없는 나그네의 외투였다. 때문에 가치 있었다. 하지만 그녀 스스로는 그다지 유별난 지조와 절개를 덕목으로 삼고 있는 것도 아니었다. 다만 확실하게 주제를 파악하고 있었을 뿐이었다.

'널 보면서, 네가 내 밑에 깔려 있는 상상을 했어. 많이.'

신학을 전공하던 대학 동창의 고백에 아연해졌더랬다. 수인에게 다가온 남자들의 사랑은 운이 나쁘게도, 그러면 안 되는 종류의 사랑들이었다. '여자 친구가 있음에도 불구하고'였거나, 오래 사귈 마음은 없는데 좋은 추억으로 남기고 싶었다거나, 친구들에게 자랑할 만한 무용담이 필요했거나. 대개, 그랬다.

'저렇게 생긴 여자랑 딱 한 번만 자 봤으면 좋겠다.'
'언감생심. 사귈 순 없어도 하룻밤 정도는 어떻게 해 볼 수

있지 않을까?'

'와아. 저런 여자는 도대체 어떤 놈이랑 하냐?'

여자들이 생각하는 것보다 훨씬 더 용기가 없는 대부분의 남자들은 그녀를 그렇게 봤다. '감히 넘볼 수 없는 여자'까지는 감사했지만 '어떻게 한 번만이라도 해 보고 싶은 여자'로 보는 시선은 상처였다. 그녀의 옷을 눈으로 벗기고, 그녀의 몸을 눈으로 핥는 남자들에 신물을 느꼈다.

'난 몇 십 근짜리 고깃덩어리가 아니잖아. 제발, 날 좀 내버려 둘 수 없겠어? 나란히 앉아 별을 보는데 꼭 내 허벅지 안으로 손을 넣어야 돼? 네 슬픔을 위로하려 아픈 눈물을 흘리는데, 꼭 지금 그렇게 치마 속을 헤집어야 해? ……제발, 마음 놓고 같이 있게 해 줘. 난, 말하는 단백질 인형이 아니야…….'

……그랬다.

하지만 요즈음의 수인은 거의 매일 밤 상의 품에서 편안했다. 그의 가슴을 베고 누워도, 허리춤을 꼭 잡고, 그의 등을 끌어안아도 언제나 그는 안전했다.

'날 여자로 안 보는구나.'

보통의 상황이었다면 분명 자존심이 상했을 만했다. 하지만 이 관계에서 만큼은 예외다. 지금까지의 모든 상식이 방해가 되는 이런 관계를 누가 이해할 수 있을까. 수인은 이 비밀이 언제까지고 닫힌 서랍 속에서 잠자기를 기도한다.

□ ■ □

'풀썩!'

폐점이 늦어져 수인은 새벽 3시가 다 돼서야 상의 집에 도착했다. 수인은 이미 반쯤 감은 눈으로 현관에 들어서 구두만 겨우 벗어 던지고는 상의 침대로 엎어졌다.

이부자리를 데워 놓겠다고 먼저 들어가 그녀를 기다리던 상은 깜빡 잠이 들었다가, 옆자리에서 느껴지는 둔탁한 무게감에 눈을 뜬다. 이불 위로 엎어진 수인의 등 위로 덮고 있던 제 이불을 마치 포장하듯 잘 덮어 주고는, 다시 그 위를 덮치듯 껴안고 중얼거렸다.

"아 두꺼워. 잘 자자, 두껍아……."

아기 싸개 옷을 입히듯 두툼한 이불이 온몸을 밀도 있게 감싸고, 위로는 그의 무게가 더해져 더없이 안락했다. 수인은 마음에 쏙 드는 좁은 상자를 찾은 고양이처럼 고롱고롱 소리라도 내고 싶은 심정이 됐다. 쏟아지는 잠결에 실어 나지막이 속삭였다.

"고마워요……."

이제 상의 체온은 메이크업을 지워야 한다는 의무감마저 잠재울 만큼 강력한 마취제가 되어 버렸다. 그대로 잠에 빠진 수인은 다음 날 쨍한 아침 햇살이 그녀를 깨울 때까지 한 차례도 깨지 않았다. 온전히 잠에 집중할 수 있는 여러 밤들을 선사한 상, 그가 고마웠다.

또 한 번의 가뿐한 아침. 수인이 분주히 출근 채비를 하고 있는 동안에도 상은 침대 속에 몸을 동그랗게 말고 잠 한가운데였다.

원래 그는 올빼미족이라고 했다. 그녀를 재워 놓고 다시 일어나 날이 밝아 올 때까지 노트북 앞에서 자판을 두드리는 것이 보통이었다. 그리고 수인이 출근하고 한참 뒤인 오후에나 일어나 '좋은 아침'이라며 문자를 보내오기도 했다.

'밤새 뭘 그렇게 타이핑하는 거지? ……아니야.'

수인은 고개를 저으며 그에 대한 호기심을 떨쳐 냈다. 사생활 같은 건 궁금해하지 않기로 했으니까. 딱 이만큼. 이 정도의 사이가 좋았다. 수인은 상이 깰세라 최대한 가만가만 마저 채비를 마치고는 현관문을 나섰다.

'삐빅.'

잠결에 도어록 잠금 소리가 들리자 상은 희미하게 미소 지었다. 잠이 달다. 수인은 동이 트면 품을 파고든 일 따위는 없다는 듯 도도한 새가 되어 날아갔다. 상에게 그녀가 떠나는 소리는 이제 레드썬 사인처럼 편안했다.

□ ■ □

30년 넘게 잘 가꾸어진 '물과 사람'의 정원은 미디어의 헌팅지나 야외 결혼식 장소로 인기가 높았다. 오늘은 뒤뜰에서 웨딩 촬영이 한창이다. 수인과 윤정은 그림 같은 신랑 신부의 모습을 구경 중이었다.

"와아. 신부 드레스 봐라. 돈 냄새가 여기까지 난다. 베라 왕인가? ……언니?"

신랑 신부를 보는 수인의 눈에선 꿀이 뚝뚝 떨어지고 있었다.
신부에 빙의한 듯한 수인의 저런 얼굴은 처음이었다. 윤정은 자신
의 말은 듣지도 못하고 눈앞의 그림에 빠져 있는 수인의 핑크빛
뺨을 보며 한쪽 입꼬리를 올렸다.

"언니, 나 몰래 하는 연애 있지?"

'뜨끔!'

그제야 윤정을 보는 수인이였다.

"무슨 소리야……."

"내 촉이 틀릴 리가 없는데에……. 콜미 콜미!"

수인은 도리질을 치고 가게 안으로 바삐 걸음을 옮기며, 괜히
딴소리를 했다.

"조금 있으면 동욱 씨 결과 나오지? 조만간 같이 밥이라도 먹
자."

자연스럽게 화제를 돌리는 게 어쩐지 수상하지만 평소 수인의
취향이라면 확실히 연하남은 좀 아니긴 했다. 콜미 콜미는 설핏
보기에도 대여섯 살은 어려 보였으니까.

"밥은. 붙어야 먹지. 9급 공무원 시험이 사시, 행시도 아니고
진짜. 에효……."

"결과야 어떻든, 수고했단 뜻으로. 알았지?"

"어……."

시험 치르는 남자 친구 종파티까지 챙겨 주는 언니는 고마웠
지만, 자신에게 무엇인가를 숨기는 것 같아서 못내 서운한 윤정

이였다.

□ ■ □

"나도 한번 해 봐도 돼요?"

상은 기꺼이 수인에게 고슴도치 사료를 양보했다. 사료를 쥔 수인의 손이 우리 속으로 들어오자 고슴도치 두 마리가 일제히 다가왔다.

"앗. 따거!"

"하하……. 아직 길이 안 들어서 그래."

"따르지도 않고, 애교도 안 피우고……. 따갑기만 한 이걸 왜 키워요?"

"이거라니! 내 자식들한테."

그러고 보니 수인과 고슴도치의 형질이 똑같다고 느끼는 상이 였다. 가재미눈을 뜨고 그녀와 고슴도치를 번갈아 보는 상의 생각을 읽고는 수인이 눈을 흘겼다. 상은 그 눈길을 피하며 급히 말을 돌렸다.

"얘가 고돌이 원(1), 얘가 투(2). 구별할 수 있겠어?"

"전혀요. 아무리 봐도 다 똑같아."

"봐 봐. 이렇게 좀 큰 애가 고돌이 원이고, 작은 애가 고돌이 투……. 둘이 진짜 잘 지내지? 고돌이 투가 석 달이나 나중에 들어와서 걱정했는데, 웬걸. 첫날부터 서로 부둥켜안고 자더라고. 역시 모든 동물은 일단 한방에 가둬 놓으면……."

상은 수인을 향해 음흉한 눈빛을 보냈다. 하지만 상대도 않고 침대로 가 눕는 그녀를 향해 괜히 입술만 씰룩였다.

"또 모르지. 당신이 나한테 사심을 갖게 될지."

상은 앞섶을 여미며 수인을 경계하는 제스처를 보내지만, 수인은 절대 그럴 일 없다 잘라 말했다.

"절대? 나중 나중에라도?"

"영겁의 세월이 흘러도."

"우씽……. 내가 작정하고 꼬시면 어떻게 되나 함 볼까?"

"어떻게 되는데요?"

"숨도 못 쉬어."

"……."

정적. 수인은 한심하다는 듯 무표정으로 상을 보다가 이불을 뒤집어썼다. 얼마 후, 이불이 들썩거린다. 상은 발끈해 이불을 확 걷었다.

"뭐 하는 짓이야! 당당하게 웃어!"

상은 자존심이 상했던지 침대 모서리에 뻐딱하게 앉아 야릇한 표정을 지으며 수인을 바라봤다.

"……?"

그러더니 한쪽 발가락으로 다른 쪽 양말을 스윽 벗기 시작했다.

'풉.'

속으로는 실소가 샐 지경이었지만 꾹 참는 수인이였다. 웃어 줘 버릇하면 어느 틈엔가 침대에서 안전하지 못한 남자로 변신할지도 모를 일이었다. 자고로 이럴 땐, 더 세게 나가 줘야 한다.

"정말…… 그래도 괜찮겠어요?"

연신 야릇한 눈빛으로 장난을 치던 상은, 그윽하게 자신을 바라보며 묻는 수인의 눈빛에 심장이 쿵 떨어진다.

'뭐야. 정말 나랑 할 마음이 생겼단 건가?'

상은 침을 한 번 꼴깍 삼키고는 수인에게 되물었다.

"……진심이야?"

"……."

수인은 정색하고 혼란스러워하는 상의 얼굴을 물끄러미 보다가 박장대소를 했다.

"아, 뭐야!"

"당당하게 웃으라면서요. 빨리 와요. 피곤해."

상은 삐죽이며 침대로 들어가 눕고는 수인에게 한 팔을 내밀었다. 이제는 너무도 익숙하게 팔베개에 머리를 기대는 그녀였다.

"쓸모없네. 〈올드보이〉에선 상상 훈련이 실전에서도 먹히던데. 최민식 순 사기. 아아. 상상에선 무지 통했는데……."

"부도덕한 상상에 나 캐스팅하지 마요."

"따갑긴. 지구 멸망을 막을 수 있는 백신이 당신 애교라고 해도 '미안하지만 제 애교는 절대 보여 줄 수 없습니다. 잘 가라 인류여. 펑!' 이럴걸? 칫. 애교는 현대인 덕목이거늘."

"언제부터…… 그런 게 덕목씩이나……."

수인은 벌써 잠의 입구에 들어서고 있었다.

"요즘같이 험한 시대에 살아남는 방법이지. 아잉. 살려 주세영."

"……."

스르르 잠에 빠지는 수인을 보자 심통이 나지만 이내 그녀를 품에 안았다. 그리고 상 역시 잠을 청하려 눈을 감았다.

하지만 얼마 못 가 다시 뜬다. 솔직히, 잠시 위험할 뻔했다. '정말 그래도 괜찮겠어요?'라고 말하던 좀 전 그녀의 눈빛에 조금, 아니 많이 흔들렸다.

"……."

많이 피곤했는지 수인은 금세 잠의 허리로 들어간 듯 보였다. 조금 전, 그녀가 괜찮겠냐며 심중을 확인하려 든 순간, 만약 그때 바로 침대 위 그녀를 향해 돌진해 버렸다면?

'지금 이렇게 평화롭게 잠든 그녀의 얼굴은 볼 수 없었겠지…….'

상은 잠든 수인의 뺨을 가린 머리칼을 조심스레 쓸어 귀 뒤로 넘겨 준다. 그리고 그녀의 감은 눈을 본다. 제 가슴에 기대 잠든 그녀의 콧날을, 입술을…….

'만약 이대로 돌아누워 당신에게 입 맞춘다면, 그렇게 당신의 잠을 깨워 버린다면 이 평화도 깨져 버리겠지?'

수인의 머리칼을 어루만지던 손은 어느새 그녀의 목덜미에서 부드러운 곡선을 그리며 어깨에 이른다. 상은 그녀의 어깨를 가볍게 말아 쥔다. 손안에 여백을 만들 만큼 가녀린 어깨가 마치 벨벳 옷걸이 같다고 느끼며…….

'이 옷걸이에 걸린 그녀의 잠옷을 단번에 벗겨 버리고 싶어…….'

그는 점점 가빠지는 호흡이 새어 나갈까 봐 입술을 꾹 다물었다. 그녀의 작은 어깨를 응시하며 두 번, 세 번 고민하는 사이 더욱 빨라진 숨소리가 어느덧 제 귀에도 거슬릴 정도가 됐다. 그럼에도 어깨를 쥔 손엔 점점 더 힘이 들어갔다.

'여기서 조금만 더 꽉 잡는다면 그녀가 바로 눈을 뜰 텐데……'

네 번, 다섯 번 고민했다. 냉정과 열정의 전쟁에서 냉정이 겨우 이기고 마침내 그녀의 어깨에서 손을 거둬 냈다.

"후우……."

천장을 보고 바로 누워 깊은 숨을 몰아쉰다. 자신의 배 위에 올라 있는 그녀의 손이 뜨겁고, 갈비뼈를 두드리는 그녀의 심장 박동이 간지럽고, 발목 위에 겹쳐진 그녀의 발이 부드럽지만, 가까스로 이성을 되찾았다.

1초. 2초. 3초.

상은 제 가슴팍 위에 내려앉아 있던 수인의 손을 마치 비키라는 듯 거칠게 치워 냈다. 그리고 벌떡 상체를 일으켜 그토록 놓으려 애썼던 그녀의 어깨를 도로 움켜쥐었다. 그대로 힘주어 밀며 그녀를 넘어뜨리듯 바로 눕혔다.

"……!"

마치 플러그가 뽑히듯 한순간에 툭 끊겨 버린 꿈의 허리. 수인은 놀라 눈을 떴다. 아직 잠 속에서 완연히 헤어 나오지 못한 수인은 어둑하게 시야를 가린 것의 정체를 파악하려 애썼다.

'검은 우산? 지붕? 그것도 아니면 혹시 달그림자?'

갑자기 단잠에서 빠져나온 그녀의 회로는 느리게 움직이고 있었다. 하지만 자신의 몸 위를 덮은 것이 다름 아닌 상의 그림자라는 것을 깨닫는 데는 오래 걸리지 않았다.

"하아……."

몸 위로 거의 올라오다시피 한 채 자신을 내려다보고 있는 상의 얼굴이 보였다. 그는 감기에 걸린 사람처럼 달뜬 얼굴로 한껏 뜨거운 숨길을 내뱉고 있었다.

"왜 그래요……?"

"도저히 못 참겠어."

수인은 비몽사몽간에 몸을 일으키려 하지만 웬일인지 조금도 움직일 수 없었다. 그의 양손이 어깨를 짓누르듯 꼭 쥐고 있었다.

"아! 아파요……."

아마 내일이면 멍 자국이 남을지도 모를 힘이라고 생각하며 상은 미리부터 미안해졌다. 하지만, 그의 손은 이미 그녀의 하얀 원피스 잠옷의 밑단을 향했다. 그러고는 순간이었다. 상은 그녀의 잠옷을 아래에서 위로 단번에 벗겨 냈다.

'툭.'

침대 밑으로 떨어진 그녀의 잠옷은 마치 흰나비가 요정이 되며 벗어 둔 아름다운 허물 같았다. 달빛이 드리운 그녀의 아름다운 육체에 그는 정신을 잃을 것만 같았다. 다급해졌다.

'빨리, 조금이라도 더 많이, 당신을 갖고 싶어…….'

상은 말문이 막힌 그녀의 눈을 똑바로 응시했다. 당혹과 두려움, 그리고 질문에 찬 그녀의 눈에 상은 대답해 줄 마음이 조금도 없어서 그대로 그녀의 입술에 키스해 버린다. 상체의 온 체중을 실어 무겁게, 더 깊게 입을 맞췄다. 다음 질문이 더는 나오지 못하도록.

"읍!"

상은 그녀의 신음마저 거부하겠다는 듯, 입 안에서 방황하는 그녀의 혀를 자신의 혀로 꽁꽁 묶었다. 동시에 그녀의 등 아래로 손을 넣어 브래지어 후크를 풀려 애썼다. 하지만 제 무게까지 더해진 수인의 등 밑에서 손이 자유롭지 못하자, 그대로 브라의 컵을 거칠게 끌어 내려 버렸다.

그사이 자유가 된 수인의 맥없는 한 손은 그의 가슴팍을 밀어내려 했지만, 이내 상의 큰 손이 수갑이 되어 손목을 잡히고 말았다.

"이러지 마요……. 안 그러기로 했잖아. 아!"

아카사카의 호텔방, 그 첫날 밤부터 줄곧 그에게 사악하기만 했던 그녀의 젖무덤을 한입 길게 빨아들이자 금세 피멍이 남았다. 상은 그녀의 브래지어를 마치 티셔츠를 벗길 때처럼 통째로 위로 밀어 벗겨 내 침대 아래로 던졌다. 그리고 그녀의 골반 위에 걸터앉아 자신의 윗옷을 벗어 냈다.

"나한테 이러지 않겠다고 말했잖아요……."

수인은 가느다란 팔로 앞가슴을 가리며 몸을 일으키려 애썼다. 하지만, 이내 상의 손바닥이 쇄골을 눌러 와 도로 눕혀지고 말았다.

"제발……. 응?"

여전히 대답해 줄 마음이 없는 상은 그저 애원하는 그녀의 위로 완전히 포개어 엎어질 뿐이었다. 그녀의 소담스러운 양 가슴이 맨살에 와 닿는 느낌이 뜨겁다.

상은 11자로 굳게 다문 그녀의 다리 틈을 비집고 제 두 다리를 그 틈에 자리시켰다. 그리고 다시 한 번 그녀의 입술과 목덜미, 하얀 젖무덤의 꼭대기를 차례로 마셨다. 참아 왔던 목마름을 한꺼번에 채우려는 듯 욕심을 부리며 그녀의 팬티를 벗기기 위해 아래로 손을 뻗었다.

"안 돼요!"

그녀는 작지만 다급한 목소리로 그의 손목을 붙잡았다. '찰싹' 소리가 날 정도로 세차게 잡아서 상의 손목에는 빨간 자국이 남을 정도였다. 상은 자꾸만 자신의 가슴을 밀어 내는 수인의 양팔을 내려 열중쉬어 자세로 만들었다. 그러고는 그녀의 등 뒤로 손을 넣어 두 손목을 모아 꼭 쥐며 결박했다.

그녀는 자신의 손목 위에 누운 채, 등허리에 와 닿는 이물감에서 벗어나고파 상체를 활처럼 구부렸다.

"정말 하려는 건 아니죠? 하지 마요, 우리⋯⋯."

"쉿⋯⋯."

그녀의 등 뒤로 손목을 결박한 채 그는 마음 약해지지 않으려 노력했다. 이성으로는 그녀의 바람대로 순순히 따라 주고 싶었지만, 한번 타오른 가슴은 쉽게 진정되지 않았다.

다시 수인의 아래로 손을 뻗고 만다. 그녀의 골반뼈와 팬티 끈 사이의 움푹한 빈 공간이 그의 엄지 사이즈에 신기할 만큼 딱 맞아떨어졌다. 그는 팬티 끈에 엄지를 걸고 밑으로 당겼다.

"앗!"

순간, 그녀가 내지르는 작은 비명의 데시벨을 조금이라도 낮추기 위해 그녀의 입술에 키스해 버렸다. 그러고는 그녀의 눈동자를 바라봤다.

"약속 했잖아요……. 그런데 왜 안 지키는 건데?"

수인은 자신의 목덜미에 입을 맞추는 상의 어깨를 연신 밀어 내며 말했다. 그러자 상은 입 안 가득 머금고 거침없이 빨아들이던 그녀의 살결을 놓고 모든 동작을 멈췄다.

"……."

그리고 성난 눈으로 그녀를 똑바로 응시했다. 반항하지 말라는 그 눈에 수인도 지지 않고 힘주어 말했다.

"다신, 나 안 보고 싶어요? 그래?"

식식대며 입술을 앙다문 그녀를 잠시간 보다가, 상은 짧은 코웃음을 웃었다.

"다시 안 보고 싶은 사람이 누가 될진, 끝나고 나서 다시 얘기해."

수인은 그의 태도에 말문이 막혔다. 더 이상의 설득은 소용없는 짓임을 직감했다. 상은 자꾸만 오므라들며 그의 허리를 짓누르는 그녀의 무릎을 잡고 힘주어 밖으로 밀어 냈다.

"아앗!"

"다시 안 볼 수 없을걸? 내가 지금부터 그렇게 안 놔둘 거거든."

상은 그녀의 골반에 걸린 팬티를 단숨에 벗겨 내고는 그녀의 위를 덮쳤다. 거칠게 압박해 오는 상의 기세에 그녀는 질끈 눈을 감아 버렸다.

'타닥. 타닥. 타다닥……'

상은 어둠 속에서 노트북을 두드리다가 눈이 피로해져 잠시 안경을 벗고 눈꼬리를 매만진다. 자연스레 침대 위로 이어진 시선 끝에는 수인이 있었다. 힘들었는지 침대 아래로 맥없이 팔을 축 늘어뜨리고 잠든 그녀를 보며 상은 만족한 듯 미소 지었다.

더러는 괜찮았지만 대개는 녹초가 되어 찾아오는 날들이 많았다. 상의 눈길은 기운 없이 늘어뜨려진 그녀의 팔 라인을 따라 옅게 찌푸려진 미간까지를 훑고 올라갔다. 그 큰 가게를 이제 어머니도 없이 혼자 책임 관리 하고 있는 그녀의 하루 내 피로가 고스란히 전해 왔다.

아까, 수인을 품에서 안아 재우기 직전. 그러니까, 막 잠든 그녀의 뺨을 가린 머리칼을 조심스레 쓸어 귀 뒤로 넘겨 주고, 제 가슴에 기대 잠든 그녀를 바라봤을 때……. 하마터면 이성을 잃을 뻔했다.

'만약 이대로 돌아누워 당신에게 입 맞춘다면, 그렇게 당신의 잠을 깨워 버린다면 이 평화도 깨져 버리겠지?'

그러면서도 머릿속으로는 이미 그녀를 벗겼고, 가슴과 가슴을 맞대며 입을 맞췄고, 걷잡을 수 없이 끓어올라 하나가 되는 그림을 그려 버렸다. 무방비로 잠든 수인을 보며 그녀의 다리 틈새로

난폭하게 돌진하는, 거친 상상을 했다. 비열하게도, 거래나 약속 따위 모르는 척하고만 싶었다.

1시간 전. 그녀의 가슴 위로 자신을 포개는 생각을 하는 동안 잔뜩 달아오른 몸의 열기를 식히기 위해 그녀의 목 아래서 조심스레 팔을 빼며 속삭였다.

"미안. 오늘은 내가 위험한 짐승이라서……."

여느 때보다 빨리 침대를 벗어나 노트북 앞에 앉은 상은 그녀에 대한 욕망을 떨쳐 내려 더욱 열심히 키보드를 두드렸다. 난폭한 생각에 한 번만 더 사로잡힌다면, 정말이지 그녀에게 무슨 짓을 저질러 버리고 말 것 같았다. 그녀에게서 이 안전한 밤을 빼앗고 싶지 않았다.

상은 한 번 뒤척이지도 않고 잘 자는 수인에게서 그만 시선을 거두고, 다시 안경을 바로 썼다. 그 후로 오랫동안 타닥타닥 키보드 치는 소리가 계속됐다.

'타닥. 타닥. 타다닥…….'

『다시 누군가 안고 싶어지다니. 어쩔 도리 없이 형편없는 놈이다. 행복으로 가득 찬 방을 부유하다가 일순 나락으로 내동댕이쳐진 날이 있었다. 척추가 으스러졌고, 바닥을 겨우 기어 여기까지 왔다. 뱀처럼 구불거리며 살아온 내게 여자는 고맙다고 했다. 그 한마디에 다시 일어나 걸을 수 있을 것만 같았다. 어느 노랫말처럼 나는 벌레 같고, 그녀는 눈부시다.』

□ ■ □

'쾅!'

자고 있던 수인은 큰 소리에 놀라 몸을 벌떡 일으켰다. 열린 창으로 들이치는 바람에 문이 닫히는 소리였다. 부스스 일어나 창을 닫고 보니 상이 침대에도, 노트북 앞에도 없었다.

'화장실에 갔나?'

하지만 거기에도 없었다. 집 안을 두리번거리다가 잠들기 전 상이 벗어 놓은 양말을 발견했다.

'내가 작정하고 꼬시면 어떻게 되나 함 볼까?'

'픕.'

한쪽 발가락으로 다른 쪽 양말을 스윽 벗으며 유혹하던 그의 모습이 떠올라 수인은 웃었다. 상의 양말을 주워 드는데 불현듯 의문이 스쳤다.

'어떤 문이 닫힌 거지?'

분명 쾅 하고 문이 닫히는 소리였다. 하지만 욕실 문은 열려 있었고, 이 집의 모든 방문은 미닫이문이었다. 왠지 오싹하다. 다시 이불 속에 숨을 요량으로 침대를 향해 몸을 트는데, 시야에 작은 문이 보였다. 벽과 같은 나무 무늬라 평소에는 미처 깨닫지 못했던 문이 숨은 그림처럼 드러나 보였다.

수인은 꽉 닫히지 않은 채로 들떠 있는 작은 문에 다가섰다. 벽장 문고리처럼 생긴 손잡이를 당겨 조심스럽게 열어 보니 낮은 계단이 보였다.

'다락방?'

계단 끝에 다락방 문틈으로 희미한 불빛이 새어 나오고 있었다.

'이 집에 이런 곳이 숨어 있었구나……'

수인은 홀린 듯한 계단을 내디뎌 다락방을 향해 올라섰다. 그 때였다.

'댕!'

괘종시계 소리에 수인은 소스라치게 놀랐다.

"깜짝이야……"

시계 소리임을 확인한 수인은 이내 다시 계단을 올라가려 발을 내디뎠다.

"어디 가."

"……!"

달빛을 등진 그림자가 우뚝 서 있었다. 상이였다. 그가 왠지 그 늘진 얼굴을 하고 있다는 사실을 미처 깨닫지 못한 그녀는 그림자의 정체가 상이라는 걸 확인하자 안심한 듯 웃었다.

"놀랐잖아요. 집에 이런 데가 있었네요?"

"왜 일어났어?"

"바람에 문이 닫혀서……"

상은 수인에게 내려오라 손을 내밀고, 그녀는 그 손을 잡고 계단 아래로 내려섰다.

"저기 다락방 아니에요?"

"닫혀 있는 모든 문은 함부로 열지 않았으면 좋겠는데."

상은 미소 띤 얼굴로 젠틀하게 경고하고는 수인의 손에 깍지를 끼었다.

"어디 갔다 왔어요?"

"바람이 너무 세서 베란다 문 좀 닫고 왔어."

"그랬구나⋯⋯. 오늘 밤 쌀쌀하다."

상은 어깨를 움츠리는 수인의 팔을 몇 번 쓸어내렸다.

"그만 침대로 가자."

상은 수인을 다시 침대로 이끌며 무언가 감추려는 사람처럼 등 뒤로 손을 뻗어 다락으로 통하는 문을 얼른 닫았다.

"같이 있을 땐 몰랐는데 시계 소리가⋯⋯. 혼자 사는 거, 안 무서워요?"

수인은 침대에 걸터앉으며 묻는다. 상은 수인의 곁에 앉으며 놀리듯 대답했다.

"나 없이 혼자 있으니까 많이 무서웠구나?"

"쫌⋯⋯. 주변에 다른 집도 없구⋯⋯. 좀 스산할 때 없어요?"

"왜. 귀신이라도 나올까 봐? 그렇게 보이지 말아야 할 게 보이는 건 하나도 안 무서운데, 이런 건 좀 무섭지."

"어떤 거요?"

"당연히 보여야 할 게, 보이지 않는 거⋯⋯."

보여야 할 게 보이지 않는 것. 뜻 모를 이야기였지만 어쩐지 조금 쓸쓸하게 느껴지는 상의 얼굴이 마음에 걸렸다.

"이렇게 하면 안 무섭지?"

상은 이불을 끌어다 두 사람의 머리 위로 뒤집어씌웠다.

"뭔가 보호받는 기분 들잖아."

"이게?"

"어릴 때, TV에서 납량 특집 볼 때 이렇게 안 했어?"

다 큰 성인 남자의 한심한 소리에 수인은 처음으로 그의 나이가 궁금해졌다. 웃어넘기다가 문득 행거에 시선이 멈췄다. 줄줄이 걸린 후드 티 여러 장…….

"보호받는 기분 들지? 그치?"

"……."

옛날 영화 속 외계인 〈E.T〉처럼 이불을 머리에 뒤집어쓴 채 천진한 표정을 짓는 상의 얼굴에 수인의 마음이 오래 머물고 있었다.

□ ■ □

"글쎄, 여긴 안 된다고 했잖아요!"

수인이 직원용 화장실에 들어서자 화장실 칸 너머로 윤정의 앙칼진 목소리가 들려왔다.

"인간적으로, 아니 짐승적으로도 그래. 인두겁을 썼으면 딴 데 가서 알아보셔야죠! 이런 전화 하지 마세요! ……에이 씨. 쯧."

윤정은 화장실 문을 박차고 나오다 손을 씻고 있던 수인을 보더니 화들짝 놀랐다.

"무슨 전환데 말이 그래?"

"어? 아, 아니야. 그냥 스팸……이 아니라 그, 그거 있잖아. 그…… 보이스 피싱!"

"뭐어? 신고는?"

수인이 휴대폰을 꺼내 들자 윤정은 황급히 막아섰다.

"아이구, 됐어. 내가 누군데! 명색이 해물요리전문점 남바 투 아니야. 이게 수산물 전문한테 낚시를! 확 마! 내가 아주 혼구녕을 내 주고, 다 처리했어. 헤헤."

윤정은 호기롭게 손가락으로 V 자까지 그려 보이며 싱긋 웃었다. 이때 윤정의 휴대폰으로 문자 메시지 한 통이 들어왔다.

[나 지금 바로 방문합니다!]

윤정은 다시 붉으락푸르락한 얼굴이 됐다.

"왜? 또 그 보이스 피싱이야? 줘 봐. 번호 뭐야. 신고를 해야 된다니까?"

윤정은 얼른 휴대폰을 주머니에 넣었다.

"언니! 그릇 주문 하러 간다 그러지 않았어?"

"내일 가려구."

"언니! 진짜 미안! 내가 아까 접시를 몽땅 해 먹었다. 금요미식탐방 팀 촬영, 당장 내일 점심인데 어떡하냐."

"그 파란색 자기?"

"응, 자기야."

"넌 이 상황에 농담이 나와? 그 파란 접시 네가 제일 아끼는 거였잖아."

"그래서 내가 이렇게 얼굴이 파랗게 질렸잖아. 언니, 나 월급에서 까더라도 내일 그 접시 꼭 있어야 돼. 나 그 고급진 파란 자기 아니면 삘(feel) 안 나오는 거 알지? 얼른 가서 일곱 장만 주문 때려 줘."

윤정은 수인의 등을 떠밀었다.

"……알았어. 근데 너 안 다쳤어?"

"우리 파란 자기만 아야 했쪄. 어머! 언니 머릿결 왜 이 모냥? 나간 김에 트리트먼트 좀 받고 와라. 내일 카메라도 오는데에. 천. 천. 히 갔다 와. Go get!"

수인은 윤정의 부탁대로 그릇 상가에 주문을 넣고, 다시 가게로 돌아가려 차를 달린다. 빨간 신호에 대기하다가 하늘을 올려다봤다. 잡티 없이 파란 하늘이 눈부시다. 횡단보도를 건너는 어린 연인들의 발랄한 웃음이 샛노랗게 예쁘다. 어쩐지 넋을 놓고 바라보게 되는 선명한 채색 대비였다.

'빠앙!'

뒤차의 클랙슨 소리에 놀라 냉큼 액셀을 밟고 나아갔다.

'띵. 띵. 띵……'

이번엔 안전벨트 경고등이 깜빡였다. 안전벨트를 꽉 고쳐 매봐도 여전히 안전벨트 미착용 버저가 울리고 있었다.

"이게 갑자기 왜 이러지?"

결국 차를 한쪽에 세우고 점검해 보지만 도통 영문을 모르겠다. 한참 헤매고 있는데, 차창 밖에서 안쪽을 들여다보는 시선에 흠칫한다. 주차된 차량인 줄 알고, 차창을 거울 삼아 얼굴을 닦고 있는 여자였다.

"아, 진짜! 너 때문에 이게 뭐야!"

대학생 커플로 보이는 이들은 들고 있는 아이스크림을 서로의 얼굴에 묻혀 대며 장난을 쳤던가 보다. 여자가 수인의 차창에 비쳐 얼굴을 다 닦아 내자, 남자 친구는 어디 보자며 요리조리 보더니 또 아이스크림을 여자 친구의 얼굴에 바르고 도망쳤다.

"야!"

쫓고 쫓기며 엎어치고 메치는 모습이 죽게 유치했다. 그래도 싱그러워 수인은 웃음이 난다. 생각해 보면 차라리 치기 어릴 정도로 해맑은 연애를 해 본 적이 없는 것 같았다. 저들 나이만 했을 때의 수인은 탐해지거나 시기받거나, 둘 중 하나여서 정신을 단단히 차리고 스스로를 지키지 않으면 안 되었다.

왠지 서글퍼질 즈음, 안전벨트 경고음이 멎었음을 알아차린다.

'이상하다. 아깐 왜 그랬지?'

다시 시동을 걸려는데, 방금 전 그 귀여운 커플이 좋아 죽겠다는 눈으로 서로를 바라보는 모습이 보였다.

"……."

수인은 무슨 마음에서인지 한동안 휴대폰을 이리저리 매만졌다.

그 시각, 상은 소파에 무릎을 세우고 앉아 고슴도치 한 마리를 손 위에 올려놓고 쓰다듬고 있었다.

"고돌아, 왜 아프고 그래……."

동물병원에서 준 장염 약을 먹고 기운을 차려 가고 있었지만, 고슴도치 고돌이를 보는 상의 눈은 한껏 슬프다. 눈치 없이 집 안 깊숙이 햇살이 쏟아져 들어와 눈이 시렸다. 울리는 휴대폰 소리에 고돌이를 우리에 잘 넣어 주었다.

"여보세요? ……진짜? 아아. 지금은 좀 그런데……."

수인으로부터 잠깐 나올 수 있겠느냐는 전화를 받을 줄은 몰랐다. 반짝 기뻤다가 고슴도치가 마음에 밟혀 주저된다.

"그런데, 혹시 데이트? 연애 걸지 말라며."

수인을 놀리는 게 재미있다.

"백화점? 사람 많은 덴 싫은데……. 아냐 아냐! 갈게! 지금 가."

상은 신이 나서 옷을 꿰어 입었다.

"고돌아, 자고 있어. 아빠 갔다 올게."

수인은 상을 만나기로 한 백화점에서 에스컬레이터를 타고 올라가고 있었다. 문득 시야에 남성 의류 플로어의 마네킹이 입은 후드 티가 보였다. 상에게 선물한다면 또 가재미눈을 뜨고선 사심 갖는 거냐며 놀려 댈 게 뻔했다. 그래도, 그의 피부색과 잘 어울리는 컬러였다. 결국, 사고 말았다.

'그나저나 그 사람 오려면 아직 한참이나 남았는데…….'

마침 눈앞에 서점이 보였다. 문득, 경제지 박 부장의 핀잔이 떠올랐다.

'속 썩이는 작가 녀석이 하나 있거든. 이상이라고. 몰라? 가만 보면 좀 심해! 무슨 여자가 맨 경제지 아니면 다큐멘터리. 문학을 봐야 가슴이 따뜻해지고, 연애도 진행이 되고 그러는 것이지.'

'과연 그럴까.'

심심풀이 삼아 박 부장의 조언을 들어 보기로 했다.

수인이 서점에 들른 건 오랜만의 일이었다. 경제지나 내셔널지오그래픽 등의 매거진은 정기 구독으로 받아 봤고, 인문학 서적은 꼭 읽고 싶은 것만 인터넷으로 주문하면 됐다. 생소하고 넓은 서점 안 문학 코너 앞에서 수인은 까막눈이 된 기분이었다. 결국 직원에게로 다가섰다.

"저, 성은 잘 모르겠고 이름이 이상이라는 작가 책이 혹시 어디 있는지……."

아담한 키에 귀여운 이목구비를 가진 소설 코너의 직원은 '이상' 이라는 말에 수인을 흘기듯 쳐다봤다. 검색기가 고장 나 더욱 분주한 탓에 어쩔 수 없는 불친절이리라 이해했다.

"이상 뭐요."

쪼그려 앉아 책 정리를 하고 있던 직원은 일어나 돌아간 치마를 사납게 고쳐 입었다.

"네?"

"어떤 이상 찾으시냐고요. 죽은 이상, 젊은 이상."

문학 팀 이 차장이 목을 매고 원고 청탁 중이라고 했으니 죽은 사람일 리는 만무했다.

'그런데, 이름이 이상이 아니라 풀 네임이 이상이었다니……'

베스트셀러 코너로 가는 직원의 뒷모습을 보며 자신이 교양 상식이 없는 사람이 된 것만 같아 부끄러워졌다. 이제라도 박 부장의 조언을 듣기로 한 건 잘한 선택이었다는 생각을 했다.

"이게 단편 모음, 이상 문학상 수상집, 이게 그 뒤에 나온 장편들이요."

"감사합……."

올망졸망한 외양과 다르게 지나치게 시크한 직원은 수인 앞에 책을 차례로 툭툭 던지듯 버려두고는 수인의 인사도 다 듣지 않고 총총히 멀어졌다.

"흐음."

수인은 책을 후루룩 넘겨 봤다. '최연소 이상 문학상 수상자', '한국 문학계가 주목하는 17세 천재 작가의 탄생', '신춘문예 그랜드 슬램 달성' 따위의 서평을 읽다가 일순 손이 멈췄다.

"……!"

책날개 부분 띠지에 가려진 작가의 프로필 사진에 시선이 얼어붙었다. 흑백에 얼굴이 잘 보이진 않지만 후드 티를 뒤집어쓰고 있는 남자였다. 후드 티 주머니 사이로 삐죽 나와 있는 막대사탕까지.

……그는 영락없이 이상이었다.

수인은 미친 듯이 책장을 넘겨 작가의 말이며 방담 페이지를 빠르게 읽어 내려가다가, 한 줄의 문장을 읽은 뒤 책을 든 손을 힘없이 떨궜다.

『소재와 영감은 주변 인물을 통해 얻는 편이다.

지금도 다음 소설의 주인공이 되어 줄 사람을 기다리는 중이다.

이왕이면 여자였으면 좋겠다.(웃음) 읽을 가치가 있는 여자.

난 책을 읽는 것만큼 사람을 읽는 게 재밌다.』

수인은 충격에 빠진 얼굴로 생각했다. 아까 그 불친절하던 서
점 직원처럼 이대로 철퍼덕 쪼그려 앉고 싶다고. 손목에 걸린 쇼
핑백 속 후드 티를 살짝 꺼내어 본다. 비에 젖어 처음 상의 집을
찾아간 날, 그 밤에 물었더랬다.

‘이렇게 어이없는 부탁을 왜 그렇게 쉽게 들어줘요?’

‘당신이, 재밌으니까.’

□ ■ □

수인은 모든 감정을 침전시킨 듯 평이한 얼굴로 카트를 끌고,
상은 그 뒤를 따르며 불퉁거렸다.

“아, 영화 보자고오……."

“이 표고 원산지가 어디예요?”

들은 체도 않고 그저 장만 보는 수인에게 심통이 난 상은 댓
발 나온 주둥이로 막대사탕 껍질을 벗겨 입에 물더니, 씽하니 카

트를 타고 저만치 가 버렸다. 그런 상의 뒷모습을 보는 수인의 얼굴은 어둡기만 했다.

"……."

어디로 사라졌는지 마트 안을 두어 바퀴 돌다가 애견 용품 코너에서 겨우 상을 발견했다.

"그거 강아지 샴푸예요."

샴푸 뒷면을 꼼꼼히 살피느라 함흥차사인 상을 재촉하며 수인은 심드렁하게 말했다.

"이게 읽을 게 젤 많아. 화장실에 두고 보면 좋을 것 같아."

상은 기어이 강아지 샴푸를 카트에 넣고는 말을 이었다.

"지금까지 읽은 것 중 젤로 재밌는 텍스트는 당신이지만."

"……!"

웃으며 멀어지는 그의 말에 수인은 가슴이 서늘해지는 걸 느꼈다.

그녀가 먼저 청한 제안을 혼자는 첫 데이트로 여기기로 해 마음이 좋은 상이었다. 비밀 요새에서 은밀히 만나는 요원들처럼 말고, 남들처럼 밖에서 나란히 손을 잡고 걸을 수 있을 거란 기대에 들떴다. 그런데 기껏 하늘이 눈부시게 좋은 날의 외출을 백화점 마트 장보기로 끝내려는 수인이 못마땅했다.

'고작 짐꾼이 필요해 불러낸 건 아닐 거면서…….'

"일어나요."

수인은 후드 티 모자의 끈을 꽉 졸라맨 채 쪼그려 앉아 있는 상의 토라진 등을 보고 낮은 어조로 경고했다.

'남들처럼 햇살 속을 걸을 수 없다면, 남들처럼 영화라도 보고 싶어!'

상은 B급 영화 포스터를 가리키며, 그 흔한 영화라도 보고 가자고 무언으로 항의하고 있었다.

"데이트 아니랬잖아요."

"영화 좀 보는 게 무슨 데이트."

"하아……. 일어나요. 빨리. 나 배고파."

수인은 몸을 돌려 팔짱을 꼈다.

'톡톡.'

그녀의 어깨를 두드리자 수인은 짜증 섞인 눈빛으로 돌아봤다. 그런데 상이 제 입 안의 막대사탕을 푹 찔러 넣어 주었다.

"앗. 뭐 하는 짓이에요!"

수인은 기겁하며 사탕을 빼내고 노려봤다.

"우선 이걸로 쫌만 버티면 안 될까? 100분만. 저 영화 러닝 타임."

"……."

수인은 신경질적으로 사탕을 쓰레기통에 버리고는 어디 한번 내키는 대로 해 보자는 듯 극장을 향해 앞장섰다.

"크게 양보한 건데……. 같이 가!"

상은 쓰레기통에 버려진 막대사탕을 아쉬워라 보다가 냉큼 수인을 쫓아갔다.

영화가 끝나자 관객들은 희대의 졸작인 영화에 대한 혹평을 늘어놓으며 자리를 떴다. 그중에는 '너 때문에 이걸 봤다' 며 서로를 탓하다 싸우는 무리도 있었다. 빠져나가는 관객들 틈에 수인과 상은 아직 우두커니 앉아 있다.

"하하하! 이 감독은 진짜 천재야!"

"……."

배꼽을 잡고 자지러지는 상에 반해 수인은 여전히 화난 얼굴 그대로였다. 엔딩 크레디트를 보며 박수를 치는 상을 놔두고 수인은 자리를 떴다.

수인은 극장을 나와 근처 식당으로 들어가 버렸다. 상은 입을 삐죽이며 따라갔다. 사실, 귀여움을 떨 마음 같은 건 아까부터 없었다. 그녀의 틀어진 심사의 원인이 무엇인지 짐작도 안 간다는 것이 왠지 두려웠다. 긴장감을 풀어 보려 나름의 노력을 하고 있는 터였지만, 확실히 콘셉트를 잘못 잡은 것 같다.

"좀 웃으라고 보자는 거였는데 나만 웃었네……."

"……."

그저 그런 분식집 창가 쪽 일자형 테이블에 나란히 앉은 두 사람은 한동안 말없이 유리창 너머만 본다.

"장도 봤는데 집밥 먹지. 집에 가면 내가 금방 맛있게 해 줄 텐데……."

"……."

상의 말에 대꾸도 없이 수인은 묵묵히 먹기만 할 뿐이었다. 이때, 창밖으로 한 커플의 모습이 보였다. 남자가 조그만 클러치 백을 들고 화장실 앞에서 여자를 기다리고 있었다. 곧이어 화장실에서 여자가 나왔다. 마치 수술 방 들어가는 의사처럼 손을 들고서.
남자는 냉큼 클러치 백에서 티슈를 꺼내 여자의 손을 닦아 줬다.
일련의 장면을 보더니 수인은 코웃음을 웃었다.

"어? 웃네?"

"나도 고리타분한가 봐. 저런 그림 싫은 거 보면."

"뭐 어때. 둘만 좋으면 그만이지."

"그냥. 나 같으면 싫다구요. 핸드백까지가 그날 패션의 완성 아
닌가? 저걸 왜 남자한테 들려? 저 남자 패션은 뭐가 돼. 무거운
짐도 아니고."

"저런 게 다 관심이자 애정 표현이지. 진짜 보수적인데?"

아까부터 상의 눈과 한 번을 마주하지 않던 수인은 차가운 얼
굴로 먼저 일어나 식당을 나갔다.

"오늘따라 더 따갑네……."

상은 무겁게 일어나 지하 주차장으로 향하는 수인의 뒤를 쫓았
다.

'툭!'

조용한 지하 주차장 안에 둔탁한 소리가 울렸다. 마트 봉투를
양손 가득 들고 가던 상이 수인의 차를 향해 걷다가 갑자기 바닥
에 봉투를 내려놓은 것이었다. 그러고는 막대사탕을 문 채 수인을
제치고 그녀의 차 쪽으로 앞질러 걸어갔다.

"내 패션의 완성을 방해하잖아. 이 봉다리가."

수인은 상을 노려보다가 씩씩하게 봉투를 번쩍 들고 걸었다.

"앗!"

그런데, 무언가에 걸려 휘청하고 만다. 그 틈에 끊어진 구두 스트랩이 채찍처럼 발등을 쳐 **빨간 자국을 냈다.**

"아아……."

"다쳤어?"

놀라 달려온 상은 수인의 까진 발등을 들여다봤다. 하지만 수인은 그의 손길을 뿌리치고 일어났다. 그리고 다시 봉투를 들고는 절뚝이며 걸어갔다.

"이리 줘."

"됐어요."

상은 떨어진 구두 스트랩을 주워 들고는 수인의 손에서 봉투를 가져오려 했지만, 그녀는 내어 주질 않았다. 결국 꾸역꾸역 들고 가 차 트렁크에 넣는 데 성공했다. 쌩하니 차에 올라 운전석 문을 쾅 하고 닫는 수인을 상은 말없이 바라봤다.

'어떻게 눈 한 번을 안 맞춰 주냐…….'

그녀의 찬 기운을 목격할 수밖에 없는 상은 가슴에 먹구름이 끼는 기분이었다.

수인은 벤치에 앉아 구두 스트랩이 끊어지며 다친 발등에 밴드를 붙였다. 생각보다 피가 많이 나, 근처 약국 앞에 잠시 차를 세울 수밖에 없었다.

"자."

그사이 편의점에서 나온 상은 수인에게 딸기우유 한 팩을 건네고는 털썩 옆자리에 앉았다. 수인은 상이 준 딸기우유를 받아만

든 채 딴 데로 고개를 돌렸다. 태연한 그가 싫다. 상에 대한 믿음이 산산이 깨진 수인의 오늘은 분명 어제와 180도로 다른데, 그의 얼굴은 어제처럼 맑다. 저 쨍한 하늘을 닮아 티 없는 그의 얼굴이 눈치 없다.

'사람을 이런 식으로 고문하기는 싫은데……. 어디서부터 어떻게 말을 꺼내야 할지 모르겠어…….'

또, 굳이 말을 꺼낼 필요가 있는지도 의문스럽다. 당신의 정체를 알았다고 공표하고 나면 무엇이 달라질까. 당장은 화가 차올라 그의 변명을 들어 볼 가치가 있는지도, 잘 모르겠다.

'바보처럼 들떠서는…….'

그를 기다리며, 그의 옷을 사며, 설레었다. 분명 설렘이었다.

'부서지는 햇살 아래에서도 달빛 그늘에서처럼 빛이 날까?'

수수한 방 안에서도 빛이 난다고 느꼈던 그 싱그러운 남자와 많은 사람들 가운데 놓여 있고 싶었다. 주목은 부담스럽지만 그래도, 오랫동안 외로웠던 인생에 잠시 잠깐의 스포트라이트라 여기고 싶었다. 그랬는데…….

'마음 놓고 같이 잘 수 있는 남자를 찾는 여자? 그에게 난 단지 연구 대상이었겠지. 저 영민한 작가의 눈으로 잘 관찰하고, 맛깔나게 요리한다면 꽤 그로테스크한 여주인공으로 재탄생할지도…….'

생각의 꼬리 끝에 수인은 실소했다. 어린애들의 데이트가 부럽고, 그 치기 어린 연애를 흉내 내고 싶었던 자신이 부끄럽다.

'애초에, 이 만남 자체가 어른스럽지 못했어.'

누구한테도 공감받지 못할 나약함이었다. 당당하게 남자를 산 것까지는 쿨해 보였을지 몰라도, 분명 약해 빠진 결정이었다. 그래서 지금, 회초리를 맞는 기분이다.

"……."

말이 없는 그녀를 따라 상도 말이 없었다. 냉랭하게 앉은 두 사람 앞에는 헨젤과 그레텔이 떨궈 놓은 빵 조각처럼 드문드문 커플들이 노닐었다.

"커피."

다리를 꼬고 앉아 스마트폰 게임에 열중하고 있던 여자는 남자친구에게 주문했다. 의사가 '메스' 하듯이. 그러자 남자는 즉각 여자의 입가에 커피를 대령했고, 여자는 여전히 게임에 시선을 꽂은 채로 입술만 움직여 빨대를 쪼옥 빨아들였다. 그 모습을 보더니, 상이 입을 열었다.

"남자한테 선물을 받거나 사 달라고 조르거나, 무리인 줄 알면서도 확인 차원에서 뭔가를 부탁해 보거나. 그런 거 못하지?"

"못하는 게 아니라 안 해요."

수인은 지친 목소리로 대꾸했다. 내내 심통을 내며 감정을 소모하느라 기운이 빠진 듯했다.

"그냥. 궁금해서. 사랑받기가 싫은 건지 아니면, 사랑받을 줄을 모르는 건지."

수인은 고개를 홱 돌려 상을 쳐다본다. 정곡을 찔린 불쾌함이 밀려왔다.

"도도한 척, 센 척……. 그런데 사실 엄청 수동적인 여자잖아,

당신."

"뭐라구요?"

상은 다 먹은 딸기우유 팩을 접으며 말을 이었다.

"세상엔 어떻게 해도 해결 안 나는 게 두 가지 있어. 가난과 질병. 가난한 사람한테 돈을 벌면 되지 왜 그렇게 고생하느냐 다그치거나, 죽을병 걸린 사람한테 나으면 되지 뭐가 문제냐 하는 거, 말 안 되잖아."

"무슨 말이 하고 싶은 건데요."

"아무리 노력해도 사랑받을 수 없는 거랑, 줘도 안 받는 건 달라. 받고 싶긴 해? 사랑?"

휘말리면 백전백패하는 시비에 끼고 싶지 않아 수인은 다시 저편으로 고개를 돌려 버렸다.

"사랑받고만 싶지, 막상 누가 주면 황송해서 받을 수나 있겠어?"

"……."

상은 접은 우유팩을 물총 삼아 남은 우유 방울을 튀겨 대는 장난을 쳤다. 그것이 성가셔 수인은 우유팩을 채 가 쓰레기통에 던져 버렸다.

"남자 도움 좀 안 받았다고 비아냥씩이나 들어야 돼요?"

"정말 궁금해서 물어봤을 뿐인데."

수인은 최대한 감정적이지 않으려 노력하며 한 템포 쉬고, 대꾸했다.

"내가 무거운 건 딴 사람도 무거운 거고, 내가 귀찮은 일은 딴 사람도 귀찮은 일이잖아. 그뿐이에요."

상은 수인이 손에 들고만 있는 딸기우유를 가져와 빨대를 꽂으며 말했다.

"그렇게 배려 깊은 사람이 왜 바라기만 하고 살았는데?"

"좀 전까지 남자 도움도 못 받는 뻣뻣한 여자라고 비난한 거 아니었어요? 내가 뭘 바라기만 했단 거예요?"

"내가 바라지 않는 착한 여자니까 상대도 뭔가 베풀어야 된다, 그 생각이 나쁜 거야. '나는 헌신적이니 너도 그래야 돼.' 틀려?"

상은 빨대 꽂은 딸기우유를 수인에게 건네지만, 그녀의 시선은 차갑기만 했다.

딸기 과즙의 달달한 향, 그리고 그 향을 닮은 저 달달한 커플들 가운데 수인과 상, 둘만 입이 썼다.

수인은 이제 화난 감정을 숨길 마음이 없었다. 마트 봉투 안의 것들을 상의 냉장고에 우격다짐으로 밀어 넣었다. 머릿속은 온통 서점에서 본 상의 정체에 대한 생각뿐이어서 아무렇게나 집히는 대로 담은 것들이 꽤 됐다.

'뭘 이렇게 무식하게 많이 산 거야!'

상은 말했다. 빈털터리가 되는 게 사랑이 아니라고. 내가 가난하고 아픈데 어떻게 남을 사랑할 수 있겠느냐며 헌신은 틀린 사랑이라고 했다. 손으로는 바삐 냉장고를 채우면서, 머리로는 상의 이야기에 대한 생각뿐이었다. 결국, 냉장고 문을 쾅 닫으며 그를 향해 목소리를 높인다.

"헌신은 틀린 사랑? 뭐가 틀려. 평소에 내가 상당히 못마땅했던가 봐요?"

상은 이제야 약 기운이 돌았는지 쌩쌩해진 고슴도치를 꺼내 들고 부비지만, 내심 수인의 눈치를 살피고 있었다. 아픈 고돌이까지 두고 달려 나갔는데……. 일본에서의 첫 만남 이후 오랜만에 보는 수인의 히스테릭한 모습이 불편했다.

"날 더 비난할 게 남았다면, 해요."

"비난이 아니라, 자기가 불행한 이유 정도는 알아 두는 게 좋잖아."

"나에 대해 판단하거나 동정 같은 거 하지 말랬죠."

"그렇게 다 쳐 내면서 어느 틈에 외롭지 않을 수 있겠어. 내치든가 외롭질 말든가, 둘 중 하나만 하면 어때? 외로운 거야, 안 외로운 거야, 뭐야?"

"외로워! 외롭다구!"

수인은 분을 이기지 못하고 가늘게 몸을 떨었다. 놀란 상이 다가가 안으려 하지만, 수인은 밀쳐 낸다. 그리고 가방에서 그의 저서들을 꺼내 테이블 위에 던져 놓았다.

"……!"

상은 그대로 굳었다.

"밤마다 노트북 앞에 있던 게, 이런 일이었어요?"

"……."

"왜 속였어요."

"작가 맞아. 그리고 호스트든 애인 대행이든, 그날 호텔에서 당신 요구에 응한 순간부터 당신한텐 그런 남자였던 것도 맞고."

수인은 기가 찼다. 정말 멋대로 불려져도 상관없는, 누구라도 상관없었을, 아무럴 것도 없는 이름들이었단 말인가. 서로에게 그 것밖에 안 되는 이름들이었던가. 상의 침착한 눈이 못내 차가워 미움이 올라왔다.

"지내는 동안, 나에 대해 궁금해한 적 없잖아. 알려 들면, 얼마든지 내 이름 정도는 알 수도 있었잖아."

상은 입으로는 얼음장 같은 말을 뱉으면서 뜨거운 눈길로 수인을 똑바로 응시했다.

"그건! 그쪽이랑 내가 뭘 묻고 따질 만한 관계가 아니어야…… 했으니까……."

그러고 보니, 집 안 풍경이 생경하게 들어왔다. 바닥에 널브러진 책들 가운데는 엄연히 그의 책들이 있었고, 테이블 한편에 무심하게 쌓인 우편물에도 버젓이 그의 이름이 있었다. 수인의 머릿속에서는 지난 모든 시간들이 혼란스럽게 엉킨다. 하지만 이제 다 상관없다.

'다 끝이야. 내가 저지른 이 철없는 미친 짓에 벌받은 거야.'

가방을 어깨에 메고 현관 쪽으로 성큼 걸어갔다.

'탁!'

상이 그녀의 팔목을 붙잡았다. 그녀를 너무 몰아붙였다.

"이러지 마. 난 그냥……."

그녀를 안으려 다가서지만 뿌리쳤다.

"사람이 외로우면 수치심도 잊는다, 뭐 그런 주제라도 담아요? 안전한 남자를 찾는다니! 밤마다 품으로 기어들어 오는 여자라니!"

수인은 눈물 그렁한 눈으로 상을 응시했다.

"그게…… 재밌었니?"

그녀를 보는 상의 눈동자는 새까만 심연 같다. 온몸으로 자신을 원망하는 그녀의 기운이, 이 공기가 아프다.

'삐빅.'

레드썬 사인처럼 편안했던, 그녀가 떠나는 도어록 잠금 소리도…… 아프다.

그의 집을 나서며 생각했다. 왜 굳이 그의 냉장고를 채워 주고 가는지.

'그의 공간에서 채우려던 건 냉장고가 아니라 외로움이었는데……'

집에 돌아온 수인은 뜰의 연못으로 이어지는 발코니 문을 열었다. 잉어 연못가엔, 아무도 없었다. 모든 게 제자리로 돌아왔다는 생각에 묘한 안정감마저 느껴졌고, 그것이 쓸쓸했다. 수인은 그대로 문에 등을 대고 스러지듯 앉아 눈을 감았다. 눈물을 참는 듯 그녀의 속눈썹이 떨렸다.

그녀가 떠난 뒤, 상은 가만히 냉장고 문을 열어 봤다. 얌전히 정리된 채 채워져 있었다. 상은 그대로 앉아 무릎을 껴안고서 냉장고 안을 바라봤다. 어둠이 내린 집 안엔 오직 그가 앉은 자리만이 냉장고 불빛으로 밝았다.

3
외로운 사람 눈엔 다른 사람 외로움도 보여야 하는 거야

"나한테 왜 숨기는데? 언니 걔랑 사귀고 있는 거 맞잖아!"

뿔이 날 대로 난 윤정은 사표까지 내던지며 섭섭함을 토로했다. 생각하는 그런 사이가 아니라는 수인의 어설픈 설명이 속 시원할 리 없었다. 결국, 자초지종을 털어놓고 말았다.

"그럼 호스트였단 얘기야 지금?"

"쉿! 그게 아니라! 하아…… 나도 모르겠어. 몰라."

윤정은 수인의 파격적 고백에 눈이 뛰어나올 것만 같았다.

"아놔. 이 언니 왜 이렇게 용감해졌어. 언니가 모르면 누가 안 대? 묻지 마 연애라도 한 거야?"

사실, 이름이나 나이 정도는 물어봐도 괜찮지 않을까 몇 차례 망설였던 적도 있었다. 하지만 군이 따져 물을 만큼 궁금해하지 않기로 했다. 그것이 사생활을 지키고, 관계의 부침에 매이지 않

는 방편이 되어 줄 거라고 생각했다. 그래서 그의 집에 있는 물건조차 유심히 보지 않으려 일부러 신경을 기울이기도 했다.

'난 너한테 뭐니?'

바로 이 질문을 하는 데 에너지를 쏟았던 것이 지금까지 수인의 연애 패턴이었다. 첫 질문이 두 번째 질문으로 이어질 테고, 질문들은 덩치를 불려 갈 테고, 결국 상대에게서 원치 않는 대답을 들어야 하는 순간도 찾아올 거다.

그러면 토라지거나 나무라면서 결국 때가 타는 관계가 될 거라고 생각했다. 상과의 만남은 그렇고 그런, 뻔한 남녀 관계로 만들고 싶지 않았다. 적정 거리를 유지하며 편안한 밤을 지속시키고 싶었다.

'그만큼 그와의 밤이 좋았으니까…….'

하지만, 아무것도 묻지 않았던 결과는 보기 좋게도 배드 엔딩이 됐다.

"그래서. 그냥 그렇게 끝낸 거야?"

윤정은 자신의 촉이 틀릴 리가 없다며 '콜미 콜미'와의 절연을 아쉬워했다.

"시작한 적도 없는데, 뭐."

무심히 말을 뱉는 순간, 수인은 어떤 한기 같은 것을 느꼈다. 이 스산함의 원인은 상, 그와의 끝을 서운해하고 있다는 것이었다. 하지만 서운함 정도로 돌이키기에는 연애의 피로감에 지칠 대로 지친 여자였다.

"이상……. 검색해도 나오는 정보가 거의 없네? 베스트셀러 작가라면서 인터뷰 같은 것도 안 하나 봐. 상당히 미스터리한 남자일세."

"정말 모르겠어. 조금도. 그 사람이 대체 어떤 남자였는지⋯⋯."

□ ■ □

벚꽃이 핀 카이스트 교정 일각은 삼삼오오 꽃놀이 나온 사람들로 북적거렸다. 인파 사이로 후드 티를 깊게 눌러쓴 상이 걸어간다.

글로벌 영재 육성 프로젝트의 시범작으로 이 학교 학생, 그러니까 대학생이 되었던 건 상이 열 살이 되던 해였다. 딱 지금의 자신만큼 나이를 먹은 아저씨들 틈에서 참 심심했던 그때. 같은 처지로 한국까지 날아왔던 타국의 또 다른 영재 소년 타카하시를 만났다.

'토리야마 타카하시.'

열 살배기 동갑내기였던 두 꼬마 대학생은 금세 친해졌다. 아무리 영특했다지만 어른들의 대화는 해설집이 필요할 지경이었고, 창의력과 EQ가 불필요한 암기식 강의는 지루했다. 생명 공학이나 SF 소설이 관심사였던 상에게 물리학 강의는 수면제나 다름없어 괴로울 뿐이었다.

'무슨 소린지 하나도 모르겠다. 말이 안 통하니까, 너무 심

심해.'

'론리…… 캔디…… 구또.'

타카하시는 어설픈 영어로 막대사탕 하나를 건넸다. 심심할 땐 사탕을, 외로울 땐 사탕을 먹으면 괜찮아진다는 뜻이었다.

이제 스물일곱이 된 상은 그때처럼 막대사탕을 입에 물고, 타카하시와의 추억이 묻어 있는 교정 곳곳을 느리게 걷고 있었다.

'하늘을 보며 한가롭게 놀았다.'

'하누루 보묘…… 항아로우케 노라타!'

'아악! 넌 진짜 물리 빼고 할 줄 아는 게 없구나? 바보냐!'

열다섯 무렵에는 언어 감각이 좋은 상의 일본어가 타카하시보다 더 정확한 수준이 되었다. 대학을 뛰쳐나온 둘은 이 무렵 그야말로 백수였다. 타카하시는 소프트웨어나 설비 디자인을 팔거나 해서 마련한 용돈을 들고 상이 있는 한국으로 날아오곤 했다.

'내가 일본말 할 줄 아는데, 왜 굳이 한국말을 배우겠다고 난리야. 너 언어는 진짜 꽝이야. 때려치워. 누가 너더러 천재래? 그러니까 영재 교육에서 낙오됐지.'

상의 핀잔에도 타카하시는 수줍게 웃을 뿐이었다. 타카하시에게 한국어를 가르칠 때 빼고는 다 좋았다. 언제, 어느 때, 무슨 말을 해도 척척 통하는 친구는 참 좋은 거였다.

'만약 너라도 없었으면 진짜 심심해서 확 죽어 버렸을 거야?
백 퍼.'

'상, 네가 없었다면 난 원시인처럼 살았을 거야. 세상이 무인
도 같았을 테니까.'

'……초등학교 중퇴 주제에 있는 척은!'

타카하시는 상에게 뒤통수를 맞고도 예의 그 수줍은 미소를 지
었다. 가끔 학교에 다니고 싶다고 생각하지 않느냐는 물음에 상은
고개를 저었다. 또래와 어른, 이젠 어느 세계에도 속할 수 없게
돼 버렸으니까.

'이제 와 우리가 가면 어디로 갈 수 있는데? 애들은 재수 없
다고 하고, 대학생들은 말도 안 섞어 주고……. 어딜 가나 지루
하긴 마찬가지야.'

2년 후, 열일곱의 상이 교복을 입고 나왔을 땐 그래서 충격이
었다. 자신의 사회적 입지와 지역 사회의 이목이 중요했던 엄마의
성화를 이기지 못하고, 평범한 외국어 고등학교에 다시 들어갔더
랬다. 몇 년 살지도 않은 인생이었지만, 정말이지 인생은 어디로
튈지 몰라 이 무렵의 그는 신춘문예를 휩쓴 문학계 스타까지 되
어 있었다.

영재 교육에서 낙오되고 어디에도 속하지 못한 채로 보내야 했던 고요의 날들, 종이 속에 파묻혀 책을 친구 삼고 시간을 때우던 것이 황당하게도 인생을 바꿔 놓았다.

『물리 천재의 작가 변신!』

허울 좋은 타이틀은 다시 그를 스타로 만들었다. 그리고 이제 겨우 '망한 영재'의 그늘에서 벗어날 무렵의 그를 또다시 피로하게 만들었다. 언론과 세상의 눈을 피해 교실로 숨어들면 학생과 선생들이 그를 구경했다. 학교가 유리 쇼케이스처럼 여겨지는 데에는 그리 오랜 시간이 걸리지 않았다. 학교 따위 당장이라도 때려치우고 싶었지만 뾰족한 수가 없었다.

상은 오랜만에 타카하시가 한국에 온다는 소식을 듣고 숨통이 트이는 기분이었다. 드디어 수업을 째고 카이스트로 내려왔다. 낙오의 추억을 안겨 준 굴욕의 장소였지만, 교정만큼은 마음에 들어 둘은 당연한 듯 매번 여기서 만났다.

그날도 이렇게 바람이 많아서 벚꽃이 나리는 오후였다. 늘처럼 후미진 창고 슬레이트 지붕에 배를 깔고 수다를 떨다가, 봄볕에 나른해진 상이 아예 드러누워 눈을 감았다. 낮잠이라도 청하려나 싶은 순간, 상은 감은 눈으로 심드렁하게 입을 열었다.

'나이가 몇인데 아직도 가만 맞고 있어.'
'……!'

'다 가려진 줄 알았는데…….'

타카하시는 두꺼운 뿔테를 고쳐 쓰며 눈가의 멍 자국을 가리려 애썼다.

'몇 번을 말해. 그만 한국으로 오라니까!'

강직한 형사였던 타카하시의 아버지는 유순하고 내성적인 아들이 마음에 들지 않았다. 가끔 성이 찰 때까지 흠씬 두들기고 나서야 또 몇 달간은 본래의 인품을 유지할 수 있었다.

자취방을 얻어 같이 지내자는 상의 제안에 타카하시는 끝내 응하지 못했다. 타카하시의 아버지처럼 다 큰 아들을 때릴 것도 아닌 '겨우 엄마' 정도도 이기지 못해 원치 않는 외고에 들어갔던 상의 사정과 비슷했을 거다.

'다시 태어나면, 내가 네 아버지 해 줄게.'

고심 끝에 던진 한마디가 타카하시의 가슴에 툭 떨어졌다. 금방이라도 눈물이 쏟아질 것 같았지만, 눈물 대신 벚꽃 잎이 우수수 떨어져 다행이었다. 마침 불어 준 봄바람에 타카하시는 기분이 좋아져 상의 옆에 대자로 드러누웠다. 상은 입을 헤벌리고 아름답게 바람 속을 유영하는 꽃잎을 보다가, 그만 입에 들어간 꽃잎을 뱉으려 퉤퉤거렸다.

'먹어도 돼. 일본에선 많이 먹어. 소금에 절여서.'

'그래? 맛있어?'

호기심이 발동한 상은 일어나 앉아 혀를 빼고 떨어지는 벚꽃 잎을 받아먹으려 안간힘을 썼다. 타카하시도 따라 앉아 바지런히 꽃잎을 쫓았다. 마지막 한 잎이 떨어지기 직전, 둘은 머리를 밀며 서로 그 꽃잎을 받아먹으려 길게 혀를 내밀었다. 결국 상의 혀가 꽃잎을 낚아챘다.

'퉤퉤. 쓴데?'

웬일인지 타카하시의 눈이 어지럽게 흔들리고 있었다. 분홍 벚 꽃 때문이었는지, 오렌지빛 석양 때문이었는지, 확실히 상의 얼굴 보다 열기를 띠고 있었다.

'야! 어디 가?'

타카하시는 당혹감에 슬레이트 지붕 밑으로 달아나 버렸다. 그 것이 마지막이었다.

『오늘 신칸센을 탔어. 덕분에 일본에는 자주 다녔지만 신칸센은 처음이야. 빠르네. 아! 네 한국 이름 지었다! '타카하시(鳥山高橋)'

117

에서 '고(高)'랑 '조(鳥)'만 따서 고토리. 그래서 고돌이. 어때? 이봐 고돌이! 언제까지 헛걸음시킬 셈이야? 대체 어디에 숨어 있는 거야……』

벚꽃을 쫓던 둘의 혀가 잠시 닿았다는 것을 상기해 낸 것은 그로부터 몇 해나 지난 뒤였다. 상에게는 아무럴 것 없어 기억에조차 없던 그 찰나의 순간이 타카하시에게는 사건이었다는 것을 상은 오래도록 몰랐다.

그 후로 연락이 끊긴 타카하시를 만나기 위해 수시로 일본에 들렀지만 소용없었다. 말이 통하던 유일한 친구의 실종에 상은 부쩍 말수를 줄였다. 그리고 순리라는 듯 서서히 혼자가 되어 갔다. 아니, 돌아갔다.

하나뿐이었던 친구가 그리운 날에는 오늘처럼 카이스트 교정에 들러 후미진 일각, 그 슬레이트 지붕 밑에 쪽지를 끼워 놓았다. 그래도 외로운 날에는 막대사탕을 꺼내 물었다. 지금처럼. 그녀는 모르는 그에 관한 첫 번째 이야기.

'마음을 맞대고 대화를 나누고 싶었던 사람은 오랜만이었어. 당신. 한수인.'

□ ■ □

카이스트에 다녀온 날은 한결 마음이 가벼워지곤 했다. 하지만 오늘은 아니었다. 집으로 돌아오는 길. 상은 무겁게 자신을 짓누르는 외로움을 떨쳐 내려 무작정 달렸다. 후드를 깊게 뒤집어쓰고 이어폰을 꽂은 채 달리고 또 달려도 무거운 가슴은 그대로였다.

땀에 흠뻑 절어 돌아온 집 안은 저녁놀 오렌지빛으로 가득했다. 상은 무릎에 손을 짚고 허리를 숙인 채 가쁜 콧바람을 몰아쉰다.

"하아……. 하아……."

상은 신발을 벗고 들어와 허겁지겁 무엇인가를 찾기 시작했다. 싱크대 찬장에서 찾아낸 것은 막대사탕이었다. 하나를 집는데 손이 미끄러져 바닥으로 툭 떨어졌다. 사탕을 주우려 허리를 숙이는데, 검은 가죽끈이 보였다. 수인의 구두 스트랩이었다. 백화점 주차장에서 끊어져 그녀의 발등을 다치게 했던 그 스트랩. 냉장고를 채워 주고 가던 마지막 날, 그녀가 흘리고 간 모양이었다.

'안전한 남자를 찾는다니! 밤마다 품으로 기어들어 오는 여자라니! 그게…… 재밌었니?'

상은 싱크대에 등을 대고 앉아 그녀가 없는 집을 둘러본다. 다시, 혼자다. 손에는 막대사탕과 그녀의 구두 스트랩이 들려 있다. 상은 눈을 빠르게 몇 번 깜빡이더니 모자를 코끝까지 푹 내려 당기며 눈을 가려 버렸다. 눈물을 삼키는 듯 그의 목젖이 크게 한 번 요동치고 있었다.

　수인은 '물과 사람'의 마지막 손님을 정중히 배웅하고, 회전초밥 바에서 뒷정리를 하고 있던 윤정에게로 돌아갔다. 얼마 전 공무원 시험을 치른 윤정의 애인 동욱을 위해 조촐한 파티를 하기로 했다.

　"동욱 씨 올 때 넘지 않았어?"

　윤정은 대답 대신 전화받는 시늉을 해 보였다.

　"그래, 전화 한번 해 봐."

　윤정은 절레절레 고개를 저으며 턱 끝으로 누군가를 가리켰다. 그 턱 끝을 따라가 보면, 회전초밥 바에 상이 앉아 있었다. 초밥 컨베이어 벨트를 따라 그의 눈이 돌다가, 굳은 얼굴의 수인과 마주쳤다.

　일본 호텔에서부터 무작정 그녀를 쫓아 처음 이곳에 찾아왔던 그날에도 수인은 꼭 이런 얼굴을 하고 있었다.

　상은 수인에게 골드카드를 내밀었다. 처음 거래하던 날 받았던 걸 돌려주는 것이었다.

　"이것 때문에 여기까지 일부러 온 거예요? 정지시키면 돼요."

　차갑게 무시하고 들어가려는 수인의 손에 쪽지를 건넸다. 성가셔하며 펴 보면 웬 주소가 적혀 있었다.

　"가 봐."

　"이게 어딘데요."

　"……안전한 남자가, 사는 곳."

"······!"

수인은 조금은 놀란 눈으로 상을 보고 있었다. 어쩐지 심장이 쿵 떨어지는 느낌, 가슴이 알싸해지는 느낌이었다. 감정을 숨기며 차분히 그가 전한 쪽지를 물끄러미 내려다봤다.

'내가 착한, 안전한 남자를 찾을 때까지만. 같이 기다려 줘요······.'

처음 상의 집을 찾아갔던 날 밤, 분명 그렇게 당부했었다. 그리고 상은 부드럽게 수인을 바라보며 고개를 끄덕였다. 정확히 기억나진 않지만 아마 '응' 하고 들릴 듯 말 듯 한 목소리를 냈던 것도 같다.

공기의 온도를 재듯, 시간의 온도를 잴 수 있다면 그 순간은 찬 겨울 한낮에 반짝이는 볕과도 같았을 거다. 그 따사로움이 아직까지도 가슴에 생생했다. 그래서일까. 상이 건넨 쪽지가 손바닥 위에서 모래알처럼 건조하게 서걱거리는 양 느껴졌다.

"당신이 말했던 안전한 남자의 표본. 찾았어."

휴먼 다큐 프로그램에서 처음 보고 반했던 그 남자. 병든 어머니를 위해 콘트라베이스의 꿈을 포기한, 착해서 섹시했던 바로 그 남자였다. 운명처럼 '물과 사람'에서 다시 만났지만 홀연히 사라졌던 바로 그의 집 주소를 보며 수인은 생각했다.

'안전한 남자를 찾을 때까지만······. 그때까지만 같이······.'

하지만 이제, 정말로 안전한 남자를 찾았다. 자신을 위해 손수 안전한 남자가 있는 곳을 알아봐 준 상은 지금, 어떤 표정을 하고 있을까. 웬일인지 고개 들어 그의 눈을 마주하는 게 어렵다. 하릴 없이 그의 발끝만 겨우 내려다볼 뿐이었다.

"……."

사실, 가게에 나타난 그를 본 순간 사과를 하러 온 것으로 생각했다. 상의 얼굴을 보자마자 벌써부터 마음이 누그러지는 자신이 어이없어 더욱 야멸차게 그를 돌려보내려 했다. 그런데 상은 마지막 인사를 하러 온 것이었다.

"잘 있어."

상은 그녀를 향해 미소를 한 번 지어 보이고는 다시 막대사탕을 문 채 등을 돌려 걸어 나갔다. 수인은 향나무 길을 따라 출입구 쪽으로 멀어지는 그의 뒷모습을 얼마간 보다가, 보다가…… 가게 안으로 발길을 돌렸다.

그의 정리는 깔끔했다. 수인은 떠나는 상을 보며 느낀 깊은 서운함에서 벗어나고 싶었다. 또다시 관계에 질척거리려 하는 자신에게서도.

상이 '물과 사람' 출입구를 막 나섰을 때, 어귀에선 윤정의 애인 동욱이 땅바닥에 쪼그려 앉아 있었다. 동욱은 열심히 카드를 쓰고 있었다. 그러고는 내용에 만족한 듯 허허 웃으며 케이크 상자 틈에 카드를 끼워 넣는다. 이제 '물과 사람'에 들어가려 케이크를 들고 벌떡 일어난 순간.

"엇!"

마침 이쪽을 향해 걸어 나오던 상과 정통으로 부딪치고 말았다. 그 바람에 상의 새하얀 후드 티는 온통 초코케이크 범벅이 됐다.

"하여튼 맘에 안 드는 남자야!"

상은 '물과 사람' 화장실 세면대에서 후드 티에 묻은 케이크 얼룩을 닦아 냈다. 윤정은 굳이 남자 화장실까지 따라 들어와 거들며, 이 꼴로 만든 남자 친구 동욱을 욕하고 있었다.

"아이구. 가까이서 보니까 더 예쁘게 생겼네."

상의 얼굴을 요리조리 뜯어보더니 무작정 팔짱을 끼고, 수인과 동욱이 기다리는 테이블까지 끌고 갔다.

수인은 아까 간 줄로만 알았던 상을 발견하고는 벌떡 일어났다.

"여기까지 왔는데, 밥은 먹고 가야죠."

윤정은 엉거주춤 버티는 상을 막무가내로 끌어당기고 있었다.

난색으로 끌려온 상을 보자, 동욱은 꾸벅 인사를 했다.

"하필 흰옷에……. 정말 죄송하게 됐네요."

결국 네 사람은 한 테이블에 둘러앉았다. 동욱이 가져온 찌그러져 엉망이 된 케이크 상자는 테이블 한구석에 팽개쳐져 있었다. 시험을 치른 동욱을 축하하려 밝게 꾸며진 귀빈실 풍경에 어울리지 않게 분위기는 서먹했다. 마치 동욱이 들고 온 저 케이크 상자처럼 시공간이 일그러지는 것만 같았다.

"……."

얼마간의 시간이 흐르고, 다들 어딘가 불편한 분위기 속에서 식사가 이어지고 있었다. 그 와중에 윤정만 음식엔 손도 안 대고 거나하게 취기가 올랐다. 수인은 윤정의 접시에 가벼운 샐러드를 올려 주었다.

"저녁도 굶었는데 속 버리겠다. 이거라도 좀 먹어 가면서 마셔."

"안 먹어도 배부르네."

윤정은 턱을 괴고 상의 얼굴을 그윽하게 봤다. 수인은 동욱의 눈치를 살피며 어색하게 웃는다. 동욱은 분위기를 망칠세라 그저 사람 좋게 웃으며 애써 외면하고 있었다. 이 미묘한 상황에서 애꿎은 새우 껍질만 벗겨 대던 상은 수북이 쌓인 깐 새우 접시를 수인 앞으로 건넸다.

"허이구. 자상까지? 이쁜 게 이쁜 짓만 골라 가면서 하네."

상은 얼른 새우 껍질을 벗겨 윤정에게도 하나 건네고 싱긋 웃었다.

"아이구, 이뻐라. 언니는 뭐든 맘만 먹으면 되네……. 자기야, 언니 같은 여자 어때?"

"최고지."

"내 말이. 우아하고 지적이고 예쁘고. 일까지 잘해. 쩐도 많고."

모두가 폭풍 전야의 분위기를 느끼고 있었다. 수인은 동욱의 표정을 살피고는 윤정을 자제시키려 눈짓을 보내지만 소용이 없다.

"요즘 남자들도 조건 무지 따지잖아. 동욱 씨는 어쩌냐. 나 같은 여자 만나서. 나 언니 흉내라도 내면서 살까? 자기야, 둘이 좋아 보이지?"

"어. 그런데 두 분 어떤 사이……?"

수인이 대충 둘러대려 입을 떼는데, 윤정이 말을 가로챘다.

"굳이 남자 친구 같은 게 무슨 필요야. 저렇게 그냥 외로울 때 가끔 찾을 수 있는 사람이면 되지 않아?"

"……."

찬물 세례를 받은 듯 자리가 썰렁해졌다. 윤정은 상의 옆자리에 앉아 있던 동욱을 밀쳐 내고는 상에게 치댔다.

"이렇게도 한번 앉아 보자. 어떻게, 그림이 좀 돼? 영 아니올시다야?"

"윤정아!"

"왜? 언니 싫어?"

결국 참지 못한 동욱이 자리를 박차고 나가 버렸다.

"동욱 씨! 윤정이 너 진짜."

수인은 동욱을 쫓아 나가고, 윤정은 술을 들이켰다.

"사랑도 좀 쉬엄쉬엄, 운동 삼아 하면 안 되나? 어떻게 날마다 규칙적으로 하냐고. 번거롭게……. 안 그래요?"

상은 그저 어색한 미소로 대화의 공백을 메웠다.

"매일매일 너무 치열해서…… 가끔은 좀 쉬고 싶어……."

갑자기 눈시울을 붉히는 윤정에 당황스러웠지만, 상은 무표정을 유지했다.

"아! 이건 어떨까?"

윤정은 좋은 아이디어가 떠올랐다는 듯 자리에서 일어나 상의 무릎에 앉았다. 그러더니 대뜸 그의 목을 끌어안으며 지갑째 가슴팍에 턱 하니 안겼다.

"고객 명단에 나도 좀 올려 주라. 나도 안전한 남자 필요해."

상은 난처해 고개를 돌리지만, 윤정은 두 손으로 얼굴을 잡아 돌렸다.

"야, 사람 가려? 나랑도 가끔 자자구. 계산 확실히 할게!"

"당장 못 일어나!"

언제 돌아왔는지 무서운 얼굴로 문 앞에 서 있는 수인을 보며 윤정은 코웃음을 쳤다.

"저 언니 지금 나한테 뭐래니?"

"일어나."

수인은 들은 척도 않고 다시 상의 목에 감기는 윤정의 팔을 잡아당겨 앞에 세웠다.

"아! 왜 이래!"

"네가 함부로 대해도 되는 사람 아니야."

상은 수인을 바라봤다.

"허! 내가 아가씨 끼고 노는 난봉꾼이라도 된 것 같다? 눈빛이 딱 그러네. 왜? 언니는 되고 난 안 돼? 졸지에 사람 싸구려로 만들어!"

'쨍그랑!'

술잔이 깨져 나뒹굴고, 윤정은 그길로 귀빈실을 나가 버렸다.

"……."

"······."

상은 말이 없고, 수인은 우두커니 섰다. 잔이 깨지는 소리에 아직 남아 있던 직원이 들어와 맨손으로 깨진 잔을 치우려 했다.

"다쳐요. 내가 할게요. 늦었는데 그만 들어가 보세요."

직원이 나가고, 수인은 쪼그려 앉아 유리 파편을 향해 손을 뻗었다. 하지만 상의 손이 빨랐다.

"멋있네."

그러고는 묵묵히 파편을 줍는데, 수인이 일어났다.

"진짜 호스트야 뭐야."

상은 파편을 줍다 말고 일어나 수인을 마주 봤다.

"편의점이에요? 언제고 문 열고 들어오면 다 받아 줘?"

"설마, 질투?"

"기르는 동물을 보면 그 사람 성향이 보인다던데, 정말인가 봐요. 혼자는 갑옷 속에 잘도 숨어서 다른 사람은 찌르고, 아프게 하고······. 속을 모르겠어요. 난 이제, 그쪽이 무서워."

그녀의 말이 심장을 난도질하지만, 죄책감이 더 크다. 자신으로 인해 또 한 사람이 아파한다.

"아니! 다 안 받아. 문 열고 들어온다고, 아무나 안 받아."

자리를 뜨려던 수인은 상을 돌아봤다.

"당신이었으니까. 내가 당신을 알아봤으니까."

"그저 재밌는 여자가 필요했겠죠."

상은 수인의 얼굴 앞으로 바짝 다가섰다. 그리고 그녀의 눈동자를 보며 말했다.

"보인다며. 볼 수 있다며."

"……?"

"외로운 사람 눈엔, 다른 사람 외로움도 보여야 하는 거라며."

상은 쥐고 있던 유리 파편을 쓰레기통에 던져 넣고 나가 버렸다. 수인은 무언가에 맞은 듯한 눈으로 한동안, 그렇게 서 있었다.

어질러진 실내를 정리하고 뜰로 나오자, 간 줄 알았던 윤정이 뜰 한편에 앉아 있었다. 기다렸으면서, 막상 수인이 다가오자 꼴보기 싫다는 듯 출입문으로 향했다.

"내가 네 맘 몰라?"

윤정이 우뚝 걸음을 멈춰 섰다.

"너, 막가고 싶은 거잖아. 너도, 외로운 거잖아!"

"……언니 같은 사람이 뭘 안다 그래."

"너도 나 알잖아. 내 맘 알잖아. 네가 나한테 어떤 사람인데……."

복잡한 감정이 한꺼번에 밀려와 목소리가 흔들리자 수인은 말을 멈췄다. 그녀의 소리 없는 눈물에 윤정은 코를 훌쩍이며 눈물을 쏟아 내다 겨우 말을 꺼냈다.

"이번에도 떨어졌대."

미처 듣지 못했던 동욱의 낙방 소식이었다.

"지쳐. 헤어지려고."

"다른 문제라면 내가 얼마든지……."

윤정은 고개를 저었다.

"돈 때문에 헤어지려는 게 아니라, 돈 덕분에 사랑하지 않는단 걸 깨달은 것 같아. 열등감 하나도 이겨 내지 못하는 게 무슨 사랑이야. 근데 언니…… 무서워. 사랑이 끝나는 게……."

□ ■ □

수인은 가로등과 헤드라이트 불빛만이 가득한 까만 거리를 운전하고 있었다. 그리고 품에 안겨 한참을 흐느끼던 윤정을 떠올렸다. 사랑이 끝나는 것이 무섭다며 울음을 터뜨리던 여자가 자기보다 용감하다는 생각이 들었다. 정확한 이유는 모르겠지만 그냥, 그런 것 같았다.

'속을 모르겠어요. 난 이제, 그쪽이 무서워.'
'외로운 사람 눈엔, 다른 사람 외로움도 보여야 하는 거라며.'

수인의 차가 신호 대기에 선다. 수인은 창틀에 팔을 걸치고 입술을 매만졌다.

"……."

결혼 전 마지막으로 한 번은 같이 밤을 보내고 싶다며 재혁이 가게에 찾아온 날이었다. 언제나 육체만을 원하던 재혁은 궁할 때마다 자신을 찾아오던 남자였다. 그런 재혁의 횡포에 더는 견딜 재간이 없어 이별을 선언했다.

'미안해. 외로운 사람이란 거 알면서 못 받아 줘서. 1년 후에 찾아도, 2년 후에 찾아도 난 혼자겠지. 안 변하겠지! 그런데 그 거 이용하지 마. 외로운 사람 눈엔, 다른 사람 외로움도 보여야 되는 거야. 그게 맞아.'

기억난다. 분명 그렇게 재혁에게 쏘아붙였었다. 수인은 마른 입술을 깨물며 더더욱 생각에 골몰한다. 언젠가 상, 그가 말했었다.

'보이지 말아야 할 게 보이는 건 하나도 안 무서운데, 이런 건 좀 무섭지. 당연히 보여야 할 게, 보이지 않는 거…….'

사실 무서웠던 건 상, 그가 아니라 다시 외로워지는 상황이었는지도 모르겠다.

'당연히 보여야 할 게 보이지 않는 것. 보여야 할 게 보이지 않는……!'

수인은 핸들을 꺾어 상, 그의 집으로 차를 돌렸다.

그리고 꽤나 밟아 상의 집 앞에 도착한 것은 이미 한참 전이었다. 하지만 그의 집 앞에서 초인종을 누르려다 말고, 숫자 키를 누르려다 말기를 반복하고 있었다. 괜히 왔다는 듯 차로 돌아가다 가 이내 결심을 굳혔다.

늘 그랬던 것처럼 번호를 누르고 도어록을 풀어 상의 집 안으로 들어섰다. 불 꺼진 집 안에는 인기척이 없다. 불을 켜 확인해 봤지만, 역시 그는 없었다.

그때였다. 희미하게 매캐한 연기 냄새가 났다. 어디서 나는 냄새일까. 다락방으로 연결되는 작은 문 틈새로 연기가 새어 나오고 있었다. 조심스럽게 문을 열었다. 연기는 저 위 다락방에서 시작되고 있었다.

"콜록. 콜록."

어디선가 희미하게 기침 소리가 들려왔다.

'어디서 난 소리지? 설마…….'

수인은 계단을 올라 다락방 문을 벌컥 열었다. 손을 휘저어 자욱한 연기를 걷어 냈다.

상, 그가 정신을 잃고 쓰러져 있었다.

"……!"

온통 책으로 꽉 찬 다락방. 천장까지 닿도록 쌓인 책들로 빽빽한 공간은 발 디딜 틈이 없었다. 벽에는 상이 써 놓았을 깨알 같은 문장들이 까맣게 채워져 있고, 바닥엔 사탕 껍질과 빈 막대 십수 개가 널브러져 있다. 전기도 연결되지 않는 다락방 안은 조그마한 캔들 불빛이 전부라 침침했다.

상은 수인과 그렇게 헤어지고 돌아와 이 다락방에 쪼그려 앉았다. 그리고 편집증 환자처럼 빠른 속도로 책을 읽어 내려갔다. 바삐 책장을 넘기다 손을 베여도 아랑곳 않고 읽어 댔다. 손 여기저기는 종이에 베인 상흔들이 빨갛다.

수인을 만나기 전, 상은 이 좁은 다락방에 틀어박혀 고작 사탕의 당분만으로 몇 날 며칠을 버티곤 했다. 촛불 아래 책을 보던 날이 이어지며 작년부터는 안경까지 걸치게 됐지만 대수롭지 않았다. 해가 돋고 달이 기우는 날이 얼마인지 헤아리지도 않은 채 미친 듯이 책을 읽고, 또 닥치는 대로 글을 썼다. 노트를 펴는 것조차 번거로워 바닥이며 흰 벽에 대고 글자를 써 댔다.

'툭.'

상의 손이 책 위로 힘없이 떨어졌다. 미친 듯이 책을 읽던 상은 연기 속에서 스르륵 쓰러졌다. 흔들리며 타오르는 불꽃이 상의 홍채에 일렁였다. 넘어진 캔들 랜턴을 향해 손을 뻗으면 불을 끌 수도 있겠지만, 그러지 않기로 했다. 서서히 눈이 감기고 있었다.

"……."

수인이 도착한 건 그로부터 얼마 지나지 않은 뒤였다. 쓰러진 상을 발견하자, 가슴에선 쇳소리 같은 비명이 터져 나왔지만 차마 입 밖으로 소리를 꺼내지 못할 만큼 놀랐다. 다행히 몸이 먼저 움직여 줬다. 이제 갓 책 한 묶음을 태우며 번지기 시작한 불길을 잡으려 재킷을 벗어 던졌다.

"일어나요! 정신 좀 차려 봐요!"

쓰러져 있는 상을 세차게 흔들어 깨우자, 그는 희미하게 눈을 뜬다. 수인은 그의 머리를 안아 일으켰다.

"정신 들어요? 나 보여요?"

이런 걸 물을 때가 아니었다. 수인은 정신을 가다듬고, 그를 이 숨 막히는 다락방에서 끌어내려 한다. 입구를 막고 있는 책 무덤을 정신없이 밀어 치웠다.

"미안해서…… 울 수가 없어…… 미안해서……."

"뭐라구요?"

마른입을 달싹이며 알 수 없는 말을 되풀이하는 상의 고개를 들어 그의 말을 자세히 들으려 귀를 기울이지만 들리지 않았다.

"잠깐만요. 우선 여기서 나가요."

자리에서 일어나는 그녀의 손목을 잡아 세웠다.

"가지 마……."

그를 일으키려 잠시 일어났을 뿐이었지만, 정신이 흐릿한 상은 그녀가 떠나는 게 싫었다.

"……."

이토록 절망적인 눈을 본 적이 없다. 그대로 굳어 버린 수인의 손목을 끌어당겼다. 수인은 그대로 넘어지듯 상의 곁에 쓰러졌다.

"죽었어……."

"네……?"

"죽었어. 죽어 버렸어……. 누가, 누가 날 좀……."

그는 흐느끼기 시작했다. 영문을 알 수 없었지만 그 서러움이 진하디진해 덩달아 수인의 눈동자가 흔들렸다. 그의 어깨를 다독이다 품에 안고 토닥였다.

"울지 마요……. 괜찮아……. 괜찮아……."

□ ■ □

수인은 소파에 비스듬히 누운 상의 젖은 머리칼을 드라이어로

말려 준다. 매운 연기를 씻어 낸 상은 조금 기운을 차렸다. 그는
의자에 걸쳐진 수인의 타 버린 재킷을 본다.

"저거 입을 때 멋진데……."

"……."

수인은 요란한 드라이어 소리에 묻힌 그의 말을 듣지 못했다.
상은 팔을 들어 수인의 팔을 잡았다. 그제야 전원을 껐다.

"왜요? 너무 뜨거워요?"

상은 수인의 팔을 끌어당겨 자기 앞으로 불렀다. 혼자 다락방
을 청소하고 내려왔는지 그녀의 옷에 얼룩이 가득했다. 상은 검지
를 들어 수인 뺨에 묻은 그을음을 가만 닦아 주었다. 수인은 조금
멋쩍어 매무새를 살폈다.

"너무 엉망이죠? 나 티 하나만 빌려요."

손안에서 그녀의 가느다란 팔목이 벗어나는 감촉을 느낀다.

"……."

수인은 저만치 구석의 행거 뒤편에서 등을 돌리고 조심스레 옷
을 갈아입었다. 바닥으로 수인의 민소매 상의가 툭 떨어졌다. 행
거에 걸린 옷가지들 사이로 살짝살짝 보이는 그녀의 맨등이 하얗
다. 상의 후드 티로 갈아입으며 목을 빼는데, 눈앞에 고슴도치 우
리가 보였다. 두 마리가 정답게 놀고 있었다.

'고돌이가 죽었어. 죽어 버렸어…….'

아까, 품에서 흐느끼던 상은 분명 '고돌이가 죽었다'고 했다.

고슴도치 말고, 또 다른 '고돌이'가 있었다는 사실을 알게 된 건 그 뒤였다.

몇 년간의 수소문에도 찾을 수 없었던 타카하시는 스물이 되던 해에 죽었다고 했다. 그의 부고를 알려 주던 타카하시의 어머니는 끝내 말하지 않았지만, 아마도 그것은 자살이었을 거라고만 짐작했다고 한다.

아버지의 매질을 받던 물리학 천재, 하나뿐인 친구를 깊이 사랑하게 돼 버린 타카하시의 지옥 같던 혼란과 고뇌의 시간들은 중력의 힘을 거스르지 못한 채 허무하게 무너졌다.

상의 스물은 처절할 만치 잔악했다. 타카하시가 죽어 가던 그 날들엔 상 역시 죽어 가고 있었다. 세계를 통틀어 유일했던 친구는 하루아침에 사라졌고, 가족은 흩어졌고, 첫사랑은 파괴적이었다. 비밀을 털어놓을 수 있었던 친구의 부재를 확인할 때마다 상은 미치도록 외로웠다.

'타카하시 죽음의 이유에 내가 있었다니. 나 때문에……'

사실은 무섭고 무거웠다. 혼자라는 것보다 혼자만 살아간다는 것이 아프고 또 아팠다. 상은 타카하시와의 이야기를 수인에게 담담하게 털어놓았다.

하지만 그러고도 여전히 침전해 있는 또 다른 비밀이 있다. 타카하시가 떠난 후 처음으로 말을 트고 싶어진 사람, 수인에게조차 띄울 수 없는 편지. 그 말할 수 없는 이야기가 그의 어깨를 짓누르고 있었다.

"이걸로 갈아입어요. 더러워요. 감기 들어."

수인은 상의 후드 티로 갈아입고 나오며, 후드 티 하나를 더 들고 왔다. 상은 정신이 없었는지 샤워 후에도 그을음이 묻은 옷을 그대로 꿰고 있었다. 맥없이 움직이는 그의 손을 거들기로 한다.

"이리 줘 봐요. 만세."

수인은 상의 윗옷을 벗기다가 문득, 순순히 알몸의 상체를 드러낸 채 양팔을 들고 있는 그와 눈이 마주쳤다. 생각보다 얼굴이 가까워 멈칫했다. 왠지 수줍어 얼른 마저 벗겨 주고 새 옷을 입히려 하는데……

"……!"

어깨 위로 그의 이마가 툭 하고 떨어졌다.

"정말 보내기 싫다……."

"……?"

"언제 가? 안전한 남자한테."

수인은 말도 안 되는 소리라는 듯 고개를 저으며 자조적으로 웃었다. 상은 그녀의 어깨에 기댄 이마를 들고, 스스로 옷을 꿰어 입는다.

"다행이야. 오늘 당신이 다치지 않아서."

"조금만 늦었으면 정말 큰일 날 뻔했어요. 얼마나 놀랐는지 알아요?"

"같이 있는 사람을 찌르고, 아프게 해……."

수인은 소파 위로 올라가 그의 곁에 앉았다.

"내가 심했어요. 그 말, 하려고 왔어요."

수인과 상, 두 사람은 서로의 등을 마주 대고 앉았다. 그는 창밖 벚나무의 꽃잎을, 그녀는 의자에 걸린 자신의 타 버린 재킷을 본다.

　"그 안전한 남자, 한 번은 만나 봐야 하지 않겠어? 안전한 남자 대용만 찾지 말고."

　수인이 안전한 남자를 찾을 때까지 같이 기다려 준다고 했던 건 빈말이 아니었다. 만약 쪽지 속 주소지에 사는 그 남자가 정말로 그녀의 안전한 남자가 맞는다면, 이 관계는 여기까지가 끝이어야 했다.

　"난 안전하지 않은 남자잖아. 난 위험하니까. 사랑하니까. 너에게서 떠나 줄 거야⋯⋯."

　상의 농담에 수인은 엷은 미소를 지었다.

　"찾아가 봤으면 좋겠어. 당신이 행복해지면, 그럼 난 좋겠어."

　담담한 목소리의 진심이 수인의 가슴에 전해졌다. 그에게는 그의 사정이 있고, 외로움을 기대기엔 스스로의 상처만으로도 무거운 사람이라는 걸 안다. 그러면서도 기꺼이 타인의 행복을 소원해 주는 상의 눈은 진심이었다.

　만약에, 어쩌면⋯⋯. '지나고 보니 이것이 이별의 순간이었다더라' 하는 날이 온다 해도 많이는 서운하지 않을 것 같다는 생각이 들었다. 그래서 수인은 담백하게 대답했다.

　"고마워요."

　창밖으로 어슴푸레 새벽이 밝아 오고 있었다. 고슴도치 두 마리는 서로에게 파고들며 어느 틈엔가 잠이 들었고, 두 남녀는 서로의 등에 기댄 채 편안하게 몸의 중력을 맡겼다.

"⋯⋯."

"⋯⋯."

아버지가 놓는 손을 끝까지 붙들고 있으려 하는 신부는 없다. 신랑에게로 가며 아버지의 빈손을 돌아보는 신부도 없다. 다만, 조금 예민한 사람들은 등으로 느낄 뿐이다. 쓸쓸한 또 하나의 등을⋯⋯.

4
안전한 남자가 사는 곳

"인두겁이 아니라, 저거 완전 아이언 마스크네! 미친 거 아니냐고!"

한참 상욕을 퍼붓던 윤정을 겨우 다그쳤지만, 아직도 성이 나는지 윤정은 연신 식식거렸다. 재혁이 결혼식을 '물과 사람'에서 하겠다고 나섰다. 어떻게든 수인과 마주치지 않게 하려고 멀쩡한, 아끼던 파란 접시까지 깨며 쇼를 했건만 재혁의 고집은 꺾지 못했다.

"그쪽이 사장이야? 뭔데 난린데!"

"저걸 확! 검사가 아주 벼슬이지! 어따 대고 반말 짓거리야!"

재혁의 장인, 그러니까 검사장과 그 딸내미인 예비 신부가 '물과 사람'에서의 야외 결혼식을 반드시 소망한다는 것이었다. 거의 데릴사위나 다름없어 안팎에서 딸랑대야 할 입장이었던 재혁

139

으로선 기라면 길 생각이었다. 물론, 기다 못해 땅굴까지 파고 들어갈 만한 종자였지만.

"아아. 진짜! 나라고 여기서 결혼식 하고 싶겠냐? 너 불편할 거 뻔한데."

"불편? 내가 왜."

재혁과 윤정은 멍한 눈으로 수인을 응시했다.

"해. 결혼식. 안면 좀 있다고 특혜를 바라지만 않는다면, 얼마든지. 아. 이제 경어 쓰는 게 좋겠네요. 서로."

전 애인의 결혼식 준비를 하면서도 수인은 내내 침착했다. 오히려 피실피실 웃음이 날 때도 있었다. 지난 4년간의 부침 속에서 미리미리 정리해 둔 관계는 정신 건강에 이로웠고, 딱히 정리할 것도 없는 관계였다는 것이 서글플 정도였다.

수인에게 예비 신부를 인사시키고, 피로연 음식을 까다롭게 주문하는 뻔뻔함은 가관이었지만, 고작 흘러간 애인 따위가 자존감을 훔쳐 가게 두진 않았다.

'그보다, 상.'

이따금씩 그에 대한 생각이 났다. 특히 '아직 안 끝났어? 언제 와? 빨리 와' 따위의 문자가 날아들던 퇴근 시간쯤이나, 아무 생각 없이 내비게이션의 최근 주소지를 클릭하고 시동을 걸 때가 그랬다.

'잘 있겠지……'

정말 그랬으면 좋겠다고 생각했다.

"언니, 내일 정말 있을 거야? 생전 가게 한 번 쉰 적도 없는데, 이참에 어디 여행이라도 다녀오라니까."

재혁의 결혼식을 하루 앞둔 날 밤, 윤정은 한사코 정상 근무를 하겠다는 수인을 만류했다. 아무리 과거지사라고는 해도 굳이 목격할 필요 없는 험한 꼴이라는 것도 있는 거라고 했다.

"죄지은 것도 없는데 피해 다니기 싫어."

그때였다. 개점 이래 20년 동안 전복을 대 주던 선장님의 부고를 알리는 전화가 걸려 왔다. 엄마가 운영하던 시절부터 어려운 일이 있을 때마다 발 벗고 나서 준 고마운 분이었다. 수인은 목포의 장례식장을 향해 곧장 차를 달렸다.

장례식장에서 하룻밤을 새우고 서울로 올라가는 길. 휴게소에 들렀다. 선장의 미망인은 엄마의 안부를 물었지만 마땅한 대답을 찾기 어려워 대강 둘러댔다.

'그 밉던 엄마는 일과 딸을 팽개치고 교토에서 행복할까?'

왠지 전화가 해 보고 싶어져 보조석 서랍을 뒤진다. 그래도 아버지니 언제 필요할지 모른다며 엄마가 교토의 전화번호가 적힌 수첩을 넣어 뒀었다. 그런데 쪽지 하나가 시트 위로 떨어진다.

『안전한 남자가 사는 곳.』

상이 적어 준 주소지였다. 하필이면 눈앞에 보이는 이정표와 같은 소재지였다.

"……"

선장은 엊그제까지도 만선의 항해를 하고 돌아왔다고 했다. 골프를 시작해야겠다며 시내에 나갔다가 원인 미상 심부전으로 돌연사 했다고 들었다. 이렇게 허망하게 갈 줄 알았다면 그깟 골프, 배를 팔아서라도 원 없이 치게 해 줄걸 그랬다며 미망인은 울었다.

장례식의 여운이었을까. 지난 연인의 결혼식 시중을 앞두고 있기 때문이었을까. 그도 아니면, 쪽지 속 상의 글씨가 또박또박 단정했기 때문이었을까. 수인은 안전한 남자가 사는 곳으로 핸들을 꺾었다.

□ ■ □

상이 일러 준 주소지는 작은 고깃배와 그물망 등이 널브러진 작은 어촌이었다. 수인은 쪽지를 들고 동네 사람들에게 물어물어 가고 있었다.

"아. 연호? 저 짝에, 벼랑빡에 색칠하고 있는 놈. 보이지요잉?"

"아아. 네. 감사합니다."

"저놈아 저거, 우리 집은 어느 세월에 발라 준다는 거여. 샥시, 가면 말 좀 혀. 망둥어 집부터 언능 히 달라고잉!"

'연호'라는 이름의 남자는 허름한 집 외벽을 그리스 산토리니 풍으로 도색 작업 하고 있었다.

"저기…… 안녕하세요."

소리가 닿지 않았나 보다. 조금 더 목소리를 높여 불러 봤다.

"안녕하세요?"

그제야 사다리 아래를 내려다본다. 티셔츠를 어깨까지 말아 올린 건장한 호남형의 연호는 눈에 땀이 들어갔는지, 한쪽 눈을 찡그리며 수인을 바라봤다.

"누구시죠……?"

수인과 연호는 햇살을 받아 반짝이는 바다를 앞에 두고 파라솔 밑에 마주 앉았다. 맑은 탕에 소주가 오른 단출한 테이블이었다.

"낮술, 죄송해요. 일 끝난 다음엔 한 잔씩 하는 버릇이 생겨서……."

가까이에서 마주 본 연호는 바다 볕에 바짝 그을린 피부와 다부진 체격이 생각보다 더 남성스러운 인상이었다. 하지만 눈이 선해 조금도 공격적으로 느껴지지는 않았다.

"괜찮아요. 드세요. 오늘은 바다 안 나가시나 봐요."

"간척 사업 후로는 물이 잘 안 들어와요. 잡이가 많이 줄어서 마을 뜬 사람도 많고요. 저도 이제 안 해요."

"네에."

"뭐 잡이가 여전했대도 그만뒀겠지만요."

"……?"

"저희 어머니……. 집에 들어왔는데 몸에서 짠내가 덜하면 귀신같이 알고 걱정하셨어요. 우리 가족 굶어 죽나 하고. 바다 일 생각보다 많이 힘들어요."

"조금은 알고 있어요. 해물요릿집 한다고……."

"아! 맞다. 그렇죠? ……어머니 계실 땐 걱정 끼쳐 드리기 싫어서 어떻게든 했는데, 이젠 안 해도 되니까."

"혹시……."

"돌아가셨어요. 재작년에."

상의 타카하시, 미망인의 선장, 연호의 어머니. 며칠 사이 세상을 떠난 이들의 이야기를 만난다. 살고 죽는 것의 허무함에 불현듯 상의 말을 듣기 잘했다는 생각이 들었다. 좀 전까지만 해도 이 황당한 방문이 어떻게 비쳐질지 염려하며 후회를 하고 있던 참이었다. 충동적 돌발 행동도 유한한 삶 앞에선 귀한 경험이 될지 모를 일이었다. 상, 그에게 고마웠다.

"그래서 이젠 이런 일 하면서 살아요."

연호는 이제 마을 도색 일을 하고 있다며 페인트 묻은 손을 들어 보이며 웃었다.

"사람들이 떠나니까 바다가 어찌나 쓸쓸해 뵈던지……. 이 바다에 저희 어머니도 계시거든요. 처음엔 어머니 눈요기시켜 주려고 저희 집만 칠했는데, 어째 업이 돼 버렸어요."

"꼭 산토리니 같아요."

"그게 목표예요. 관광 수입이라도 건질 수 있다면, 사람들도 다시 오지 않을까 해서. 덕분에 요즘 시청이랑 줄곧 싸우고 사네요."

수인은 여전히 건실하고, 선해 보이는 연호의 웃음에 미소로 화답했다.

"그나저나 여기까지 오셨는데, 바닷물에 발은 담가 보셔야죠."

연호는 바다를 좀 더 가까이 보라며 항구까지 안내했다. 연호와 수인은 빈 고깃배 위에 나란히 앉아 시원한 바다를 내다봤다.

"그런데…… 제멋대로 착각하는 건지도 모르겠지만, 혹시 제가 세, 섹시……하다는 말씀이신가요?"

"얘기가 좀 별나죠?"

"아뇨. 그렇게 생각할 수도 있죠. 아니! 그러니까 제 말은, 제가 섹시하다는 게 아니라, 아니 무슨 뜻이냐면, 그게……."

당황해 얼굴까지 붉히는 연호의 모습에 수인은 웃음이 났다.

"결혼, 하셨어요?"

"촌놈이 결혼한단 게 쉽지가 않더라고요. 해야죠."

"딱히, 뭘 어쩔 셈으로 온 건 아니에요. 그냥, 고맙단 말이 하고 싶었어요."

연호는 수인의 얼굴을 물끄러미 바라봤다.

"전, 남자한테 기대지지가 않아요. 남자가 방패막이가 돼 준 적이 없거든요. 어쩌면 좋은 남자는 본능적으로 거부해 왔는지도 모르겠어요."

"왜……."

"누군가 날 지켜 준단 게 낯설어서요. 불편하니까……."

연호는 부족할 것 없어 보이는 여자의 입에서 나온 의외의 고백에 조금 놀랐다.

"누가 그러더라구요. 사랑을 주면 황송해서 받을 수나 있겠냐구. 연호 씨 덕분에 적어도 내가, 착한 남자의 사랑이라면 받을 준비가 돼 있단 걸 알게 됐어요. 고마워요. ……쌀쌀해지네요."

따뜻한 미소로 수인을 보는 연호의 눈길이 민망해 수인은 자리에서 일어났다. 내리려 하는데 파도에 배가 크게 흔들렸다.

"어어!"

연호는 쓰러질 듯 휘청거리는 수인의 허리를 잡아 줬다. 그러고는 이내 얼굴을 붉히며 수인의 허리에서 손을 뗐다.

"어이쿠. 죄송해요……."

"아니에요. 고맙습니다."

수인은 연호에게 꾸벅 묵례를 하고 다시 배에서 내리려 했다. 그때, 연호가 수인의 어깨를 가만히 붙들었다.

"……?"

수인은 놀란 눈으로 연호를 돌아봤다. 그러자, 연호는 그녀를 가만히 안았다.

"……!"

이런 건, 예상에 없던 그림이었다. 수인은 당황해 얼어붙고 만다. 그런데…….

"……외롭지 마세요."

남성으로서 여성을 안는 것이 아닌, 사람이 사람에게 전하는 위로의 포옹이었다.

'세상엔 이렇게 좋은 남자도 많이 있는데……. 과거의 난 뭘 하고 있었던 걸까.'

수인의 눈시울이 붉어졌다. 배경에선 하얀 바다와 산토리니풍 집들이 펼쳐지고 있었다.

그 시각, 상 역시 바다를 보고 있었다.

— 상괭이의 웃는 얼굴을 보고 있자면, 도저히 따라 웃지 않을 재간이 없습니다. 세상에서 가장 행복한 고래 상괭이는 국제 멸종 위기종으로 보호되고 있습니다. 해마다 그물에 걸려 죽어 가는 상괭이의 개체 수가…….

상의 집 TV에선 사라져 가는 고래, 상괭이의 생태계를 다룬 다큐멘터리가 흐르고 있었다. 상은 스낵을 씹으며 TV를 보다가 소파에 모로 누웠다.

— ……상괭이가 우리의 바다에서 완전히 멸종하게 된다면, 어떻게 될까요?

상은 TV를 끄고 잠을 청하려는 듯 눈을 감았다. 그리고 서서히 다시 떴다.

연호는 먼 길 온 수인에게 간단하게라도 저녁을 대접하겠다고 했다. 그의 성화를 끝까지는 거절 못 하고, 앞장서는 그를 따르고 있었다.

"이제, 음악은 안 하세요?"

"콘트라베이스는 못 하고요, 친구가 아이들 학원을 해서 가끔 거들고 있어요. 전 바이올린 같은 거 가르치고요."

좌절된 꿈을 재생시키는 방법으로 그 또한 괜찮다는 생각이 들어 수인은 미소가 났다.

"어? 혜은아!"

수수한 차림이지만 참한 인상의 아가씨가 연호를 향해 손을 흔들고 있었다.

"저 친구가 피아노 가르쳐요. 왜 나와 있어. 바람 부는데."

연호는 달려가 여자의 셔츠를 단단히 여며 주며 웃었다. 왜 예상하지 못했을까. 그와의 청사진을 그렸던 건 아니었지만, 괜스레 낭패감이 느껴지는 이율배반의 순간이었다. 한심해서 얼굴이 화끈 달아올랐다.

"그냥 심심해서……. 어서 오세요."

깔끔한 미소가 하얀 혜은이란 아가씨는 수인을 향해 꾸벅 허리를 숙여 인사했다. 연호는 여자의 어깨에 팔을 두르며 말했다.

"조만간 데려올 친구예요."

"네……."

"굉장히 멋진 분이셔."

"응. 오빠 연락 받구 급하게 와서 차려 놓긴 했는데, 달랑 찌개 하나밖에 없어서……. 어떡해?"

"괜찮아. 자기 된장찌개 최고잖아."

연호는 혜은의 뺨을 꼬집고, 머리를 쓰다듬으며 예뻐라 했다. 수인은 둘의 애정 행각에 살짝 시선을 돌려 주었다.

"앗. 따가워. 면도 좀 하래두……."

"그래서, 내가 싫어?"

"아니, 좋아."

해사하게 웃는 여자에게 연호는 수염도 좋아해 달라며 살갑게 굴었고, 여자는 그러마고 웃으며 대답했다.

"저희 따라오세요. 조금만 더 올라가면 돼요."

연호의 말대로 바로 저 언덕 위에 작은 집이 보였다. 다정하게 어깨동무를 하고 앞서가며 재잘대는 두 사람의 뒤를 두어 걸음 따라 걷다 수인의 발이 멈췄다. 연호는 뒤를 돌아보며 물었다.

"올라올 만하시죠?"

"저……."

"힘드세요?"

"전, 이만 돌아가 볼게요."

연호와 혜은 커플은 의아한 얼굴로 수인을 봤다.

"고슴도치 때문에……."

"네?"

"밥은 먹었나, 몸은 괜찮아졌나……."

수인은 혼잣말처럼 중얼거렸다. 고슴도치 같은 남자, 상. 지금 이 순간, 머릿속은 온통 그에 대한 생각으로 가득하다. 따가운 수염도 좋다고, 사랑해 주겠노라고 고개를 끄덕이는 저 예쁜 아가씨의 사랑을 보며, 목이 마를 만큼 간절히 그가 보고 싶어졌다.

"죄송해요. 저녁은 먹은 걸로 할게요. 두 분, 행복하세요!"

수인은 마을 입구에 세워 둔 자신의 차를 향해 뛰어갔다.

□ ■ □

'쿵쿵쿵!'

수인은 욕실 문을 두드리며 그를 재촉했다. 결코 평소보다 길지 않은 샤워 시간을 할애하고 있는 그였지만 1분, 1초가 길게만 느껴졌다. 이내 욕실 문이 열리고, 상이 나온다. 급하게 입느라 미처 다 입지 못한 후드 티를 꿰며.

수인이 떠난 뒤, 이 집의 비밀번호를 풀고 들어온 사람은 아무도 없었다. 샤워를 하고 있을 때 욕실 문을 두드리던 노크 소리. 처음에는 잘못 들은 줄 알았다. 이 집에 올 사람은 아무도 없으니까. 그런데 이윽고 익숙한 목소리, 그녀의 목소리가 들려왔다.

"나예요. 나, 왔어요……."

상은 샤워를 하는 내내 그녀는 아주 돌아온 게 아니라고, 무언가 용건이 있어 잠시 들렀을 거라 생각하자며 스스로를 다그쳤다. 그녀는 모를 것이다. 그가 욕실 문을 열기 전 심호흡을 했다는 사실을.

욕실 문을 열리자, 뽀얗게 자욱한 김이 안개처럼 피어 나왔다. 그는 오랜만에 보는 그녀의 얼굴을 자세히 보고 싶어 등 뒤로 손을 뻗어 얼른 욕실 문을 닫았다.

"윽!"

그런데, 수인이 먼저 안겨 왔다. 다급하게 상의 옷을 낚아채 끌어당기며 들이받듯이 안겼다. 있는 힘껏 품으로 달려드는 그녀의 기세에 밀려 욕실 문에 쿵 하고 상의 등이 닿았다.

"후……."

상은 그녀의 귀에는 들리지 않을 만한 크기로 안도의 한숨을 내쉬었다. 적어도 그녀가 사무적 대화를 하기 위해 자신을 찾아온 것은 아니었기에. 상은 오랜만에 찾아와 아무 말 없이 자신의 품으로 뛰어든 그녀가 귀엽다는 듯 살풋 웃었다.

"뭐가 그렇게 급한데?"

수인은 상의 가슴팍에 얼굴을 묻은 채 큰 심호흡을 반복하며 그의 체취를 깊게 빨아들였다.

"괜찮아? 응?"

수인은 그의 옷자락을 움켜쥔 채 무너지듯 스러졌다. 얼마 전, 안전한 남자를 찾아가라는 그의 말에 순순히 응하며 담대히 이 집을 나섰다. 그날 이후부터 줄곧, 명치끝에 돌이 걸린 느낌이었다. 이따금 상이 떠오르긴 했지만 그것은 그저 습관 같은, 무조건 반사 같은 거라고 생각했다. 행복하지도, 불행하지도 않은 잔잔한 심정으로 잘 지내고 있다고 생각했다.

하지만 결국 스스로의 감정마저 속이고 있었던가 보다. 이토록 그의 품 안에서 편안해지는 걸 보면. 그의 팔 안에서 수인은 거짓 말처럼 안락감을 느끼고 있었다.

"흐윽……."

참아왔던 외로움이 한꺼번에 터져 눈물이 됐다.

'난 왜 이렇게 약한 거지? 왜 이것밖에 안 되는 거지?'

정말 끝일 것처럼 씩씩하게 떠났으면서, 결국 제 발로 돌아온 자신이 부끄러워 그의 가슴에 얼굴에 묻고 소리조차 내지 못하고 울었다.

"당신을 어쩌면 좋냐……."

상은 자신의 긴 두 다리를 오므려 그녀를 다리 사이에 가뒀다. 그러곤 품듯이 꼬옥 보듬었다.

"안전벨트."

그의 다리가 만들어 준 안전지대 속에서 수인은 차츰 마음을 진정시켰다. 좀 더 안전하기 위해, 안락한 그의 품으로 조금 더 파고들며 더욱 깊이 그를 끌어안았다. 상은 그런 수인의 정수리 끝에 턱을 괴고 아담하고 볼록한 뒷머리를 천천히 쓰다듬었다. 그녀의 불안을 어르고 달래며 동시에 위로받는 상이었다. 그녀의 눈물은 마른 가슴을 촉촉이 적시고, 품 안 그녀의 체온은 그의 공허를 뜨겁게 채우고 있었다.

"……보고 싶었어."

상은 몇 번을 망설이다 고백해 버렸다. 그녀를 꼭 끌어안고, 당신이 그리웠노라고.

둘은 상의 침대에 마주 보고 누웠다. 위에서 보면 두 개의 스푼이 얼굴을 맞대고 있어 마치 하트를 그려 내고 있는 것처럼 보일 것이다.

"졸려?"

상은 수인의 눈이 매워 보여 물었다.

"응……."

"우리, 잘까?"

상은 물었다. 작게 고개를 끄덕이는 그녀의 머리칼을 조용히 귀 뒤로 쓸어 넘겨 주면서. 상은 이불과 함께 그녀를 감싸 안았다. 수인은 편안하게 눈을 감았다. 상 역시 눈을 감은 채 물었다.

"어땠어? 안전한 남자……."

"참…… 섹시했어요."

"그리고 또?"

"창피해서 죽는 사람도 있겠구나, 싶을 정도로 창피했어."

"당신은 안 돼."

그의 말에 수인은 눈을 떴다. 그리고 눈에 물음표를 담고서 그를 바라봤다.

"그 안전한 남자도, 그 대용인 나도……. 그 누구도 당신 외로움을 채워 줄 수 없어."

"그럼 난 어떻게 해야 돼요?"

"당신을 행복하게 해 줄 수 있는 사람은, 당신밖에 없을 것 같아."

답이 없다면 끝도 없을 거였다. 수인은 왠지 서글퍼져 눈꺼풀을 내렸다. 그러자 상은 그녀의 턱 끝을 살며시 들어 올려 자신의 눈높이와 맞춰 놓는다.

"당신이 스스로 행복해질 방법을 찾을 때까지…… 내가 있을게."

수인은 물기 있는 눈으로 그를 오래 봤다. 상은 팔을 뻗어 수인을 자신의 품으로 데려와 가두었다. 따뜻하고, 한 번 더 따뜻하게.

"굿나잇. 마이 슬립 메이트……."

ㅁ ■ ㅁ

상의 집은 통창이어서 아침이면 세상의 모든 빛이 들어오는 양 햇빛이 쏟아졌다. 오늘도 그런 아침이다. 수인과 상은 어젯밤 잠들 때처럼 서로를 마주 보고 누워 잠에 빠져 있다. 주먹으로 사과 모양을 만들 때처럼 둘은 약속이라도 한 듯이 두 주먹을 곱게 포개고 얌전히 잠들어 있다.

"흐응……."

아침 햇살에 눈이 부신지 수인은 미간을 찌푸리며 설핏 잠에서 빠져나왔다. 목포 장례식장에서 밤을 지새우고, 연호가 사는 바다 마을에 들렀다가 상의 집으로 달려온 강행군이었다. 햇빛에 잠을 뺏기고 싶지 않았다. 수인은 아직 잠에 반쯤 걸친 상태로 바로 눈앞에서 쌔근쌔근 잘도 자는 상의 얼굴을 본다.

'익숙한 침대……. 익숙한 숨소리……. 좋아…….'

익숙한 것들에 둘러싸여, 익숙한 품에서 잠들 수 있었던 간밤엔 세상모르고 꿀같이 달게 잤다. 잠든 상의 얼굴을 보며 살포시 미소 짓는다. 하지만 잠이 너무 달아 이내 도로 눈이 감긴다.

'조금 더 자고 싶어…….'

수인은 보다 포근하기 위해 상의 품에 더 가까이 들어갔다. 옷 감의 부드러운 감촉, 따뜻한 그의 체온이 기분 좋아 상의 옷에 얼굴을 비빈다. 그러고는 자기도 모르게 고개를 들어 상의 입술에 가볍게 입을 맞추고 그의 목 아래로 파고들었다.

수인의 움직임에 상도 따라 움직인다. 역시 감은 눈인 채로 살짝 몸을 내려 다시 그녀의 목 아래로 파고들었다. 그러다 고개를 들어 그녀의 입술에 역시 짧은 입맞춤을 한다. 한 번, 두 번, 세 번의 입맞춤이 짧고, 가볍고, 또 짧게 이어지다 어느 순간 오래 머문다.

"……."

"……."

아직 잠에 허리를 걸친 둘은 가만히 서로의 입술에 와 닿는 온기를 느낀다. 그러다 수인이 먼저 정신을 차렸다.

'이건 그냥 온기가 아니라 그의 입술……!'

움찔하는 그녀의 목덜미를 부드럽게 부여잡고 그는 깊은 키스를 시작했다. 밀어 내야 하는데, 감은 눈꺼풀 위로 쏟아지는 햇살이 너무 밝아서인지, 그의 키스 때문인지 정신이 아득해져 속수무책이었다. 온몸에 힘이 풀려져 그대로 내맡기고 만다.

그는 그녀의 허리를 끌어당기고, 더욱 깊게 키스하기 위해 고개를 돌린다. 부드럽게, 또는 집요하게 입술을 탐하는 키스에 그녀는 여전히 꿈의 한가운데 서 있는 것처럼 몽롱해졌다. 맥이 풀린 손을 가까스로 들어 그의 가슴 위에 올려놓았다.

'두근. 두근.'

상의 심장이 뛰는 진동이 손바닥을 노크했다. 마치 꿈에서 깨어나라는 듯. 하지만 입술을 감아 도는 그의 키스에 자꾸만 발이 떠올라, 땅에 닿질 않았다. 그의 티셔츠를 움켜쥔 손에 점점 힘이 들어갔다.

'이대로, 양팔로 그의 목을 끌어안고 싶어…….'

수인은 설핏 욕망에 사로잡혔다. 결국에는 참지 못하고 두 팔을 뻗어 그의 목을 끌어안았다. 상은 몸을 돌려 그녀를 내려다보면서 본격적인 키스를 잇는다. 그녀의 긴 머리칼과 뺨, 부드러운 목덜미를 어루만지며 하는 키스는 깊어졌고, 그의 손은 자연스레 그녀의 허리선을 타고 내려가고 있었다.

'이대로, 다리를 들어 그의 허리를 감는다면……?'

자신의 욕망이 깊어지려는 순간, 수인은 정신을 차렸다. 그의 가슴을 밀어 내며 일어나 침대를 후다닥 빠져나갔다. 당황한 눈이 역력했다.

'안전한 남자가 되어 달라고 부탁했던 건 나였어. 그런데 어떻게 내가…….'

수인은 상을 향해 달아오른 자신의 욕망이 부끄러워져 허겁지겁 짐을 챙기더니, 도망치듯 집을 나가 버렸다.

"……!"

상은 둔기에 얻어맞은 듯 멍한 얼굴을 하고 있다가 몸을 일으켰다.

1초. 2초. 3초.

'쾅쾅!'

이내 현관문을 두드리는 소리가 들리고, 상은 이불을 젖히고 나가 문을 열었다.

"……왜 안 따라 나와요?"

차마 눈도 마주치지 못해 딴청 피우듯 딴 데를 보면서도 수인은 따져 묻고 있었다.

"후우……."

몹시 성가신 여자라는 듯 깊은 숨을 한 번 내쉬고는 그녀의 팔을 끌어당겨 집 안으로 들여놓은 뒤 현관문을 닫았다. 그리고…….

"나가."

"······?"

그의 입에서 나온 독한 말에 수인은 아찔해졌다. 하지만 이내 미간을 찌푸리고는 다시 쌩하니 나가 버렸다.

여기 온 것도 실수고, 간밤에 그의 침대에서 그만 잠이 들어 버린 것도, 또 좀 전 잠결에 일어난 해프닝도 다 실수였다. 굳게 닫힌 상의 집 현관문을 보며, 두 번 다신 여기 오지 않으리라 다짐하고는 몸을 홱 돌렸다.

그때, 등 뒤로 현관문 여닫는 소리가 났다. 돌아보면 상이 후드티 주머니에 손을 찔러 넣고 있었다.

"따라 나오면? 이다음은 어떻게 되는 건데?"

수인은 쭈뼛대다 대답을 던진다.

"······미안해, 라고 말했을 거야······."

"뭐가 미안해?"

난처한 듯 눈을 돌리는 그녀의 표정을 보며 상은 피식 웃었다. 그리고 수인 쪽으로 걸어왔다.

'들어가 아침 먹고 가라고 손을 잡으면 못 이긴 척 들어가야겠지? 그가 무안하지 않게······.'

그러나 상은 그녀의 앞을 휙 하니 스쳐 지나갔다. 그리고 성큼성큼 수인의 주차된 차 쪽으로 걸어가며 무심하게 도어 리모컨을 눌렀다. 아뿔싸. 당황한 나머지 차 키도 두고 나왔던가 보다.

'정말 이대로 가라 이거지?'

수인은 실망감을 내색 않으려 최대한 표정 관리를 했다. 저만치 차 문을 활짝 열고 기다리는 상을 향해 또각또각 걸어갔다. 그러고는 찬바람이 느껴질 정도로 휙 하니 운전석에 앉고는 차 문을 닫았다.

'탁!'

문이 닫히려는 순간, 상이 문을 잡았다.

"가서 빨랑 씻고, 머리도 좀 어떻게 하고."

룸미러를 보니 부스스 머리가 산발이 되어 있었다. 부끄러워진 수인은 냉큼 머리를 쓸어 정리했다.

"이따 두 시에 봐. 최대한 예쁘게 하고 와."

상은 용건이 끝났다는 듯 차 문을 닫아 줬다. 무슨 소리인지 알 수 없어 수인은 차창을 열었다.

"꼭 와야 돼. 같이 갈 데 있어."

잠깐이었지만, 당부를 하는 상의 표정이 어두워지는 걸 느끼는 수인이였다.

□ ■ □

약속한 오후 2시를 20분이나 넘기고 있었다. 상은 분명 약속 장소에 나와 있다고 하는데, 그의 모습이 보이지 않았다. 혹시 동명의 장소가 있는지, 수인은 근처를 한 바퀴 돌아 다시 제자리로 왔다. 그때였다.

'뚜벅. 뚜벅.'

블랙 슈트를 입은 남자가 수인의 차로 다가섰다. 그러고 보니 아까도 저 남자를 스쳐 지나갔었다. 그런데 남자가 수인의 차창을 두드렸다. 그는 상이었다.

"……?"

수인은 차에서 내려 상에게로 다가갔다. 본 적 없는 상의 모습은 평소와 다르게 진지하고 어른스러워 보였다.

"막히니까 그냥 버스로 가자."

그의 진지한 어조와 심각한 분위기에 수인은 군말 없이 뒤따랐다.

'무슨 일이 있는 걸까.'

옆에 서 버스 정류장까지 걸으며 힐끗 그의 눈치를 살폈다.

"새삼 반했지?"

수인은 이제야 웃었다. 다행이다. 농담하는 걸 보면 걱정할 만한 곳에 가는 건 아닌가 보다.

"……."

추모 공원 입구 앞에서 수인은 놀란 얼굴로 상을 올려다봤다.

"정말 잔인하다고 생각했어. 그렇게 그리워할 땐 꽁꽁 숨더니, 겨우 이런 식으로 찾아왔다는 사실이……."

타카하시의 어머니가 아들의 죽음을 전하는 데 굳이 비행기까지 타고 한국에 날아왔던 건, 아들의 유골함을 전하기 위해서였다. 타카하시의 유서에 따라 반은 일본에, 반은 상에게 보내졌다.

수인은 상을 따라 타카하시의 단 앞에 섰다.

"인사해."

수인은 이 상황이 낯설었지만 상의 말에 따라 묵묵히 고개를 숙였다.

"……."

상은 타카하시의 유골함 앞에 붙은 사진을 봤다. 열 살 시절, 대학생들 틈바구니에서 찍은 단체 사진이었다. 사내놈들이 곰살 맞게 같이 사진을 찍었던 적은 한 번도 없어서 쓸 만한 사진이라 곤 이 한 장뿐이었다.

"어때? 백만 년 만에 말 튼 친구인데."

상은 타카하시의 사진에게 말을 걸더니, 수인에게 잠시 나가서 기다려 줄 수 있겠느냐는 눈짓을 보냈다.

수인은 그의 말대로 순순히 밖으로 나갔다.

창 너머로 고개 숙인 상의 뒷모습이 애잔하게 그려지고 있었 다. 둘만의 시간을 방해하고 싶지 않아 수인은 추모 공원의 초록 으로 시선을 돌렸다. 수인 옆에 서 있던 나무 위에 예쁜 새 한 마 리가 퍼드득 날아와 앉았다.

"또 올게."

상은 타카하시의 사진을 손바닥으로 훔치고는 나지막이 말했 다. 그리고 방명록에 무엇이라 끄적이고는 수인이 기다리는 밖으 로 나가려다, 다시 한 번 타카하시를 돌아봤다.

"참, 나 이제 사탕 끊을 거다. 서운해하지 마. 네가 남겨진 자 의 고통을 알아?"

상이 떠난 자리, 방명록이 바람결에 나부꼈다.

'타카하시(鳥山高橋)'에서 '고(高)'랑 '조(鳥)'만 따서 '高鳥

(고토리)' 라고 시작하는 글귀가 바람 타고 살랑거렸다.

『高鳥에게. 높이 날아라. 사랑하는 내 친구 고돌이. —上』

수인과 상은 어느 정도 떨어져 앉은 채로 추모 공원을 빠져나가는 버스를 기다린다. 상은 턱을 괸 채 버스 오는 쪽만 바라보고, 수인은 하늘을 본다. 각자 다른 곳을 보고 있지만, 둘의 손은 연결되어 있었다.

"……."

수인은 무어라 말을 걸거나 가까이 가지 않았다. 아직은 그의 친구가 근처에서 바라보고 있을 것만 같아서. 다만 마음으로 보듬었다. 상은 버스가 오는 지평선 끝을 바라보며, 수인의 손을 더 꽉 잡았다.

5
관계를 재정립할 만한 계기? 예를 들면 섹스라든가

"그럼, 추리 소설이었어요?"

"응. 막 죽고, 죽이고, 또 쫓고, 쫓아서 죽이고⋯⋯."

"아아. 그만."

수인은 상의 노트북 앞에 앉아 그가 쓰고 있는 소설의 도입부를 읽다가 눈살을 찌푸렸다. 상은 그런 수인이 재미있어 웃었다. 상이 집필 중인 차기작 어디에도 수인에게서 모티브를 얻은 대목은 없었다. 꼼짝없이 소재거리가 됐다고 생각했던 건 시시한 오해였다.

"그럼, 그런 말은 왜 했어요? 주변 사람들한테서 소재를 얻는다고."

"재밌잖아. 사람들 헛다리 집고 골탕 먹는 거."

저서 뒤편의 저자 대담 같은 페이지의 내용은 모두 별생각 없이 내뱉은 말이었다고 했다. 적당히 작가라면 읊을 법한 클리셰를 모범 답안지처럼 돌려썼다고 말했다.

"사람들은 어차피 자기가 보고 싶고, 듣고 싶고, 믿고 싶은 것만 믿으니까……."

앤디 워홀이 한 말로 알려져 있긴 하지만 사실 기원도 정확하지 않은 그 말에 상은 크게 공감하는 눈치였다. 유명해지면 한심한 말을 뱉어도 대중에게 박수를 받고, 동시에 어떤 진실을 말해도 대중의 믿음을 얻지 못한다는 사실을 잘 알고 있는 상이었다.

그러고 보면, 수인은 감히 짐작조차 못할 세상이었다. 천재 소리를 들으며 살아온 그가 겪었을 수많은 경험들. 단지 그가 사람들의 시선에 다쳐 인간관계에 담을 쌓고, 마음을 닫았다는 정도만 추측해 볼 뿐이었다.

"내가 무슨 말을 하면 그게 꽤나 심장한 뜻이 있는 줄 안다니까?"

장난스러운 웃음을 섞어 던지는 그의 말들이 어딘가 블랙코미디 같아 신경이 쓰였다. 수인은 늘 그의 품 안에서 안락을 누렸다. 오늘만큼은 그를 위로하고 싶어졌다. 그야말로 죽을 만큼 사랑했던 친구에게 새로운 친구를 소개하고 온 날이기도 했으니까.

"내가 한 번도 요리해 준 적 없죠? 우리 가게 쉐프님만큼은 못 돼도 나도 잘해요, 요리. 뭐든 주문해 봐요."

수인은 내심 복잡할 그의 마음을 배려하고 싶어 앞치마를 둘러

맸다.

"김치볶음밥."

"말구. 요리요. 제대로 된. 최소 탕, 전골 정도부터 한번 불러 보래두요."

확실히 수인은 요리와 어울리는 비주얼이 아니긴 했다. 헤어는 언제나 윤기 있게 찰랑였고, 서빙을 하니 손톱은 단정했지만 손은 물 한 방울 안 묻혀 본 것처럼 매끈하고 촉촉했다. 상은 미심쩍다는 눈을 하고는 수인 곁으로 다가갔다.

"좋아. 그럼 소소하게 뚝배기불고기 정도 한번 불러 볼까? 간. 단. 하게 잡채 살짝 곁들여서."

일부러 손이 많이 가는 걸 주문했지만 웬걸, 수인은 기다렸다는 듯 척척 재료를 준비하기 시작했다. 불고기를 재우고, 육수를 내고, 당면을 불리는 것으로 시작해 자신 있게 야채를 채 썰었다. 수인의 기세에 상은 '이 여자가 괜히 해물요릿집 사장이 아니구나' 싶다.

"오오. 전문가의 손길. 잡채를 곁들인 뚝불, 신메뉴로 오르나요? 아아. '물과 사람', 미슐랭 쓰리스타 가나요?"

가뜩이나 큰 키를 싱크대에 비스듬히 걸치고, 채 썬 야채들을 하나씩 훔쳐 먹고 있는 상이 거슬려 수인은 눈치를 줬다. 하지만 상은 그에 아랑곳 않고 더욱 곁으로 붙었다. 열심히 칼질하는 수인의 옆모습을 바라보는 게 기분 좋다.

'당신이 이 집에 잘 어울리는 여자라는 게 좋아. 이 집에 나 혼자가 아니라는 게 막 신기해……'

이때, 데친 시금치를 무치던 수인의 한쪽 어깨에서 앞치마 끈이 스르륵 내려갔다. 상은 어깨 끈을 올려 준다.

"이렇게 어설프게 묶으니까 흘러내리지."

그녀의 등 뒤로 가 허리춤의 앞치마 끈을 푸르고, 다시 꽉 매 준다.

"……방해하지 말죠?"

"돕고 있잖아. 너무."

꽉 매 주……려고 하긴 했는데, 애먼 자리에서 매듭이 허투로 묶이고 있었다. 그녀의 허리를 감싸 안을 기회를 호시탐탐 노리는 상의 기운은 뒤통수로도 충분히 느껴졌다. 수인은 그를 향해 한 번 흘기고는 제 손으로 앞치마를 다시 조여 맸다. 상은 입술을 삐죽이며 시금치를 볶는 수인 곁으로 다가갔다.

"소금."

손에 물이 묻은 수인은 상에게 소금 한 꼬집을 부탁했다. 상은 소금을 집어 프라이팬 위에 뿌리는데, 수인의 목덜미에 시선을 빼앗긴다. 요리를 위해 머리를 틀어 올린 수인의 목덜미에 얌전히 누운 잔머리가 예뻤다. 살짝 땀이 배어난 목덜미를 닦아 주고 싶다.

"앗 뜨!"

그녀에게 한눈을 팔다 기어이 프라이팬에 데고 말았다.

"어떡해! 어디 봐요!"

수인은 금세 벌겋게 부어오른 상의 손가락을 살펴봤다.

"스읍. 아……."

아파하면서도 그의 눈은 수인의 목덜미를 향했다. 그녀가 고개를 숙이고 상의 손가락에 '후' 하고 입바람을 불자, 상은 손이 아닌 가슴을 데인 듯 저릿저릿함을 느낀다. 수인은 그의 손을 싱크대로 데려가 찬물을 틀어 그 아래에 뒀다.

"많이 쓰라리죠?"

"⋯⋯괜찮아."

제 손을 조심스레 잡고 찬물 샤워를 시키는 그녀의 손가락 촉감이 야릇하다. 상은 물을 잠갔다.

"좀만 더 해요."

다시 물을 틀려는 수인의 손을 잡아 멈췄다.

"정말 괜찮겠어요?"

상은 그저 그녀의 양손을 조심스레 잡았다.

"⋯⋯?"

"우리 관계를 재정립할 만한 어떤 계기 같은 게 필요하다고 생각하지 않아?"

"계기요?"

"좀 특별한 에피소드 같은 거."

"무슨?"

"예를 들면⋯⋯."

상은 잡고 있던 수인의 손에 서서히 깍지를 끼우고 점점, 점점 깊이 깍지를 꼈다.

"⋯⋯섹스라든가."

"뭐라구요?"

수인은 눈을 흘기고는 손을 뿌리쳤고, 상은 맞을까 봐 손사래를 치며 열심히 방어했다.

"하하하. 농담! 아, 사나운 것 좀 봐."

수인은 어이가 없다는 듯 웃고는 다시 프라이팬 앞에 섰다.

"그런데 진짜로. 우리한테 뭔가 계기는 확실히 필요한 것 같아."

"제. 대. 로. 된 예를 들면요."

"음……. 섹스라든가, 또 섹스라든가, 역시 섹스라든가."

수인이 야채를 볶던 주걱을 들자, 상은 냉큼 저만치 소파로 도망치며 폭소를 터뜨렸다.

"안전 찢어지는 소리 하지 마! 어디 방공호를 찾아가든가! 내가 아는 대피소 중에 괜찮은 데 있는데, 소개시켜 줘? 목도 아주 좋아, 거기가."

수인의 요리는 기대 이상이었다. 접시까지 깨물어 먹을 기세로 맛있게 먹는 상을 보며, 먹는 것만 봐도 배부르다던 일전 윤정의 말이 떠올랐다. 음식을 먹으며 엄지와 검지를 쪽쪽 빠는 모습이 더러워 보이지 않는 게 신기하다고 생각하던 그때였다.

"그 눈빛은 무얼 말하지? 어떤 요구처럼 다가오는데 말이야."

"뭐, 뭐가요?"

수인은 그제야 깨달았다. 상이 제 몫의 그릇을 다 비울 동안 그녀의 접시 위 음식은 거의 원형 그대로 식어 가고 있었다는 사실을.

"당신이 그렇게 보면, 야한 기분이 들잖아. 막."

"내가 뭘…… 어떻게 봤다고 그래요……."

당황하면 수인이 귀밑머리를 연신 귀 뒤로 꽂아 넘긴다는 걸 아는 상이었다. 웃음을 꾹 참고 묻는다.

"이렇게 맛있는 걸 배불리 먹이고…… 따로 원하는 거라도 있는 건가?"

"……?"

"왜 그런 시추에이션 있잖아. 거의 클리셰. 젊은 남녀가 백주 대간에 한 상에 마주 앉아 밥을 먹다가!"

"먹다가, 뭐요……."

"밥을 먹다가, 밥보다 더 맛있는 게 먹고 싶어지는 거지. 맛이 맛을 부르고, 식탐이 더 자극적인 탐욕을 부르고…… 결국에는……."

솔직히 수인은 가끔 생각한다. 어느 순간에 보는 상의 눈빛이 조금 야하다고. 턱을 괴고서 상대의 눈을 보거나, 꼭 지금 같은 순간의 눈빛이 그랬다. 상은 식탁 위 그릇들을 전부 쓸어 버리기라도 할 듯 모서리에 팔을 대었다. 수인은 자기도 모르게 움찔하며 긴장하는데, 그가 자리에서 일어났다.

'설마, 이쪽으로 다가오려나?'

수인은 모른 척 시선을 떨구고, 귀밑머리를 넘겨 대기 시작했다.

"맥주?"

"……?"

상은 씨익 웃으며 냉장고로 직행했다. 뭔가 당한 기분에 그를 째려보려 고개를 돌리는데, 뺨에 차가운 맥주 캔이 와 닿았다.

"입가심은 맥주로."

상은 수인의 목덜미 쪽으로 캔을 건네고는, 수인의 젖은 뺨을 손으로 닦아 주었다. 괜히 부끄러워 수인은 냅킨으로 마른 뺨을 한 번 더 닦았다. 상은 피식 웃고는 그대로 바닥에 대자로 누워 버린다. 수인은 무안해 깨작깨작 음식을 헤집으며 먹는 시늉을 했다. 상은 몸을 일으켜 맥주를 크게 한 모금 들이켜고는 다시 모로 누워 주먹으로 머리를 괸 채 수인을 응시했다.

"나 그동안 궁금했던 거 있었는데, 물어봐도 돼?"

수인은 또 무슨 장난을 치려나 싶어 대답도 않고 밥을 한 술 떴다. 그러자 상은 발을 뻗어 식탁 밑 수인의 발을 살짝 건드렸다.

"응? 무지 궁금했던 거란 말이야."

그의 발이 점점 종아리로 올라오는 게 느껴지자 냉큼 다리를 빼며 말했다.

"알았어요. 뭔데요?"

"나랑 하는 거 상상해 본 적 있어?"

"콜록! 콜록!"

사레들린 수인이 걱정돼 상은 슬쩍 몸을 일으켰다. 수인은 급한 대로 상이 건넨 맥주를 따서 벌컥 마시고 있었다.

"그렇게 충격적인 질문이었나. 그냥 지적 호기심 같은 건데……."

"콜록…… 없어요."

"가슴에 손을 얹고?"

수인은 대답 대신, 식탁을 치우기 시작했다. 상이 일어나 거들었다.

"한번 상상해 봐. 우리 둘이 하는 거……."

수인은 상을 가만히 본다. 안 되겠다 싶은지 그릇을 내려놓고, 남은 맥주를 한 번에 전부 들이켰다. 그리고 상의 손에 들린 캔까지 가져가 마셨다.

"어어……!"

상은 그런 수인을 걱정스레 보며, 뭔가 혼날 것 같은 기분에 슬쩍 긴장하고 있었다. 아니나 다를까, 수인은 남은 맥주 한 방울까지 말끔히 빨아들인 후 손에 쥔 캔의 허리를 빠직 쥐었다.

"괘, 괜찮아?"

"이상 씨는요? 지적 호기심 많은 작가님께서는 상상해 보셨어요?"

"아, 아니!"

"후우……."

수인의 얼굴이 금세 붉게 달아올랐다. 와인이나 양주는 괜찮더니, 맥주에 약할 줄은 몰랐다.

"진심? 진짜죠?"

"가슴에 손을 얹고. 안 했어. 그런 상상……."

수인은 상의 코앞으로 다가서 올려다본다.

"우리 둘이…… 뭘 해요……?"

"어? 아, 안 해."

"그러니까. 뭘요? 뭘 하고, 뭘 안 하는데……."

"설마, 취한 거야……?"

"그럴 리가요. 맥주 두 캔에 취하는 사람 본 적 있어요?"

"어…… 지금……."

수인은 조금도 취하지 않았다는 걸 증명하겠다는 듯 그릇을 겹쳐 들고 싱크대로 향했다.

'와장창! 쨍그랑!'

오전에 마신 에스프레소가 유난히 독했던지 내내 어지러웠더랬다. 취기가 빨리 올라온 것도 그 때문이었을 거다. 훌륭한 한상차림 잘해 놓고, 마무리가 이 모양이라니. 칠칠치 못한 모습을 보인 것 같아 황급히 주저앉았다. 덕분에 핑그르르 눈앞이 어지러웠지만 정신을 차리려 애쓰며 깨진 그릇 쪽으로 손을 뻗었다.

"어?"

이때, 상이 다가와 그녀의 허리를 번쩍 들어 싱크대 위에 올려놓았다.

"발 조심."

"……."

상은 수인의 발바닥을 손으로 털어 주고는 혹시 튄 파편은 없는지 정강이 등을 바삐 살폈다. 수인은 그런 상을 내려다본다. 취기 때문일까. 어느새 벌어진 무릎 사이로 그가 들어와 있다는 것도 의식하지 못하고 있었다.

"내가…… 상상해 봤음 좋겠어요?"

상은 몸을 일으켜 수인의 나른한 눈을 조용히 바라봤다.

"나랑, 하고 싶어요?"

"……!"

"나한테 왜 상상해 보라고 그래요?"

"…….'

"나랑 하고 싶으면…… 그렇다고 솔직하게 말해요."

느릿느릿한 말투와 족히 37.2도가 될 것처럼 빨갛게 달뜬 뺨, 코끝을 찌르는 맥주 냄새가 왜 체리블라썸 향처럼 느껴지는지 모르겠다. 그녀가 쓰는 샤워 젤 때문일지도 모른다. 한낮의 열기 때문인지, 아까 뜨겁게 데인 손끝의 쓰림 때문인지 상은 순식간에 올라가는 체온을 느꼈다.

"정직하게 말해 보라니까요……."

처음 보는 수인의 풀어진 모습에 상은 웃음이 났다. 깨진 그릇 파편들을 건너 한 발짝 더 가까이 수인의 무릎 사이로 들어갔다. 조금만 더 몸을 기울이면 서로의 눈썹이 닿을 만큼 가까운 거리였다.

그녀의 눈꺼풀이 슬로 모션처럼 깜빡이는 걸 몇 초간 바라봤다. 나무늘보처럼 바짝 귀여워진 그녀의 현재를 독식하고 있다는 것이 행복해 미소를 참을 수 없었다.

"뭐래. 이 여자……."

"몇 번이나 상상했어요? 설마…… 나랑 잘 때마다?"

"이렇게 얕은 수에 넘어갈까 봐?"

상은 물을 뜨듯이 양손으로 수인의 뺨을 떠 안고 물었다.

"고작 이 정도 유도 신문에 넘어가기엔, 내가 너무 천재적인 남자라고 생각하지 않아?"

"머리 좋은 남자 중에 변태가 많다던데……. 질문 있습니다! 천재 이상 작가님도 혹시 변태세요?"

수인은 스르륵 눈을 감으며 통통한 입술을 요리조리 삐죽였다. 그 입술이 미치게 사랑스럽다고 느낀 순간, 더는 참을 수 없어졌다. 상은 그녀의 입술로 다가갔다.

"……!"

입술이 거의 닿았을 때, 오히려 수인 쪽에서 상을 꽉 끌어안았다. 상은 휘청하며 두 팔로 자신의 목을 감고 매달려 있는 그녀의 허리를 감쌌다. 한 뼘에 다 들어오는 허리가 참 예쁘다고 생각했다.

"지금, 도발하는 거야?"

상은 입꼬리를 올려 웃고는 그녀의 어깨 위에 입을 맞췄다. 그리고 못다 한 키스를 잇기 위해 목에 감긴 그녀의 팔을 풀었다. 그런데 수인의 팔이 추욱 늘어졌다.

"아아……. 왜 이렇게 흔들리는 거지? 나 너무 어지러워요……."

가슴으로 그녀의 밭은 심장 박동이 예사롭지 않게 느껴졌다. 상은 수인의 뺨을 감싸 쥐고 그녀의 상태를 확인했다.

"괜찮아?"

밭은 호흡을 내쉬며 기분 나쁜 현기증에 시달리고 있었다. 상은 그대로 수인을 두 팔에 안아 들고 침대로 데려갔다.

행사가 많은 달이라 부쩍 가게 일이 바빴다. 끼니를 에스프레소로 때우며 과로했던 것이 이제야 탈이 나는 모양이었다. 거의 빈속이나 다름없었는데 술을 들이붓게 두는 게 아니었다.

"술 깨는 약부터 좀 먹어 보자. 잠깐만. 금방 갔다 줄게."

상은 베개를 잘 괴어 주고 일어났다. 그런데, 수인이 천천히 그의 손을 잡았다.

"느리게 가도 되죠, 우리……?"

"……."

상은 다시 침대로 들어가 그녀의 곁에 누웠다. 수인은 힘든 와중에도 무언가 말을 하고픈 눈빛으로 그를 바라봤다.

"알아. 우린 처음이 너무 빨랐잖아. 만난 지 겨우 몇 분 만에 침대에 들어간 사이니까."

"조금 겁나요. 그냥, 순서가 뒤바뀐 관계 같고…… 좀 비정상적이고 비상식적인 관계 같아서……."

"지금부터라도 차근차근 가자. 천천히. 그렇게는 괜찮지?"

수인은 고개를 끄덕이는 대신 눈을 깊게 깜빡였다. 상은 그런 수인의 머리 아래로 팔을 넣어 그녀를 품으로 데려왔다.

"당신 약 가져와야 되는데……."

수인은 가지 말라는 듯, 상의 허리춤을 꼬옥 쥐었다. 당신의 품이 약보다 좋다고 말해 주고 싶었지만 어지러워 그만두었다.

'토닥. 토닥.'

상은 일정한 리듬으로 그녀의 등을 두드리며 마음속으로만 말했다.

'사실 나도 두려워. 그러기……. 언젠가 당신도 후회하게 될

까 봐.'

　그들이 '그러기 두려웠던 것'은 이대로의 관계에서 나오는 편
안함이 지나치게 완벽했기 때문이었다. 이때까지는, 그렇게 생각
하고 있었다.

□ ■ □

　윤정은 능숙한 손길로 플레이팅을 하고, 수인은 그 접시를 들
고 가며 떠나는 손님들과 밝은 미소로 인사를 나눈다. 새로운 목
표를 찾은 뒤 수인은 깡충거리는 도미처럼 생기 있어 보였다.

　'그 안전한 남자도, 그 대용인 나도. 그 누구도 당신 외로움
을 채워 줄 수 없어. 당신을 행복하게 해 줄 수 있는 사람은,
당신밖에 없을 것 같아.'

　의외로, 상의 그 말이 힘이 됐다. 누구를 만나도 자신의 행복을
나눠 줄 수 있을 만큼 혼자서도 행복한 사람이 되기로 마음먹었
다. 그러자 그녀의 세상은 한결 밝아진 명도를 갖게 됐다.

　'당신이 스스로 행복해질 방법을 찾을 때까지…… 내가 있을
게.'

　상, 그와 함께라는 것이 무엇보다 좋았다. 혼자가 아니라는 사

실만으로도 힘이 난다는 게 참 좋았다.

"좋아?"

게다가, 최근 수인에게는 큰 기쁨이 생겼다. 윤정을 놀리는 일이었다. 마주칠 때마다 좋으냐고 묻는 것이 꽤나 즐거웠다.

"그래, 좋다! 좋아! 아놔, 저 언니 요즘 왜 이렇게 하이텐션이지? 미친 거 아니야?"

"하이텐션은 누가? 새 신부 놔두고 내가? 어머, 감히."

윤정이 다음 계절에 결혼을 한다.

'지쳐. 헤어지려고. 근데 언니, 무서워. 사랑이 끝나는 게……'

동욱의 시험 축하 뒤풀이를 하다가 엉망으로 취해 난장을 피우던 날, 윤정은 그렇게 10년 열애의 종지부를 선언했었다. 그리고 다음 날, 숙취를 끌어안고 출근한 윤정은 쓰레기통에서 버려진 케이크 상자를 발견했다. 낙방한 자신의 기를 살려 주겠다며 마련된 자리였다. 동욱도 도저히 빈손으로는 올 수가 없어 사 들고 온 케이크인 줄로만 알았다.

그런데 찌그러진 케이크 상자 속 뭉개진 초코케이크 틈새에서 카드를 발견했다. 윤정은 카드를 읽어 보더니 얼굴을 일그러뜨리며 펑펑 울다가, 웃었다.

『윤정아, 나랑 결혼해 줘. 분명 최악의 제안이긴 하지만 거절하기 조금이라도 망설여진다면, 너도 날 사랑하는 거야.』

세상의 모든 프러포즈가 다 근사한 건 아니겠지만, 이렇게 최악의 프러포즈는 없을 거라고 생각했다. 하지만 윤정은 쓰레기통에 처박힌 그 최악의 프러포즈를 기꺼이 받아들였다. 이후 동욱과 '열애 시즌 2'를 시작하며 각종 닭살 행각을 이어 가고 있었던 것이다.

"언니, 나 그만 놀리시고 귀빈실에나 가 봐. 박 의원 팀 도착했대."

오랜만의 방문이었다. 박 의원은 수개월 전, 콘트라베이스 연주를 듣기 위해 찾은 예술의 전당에서 본 뒤로 처음이었다. 아내와 다정하던 모습이 참 좋아 보이던 그는 '물과 사람'을 찾는 정재계 인사들 테이블의 단골 안주였다. 호사가들마저 호평 일색이었던 그의 소식을 내내 들어 왔던지라, 오랜만의 방문이라는 게 의식되지 않을 정도였다.

"안녕……하세요."

수인이 인사를 하기 위해 귀빈실에 들었을 땐, 의외의 인물이 박 의원과 동석하고 있었다. 재혁이였다.

"주문하시겠습니까."

"이 집은 제가 빠삭한데. 제가 초이스해 올려 봐도 괜찮으시겠습니까. 장관님?"

여성부를 거쳐 이번에 법무부 장관 자리에 올랐다는 중년 여성을 향해 재혁은 한껏 애교를 떨었다. 인권변호사 출신 차기 대권

후보 박 의원과 법무부 장관의 예약에 굳이 끼어 왔다는 재혁은 한눈에도 줄을 대 보려는 눈치였다.

"그래요. 소문만 듣던 집에 이제야 와 보네. 기대되는데요."

"제가 여기 한 사장은 꽉 잡고 있거든요. 특 상급으로다가 대령해 줄 겁니다. 그렇지?"

잘 보이고 싶은 사람들 앞에서 허세를 부리고 싶었던지 재혁은 거드름을 피우며 유세를 떨었다. 그런데 이 순간 표정이 안 좋아진 건 수인만이 아니었다.

"우리 다금바리로. 회 막 살살 녹게, 우리 한 사장 살결만큼 야들야들한 놈들로다가 그냥! 알지?"

결코 이 정도로 저질인 남자는 아니었다. 뒤를 봐줄 든든한 처가를 얻더니, 전 애인에 대한 예우는 고사하고 본인의 인격을 챙기는 것 또한 귀찮아진 모양이었다. 꾹 참고 미소를 짓는데, 아까부터 눈빛이 차갑던 박 의원이 재혁을 똑바로 응시했다.

"아, 의원님. 뭐 따로 드시고 싶으신 거라도? 다른 걸로 주문할까요?"

박 의원은 얼마간 눈치 없는 재혁을 두고 보다가, 고개를 저었다.

"아닙니다. 그렇게 부탁드립니다."

박 의원은 수인에게 가볍게 묵례를 하고는 애써 온화한 미소를 지어 보였다. 그러고는 주문을 받아 나가는 수인의 표정을 곁눈질로 봤다. 재혁의 무례를 무릅쓴 수인의 감정을 살피는 것이었다. 그리고 재혁은 그런 박 의원의 눈빛을 빠르게 읽어 냈다.

"어어? 우리 박 의원님 혹시⋯⋯?"

"네?"

"아⋯⋯. 아닙니다. 하하하!"

재혁의 허세는 계산대 앞에서도 계속됐다. 박 의원이 지갑을 열지 못하도록 완강히 저지하며 한참을 실랑이였다. 재혁의 언성이 높아지고, 시선이 쏠리자 결국 박 의원이 져 주고 말았다.

"의원님, 먼저 나가 계세요. 우리 장관님 적적하시겠네."

"그럼⋯⋯."

수인을 향해 정중히 인사하고 나가는 박 의원에게 그녀 역시 예의를 갖춰 인사를 건넸다. 박 의원이 나가자 재혁은 눈빛을 바꿔 수인을 봤다.

"둘이 뭐냐?"

수인은 눈을 치켜뜨고 그런 재혁을 본다.

"박 의원이랑 너 말이야. 뭐 있냐?"

상대할 가치를 못 느끼겠다. 수인은 사무실로 향하고, 재혁은 사무실에 이르는 복도를 뒤따라가며 연신 쪼갰다.

"아니, 니가 뭐 황진이도 아니고. 벽계수까지 쓰러뜨리셨어? 너 진짜 대단하다. 하긴 뭐, 나도 한때 너한테 빠져서 허우적댔으니까."

재혁은 뒤도 돌아보지 않고 식식대며 걸어가는 수인을 바짝 쫓아갔다. 그리고 어깨를 세차게 돌려 세웠다. 수인의 머리칼이 흩날릴 만큼 거셌지만, 만에 하나 손님들 귀에 들릴세라 '아' 소리도 내지 못했다.

"예쁘긴 졸라 예쁘단 말이야."

재혁은 수인의 머리칼을 어루만지며 음흉하게 다가섰다. 수인은 확 몸을 빼고 재혁을 노려봤다.

"나한테만 말해 봐. 박 의원은 어떻게 홀렸냐? 둘이 이것도 하고, 저것도 하고. 그런 사이? 박 의원은 어떻게 노냐? 저런 인간들이 침실에선 더 드럽다던데. 뭐 하냐 둘이?"

"재혁 씨야말로 뭐 하는 건데. 이제 엄연한 유부남 아니야? 지금 이게 뭐 하는 짓이야."

"야, 그래! 까놓고! 남 주긴 졸라 아깝다. 됐냐? 야, 박 의원 저 새끼 별거 없어. 백 없고 돈 없어서 인권변호사 해 먹던 새끼가 좋은 놈 코스프레하고 있는 거라니까? 시장? 대권? 까라 그래."

더는 들어 줄 수 없어 자리를 벗어나려 사무실 문을 여는데, 재혁이 수인을 확 낚아채 벽에 밀어붙였다. 그리고 벽에 손을 짚어 수인을 가둔다. 수인은 풀린 눈의 재혁을 노려봤다.

"내가 딴 여자랑 결혼해서 많이 서운했냐. 그런데 나 너 버린 거 아니다."

"비켜. 사람 부를 거야."

"나, 아직 너 다른 자식 못 준다고오!"

재혁은 완강히 거부하는 수인을 안으려 했다. 재혁은 수인의 손목을 틀어쥐고는 강제로 벽에 밀치려 했다. 옥신각신하지만 결국 수세에 밀리고, 꼼짝없이 재혁의 품에 들어가기 직전이었다.

"그 손 떼시죠."

복도 끝에는 상이 서 있었다.

상은 깨진 얼음조각처럼 매서운 눈으로 재혁을 노려보고 있었다. 이례적으로 셔츠 차림이라서인지 더욱 차가워 보였다.

"넌 뭔데?"

상은 주머니에 한 손을 꽂은 채로 뚜벅뚜벅 걸어왔다.

"손 떼라고. 내 여자한테서."

상은 눈빛으로 사람을 벨 것처럼 매섭게 재혁을 응시했다. 눈을 부릅뜬 것도, 언성을 높인 것도 아니었지만 일순 공간 전체가 굳어 버릴 듯했다.

"내 여……. 아 나. 내가 한수인이 남자관계 빤한 사람이야! 그런데 뭐? 내 여자?"

"두 번 경고 안 해. 내 여자한테서 떨어져."

"이게 말이 짧어? 혀를 어따 팔아먹고. 살림에 보탰냐? 어?"

재혁은 배를 들이밀며 상에게 치대기 시작했다. 상은 그와 닿은 자신의 흰 셔츠를 내려다본다. 그러고는 마치 먼지를 털 때처럼 손가락을 튕겨 털어 냈다.

"그 더러운 몸에 손대고 싶지 않으니까, 꺼져."

살기 어린 눈에 재혁의 목소리는 한풀 수그러들었다.

"이게 씨……. 대한민국 검사한테 씨……."

상은 꼬부라진 혀로 구시렁대는 재혁을 마치 파리 쫓듯 손끝으로 가볍게 젖히고, 수인에게로 갔다.

"괜찮아?"

수인은 상을 올려다봤다. 무표정한 얼굴이 무겁게 가라앉아 있었다. 하지만 수인은 알 수 있었다. 자신에 대한 걱정과 재혁에 대한 분노, 무섭게 치받아 버리고 싶은 감정을 참아 내는 노력까지 한데 엉킨 표정이었다.

"……."

상은 좀 전 재혁이 움켜쥐었던 수인의 손목을 침착하게 살피고는 그녀를 안쓰러운 눈으로 바라봤다. 수인의 안녕을 확인하는 게 먼저여서, 분노를 있는 힘껏 참고 있는 상이였다. 수인은 그것이 고마워져 울컥 감정이 복받쳤다.

"……응. 괜찮아요."

복도 끝에 서 단 한 마디로 재혁의 행패를 막던 상은 분명 처음 보는 얼굴을 하고 있었다. 낯설 만큼 무서운 표정으로 서 있던 그를 본 순간, 이미 안도했다.

"그럼 됐어. 집에 가자."

상이 수인의 손을 잡자, 그녀의 눈에 눈물이 그렁그렁 고였다. 상은 말없이 그저 그녀를 안았다.

"허! 야, 니들 뭐냐?"

어느새 몸도 가누지 못할 만큼 취기가 오른 재혁은 저 혼자 알아서 흔들리고 있었다. 서로를 껴안고 있는 두 사람의 귀에는 배경에서 요란한 재혁의 소음 따위 들리지 않았다. 그 순간, 재혁은 완벽한 투명 인간이었다.

상은 수인의 얼굴을 부드럽게 감싸고 엄지로 눈물을 닦아 준다. 그리고 입 맞춘다. 수인은 거부하지 않았다. 어느새 재혁의 소음이 끊어졌다.

"……."

상은 더 그럴 수 없을 만큼 부드럽게 그녀에게 입술을 포갰다. 나쁜 감정은 전부 내게 달라는 듯 그녀의 입술을 가져왔다. 두 사람은 마주 보고서도 한동안 서로의 눈을 보았다. 그러자 거짓말처럼 수인의 입가에 미소가 배어났다. 그 미소가 상에게로 번졌다.

"상아……?"

수인과 상은 동시에 소리 나는 쪽을 바라봤다. 박 의원과 법무부 장관이라는 그 중년 여성이 서 있었다. 재혁이 나오지 않자 다시 들어와 본 그들의 놀란 얼굴은 좀 전의 키스 장면을 고스란히 목격했음을 뜻했다. 수인은 민망해져 눈을 떨궜다. 그런데 상은 부끄러운 기색은커녕 더 당당한 얼굴로 고개를 들었다.

"네가 여기 어떻게……?"

상은 장관을 노려봤다. 수인은 영문을 알 수 없는 상황에 그의 표정을 살폈다. 상은 장관에게서 차갑게 시선을 거두고는 수인의 손을 잡고 성큼성큼 자리를 빠져나갔다.

"상아!"

상은 무작정 수인의 손을 끌고 식식대며 차를 향해 걸어갔다. 수인은 거의 끌려가다시피 하며 상의 크고 빠른 보폭을 따라잡으려 애를 먹는 중이었다.

"조금만 천천히 가요."

주차장엔 못 보던 차가 서 있었다. 상이 뽑은 새 차였다. 그녀를 만난 뒤 많은 것이 달라지고 있었다. 큰마음 먹고 꺼내 입은 지금 이 셔츠도 그러했다. 집에 틀어박혀 지내던 그는 딱히 교류할 상대도 없어 꽤 외진 곳에 살면서도 매번 대중교통을 이용해도 될 만큼 움직일 일이 없었다.

하지만 이제 수인이 생겼으니까. 그녀가 취해 귀여운 주정을 부리는 날이 또 온다면, 태워다 줄 수단이 필요하다는 생각이 들었다. 서프라이즈 시승식을 해 주려 연락도 없이 찾아왔는데, 여러 가지로 낭패의 연속이었다.

"잠깐만요……. 나 아직 가게 마감 못 했어요."

"윤정 씨 있잖아."

"왜 그래요? 아까 그분이랑은 어떻게 아는 사이구요?"

상은 대꾸 없이 보조석 문을 열었다.

"타."

"누구 차예요?"

"일단 타. 빨리."

그가 갑자기 잔뜩 성이 난 이유를 모르겠다. 도대체 무엇이 그렇게 난처하고, 왜 도망치듯 이곳을 빠져나가려고 하는지. 걱정이 돼 그의 손을 가만히 잡아 주었다. 상은 그제야 미안해진 얼굴로 한숨을 내쉬었다.

"알았어요."

더는 따지지 않고 순순히 보조석에 앉았다. 그리고 상이 운전석 문을 연 순간이었다.

"잠깐 기다려 봐! 상아!"

장관은 뛰어와 상의 팔을 붙잡았다. 상은 수가 틀렸다는 듯 눈을 질끈 감았다.

"나 좀 봐. 엄마 좀 봐……."

수인은 차에서 내려 조용히 둘을 바라봤다. 어머니에 관한 이야기는 지금껏 단 한 번도 입에 올린 적이 없었다. 수인 역시 아버지의 부재 속에 살아왔기에 굳이 궁금해하지도 않았다.

상은 고등학교를 졸업한 뒤로 어머니와 담을 쌓고 살아왔다고 했다. 다행스럽게도 어머니는 나라의 녹으로 살아가는 사람이었다. 모자지간의 무너진 관계 회복을 위한 노력을 기울이기엔 공사가 다망하셨다.

'이제 와 이산가족 상봉의 감동적 그림을 연출하다니. 청이 부르는 심봉사처럼 상아! 라니.'

상은 어머니와 한사코 눈을 맞추지 않고 있었다.

□ ■ □

갑자기 나타난 어머니 때문에 수인과 귀가하지 못했다. 수인은 둘 사이에 할 이야기가 많을 것 같다며 조용히 자리를 내어 줬다. 하지만 어머니와 나눌 대화는 없었다. 성공과 명예를 위해서라면 못 할 짓이 없는 사람. 그녀와 마주하는 건 고역이었다.

결국 자리를 박차고 나와 집으로 왔다. 계획대로였다면 지금쯤 수인과 다정했을 것이었다. 재혁 때문에 마음을 다쳤을 그녀를 위로하며 따스했을 테다. 그런데 느닷없이 어머니라니…… 관심도 없던 차를 사고, 안 입던 셔츠를 입었다. 한 여자를 사랑하려 마음을 열고 달려가던 중, 급정거를 하며 앞으로 고꾸라진 기분이었다.

하필 이럴 때, 불쾌한 전화까지 걸려 왔다.

— 우리도 다 뒤져 봤는데, 도저히 못 찾겠다니까요.

"밀입국 기록도 확인하셨어요? 한국에 들어온 기록이 있다고 했잖습니까."

거실 통창 앞에 서서 통화를 하는 상의 표정이 서늘했다.

— 두어 군데 물어는 봤는데 밀항도 아닌가 봐요. 이 사람 수배하는 거, 그만 포기하시죠?

상대편의 건성 대답에 상은 눈을 질끈 감았다가 다시 매섭게 떴다.

"포기요? 당신들한텐 내가 일등 고객 아니었습니까? 매번 허탕 쳐도 착실히 돈 꽂아 주는."

— 그런 게 아니라. 에잇! 거 그간의 의리를 봐서 내 말해 주는데, 꽤 대단한 모친을 두셨나 봅디다?

상의 안색이 흙빛으로 질렸다.

— 그쪽 의뢰는 받지 말라고 모친께서 거금을 쏴 주셨단 말이지. 우리 같은 사람들이야 돈줄 따라갈 수밖에. 이해 좀 해 주쇼.

상은 휴대폰을 끊고 화를 삭이려 애썼다. 손끝에 잡히는 커튼을 만지작거리다가, 이내 무서운 기세로 확 뜯어내 버렸다.

수인은 집에 돌아와서도 가게에서 봤던 상의 얼굴이 떠올라 마음이 놓이지 않았다. 그에게 전화를 걸어 봤지만…….

— 연결이 되지 않아 음성사서함으로…….

상이 전화를 받지 않았다. 어머니를 대하던 그의 어두운 표정. 그토록 심각한 얼굴은 본 적이 없었다.

'괜찮을까?'

수인은 결국 상의 집으로 달려오고야 말았다. 도착했을 때 상은 아까 본 차림 그대로 침대에서 잠들어 있었다. 이불도 덮지 않은 채 잔뜩 웅크리고 잠든 모습이 안쓰럽다. 잔뜩 미간을 찡그리고 자는 모습이 고통스러운 꿈이라도 꾸는 듯 보여 마음에 얹혔다. 슬며시 머리를 넘겨 주자 진땀에 젖은 잔머리가 누웠다.

'무슨 꿈을 꾸길래…….'

열린 창문으로 들어오는 찬바람에 감기라도 걸릴세라 조심스럽게 이불을 덮어 준다. 인기척에 상은 흠칫 놀라 깼다.

"깼어요? 미안해요."

"아……. 깜빡 잠들었나 봐. 언제 왔어?"

상은 눈을 부비며 상체를 일으켰다.

"바로 깨우지. 업무 태만이네 나. 이리 와……."

상은 수인을 향해 팔을 벌렸지만, 그녀는 고개를 저었다.

"피곤했나 봐요."

상은 자신을 향한 수인의 걱정스러운 눈길이 포근하다고 생각했다.

"자다 일어나서 보니 더 예쁘네……."

상은 몸을 일으켜 수인을 안았다.

"……왜 안 물어봐? 아까 일."

"나중에. 좀 편해지면, 얘기하고 싶어지면 그때 해요."

그런 수인이 고맙다.

"괜찮아?"

"뭐가요?"

"기분."

상은 아까 재혁과의 일을 묻고 있었다.

"아아. 그냥……. 괜찮아요."

"그 자식 한 번만 더 얼쩡거리면 바로 나한테 말해. 흠씬 두들 겨 패서 산 중턱에 던져 버릴 거야. 이리 떼한테 뜯어 먹히라고."

수인은 품 하고 웃었다.

"당신 같은 여자라면 그런 놈을 종으로 부려도 될 텐데, 왜 시 중을 들어야 하는지 모르겠어. 가게 확 접어 버려."

"접으면요?"

"나 잘 벌어. 저 차도 일시불로 산 거야. 올 캐쉬."

지폐를 세듯 손가락을 비비는 상의 저속한 제스처에 수인은 웃 었다. 이제야 비로소 기분이 한결 나아졌다. 가게에서의 낭패감이 싹 잊히는 순간이었다. 그건 상도 마찬가지였다.

"당신 보니까, 좋다."

상의 시선이 수인에게 은은하게 머물렀다. 팔을 뻗어 그녀를 다시 안았다. 아까보다 더 깊게.

"아아……. 왜 이렇게 좋지? 당신한테 취한 것 같아……."

상은 캣닢에 취한 고양이처럼 수인의 살결에 코를 묻고 그녀의 향기를 탐닉했다. 나른한 고양이들처럼 둘은 서로에게 엉켜 있었다.

'사그락. 사그락.'

상의 까실한 셔츠 옷감이 만들어 내는 소리가 쓰르라미 노래처럼 들려 절로 눈이 감겼다.

'팔랑.'

커튼이 크게 춤을 췄다. 창문으로 물기를 머금은 바람이 불어와 두 사람의 머리칼을 흐트러뜨렸다.

"새벽에 비 올지도 모른댔어요. 잠깐만."

수인은 어깨를 놓아주지 않으려는 상을 간신히 떼어 놓고, 침대에서 일어나 거실 창문을 닫았다.

"차 마실래? 아니면, 맥주?"

"잘자리에 부담스러워. 안 할래요."

"왜에. 맥주 마시니까 매력 레벨이 100만 포인트 올라가던데."

"됐네요……!"

창문을 잠그고 서 있던 수인의 허리를 상이 뒤에서 감싸 안았다.

"……왜 그래요."

상의 손길이 어쩐지 섹시해 수인은 덜컹했다. 한 번 그렇게 느끼자 새삼 수줍어 배를 감싼 상의 손등을 붙잡았다. 상은 말없이 수인의 목덜미에 코를 박았다. 뜨거운 숨결이 수인을 간지럽혔다.

허리에 감긴 그의 손이 점점 아랫배를 조여 오자 조금은 위험해졌다. 엉덩이에서 등허리로 이어지는 언저리에서 느껴지는 그의 체온과 압력은 더욱 위험했다. 서로에게 힘든 하루였다. 이대로라면 그를 위로하고 싶어질 것 같았다. 그가 원하는 어떤 방식으로라도……

수인은 뒤돌아 그의 목에 매달려 안겼다. 차라리 이러는 편이 나을 것 같았다. 이미 익숙한 수법이었다. 하지만 사랑스러운 방식으로 리듬을 끊는 그녀의 훼방에 상은 눈을 가늘게 떠 흘기고는 웃었다. 그리고 수인의 등을 깊이 끌어안으며 수인의 목선에 입을 맞췄다. 자분자분. 촉촉한 입술이 목덜미를 타고 내려가는 느낌이 좋아서, 그녀는 눈을 감았다.

"아!"

놀란 수인이 어깨를 움츠렸다. 상이 목덜미를 꽉 물어 버리고 장난스러운 눈을 반짝이고 있었다.

"뭐예요."

"만월이길래."

상은 창밖의 보름달을 가리켰다.

"그건 늑대인간 아니에요?"

"뱀파이어도 상관있을걸? 어어. 이거 논란의 여지 있어."

"무슨 논란. 하하. 말도 안 돼. 뱀파이어가 달 떴다고 물어?"

수인은 오랜만에 소리 내서 웃었다.

"사과 깎을 때 칼로 이렇게 톡! 하잖아."

"마취?"

"깡! 깨물면 왠지 마취될 것 같았는데⋯⋯."

"완전 불순해. 마취해서 뭐하려구요."

상이 한 발 다가서자, 수인은 긴장했다. 그는 아슬아슬하게 수인의 어깨를 가린 얇은 카디건을 벗기며 그녀의 입술 가까이로 제 입술을 가져갔다.

"예쁘게 벗겨서⋯⋯ 먹으려고 했지."

순식간에 그의 혀가 입 안으로 밀려 들어왔다. 짐짓 놀라 몸을 뒤로 뺐지만, 그의 손이 허리를 끌어당겨 외려 깊어졌다.

"흡."

상은 수인의 혀를 옭아맸다 풀었다 하기를 반복했다. 숨 쉴 틈도 주지 않고 빡빡하게 빨아들였다가 그녀의 입술을 훑고는 미끄러졌다. 일전 동틀 녘의 키스도 꼭 지금 같았다.

밀가루 반죽을 하던 손으로 깍지를 꼈을 때처럼 찰기 있게 맞물렸다. 그는 빈틈없이 완벽한 진공 포장을 하는 양 입술을 빨아들였다. 윗입술과 아랫입술이 밀도 있게 착 하고 감기는 느낌이 좋았다. 상의 혀는 어느 틈에 귓불을 따라 매끄러운 쇄골에 이르고 있었다.

"아⋯⋯."

그의 셔츠를 쥔 손에 힘이 들어갔다. 밀어 내는 건지, 끌어당기는 건지 모를 모호한 상태였다. 그녀는 갈팡질팡하고 있었다. 게다가 아찔하기 바쁜 위의 사정보다 실은, 밑의 사정이 더 긴박해서 큰일이었다. 서로 엇갈리는 두 사람의 다리가 자꾸만 깊게 얽히고 있어 뜨거웠다.

"하아…… 오늘은…… 집에 가서 자야 될 것 같아요."

"못 가. 그리고 못 자."

그의 셔츠를 쥔 손에 땀이 날 만큼 힘이 들어갔다. 수인은 자꾸만 아찔해져 곤란했다. 무엇보다 엇갈려 맞물린 그의 다리가 그녀의 가장 뜨거운 곳을 압박하고 있었다. 상의 허벅지 위로 그녀의 중심부를 흐르는 동맥의 박동이 고스란히 느껴질 정도였다.

"집에 가야……."

"못 간다니까."

상의 입술이 그녀의 쇄골 사이 움푹한 가운데에 머물렀다. 수인은 이곳이 채워지는 것만으로도 만족감이 일었다. 그가 움직일 때마다 가슴 저 안쪽이 간질간질해져 수인은 깊은 심호흡을 내뱉었다. 그의 입술에 현혹되지 않으려, 그의 관심을 다른 데로 돌릴 만한 거리를 떠올렸다.

"거길…… 뭐라고 하는지 알아요?"

'쇄골절흔'이라 말해 주려고 입을 뗐을 때, 상의 고개가 다시 올라왔다. 상의 시선은 평소와 다르게도 그녀의 눈과 마주치기를 거부한 채 오직 입술만을 향했다.

"쉬잇……."

수인을 조용히 시키고는 곧장 그녀의 입술을 한입 베어 먹었다. 아프지 않게, 살살. 수년 동안 입 안에서 굴리던 사탕의 빈자리를 이렇게 메울 셈인 것처럼, 입 안에서 그녀의 혀를 굴렸다.

"흐읍……."

그녀를 만나기 전에는 틈만 나면 막대사탕을 물고 있었다. 아무하고도 마음을 나눌 사람이 없었다. 대화를 나누고픈 사람도 없었다. 누구와도 말하여지지 않는 입. 굳게 다문 입 안은 그의 외로움을 가둔 감옥이었다. 그럴 때마다 사탕은 잠시나마 입 안을 즐겁게 해 주는 놀이거리가 돼 줬다.

하지만 그녀가 외로움을 가시게 해 줄 것 같았다. 수인 때문에 큰맘 먹고 끊은 사탕이었다. 그러므로 그녀는 사탕보다 더 달아야만 했다. 사탕을 빠는 일을 제외하면 하릴없던 혀가 이제는 그녀를 마신다.

그의 입술이 전하는 호흡에 수인은 잔뜩 나른해졌다. '아야' 하는 신음이 흐를까 두려워, 그에게서 멀어지려 뒷걸음질을 쳤다. 하지만 한 발 물러서면 상이 한 발 다가서니 소용없는 짓이었다. 눈을 감은 채, 입술을 뺏긴 채 뒤로 걸으니 문득 넘어질 것 같은 두려움이 일었다.

수인은 반사적으로 뒤로 손을 휘저었다. 손가락 끝에 커튼 자락이 잡혔다. 상은 드디어 입술을 놓아주고는 그녀를 내려다봤다.

"……."

가만히 보는 그의 표정이 평소처럼 안정되어 보여 수인은 속으로 안도의 한숨을 내쉬었다. 그가 멈춰 주지 않았다면 아마, 힘들었을지도 모를 일이었다. 그런데 뜨겁던 키스가 끝나자 불현듯 어색함이 밀려왔다. 수인은 시선을 돌리며 마땅한 말을 찾아본다.

"어…… 있죠, 우리……!"

수인을 그윽하게 보는 상이 손으로는 그녀의 앞섶에 붙은 단추를 풀기 시작했다. 아침에 쏟아지는 햇살은 따갑지만 밤의 달빛은 얼마든지 쏟아져도 좋을 따름이었다. 지금 이 순간에도 상은 저 달빛에 감사했다. 둘, 셋쯤 단추를 풀자 그녀의 소담스러운 젖무덤이 슬며시 도드라졌고, 달빛을 머금어 하얗게 빛이 났다. 상은 지체하지 않고 그녀의 가슴에 얼굴을 묻었다.

"잠깐요……!"

속옷 위로 비어져 나온 그녀의 젖무덤에 키스를 내려놓았다. 그녀의 살결은 그의 입술이 얇게 딸려 올라올 만큼 촉촉했다. 수인은 정신을 차리려 눈을 끔뻑여 봤다. 하지만 목 아래에서 야한 소리가 들려와 손끝의 커튼을 더욱 꽉 쥘 뿐이었다. 끈적하게 눌어붙은 사탕을 떼어 낼 때처럼 '쪼옥' 하는 마찰음이 자꾸만 귓가를 자극했다.

"하아……!"

수인은 심호흡을 가장해 조용히 신음을 내쉬어 보다가, 생각보다 소리가 커 얼른 손등으로 입을 막았다.

'내가 왜 이렇게 변한 거지? 이런 거, 이젠 다 싫고 지겨웠었는데…….'

심호흡이 신음으로 변했다는 건, 그에게 허락의 사인을 보낸 것과 마찬가지일 것이다. 이대로라면 그를 설득하지도, 거부하지도 못할 것 같았다. 아니, 정확히는 거부하기 싫을 것 같은 것이 문제였다. 살을 섞지 않는 남녀 관계로서의 지금이 더할 나위 없이 좋아서 이 상황 위에 더 좋은 상황은 도저히 있을 것 같지가 않았다.

상의 손은 그녀의 단추를 끝까지 다 풀었고, 벗겨진 블라우스는 이미 어깨 뒤로 넘어가 숄처럼 가까스로 그녀의 팔에 걸려 있었다. 상의 입술은 그녀의 가슴에서 배, 이윽고 골반을 향해 내려가고 있었다. 수인의 시야에 그의 정수리밖에 보이지 않았다. 머릿속에서 경보음이 울릴 때 한쪽 가슴을 향해 그의 손이 올라왔다.

'더는 안 되는데……'

커튼이 꼬깃꼬깃 구겨질 만큼 세게 쥐어트는데 종아리에서 무릎, 허벅지를 타고 올라오던 그의 손이 가장 뜨거운 곳에 와 닿았다.

"앗!"

그의 손을 막으려 민첩하게 팔을 뻗었다. 덕분에 손에 커튼을 쥐고 있었다는 사실을 잊었다. 단번에 잡아당겨진 커튼이 허망하게 떨어져 바닥에 뒹굴었다. 커튼 핀들이 우르르 떨어지는 소리가 요란했고, 그중 몇 개의 핀 끝이 뾰족하게 수인의 얼굴로 튀어 올랐다.

"아!"

놀란 상은 얼른 몸을 일으켜 수인을 살폈다. 다행히 다치진 않았지만 당황스럽고, 민망해하는 얼굴이었다. 아직 흥분이 가라앉지 않아 발그레한 그녀의 뺨이 더 붉어져 있었다.

"……."

꽤 긴 시간 동안 자신의 살결에 문질러진 상의 입술은 도톰하게 부풀어 있었다. 피가 쏠려 빨개진 그의 입매를 보자, 조금 전에 했던 야한 짓이 떠올라 수인은 화끈 더워졌다. 그러고는 얼른 블라우스 앞섶을 여며 가슴을 가렸다. 상도 머쓱하지 않은 척 무심하게 엄지를 들어 자신의 입가를 닦았다.

"어? 어떡해요……."

바닥에 흐트러진 커튼을 주워 드는데, 한쪽이 주욱 찢어져 있었다.

"아니야, 당신 때문에 그런 거 아니야."

그녀에게 자신이 분노했던 흔적을 들키고 싶지 않아 임시방편으로 대충 달아 놓은 커튼이었다. 상은 자신이 망가뜨린 커튼 때문에 이 밤을 망쳤다는 사실이 아쉬웠다.

"……반짇고리 있어요? 실이랑 바늘."

수인은 대수롭지 않게 한편의 서랍장을 향해 손을 뻗었다. 그런데 상이 당황한 얼굴로 얼른 서랍장 앞에 서며 그것을 가렸다.

"없어. 그런 거 안 키워."

"음……. 그럼, 내일 내가 가져와서 꿰매 줄게요. 이게 어쩌다 이렇게 됐지? 천이 삭았나. 이 커튼 산 지 얼마나 됐어요?"

"어? 어…… 좀 됐지."

커튼 때문에 흐름이 끊기자 두 사람 사이에는 확실히 어색한 기운이 감돌고 있었다. 바로 이런 걸 걱정했던 거였다. 수인은 우선 당장의 상황을 모면하고, 내일 아무 일 없었던 것처럼 가면을 쓰고 다시 오고 싶어졌다. 인생에도 리셋 버튼이 있다면 얼마나 좋을까 생각하며.

"정말 오늘은 이만 갈게요. 아침에 수산시장도 가야 하구. 집에서 더 가까우니까."

"꼭 이렇게 해야 해?"

"안전하기 어렵잖아요……."

"얌전히 있을게. 입도 차렷, 손도 차렷하고. 정말."

상은 카디건을 챙겨 드는 수인의 손목을 붙들었다.

"안전하지 못해서 아까는 미안. 그렇지만 너무 늦었어. 자고 가."

"……좀 더 같이 잘 수 있는 친구였으면 좋겠어요. 아직은……. 그래서 그래."

수인은 믿음직한 슬립 메이트를 잃고 싶지 않았다. 오늘 밤 여기 머문다면, 그가 바라던 대로 새로운 관계로 재정립될 것 같았다. 운이 좋으면 연인이 될 수 있겠지만, 만나기만 하면 몸을 원하다가 결국 그저 몸을 섞으려 만나는 사이가 될지도 모를 일이다.

"내일 올게요."

수인은 현관문을 향해 등을 돌렸다.

"오늘은, 내가 당신이 필요해."

"……!"

그는 모래바람 한가운데 있는 사람처럼 서 있었다. 슬픔과 분노가 섞인 그의 눈빛이 수인의 가슴에 고스란히 전해 왔다. 잊고 있었다. 재혁으로부터 자신을 지켜 주고 따뜻하게 안아 줬던 남자.

솔직히 재혁에게 그토록 불쾌한 대우를 당하고도 정말 괜찮았다. 사랑받고 있다는 포만감을 상, 그가 느끼게 해 줘서. 그런 상이 전에 없던 화난 눈으로 어머니와 대치하는 모습을 봤다. 그를 위로하기 위해 밤을 달려온 방문이었다. 그 사실을 잊고 있었다.

"……."

상은 말없이 수인의 손에서 카디건을 가져가 들고, 그녀를 가만 바라봤다. 잠시 후, 수인은 '응' 하고 고개를 끄덕였다.

6
고슴도치가 없는 방

"팔이 좀 긴 편인데, 한 치수 큰 게 나을까요?"

수인은 '상을 위한 상'을 주고 싶었다. 그의 셔츠 차림이 제법 마음에 들어 몇 장 고르는 중이다. 어젯밤, 키스만으로 만족해 준 인내심도 고마웠다. 그리고 재혁과의 일로 자신을 비난하지 않아 준 것에는 더욱 그랬다. '어떻게 그 따위 남자랑 얽힐 수 있었느냐'며 얼마든지 비평할 수도 있었다. 저질스러운 재혁의 수준과 도매금으로 묶어 깎아내릴 수도 있었다.

'누구나 부끄러운 연애의 추억 하나씩은 갖고 있는 거 아니야? 부끄러워해야 할 건 당신이 아니라 그 자식 쪽이지만.'

간밤의 그는 수인을 향해 어떤 비판도 하지 않았다. 그것이 고마웠다. 그러고 보니, 전에도 그의 옷을 사러 왔던 적이 있었다. 바로 이 매장에서 후드 티를 한 장 사고, 저기 보이는 서점에 들 렀다가 그가 책을 쓰는 사람임을 처음 알게 됐었다. 서점 앞을 지 나치는데 문득 그날의 충격이 떠올라 헛웃음이 났다. 그 일로 상 을 잃지 않은 건 참 다행이었다.

"얘기 좀 하시죠."

걸어가는 수인의 등 뒤에서 누군가 그녀를 부르고 있었다.

"저기요!"

누군가 부르는 소리에 수인은 뒤를 돌아봤다. 아담한 키에 귀여 운 이목구비를 가진, 20대 초반쯤으로 보이는 여자였다. 유니폼을 입고 있는 걸로 봐서는 서점 직원인 것 같은데, 무슨 일일까.

"이상 아시죠?"

"네?"

한쪽 입꼬리를 올려 웃고는 한숨을 쉬는 여자의 모습이 왠지 낯이 익었다. 보기와 달리 불량스러운 저 태도.

'저, 성은 잘 모르겠고 이름이 이상이라는 작가 책이 혹시 어 디 있는지……'

'이상 뭐요. 어떤 이상 찾으시냐고요. 죽은 이상, 젊은 이상.'

'이상' 이란 단어만 듣고도 수인을 흘기듯 쳐다보던, 그 불친절 한 서점 직원이었다. 그녀는 여전히 도발적인 눈빛으로 수인을 바 라보고 있었다.

"그런데 무슨 일이시죠?"

"상 언제부터 만났어요?"

숱해 왔던 백화점이었지만 이 건물에 이렇게 후미진 공간이 있는지 몰랐다. 직원들끼리의 비밀 장소로 쓰이는 곳인 듯했다. 자신의 이름을 '지원'이라 소개한 서점 직원은 익숙하게 벽 틈에 찔러 둔 담뱃갑을 꺼내 들며 물었다.

"상에 대해 뭘 알아요? 걔 믿어요?"

앳된 얼굴로 담뱃불을 붙이는 그녀에게서 느끼는 이질감도, 요지를 알 수 없는 질문도 불편했다. 상을 불러내 이 백화점에서 만났던 날—상의 정체가 작가라는 사실을 알았던 날— 우연히 수인과 상이 같이 있는 모습을 봤다고 했다. 지원이란 여자는 상과 고등학교 동창이라며, 과거에 잠깐 같이 살았던 적이 있다고도 했다.

"연상이죠? 서른하나? 둘? 엽기로 막 마흔, 이래. 큭큭……. 드디어 대타를 찾았나 보네요."

지원은 수인을 위아래로 훑더니 그렇게 말했다. '대타'라고.

"저기요. 지금 뭐 하시는 거죠?"

"경고요."

"……?"

"아는 처지에 그냥 지나칠 수가 있어야 말이죠. 걔가 어떤 앤 줄 알고 겁도 없이 만나고 있는지는 모르겠지만, 지금이라도 발 빼세요."

이토록 무례한 사람을 상대하고 있는 자신이 한심해졌다. 수인은 자리를 뜨려 몸을 돌렸다.

"걔 조니 뎁이에요."

또 무슨 미친 소리인지, 기가 막혀 돌아봤다.

"조니 뎁이랑 사귀는 여자들은 다 망가지잖아. 머리깨나 좋았대, 천재 작가래. 좀 있어 보이죠? 그런데 걘 그냥 역병 같은 애예요."

"뭐라고요?"

"상이 지나간 자리엔 남아나는 게 없거든, 아무것도. 나도 걔만 아니었으면 이 모양 이 꼴로 서점 구석에 꼬라박혀 살진 않았을 거고. 이래 봬도 동창이라니까요. 나도 외고 출신."

"이봐요."

"당연히 지금은 모르죠. 그딴 남자한테 잘못 걸렸다는 거. 지금 사랑받는 것 같죠? 훗. 피폭당하는 거예요."

"사람을 이렇게까지 비방할 땐 확실한 근거부터 대는 게 예의죠."

수인은 눈을 부릅뜨고 단호한 어조로 말했다. 하지만 지원은 가소롭다는 듯 웃어 보일 뿐이었다.

"잤어요?"

"⋯⋯!"

걷잡을 수 없는 무례함에 말문이 막혀 버렸다.

"걔랑 못 자 봤죠? 훗. 내가 낫네."

"⋯⋯!"

"걔, 절대 그쪽이랑 못 해요. 못 믿겠으면 확인해 보시든가."

이젠 화가 나서라도 발길을 못 돌리겠다. 기분 같아선 이 조그마한 여자의 따귀라도 올려붙이고 싶은 심정이었다.

"걔 취향이 좀 하드코어여야 말이지."

"지금 명예 훼손으로 고소당할 수 있는 말만 쏟아 내고 있는 것 같은데요."

"고소? 하하하!"

배를 잡고 웃어 대는 지원을 보자니, 정신이 온전치 못한 여자에게 놀아나고 있는 건 아닌가 하는 생각마저 들었다.

"우리 장관님께서 그 소장이 들어가게 가만두실까 모르겠네. 알죠? 걔네 모친. 몰라요? 아직 부모한테 소개하고 그런 사이는 아니셨나?"

상의 어머니 직업을 정확히 알고 있는 걸로 봐서는 헛소리만 뱉는 정신병자는 아닐지도 모른다.

"그럼 당연히 모르시겠네요. 상의 비밀."

"구름 잡지 말고, 얘기를 확실히 해요."

"괜히 사서 기분 더러울 것까진 없고. 감당도 못 할 거."

"대체……."

지원은 마지막 한 모금을 깊게 빨아들이더니 바닥에 꽁초를 비벼 껐다.

"그냥 알아만 둬요. 상한테 여자가 그쪽 하나밖에 없을 거란 생각은, 착각이라는 거."

"……!"

□ ■ □

'쏴아—'

상이 샤워를 하는 사이, 수인은 찢어진 커튼을 꿰맨다.

"아!"

벌써 세 번째 찔리는 바늘이었다. 그 맹랑한 여자의 말을 어디서부터 어디까지 믿어야 할지 모르겠다. 결국 상이 대답할 수밖에 없는 문제였다. 하지만 뭐라고 물을 수 있을까.

'나 말고 다른 여자를 만나다니, 네가 어떻게 나한테 그럴 수 있니?'

'왜 그랬어? 어떤 여자야? 그 여자 만나지 마…….'

그와 길을 걷다 친구를 만난다면, 옆의 남자분은 누구냐고 물어 온다면 무엇이라고 대답할 수 있을까.

'친구? 후배? 친한 동생? 그냥 아는 사람?'

절대로 '너무 외로운 나머지 누군가 그저 좀 안아 줬으면 좋겠다 느낄 때, 날 안아 재워 주는 남자'라고는 말 못 할 것이다. 당연히 '지금 사귀고 있는 남자 친구'라고도, 대답 못 할 것이다. 상의 말대로 진작 관계를 재정립했더라면 조금 나았을까. 최소한 이런 때, 이렇게 바느질밖에 할 수 있는 게 없진 않았을 거란 생각이 들었다.

"딱 맞는데? 소매도 안 짧아."

욕실에서 나온 상은 수인이 선물한 셔츠를 입어 보였다.

"다른 것도 입어 볼까?"

왜 항상 그의 옷을 사면 나쁜 일이 생기는 걸까. 날개옷을 산 것도 아닌데, 그가 저어기로 멀어지는 듯 보인다.

"……그래요."

상은 훌러덩 셔츠를 벗고, 또 다른 셔츠를 꿰어 입었다. 저 정도의 속살을 보이는 것쯤은 아무렇지 않은 사이가 되었다. 하지만 속마음은?

'난 저 사람에 대해 무엇을 알고 있는 걸까. 우리는, 속마음을 보이기에도 아무렇지 않은 사이일까.'

그의 앞에선 친구나 가족에게도 하지 않는 이야기를 했다. 세상 누구도 모르는 수치스러운 모습을 그의 앞에서 만큼은 여실히 드러냈다. 밖에선 도도하고 프로페셔널하게 보이려 애썼지만, 그의 품 안에선 아니었다. 나약한 속살을 드러내며 그저 온기가 그리운 여자일 뿐이라는 약점을 숨기지 않았다. 그런데 그는 숨기고 있었다면?

"오늘은 나도 선물이 있는데."

그가 다가오니 시큼한 새 옷 냄새가 났다. 상은 바느질을 하던 수인의 한쪽 손을 가져와 손바닥 위에 열쇠를 올렸다.

"뭐예요?"

"신발도 사 주면 안 된다는데. 이러면 더 빨리 도망치는 거 아닌가 모르겠네."

"설마……."

"너무 낡았잖아. 도어도 삐걱거리고, 힘도 딸리고. 안전벨트까지 이상하다며."

"너무 커요. 이런 게 무슨 선물이야."

진심이었다. 서비스하는 것이 익숙하지 받는 것은 아닌 여자였다. 이렇게 큰 선물에 그저 기쁘기만 할, 단순한 타입도 못 됐다. 무엇보다 차고, 집이고 관심 앞머리에 두기엔 딴생각으로 꽉 찬 지금이었다. 낮에 본 서점 여자, 그녀에 대한 생각으로 복잡했다.

"우리 관계를 재정립할 만한 계기가 필요하다고 했던 거 기억나?"

"응……."

상은 문을 열어 자신의 차와 나란히 세워진 새 차를 보여 주었다. 자동차 선물이 오버액션이라는 건 그 역시 인정했다. 하지만, 수인과 함께 자는 사이가 되면서 몇 년 만에 처음으로 안정감을 느낀 상이었다. 그에 대한 보답으로 생각해 달라고 말했다.

"내 차랑 똑같은 거야. 스케일 있게 커플카."

"말도 안 돼요. 이런 건 받을 수 없어요."

"난 재벌남 코스프레 해도 그런대로 어울리지만, 자존심 센 캔디 코스프레 하기에 당신은 너무 부자 아니야?"

저 큰 선물을 건네며 꽤나 마음이 들떴던지 상은 본 중 최고로 컨디션이 좋아 보였다. 평소보다 밝고 기분 좋게 웃는다. 하지만 수인은 달랐다. 혼란스럽게 흩어지는 생각의 조각들을 붙이려 애쓰며, 수인은 그저 커튼만 꿰매고 있었다.

"내가 불안해서 그래. 저 차 타고 여기로 올 당신 기다리면서,

얼마나 불안한데. 내 입장 배려해 준다고 생각해."

"사고 한 번 안 났어요. 아직 쌩쌩해."

"아무리 차를 몰라도 그렇지, 엔진에서 공룡 소리가 나는데 당신은 안 불안해?"

"안 불안해요."

"부담되면 일단 좀 타다가, 그래도 정 안 되겠으면 그때 돌려 줘. 알았지?"

"……."

상은 안 되겠던지 수인의 손에서 커튼 천을 빼앗았다. 그리고 그녀 앞에 의자를 끌어와 거꾸로 앉았다.

"사실은, 나 지금 대단히 정식이면서 캐주얼한 척! 프러포즈하고 있는 거야."

"프러포즈……?"

"겁먹지 말고. 글자 그대로 Propose. 어떤 제안이냐면……."

상은 의자 등받이에 팔짱을 끼고, 그 위에 턱을 기댔다. 어떤 제안을 할지 기다리고 있는 수인의 호기심을 한동안 감상하다가, 입을 뗐다.

"우리, 사랑해 볼래?"

수인은 동그란 눈으로 상을 바라봤다.

"그냥 잠만 같이 자는 사이 말고, 평범한 커플들처럼. 그렇게."

"평범한 커플……?"

"자고 싶어서, 그러니까 당신이랑 하고 싶어서 그러는 게 아니라. 이렇게 비밀처럼 말고, 밀실 연애 말고, 남들 다 알게 당신이랑 커플 하고 싶어."

예상치 못한 고백이었다. 다가서면 다가서는 대로, 멀어지면 멀어지는 대로 일정한 간격을 유지하던 그가 얼마 전부터 성큼성큼 걸어 들어오는 느낌은 있었다. 그런데 이런 지점에서 가속 페달을 밟을 줄은 몰랐다. 후드 티를 벗고, 셔츠를 갈아입던 순간부터였을까. 그의 변화가 어디서부터 시작됐는지 모르겠다. 더 이상 스트레이트 할 수 없는 그의 직설 화법에 심장이 뛰었다.

"당신이 원한다면 앞으로도 계속 안전한 남자로 있어 줄게."

어떻게 반응을 해야 할지 모르겠다.

"난 그냥, 당신이랑 사랑이 하고 싶어졌어."

눈물이 날 것 같은 말이라고 생각했다. 그는 언제나 진심이 묻어나게 말을 했다. '사랑이 하고 싶다'는 그에게선 공허뿐인 쓸쓸함이, '당신이랑 사랑이 하고 싶다'는 그에게선 설렘이 느껴졌다.

"어떻게 생각해?"

상은 소년처럼 의자 등받이를 껴안고 수인을 보고 있었다. 수인은 상의 눈동자에 비친 자신의 얼굴을 바라봤다. 그의 눈에는 천진도 난만도, 장난도 없었다. 그의 눈동자에 가득한 자신의 얼굴을 확인하자, 그에게 영속된 여자가 된 것 같은 착각이 들었다. 차를 선물 받은 것보다, 사랑하고 싶게 만드는 여자라는 고백이 더 큰 예우처럼 느껴졌다.

"난, 당신이랑 같이 살아도 좋을 것 같아."

일순, 배경 음악이 멈추듯 뎅강 감정이 잘려 나갔다. 동거. 5년 전, 상과 함께 살았다던 그 서점 여자의 이야기들이 떠올라 버렸다.

"사실 이미 같이 살고 있는 거나 마찬가지잖아. 거의 매일 오니까."

"오늘은 안 오려고 했어요."

"왜?"

"……."

이제야 수인 얼굴에 드리운 그늘을 깨닫는다.

"무슨 일, 있었어?"

수인은 망설이다가, 한 번 더 망설이다가, 그만 망설이기로 했다.

"혹시…… 예전에요……."

"예전에?"

"전에…… 누구랑……."

수인은 말을 멈췄다. 잘 알지도 못하는 여자의 안개 같은 말보다 지금껏 직접 보고 느꼈던 경험치를 믿고 싶다. 불확실한 사실을 무턱대고 물어 나르기에 눈앞의 상은 확실한 사실이었다. 사랑하고 싶다는 고백에 가슴을 동하게 만드는 이 남자가 그 서점 직원의 폭언보다 중요했다.

"예전에 누구랑. 그다음은?"

"아니……. 아니에요."

수인은 그 여자에 대한 생각을 떨쳐 내려 애쓰며 꿰매던 커튼을 다시 잡았다.

"왜에. 뭔데?"

"정말 아무것도 아니에요. 감쪽같죠?"

수인은 꿰매 놓은 커튼을 보여 주며 분위기를 전환했다.

"와! 정말. 신기하네. ……그리고 이건, 단칼에 거절하지 말고 조금만 더 생각해 봐 줘."

상은 수인의 핸드백에 차 키를 넣었다. 장화 신은 고양이 같은 눈을 하고 애처롭게 보는 그에게 당장은 져 주기로 했다.

"……나 물 한 잔만 갖다 줄래요?"

"어? 응!"

한 번도 뭘 시키거나 부탁한 적 없던 수인의 말이 기분 좋았다. 상은 가뿐하게 일어나 부엌으로 갔다. 그사이 수인은 작게 숨을 고르며 감정을 다스릴 시간을 벌었다.

"후우……."

설령 그 여자 말이 사실이라 해도, 과거의 그녀일 뿐이다. 당신과 사랑이 하고 싶다던 그의 마음이 거짓일 리가 없었다. 확실히 독특한 남자이긴 하지만 그렇다고 비상식적인 사람은 아니었다. 다른 여자가 있으면서 또 다른 사랑을 보태는 짓이 부도덕하다는 생각에 충분히 동의할 만한 남자였다.

생각을 정리한 수인은 반짇고리에 바늘을 꽂아 두고 남은 실을 돌돌 감았다.

"남자 혼자 살더라도 이런 거 하나쯤 있으면 좋아요."

수인은 반짇고리를 넣어 두려 서랍장 쪽으로 향했다.

"왜 혼자야? 아직 대답 전이잖아. 우리 같이 지내는 거, 어떻게 생각……!"

라임까지 한 피스 썰어 넣은 물컵을 들고 오던 상은 그대로 굳어 버렸다. 열린 서랍장 앞에 서 있던 수인도 그러했다.

"……."

서랍을 열자 어지러운 서류 파일들 사이로 머리핀, 핑크색 벙어리장갑 등 자잘한 여성용 액세서리들이 보였다. 그리고 서랍 깊숙이에서 또르륵 굴러 나오던 립스틱.

"……."

수인은 아무 말도 못 하고, 그저 충격받은 얼굴로 손에 들린 립스틱을 멍하니 바라봤다. 상은 급발진 하는 차체처럼 튀어 와 수인의 손에서 채 간 립스틱을 후다닥 서랍에 넣고 닫았다.

"왜 남의 물건을 함부로 건드려!"

이렇게까지 화를 낸 적은 없었는데. 확실히 그는 당황하고 있었다.

"나 같은 사람이 또 있는 거예요, 아니면 그쪽이 여자 친구예요."

수인은 서랍장 속의 립스틱 주인에 대해 물었다. 상은 언성을 높인 것을 빨리도 후회하고 있었다.

"하아……. 미안."

"나는 밤 손님이고, 낮엔 또 다른 손님이 찾아온다거나. 그래요?"

"그럴 리가 없잖아."

"여자 친구라면 곤란해요. 고작 남의 남자를 가로채거나 첩이 되는 일 따위에 인생을 낭비할 맘은 없으니까."

마음보다 더 독한 말이 혀끝을 떠나 버렸다. 치졸하지만, 변명

의 기회 같은 걸 주고 싶은 기분이 아니었다. 인정할 수밖에 없게
됐다. 그가 다른 여자와 동거를 했다는 전적이 아까부터 내내 불
쾌했다. 실은, 확인되지 않은 의심만으로도 그를 심문하고 싶었
다. 질투였다.

"그런 거 아니야."

"그럼 뭔데요. 이 정도 설명은 들을 자격 있는 것 같아요."

"당신이 생각하는 그런 게 아니라…… . 그냥, 이건 그냥…… ."

상은 대답하지 못했다.

'그 무례한 여자의 말이 맞다고? 이 사람한테 여자가 하나 이
상이라고?'

상에 대해 얼마나 안다고 생각하느냐는 그 여자의 물음에 지금
이라면 답할 수 있을 것 같았다. 이 순간, 저 익숙한 얼굴이 한없
이 낯설게 느껴졌다. 여태까지 그의 무엇을 알았던 걸까.

'사랑받고 있다고 느낀 게 나만의 착각이었다고?'

수인은 상보다 자신을 더 못 믿겠다. 미련한 연애를 해 왔던 자
신의 전력이라면 충분히 가능할 듯도 싶었다. 그저 또 한 번 남자
에 속은 것인지도 모를 일이었다. 참을 수 없는 수치심에 이를 앙
다물고 핸드백에서 상이 넣어 둔 차 키를 꺼내 테이블 위에 올려
놓았다.

'탁!'

이것이 무엇을 의미하는지는 길게 생각하지 않아도 알 것 같았
다. 상은 눈을 질끈 감았다. 마치 터질 것이 터지고야 말았다는
표정이었다. 그것이 수인의 눈엔 변명조차 포기한 걸로 보여 실망

스러웠다.

"이 상황을 설명하지 못한 건 내가 아니에요."

차갑게 돌아서는 수인을 향해 상은 더욱 냉정하게 말했다.

"이렇게 빨리 등 돌릴 수 있는 사이라면, 어차피 설명 같은 건 필요 없잖아."

수인은 그를 원망 어린 시선으로 돌아봤다.

"잘 가."

"……!"

수인은 얼마간 굳은 채로 섰다가, 보란 듯이 등을 돌려 그의 집을 나갔다.

그녀가 떠난 자리에 덩그러니 남아 있는 차 키를 보다가, 상은 이마에 손을 짚고, 머리를 감싸 쥐었다.

"하아……."

'띵. 띵. 띵…….'

수인은 운전석에 앉은 채 안전벨트와 실랑이였다. 꽉 매고, 고쳐 매 봐도 '안전벨트 미착용 경보음'이 시끄럽게 울렸다.

"왜 안 되는 거야……."

금방이라도 울음을 터뜨릴 듯한 얼굴로 서두르지만, 그럴수록 손만 겉돌아 미칠 지경이었다.

"……!"

상의 손이 차창 안으로 들어왔다. 상은 상체를 숙여 안전벨트를 풀었다.

"……."

수인은 굳은 얼굴로 차갑게 그를 외면했다. 안전벨트 따위 포기하고 차를 출발시키려는데, 상이 핸들을 잡았다.

"……미안해."

"……."

"다른 여자, 없어. 이 집에 오는 사람, 당신밖에…… 아무도 없어."

차창을 사이에 두고, 두 사람은 마주 봤다.

"믿어 달라고 안 해. 믿게 해 줄 테니까."

대체 뭘. 어떻게?

"조금만 시간을 줘. 당신을 납득시킬 수 있는 방법, 꼭 찾을게."

지금 설명하지 못하는 걸, 시간이 해결해 줄 수 있을까.

"소리 질러서 미안해. 당신이 오해하고 떠나 버릴까 봐, 초조했어."

충분하지 못한 그의 변명에도 눈물이 날 것 같아 수인은 시선을 돌리며 말했다.

"나중에 얘기해요."

이대로 가 버리면, 다시는 수인을 못 볼 것만 같아 다시 한 번 핸들을 붙잡았다. 수인은 고개를 저었다.

"내일 올 수 있어?"

"……그럴게요."

"기다릴게."

수인은 여전히 시선을 돌린 채 고개를 끄덕였다. 내일 오겠다는 대답도, 지금의 끄덕임도 그저 대강 상황을 모면하려는 용도로 보였다. 하지만, 뾰족한 수가 없었다. 상은 핸들에서 손을 떼고, 차창으로 굽혔던 허리를 폈다. 그리고 떠나는 수인의 차가 멀리 점이 될 때까지 보고 있었다.

수인의 사이드 미러로 인가(人家) 하나 없는 그의 외딴집이 섬처럼 보였다.

□ ■ □

상의 집에 다녀온 뒤로 수인은 방 안에 틀어박혀 꼬박 이틀을 앓았다. 지독한 몸살이었다. 아프다고 말하면 가게로 찾아올 것 같아 상에게는 바쁜 일이 있다고만 했다. 상에게 약속한 내일이 모레가 되고 글피가 되었다. 그가 감추고 있는 진실이 무엇이든 그것을 밝히는 데 시간이 필요하다면 그에게도 하루보단 이틀이, 사흘이 나을 것이었다.

'머리핀, 끈 달린 핑크색 벙어리장갑, 그리고 립스틱······.'

눈을 감으면 그의 서랍 속 물건들이 아른거렸다. 특히 립스틱은 수인도 좋아하는 브랜드의 것이어서 괜스레 더욱 신경이 쓰였다. 하지만, 애써 기억해 내지 않으려 했다.

'소설은 그 사람이 쓰는 거지, 내 전공이 아니야.'

그가 무언가를 숨기며 기만했을지도 모른다. 무조건 그를 믿어 줄 마음은 없다. 그렇다고 지레짐작하며 함부로 결정짓고 싶지 않왔다. 수인에게 상은 이제 지폐 몇 장으로 살 수 있는 남자가 아니었다. 안전한 남자는 간단히 잃어도 될 만큼 흔하지 않다.

그래서 지금, 그녀는 상에게로 간다.

예정보다 3일 늦은 방문이었지만 그는 얌전히 기다리고 있겠다고 했다. 결국 '내일'에는 올 수 없었던 수인을. 그녀가 집에 오는 밤을. 하지만, 수인이 도착했을 때 그는 집에 없었다. 마당까지 뒤져 봤지만 그의 모습은 보이지 않았다.

'혹시……!'

수인은 다급하게 다락방으로 올라가 본다. 다행히 거기에도 그는 없었다.

— 지금은 전화를 받을 수 없어…….

분명 오늘 이 시간에 만나자고 약속했었다. 초조하게 기다리고 있을 거라 생각했던 상과는 연락도 되지 않았다. 그러다 문득 깨달았다.

'고슴도치…….'

우리가 텅 비어 있었다. 그러고 보니, 집 안 한편에 여행 가방과 빈 박스들이 나와 있었다. 꼭 이사를 준비하는 집의 풍경 같았다.

'댕!'

수인은 괘종시계 소리에 흠칫 놀랐다. 상이 없는 빈집에서 나는 시계 소리는 역시 공포스러웠다. 계속 기다릴 순 없어 일단 집에 돌아가 있기로 했다. 나가려고 현관문을 여는 순간, 수인은 소스라치게 놀랐다. 길게 머리를 늘어뜨리고 선 여자의 뒷모습이었다.

"또 보네요?"

유니폼을 벗고 머리를 풀고 있어 미처 못 알아봤지만 그 서점 직원, 지원이란 여자였다.

'이 여자가 여긴 웬일로. 설마…… 서랍 속 물건들의 주인?'

"상 있어요?"

"……지금 없어요. 것보다 여긴 어떻게……?"

"이 언니 디펜스 쩌시네."

지원은 막무가내로 수인을 밀고 집 안으로 들어갔다.

"뭐 하는 짓이에요! 없다고 했잖아요!"

과연 수인의 말대로였다. 상은 없었다.

"에이 씨. 개고생하면서 왔더니만 택시비만 깨졌네."

"나가 주세요."

"이 집은 어째 예나 지금이나 그대로냐. 하여튼 상……. 평생 과거 속에 갇혀 사는 인간. 쯧쯧."

집 안을 둘러보고, 이것저것 만져 대는 지원의 손에서 상의 물건들을 빼앗았다. 말하는 걸로 들어 봐선 오랜만에 와 본 눈치였다. 그렇다면, 서랍 속 물건들과는 무관한 여자일 확률이 높았다.

"주인도 없는데 이만 나가 달라고요."

"주인도 아닌데 주인 행세 하는 거 보니까 '우리' 맞네."

"뭐라고요?"

"상이 그러더라고요. 지랑 그쪽이랑 싸잡아서 '우리' 라고. 흥.

느끼해."

"혹시, 그 사람을 만났어요?"

"그쪽이 일러바쳐 놓고 왜 모른 척이에요. 득달같이 쫓아왔더만. 그쪽한테 접근하지 말라고 어찌나 협박을 하시던지. 이건 내가 접근한 거 아니에요. 우연이란 거 인정하죠?"

'어떻게 알았을까. 내가 이 자그마한 여자한테서 이상한 소리를 들었다는 걸.'

그날, 수인의 얼굴에 드리운 그늘을 깨닫고는 무슨 낌새를 느꼈던가 보다. 분명 수인은 아무것도 아니라고 얼버무렸지만, 그녀가 지원으로부터 무슨 이야기를 듣고 혼란에 빠졌다고 직감했던 것이다. 작가적 육감이라는 게 정말 있긴 한 모양이었다.

"상한테 단단히 빠졌나 봐요. 걔 히스토리를 다 듣고도 이 집에 있는 걸 보면."

"……?"

"자기가 다 털어놓을 거라고, 그러니까 나더러 잠자코 있으라 그러대요? 어때요. 직접 들어 보니까."

도무지 무슨 소린지 알 수가 없었다. 하지만, 수인은 긍정도 부정도 않은 채로 최대한 리액션을 자제하기로 했다. 이 비정상적인 여자의 이야기가 어디까지 흘러가는지 한번 지켜볼 셈이었다.

"뭐야. 상대하기 싫다 이거죠? 알았어요. 그럼, 이거나 전해 줘요."

지원은 테이블 위에 사진 몇 장을 던졌다.

"막상 버리려니까 죽고 못 살던 그 눈물겨운 사랑이 떠올라서. 주인 찾아 줘야겠다 싶더라구요."

사진 속에선 수수한 눈매가 동양적일 뿐, 이렇다 할 특징이 없는 젊은 여자가 웃고 있었다. 그녀와 상의 다정한 한때가 담긴 사진들을 차례로 넘겨 보는 수인의 눈빛이 흔들렸다. 사진 속의 상은 수인이 여태껏 본 적 없던 파안대소로 행복해하고 있었다. 그리고 지원은 사진 속 그녀가 상의 과거와 현재를 지배하고 있는 사람이라 소개했다.

'죽고 못 살던 눈물겨운 사랑……?'

"사진은 처음인가 보네. 딱 봐선 별 볼 일 없어 보이는 여자죠? 실제로도 참 그랬어. 근데, 드럽게 착해. 그게 그렇게 매력이었다나 봐요. 상, 걔 눈엔."

수인은 동그란 눈으로 사진 속 그녀를 들여다봤다. 상의 착한 여자를.

"착한 게 무슨 매력이야, 청승이지. 그쪽도 들어서 알 거 아니에요. 디게 청승맞은 히스토리 아니에요?"

"……."

"말이나 되냐구요. 뼈에 사무치는 사랑이, 무려…… 친누나라니."

"……!"

수인은 머리 위로 하늘이 내려앉는 듯한 충격에 사로잡혔다. 심장이 발끝까지 뚝 떨어지는 것 같은 느낌. 순간 온몸의 피가 전부 빠져나간 듯 가슴이 서늘해졌다.

"이해심이 대단하신가 봐요. 아아. '작가라면 이 정도 치명적 로맨스쯤이야 뭐 그런 건가? 홋."

수인은 마음을 다잡으려 애썼다. 저 불쾌하기 짝이 없는 여자애 앞에서 흔들리는 모습 같은 건 보이고 싶지 않았다.

"둘이 그렇고 그런 사이인 줄도 모르고, 난 장래 시누이한테 잘 보이고 싶은 마음에 열나 찍어 댔죠. '이렇게 좀 더 가까이 맞대 보세요' 이 지랄 하면서."

"……."

아직 아무것도 확인되지 않은 이야기일 뿐이었다. 사진 속 그녀에 대한 충격보다 이 시끄러운 계집에 대한 분노를 앞에 세우기로 했다.

"핑계는 잘 봤어요."

수인은 아무렇지 않은 척 사진을 테이블 위에 도로 던져 놓으며 말을 이었다.

"어쩌죠? 보고 싶은 그 사람을 못 만나고 가서."

지원은 눈을 치켜뜨고 수인을 올려다보며 대꾸했다.

"보통 호의를 이딴 식으로 무시하는 편이에요? 복잡한 남자한테 얽히지 말라는 충고가 그렇게 고깝게 들렸어요?"

"판단과 결정은 내 스스로 해요. 거의 초면이나 다름없는 그쪽 충고 따위에 의지해서가 아니라."

"왜 이렇게 날을 세우시지? 뭔가 단단히 잘못 짚으신 것 같은데, 난 상을 혐오해요. 그런 남자랑 붙어먹는 당신 같은 여자도 내 눈엔 다 병자로 보여."

"나가."

"와아. 세네! 지 누나 대타 찾은 줄 알았더니, 캐릭터 완전 반 댈세. 그 여자는요, 나한테 **뺨**을 맞고도 미안하다고 눈물 뚝 뚝……. 그러던 여자였거든요. 완전 신파."

광기. 수인은 지원의 눈에서 그것을 읽었다. 이쯤 되니 슬슬 무 서울 지경이 됐다. 혹시 상의 스토커 같은 게 아닌가 하는 의심마 저 들고 있었다.

"경찰 부르기 전에 당장 나가요."

수인은 지원을 똑바로 응시하며 팔을 뻗어 현관문을 가리켰 다.

"누나라니까요! 어떻게 친누나를 여자로 사랑할 수가 있어? 그 쪽은 그게 이해가 돼요? 안 역겨워? 그리고 같이 잘 수도 없는 남자랑 어떻게 사귀어요? 걘 지 누나 말고 다른 여자랑은 못 한 다니까. 말해 봐요. 걔랑 못 잤죠?"

수인은 휴대폰을 들고 112를 누르기 시작했다.

"공권력 남용 마시죠. 어차피 붙잡아도 더 있을 생각 없으니 까."

수인은 쿵쾅대는 가슴을 진정시키려 지원을 더욱 노려봤다.

"모쪼록 사리 나올 때까지 부디 성불하세요. 홋. 다들 미쳤어."

지원은 식식대며 현관으로 나가 신발을 꿰어 신었다. 수인은 떨리는 마음을 정신력으로 간신히 붙들고 있었다.

"잠깐. 그쪽한테 메시지가 와 있는 것 같은데……."

수인은 아직도 안 가고 떠들고 있는 지원을 문밖으로 밀어 낼 마음으로 성큼성큼 현관으로 갔다. 지원은 현관 구석에 떨어진 포스트잇을 주워 들고 있었다.

『약속 못 지켜서 미안해.』

"......!"

분명 상의 글씨였다. 수인이 든 포스트잇이 미세하게 떨렸다. 그것을 보더니, 지원은 실실 쪼갰다.

"나 때도 이랬는데. 어느 날 집에 와 보니 연기처럼 사라졌더라고요. 상은 도둑처럼 왔다 가는 애예요. 하! 지가 뭐 하나님이야 뭐야. 딱 보니까 벌써 내뺄 계산 다 끝냈네."

지원의 시선 끝에는 여행 가방과 빈 박스들이 있었다.

"맞아요. 나 사실, 상이 좀 보고 싶어서. 그래서 찾아온 거였어요."

수인은 미간을 찌푸린 채 지원을 노려봤다.

"언제 마주치면 꼭 한 대 때려 주고 싶었거든요. 난 걔 때문에 다 망가졌는데, 자기는 연애를 하네? 뺨이라도 한 대 쳐 주면 며칠은 푹 잘 것 같아서. 그래서 굳이 저 사진 쪼가리 몇 장 들고 와 봤던 거예요. 근데 왜 없어, 씨......."

지원은 분한지 눈물까지 글썽거리기 시작했다. 수인은 당혹에 빠져 지원의 모노드라마를 지켜본다. 지원은 소매로 스윽 눈물을 쓸어 닦으며 코를 훌쩍거렸다.

"그렇게 보지 마요. 미친년도 아니고 스토커도 아니니까. 쫄 거 없다고. 어차피 나 이 나라 떠나요. 앞으로 또 볼 일 없을 테니까 마음 푹 놓으셔. 씹. 결국 내가 졌네. 복수도 못 하고 해외 망명이나 가고…… 아무튼, 보아하니 그쪽도 게임 끝난 것 같은데 나보단 현명하게 잘 헤쳐 나가길 빌어 드리죠."

수인은 오리무중인 지원의 말에 편두통이 도지는 것만 같았다.

밤새도록, 다음 날 아침까지 상, 그에게 전화를 걸어 봤지만 그는 받지 않았다.

□ ■ □

카센터에 차를 맡기러 왔다. 수인은 멍한 얼굴로 차 앞에 섰다.

"어떻게 오셨어요?"

"……."

"손님, 이상이 어디에 있냐고요."

"……모르겠어요."

"네? 무슨 증상이 있었을 거 아녜요."

"글쎄…… 특별히는……."

"손님……?"

"……네? 아! 안전벨트요. 안전벨트 경보음이 자꾸…… 울려요."

지원의 말대로 상은 연기처럼 사라졌다. 설마 하는 마음에 그 뒤로 몇 번 더 상의 집을 찾았다.

'무슨 사정이 있을 거야.'

'사고 같은 게 생긴 건 아닐까. 실종 신고라도 해야 하는 건가?'

마지막으로 그의 집에 들렀을 땐, 마당에서 후드 티를 입은 남자의 뒷모습을 보고 안도의 숨을 내쉬었다.

'거봐. 다 헛소리였잖아. 사라지긴 왜 사라져.'

하지만, 더 큰 낭패감이 돌아올 뿐이었다. 후드 티를 입은 남자는 서너 명의 인부들 중 하나였고, 그의 집 뒷마당을 파헤치는 작업이 한창이었다. 상이 집을 팔았고, 다음 집주인 될 사람이 기간 공사를 시작했다는 사실을 알게 된 것만이 유일한 소득이었다.

'이 집을 내놓았다고……?'

참았던 화가 치밀어 올랐다. 마당 한편에는 그가 선물했던 자동차가 공사 먼지를 다 맞고도 군소리 없이 서 있었다. 그 모습이 멍청하고 또 멍청해서 마당의 흙모래를 집어 몇 번이고 차에 던졌다.

"하아……. 하……."

실연을 당했을 땐 주저앉아 울고 싶은 심정이 될 때도 있었던 것 같다. 그런데 상, 그와의 관계가 끝이 난 건 뭐라고 표현해야 할지를 모르겠다. 분명한 건, 실연이라고 할 수는 없다는 것이었다. 그래서 차마 울 수도 없었다. 그가 종적을 감춘 지 일주일째였다.

7

나는 절대로 사라지지 않아!

일주일 전. 다음 날 오겠다며 떠났던 그녀는 벌써 사흘째 약속을 미루고 있었다.

— 내일은 갈 수 있을 것 같아요. 간다면 이 시간쯤일 거예요.

"꼭 와. 기다리고 있을게. 그런데 목……."

수인의 목소리는 한껏 가라앉아 있었다. 혹시 감기라도 걸린 건 아닌지 걱정됐지만, 그녀와의 통화는 그것을 묻기도 전에 끊어졌다.

"……."

다시 전화를 걸어 보고 싶었지만, 이미 여러 번 그녀를 귀찮게한 터였다. 세 번 걸면 한 번 받던 그녀는 더 이상의 연락은 말아주기를, 그저 기다려 달라고 당부했었다. 그런 그녀를 더는 채근할 순 없었다.

또 한 번의 '내일'이 왔고, 이제 곧 수인을 만날 수 있을지도 모른다는 생각에 상은 긴장 반 설렘 반의 심정이었다. 마냥 앉아 기다리고 있는 것은 더욱 긴장돼, 상은 바쁘게 움직였다. 창고에서 빈 박스들을 가져와 거실에 놓고, 집 안을 둘러봤다. 그리고 창문 밖으로 부자재를 나르는 인부들을 보면서 생각했다.

'당신이 온다면, 당신이 내 인생을 얼마나 많이 변화시켰는지 보여 주고 싶어. 당신이 날 얼마나 새롭게 만들었는지, 날 어떻게 세상 밖으로 나가게 만들었는지……. 모든 게 한수인, 바로 당신 덕분이니까…….'

하지만, 그녀는 이미 약속한 시간을 한참 넘기고 있었다. 한 번도 시간 약속을 어긴 적 없던 수인이었다. 어쩌면, 오늘도 안 올지 모른다고 각오하고는 있었다.

컴컴한 수인의 방. 이불을 뒤집어쓴 채 앓아누운 것이 이틀. 약에 취했던 수인이 오전 10시를 밤 10시로 완벽하게 착각하고 있었다는 건 양쪽 모두 까맣게 모르고 있었다. 꼬박 12시간을 착각해 버린 수인은 당연히 제시간에 올 리 만무했고, 상은 어깨를 늘어뜨린 채 기다림이라는 고문을 받고 있었다.

'서랍 속 여자 물건들에 대해 설명하면 그녀는 어떤 표정을 지을까. 설명할 기회가 오긴 할까…….'

두려웠다. 사람의 마음은 믿지 않는다. 사람은 결국 자신이 믿고 싶은 걸 믿게 마련이다. 스치는 바람에도 흔들려 날아가는 것이 마음이다. 때로는 진심마저도 속절없이 산화해 버리고는 하니까. 오해를 푼다고 해도 감정이 그것을 받아들이는 건 또 다른 문

제일지도 모른다.

하지만 그녀라면 반드시 올 거라고, 적어도 이야기를 끝까지 들어는 볼 거라고, 그리고 어쩌면 이해해 줄 거라고…… 믿기로 했다.

'혹시'라는 희망에 기대고 있던 그날 오후. 뜻밖의 등기 우편물 한 통을 받았다.

『의뢰하신 분의 소재지를 확인하였기에 자료를 송부합니다. 오는 ○○일 이주 예정으로 파악되오니 신속한 방문을 권고합니다.』

"……!"

오래도록 상이 수소문하던 이의 주소였다. 우편물에 적힌 날짜는 바로 오늘, 당일이었다. 그길로 집을 나선 것이 일주일이 되었다. 마침 공사 인부에게 빌려줬던 휴대폰은 그 인부가 돌려주는 걸 깜빡 잊은 채로 이미 멀리 가 버린 후였다.

'올 거야. 늦더라도 분명히 올 거야.'

상은 수인을 위한 메모를 남겼다.

『약속 못 지켜서 미안해.』

현관에 떨어져 있던 포스트잇의 메시지는 이미 수인도 봤던 터였다. 하지만, 그녀가 모르는 두 번째 포스트잇이 하나 더 있었다. 지원이 몰래 감춰 미처 볼 수 없었던.

『당신한테 설명하려는 사람이 일본에 있어 급히 날아가. 날 믿는다면, 날 좋아하는 마음이 조금이라도 있다면 우리가 처음 만났던 호텔로 와 줘. 기다릴게. 난 지금 당신이 너무 필요해. P.S 휴대폰 못 가져가. 연락은 호텔로!』

오랜 시간 수소문했던 사람의 연고지를 하필 그 타이밍에 알게 된 건 최악이었다. 지체할 시간은 없었다. 당장 비행기를 타지 않으면 또 몇 년의 세월을 강박에 시달릴지도 모른다. 더 이상 불안한 남자일 수는 없었다. 수인에게 안전한 남자가 되어 줄 수 없다면, 그녀를 붙잡을 자격 같은 건 없을 것이었다.

만약, 그녀가 이 메시지를 본다면 며칠 더 기다려 달라는 말 역시 최악일 것이었다. 확실히 나쁜 타이밍이었지만, 어쩌면 수인을 납득시킬 수 있는 가장 좋은 기회가 될지도 모른다고 생각했다. 그녀의 얼굴을 직접 보며 있는 그대로의 사실을 보여 줄 수 있는 기회.

일본에서 해야 할 일을 마치고, 호텔에서 수인을 기다렸다. 하지만, 그녀는 오지 않고 있었다.

'결국 집에 안 왔던 걸까. 내가 보기 싫어 안 왔을지도……'

'아니야. 아무 말도 없이 회피할 여자가 아니야. 집엔 분명히 왔을 거야.'

'하지만…… 바쁜 일이 있다고 했으니까……'

'너무 멀리까지 오라고 한 걸까. 받아들이기 어려운 부탁이었을지도 몰라.'

'이따 밤에는 오겠지⋯⋯. 내일 아침엔 올 거야⋯⋯. 하루만 더 기다려 보자.'

하루가 더 흘렀다. 그녀가 좋아하는 메뉴가 있는 레스토랑을 예약했다.

「고객님, 반지는 이 디자인으로 결정하시겠습니까?」

「헉! 너무 예물스러운 것 같은데⋯⋯. 제가 봐도 부담스러울 것 같은⋯⋯. 그냥 목걸이로 부탁드릴게요. 엄―청 반짝이는데 엄―청 심플한 걸로요.」

「알겠습니다.」

「혹시 룸서비스 메뉴 변경 가능할까요? 치킨샐러드 대신 연어샐러드로요. 일행이 연어를 좋아해서⋯⋯.」

「네, 바로 준비해 드리겠습니다.」

「아니요! 나중에 일행이 오면, 그때 오더할게요. 감사합니다.」

그녀가 와 준다면, 만약 모든 이야기를 듣고도 곁에 남아 주겠다고 한다면, 그녀에게 다시 한 번 제대로 된 프러포즈를 할 생각이었다. 처음 만났던 이곳에서, 처음부터 다시, 새롭게 시작하자고⋯⋯.

다시 또 하루가 흘렀다. 객실 담당 컨시어즈가 물었다.

「조식도 말씀하셨던 연어샐러드로 교체해 드릴까요?」

「⋯⋯아뇨. 아닙니다. 필요 없어요. 아직은⋯⋯.」

「요청하신 레스토랑 이벤트 예약은 몇 시로 결정하셨습니까?」

「그것도 아직⋯⋯.」

며칠이 지났다.

'그녀에게 난 슬립 메이트 이상은 아니었던 걸까.'

'⋯⋯내가 믿음을 주지 못했던 거야.'

'역시, 그녀에게도 난 무거운 사람이었을 거야.'

그렇게 일주일이 갔고, 그녀는 오지 않았다.

□ ■ □

"벤츠남인 줄 알았더니 순 똥차남이었잖아!"

단체 손님을 치르고 겨우 한숨 돌린다. 윤정은 갑자기 연락을 끊었다는 상을 나무랐다.

"내가 저번에 그 친구한테 지은 죄가 있잖아. 그래서 웬만하면 이렇게까지는 말 안 하려고 했는데, 대박똥차다. 작가라는데 얼마나 예민하겠어? 남자 예민해서 어따 써!"

"그렇게 안 씹어 줘도 나 괜찮거든."

"언니⋯⋯. 정말 괜찮은 거지?"

"그냥, 끝이 났을 뿐이야."

"그래에! 그냥 똥 밟았다 생각해. 그런데 걷는 게 왜 그래? 어? 구두 샀네? 대업을 이루셨구만. 예쁘다!"

"다리 얻은 인어공주 된 기분이야⋯⋯."

수인이 드디어 그 낡은 스트랩 구두를 버렸다. 새 구두를 신은 발뒤꿈치가 벌겋다. 교토에 있는 엄마가 낡은 구두 좀 버리라며 보내 준 거였다. 화해의 제스처이기도 했다.

  '이런 건 뭐하러 사서 보내. 배송료가 더 나왔겠다.'
  ― 너무 낡았더라.
  '그 낡은 남자만 할라고. 부처님 가운데 토막이야 엄만. 그런
남자 해바라기 하며 한평생. 난, 떠난 남자 같은 건 안 잡아.'

  엄마는 그 낡은 남자랑 살면서 행복하다고 했다.

  ― 구두는 맞아?
  '대충⋯⋯.'
  ― 네 봄날도 간다. 어지간히 고르고 짝도 대충 맞춰. 더 늦
기 전에 적당한 짚신짝 찾아보라고.

  충고하는 목소리에는 자신감이 깃들어 있었다.
  수인은 새 구두를 신은 다리를 내려다봤다. 아무리 봐도 이 뻣
뻣함이, 저 반짝임이 영 어색했다.
  "사장님, 손님이 찾으시는데요."
  "그래요. 갈게요."
  잠깐 쉴 수 있나 했더니. 수인은 힘든 다리를 이끌고 일어나 서
빙 직원을 뒤따라갔다.
  '징― 징―'
  그녀가 떠난 자리에서 휴대폰 진동음이 울리고 있었다. 윤정은

수인이 떨구고 간 휴대폰을 집어 들었다. 액정에는 '콜미 콜미' 포즈를 한 상의 사진이 떠 있었다.

"똥차남!"

윤정은 머뭇거리다 결심한 듯 전화를 받았다.

"나 윤정이에요. 언니 자리 비워서 대신 받아요. 우리 언니, 한 번 아니다 싶으면 뒤도 안 돌아보고 딱 등 돌리는 사람이에요. 아마 그쪽하고 가타부타고 뭐고 없을 거란 말이지. 그런데 난 그 꼴 못 보거든요. 아니, 어떻게 사람이 그래요? 네?"

이때, 금세 용무를 마친 수인이 돌아왔다.

"누구?"

"콜미 콜미."

"뭐어?"

수인은 당장 끊으라 손짓 발짓을 하며 윤정에게서 휴대폰을 빼앗으려 했다.

"아, 잠깐마안! 뭐라구요? ……왜 이렇게 전화를 많이 했냐는데? 그것만 말하래."

윤정을 통해 듣는 그의 질문에 아연해졌다.

"가만. 듣고 보니 웃기네? 전화 쌩깐 사람은 그쪽인데 왜 우리 언니한테 따져요? ……특별히 하고 싶은 말이 있었냐는데? 얘 왜 이렇게 뻗대?"

"제발 끊어! 이리 내!"

수인은 겨우 휴대폰을 채 와 끊어 버렸다.

"전화는 왜 받아?"

"열 받으니까 그렇지! 동욱 씨 차 두 대나 팔아 줬다고 해서, 나도 웬만하면 가만히 있으려고 했어. 그런데 웬만해야 말이지."

"동욱 씨 차?"

공무원 시험에 연거푸 실패한 윤정의 애인 동욱은 최근 자동차 딜러로 진로를 틀었더랬다. 상이 부러 동욱을 찾아가 판매 실적을 올려 줬다는 말은 처음 듣는 얘기였다.

"보기보다 생각도 깊고 진중한 애구나 했지. 지난번에 내가 술 처먹고 그 진상을 부렸는데도 두 말도 않고. 언니한테 좋은 남자일 수 있겠다 싶었어. 그런데 이게 뭐야. 속상해서 진짜."

"그럴 거 없어."

"답답해서 그런다! 언니 같은 사람이 왜 맨날 남자들한테만 당하고 살아? 언니가 뭐가 아쉬워서. 어우! 짜증 나! 오늘 뭐 하나 걸리기만 해. 아주 아작을 내 줄 테니까."

"어디 가아?"

"두들겨 팰 게 없어서 똥이라도 때리러 간다! 그 똥차남 불러! 내 똥 퍼 가라고!"

윤정은 식식대며 화장실로 들어가 버렸다. 수인은 그제야 털썩 자리에 주저앉았다. 일주일 만에 걸려 온 전화였다. 그런데…….

'특별히 하고 싶은 말이 있었냐고……?'

배신의 강펀치를 맞고 나가떨어지는 기분이었다. 다리에 기운이 쫙 빠졌다. 아픈 뒤꿈치로 겨우 서 있던 다리가 더욱 파리해졌다.

윤정의 바람대로 화풀이 대상이 생겼다. 재혁이 가게에 나타난 것이었다. 윤정은 소금을 뿌리겠다며 실제로 왕소금을 들고 나와 성화였지만, 겨우 말려 직원실에서 혈압을 낮추고 있는 중이었다. 재혁이 수인을 또 찾아온 용건은 가히 기막힌 것이었다.

"그러니까, 니 남친한테 말 좀 잘해 줘. 어?"

재혁이 드디어 대형 사고를 쳤다. 뇌물 검사로 찌라시에 이니셜이 오른 것이었다. 사태를 바로잡지 못하면 청렴결백이 가훈인 처가의 데릴사위로선 소박 말고는 길이 없었다. 요지는 상의 어머니인 법무부 장관한테 뒤를 봐 달라는 부탁이었다.

"나한테 이런 말 해도 소용없어."

"그럼 다리라도 놔 주라. 내가 네 남친한테 잘 부탁해 볼게."

수인은 경멸의 시선으로 자신의 팔을 내려다봤다. 그러자 재혁은 수인을 붙잡고 있던 손을 황급히 뗐다.

"엇. 미안. 하아……. 그래. 저번에 내가 개짓거리해서 찍힌 건 아는데, 나 좀 살려 줘라. 연결만 해 주면 내가 네 남친한테도 확실히 사과할게."

"나도 그 사람 어디 있는지 몰라. 그러니까 할 수 있으면 한번 해 봐."

"야! 옛정 생각 해서 그거 하나 못 해 주냐? 보니까 물고 빨고 아주 좋아 죽드만!"

"말조심해."

아쉬운 처지라 재혁은 금세 기세를 바꿨다.

"하……. 연짱 험한 사건만 맡았더니 말이 점점 독해져. 미안하다. 후우. 그래! 나 변했어. 죽자고 너 쫓아다니던 그 순진했던 초임 검사는 이제 없다. 인정해. 하지만 원래 이런 놈 아니란 거 누구보다 네가 잘 알지 않냐?"

"상황 탓 하지 마. 아무도 떠민 적 없어. 철 따라 꼴을 바꾸기로 결정한 건 바로 재혁 씨야."

"사정 알잖아. 나, 여기까지 진짜 힘들게 왔다. 가난 때문에 받은 설움, 너는 몰라. 나 이렇게 못 꺾여. 더 올라갈 거야."

"더 들을 얘기 없어. 돌아가."

"내가! 내가 무릎이라도 꿇을게. 제발 한 번만 좀 봐줘."

재혁은 정말로 한쪽 무릎을 꿇었다.

"일어나. 그리고 앞으로 내 앞에 나타나지 마. 사람이 어디까지 추악해질 수 있는지, 굳이 재혁 씨를 통해서 학습하고 싶지 않으니까."

수인이 자리를 뜨려 하자, 재혁은 버럭 화를 냈다.

"복수하니까 좋냐? 내가 너 놔두고 왜 그런 박색이랑 결혼했겠어! 막말로 니 출신만 아니었으면 너랑 했지."

"뭐?"

"니네 엄마. 아닌 말로다가, 요정 마담 맞잖아. 높으신 나리님들한테 술 따르던."

수인은 하얗게 질린 손을 서서히 올렸다. 오늘은 기필코 이치의 뺨을 치고 말 셈이었다.

"결국엔 지금 너 하는 일도 그런 거 아니야? 똑같은……!"

'퍽!'

수인은 놀란 눈으로 그를 봤다. 상. 재혁에게 주먹을 날린 건, 그였다.

수인은 연락도 없이 사라졌다가 갑자기 나타난 상의 얼굴을 멍한 얼굴로 바라봤다. 상은 두 눈을 꼭 감고 앓는 소리를 하는 재혁을 향해 다시 한 번 주먹을 던졌다.

'퍽!'

"으헉!"

재혁은 상의 주먹에 완전히 나가떨어졌다. 턱을 부여잡고 뒹굴던 재혁은 눈앞이 캄캄한지 몇 번 도리질을 치고는 겨우 정신을 차렸다. 그러더니 눈을 부릅뜨고 덤벼들었다.

"어떤 미친 새끼야! ……어?"

상은 주먹을 털며 숨을 골랐다.

"내 여자한테서 떨어지라고 했잖아. 그 말이 어려워?"

"아…… 어어, 그게……."

하필 주먹을 날린 놈이 잘 보여야 할 상이라니. 낭패도 이런 낭패가 없는 재혁이였다.

"사시 패스 할 머리면 그 정도 말로 했을 때 알아들었어야 할 거 아니야!"

"뭔가 오해가 있으신가 본데, 저 오늘은 진짜 한 사장 보러 온 거 아닙니다. 추호도! 결백해! 아이고 턱이야. 스읍……. 저기, 실은 제가 그쪽한테 용건이 좀 있는데……."

"꺼져. 지금 당장 검사복 벗고 싶지 않으면."

재혁은 끓어오르는 분노를 간신히 삼키고 쓴웃음을 지으며 좀 더 치댔다.

"지난번 일은 제가 진심으로 사과드리죠. 둘이 그런 사이인 줄 알았는데 그랬겠습니까? 절대 그런 실수 할 사람이 아닙니다, 제가. 그러니까 지난 일은 이걸로 통칩시다."

재혁은 피가 터져 뭉친 입가를 가리키고, 상은 바짝 독기 서린 눈으로 그를 봤다.

"작가시라고 들었는데……. 그럼 기본 오픈 마인드 장착하고 계시겠네. 사람 사는 세상에 영원한 네 편 내 편이 어디 있습니까."

재혁은 상의 어깨에 팔을 두르고, 수인에게서 한 발 멀어지며 말을 이었다.

"우리가 또 어떻게 보면 같은 테이스트를 가진 사람들이지 않겠습니까? 경우에 따라선 충분히 막역한 관계가 될 수도 있다는 거죠."

"막역한 관계……."

"그렇죠! 풍류 알 만한 직종에 몸담고 계신 분이니까 도량도 넓으실 것 같은데, 일전의 병가지상사는 통 크게 용서하세요. 내가 진심으로 사과할게. 하하. 작가 양반이 힘도 세셔!"

상은 자신의 어깨 위에 올라앉은 재혁의 손이 거슬린다는 듯 인상을 찌푸렸다. 엎드려야 할 상황에선 오감은 물론 없던 식스센스까지 발휘하는 재혁이였기에 얼른 상의 어깨에서 손을 내리고, 구겨진 옷깃까지 털어 줬다.

"설마 우리 장관님께서 저 정도 며느리 보고 마실 분은 아니시고. 그럼 자제분도 그냥 지금 당장 좋아 지내시는 걸 텐데……. 큰일 도모해야 되는 남자들끼리 사소한 일에 오해하고 그러지 맙시다."

"사소한……."

"거듭 확인시켜 드리는데 저 이제, 한 사장한테 일말의 관심도 없습니다. 단 1프로도!"

그러더니 재혁은 상의 귀에 대고 속삭였다.

"사실 뭐 그렇게 대단히 찐한 사이도 아니었고. 무슨 말 하는지 알죠? 하하하…… 컥!"

상은 한 손으로 재혁의 멱살을 틀어쥐고 그를 벽에 밀쳤다. 팔꿈치로 그의 목을 누르자 재혁은 연신 캑캑거렸다.

"어때. 지옥과 막역한 기분이."

"컥! 커억…… 윽……."

재혁의 얼굴이 금방이라도 터질 것 같다가, 눈에 힘이 풀려 갔다. 이대로는 둘 수 없어 수인은 상의 허리를 붙잡아 떼어 냈다.

"참아요! 이러다 큰일 나겠어요! 제발. 그냥 참으라구요!"

상은 재혁을 죽일 듯이 몰아붙이고, 재혁은 버둥대면서 수인의 옷깃을 끌어당겼다. 무자비하게 당기는 힘에 결국 수인이 넘어지고 말았다.

"아!"

상은 그제서야 재혁의 목을 놓아주고, 수인을 일으키고 살폈다.

"괜찮아?"

넘어진 자리가 아파서인지, 갑작스럽게 나타난 상 때문에 놀라서인지, 좀 전의 난투극에 혼이 나가서인지 모르겠다. 울컥. 눈물이 날 것만 같았다.

"괜찮냐고……? 이제 나타나 놓고선 괜찮……."

괜찮을 리가 없었다. 수인은 원망에 찬 눈으로 그의 손을 뿌리쳤다. 상은 그런 수인을 간절한 눈으로 봤다.

"……보고 싶어서 왔어."

기가 막혀 차라리 웃음이 날 것만 같았다. 눈치 없는 눈물이 웃음보다 먼저 흐를 것 같아 수인은 자리를 박차고 나가 버렸다. 상은 얼마간 굳어 있다가 큰 보폭으로 그녀를 뒤쫓았다.

수인은 거의 뛸 듯이 바삐 걸어 단숨에 뒤뜰까지 나갔다. 하지만, 새 구두가 생채기를 내어 놓은 발뒤꿈치가 미치게 아렸다.

"아아……."

"얘기 좀 해."

바짝 뒤따라온 상의 목소리가 들리자, 수인은 아예 구두를 벗어 들고 맨발로 도망치듯 걸어갔다. 하지만 얼마 못 가 따라잡혔다. 상이 수인의 팔을 붙잡아 세웠다.

"나랑 얘기 좀 해!"

"당신 변명 같은 건 듣고 싶지 않아요. 그럴 가치 없어."

"……!"

상은 심장이 조여 오는 것처럼 아팠다. 분명 믿게 해 줄 거라고 했다. 설명하겠다고 했다. 그런데 자신을 보는 그녀의 눈빛이 겨우 며칠 새 빛바랬다는 사실에 입이 썼다.

"정말…… 내 얘기를 들어 볼 가치가 조금도 없었어?"

"비켜요. 나 이제 당신 같은 사람 모르니까."

수인은 그의 손을 뿌리쳤다. 하지만, 상은 그녀의 손을 놓아줄 마음이 없었다.

"비키라구요!"

상의 눈에도 오기가 차올랐다. 무작정 수인의 팔을 잡고 뜰의 구석진 곳으로 이끌었다.

"놔요! 놓으라고 했……!"

상은 그녀에게 거칠게 키스했다. 자신을 결박하고 있는 그의 손안에서 벗어나려 수인은 그를 때리고 밀쳐 냈다. 하지만 상은 입술을 놓아주지 않고, 숨이 끊어질 것 같은 키스만 퍼부었다. 죽을 것처럼 숨이 막혀 아득해지려 할 때서야 있는 힘을 쥐어짜 내 그의 가슴을 겨우 밀쳐 냈다.

"하아……. 하아……."

두 사람의 거친 호흡에 서로를 향한 그리움과 원망이 파랗게 뒤엉키고 있었다. 상은 수인이 도망칠세라 여전히 그녀의 손목을 꽉 쥐고 있었다. 두 사람은 뜨겁고도 차가운 눈길로 서로의 눈을 응시했다. 이윽고, 수인이 먼저 입을 열었다. 공멸(共滅)을 바라는 눈빛이었다.

"나랑 자요."

상의 미간이 움찔거린다.

"전처럼 말고, 정말 남자랑 여자랑 자는 것처럼…… 그렇게 자자고."

놀란 상의 눈빛이 흔들린다. 수인의 손목을 쥔 손도 전보다 느슨해졌다.

"왜요. 보고 싶었다며. 같이 살자며. 사랑하자면서요. 그럼, 나랑 자자고요."

그녀의 도발이 폭주라는 것을 알았다. 하지만 무엇이 그녀의 불에 기름을 부었는지 알 길이 없었다.

"키스는 되고 섹스는 안 돼? 나랑, 하고 싶었던 거 아니었어요? 참고 있는 줄 알았는데…… 아니었어요?"

"우선 얘기부터 해. 우리 할 얘기 많잖아."

상은 수인의 손을 잡아 이끌었다. 하지만, 수인은 그 손을 뿌리쳤다.

"대답부터 해요. 나랑 잘 거예요, 말 거예요."

"갑자기 왜 이러는데."

"정말, 다른 여자랑은 못 자요?"

"……?"

"정말…… 사랑했어요? 누나를?"

심장이 멎을 때의 표정이 지금 같을 거라고 생각했다. 그대로 상의 시간이 멈춰 버렸다.

"그냥…… 없어져 버려……."

"……!"

상은 돌이 되어 버린 사람처럼, 세상을 다 잃은 사람의 눈으로 수인을 응시했다. 기어이 눈물이 수인의 뺨을 타고 흐르고 있었다.

"지난 며칠 동안 사라져 버렸던 것처럼, 영원히 내 눈앞에서 사라져요."

"······."

일주일을 기다려도 그녀는 오지 않았다. 의기소침해져 집에 도착했을 땐, 기분처럼 집 안도 엉망이었다. 열어 두고 간 창문으로 비바람이 들이쳤던지 노트와 종이들이 흐트러져 있었다. 그리고 그녀에게 남겼던 포스트잇이 찢기고 구겨진 채 버려져 있었다. 상은 한동안 멍하니 바닥을 뒹굴고 있던 포스트잇을 보고 서 있었다.

'그녀는 날 믿지 않아······. 날 좋아한 적도 없······.'

이미 수일간 희망과 절망을 오가며 지칠 대로 지친 상태였다. 새삼 얼굴을 일그러뜨릴 이유는 없었다. 차분히 집 안을 정리하고, 싱크대 밑을 활보하던 고슴도치들을 잡아 우리에 넣었다. 주인이 없는 틈을 타 우리를 빠져나왔던 고슴도치들의 자유가 끝이 났다.

'내게 곁을 주던 그녀의 마음도 끝······.'

슬펐다가, 아팠다가, 화났다가, 괴로웠다. 인부가 빌려 갔던 휴대폰은 창문으로 던져 넣었던지 바닥에 놓여 있었다. 그 옆으로는 역시 던져 넣은 검정 비닐봉지가 있었다. 봉지 속에는 날벌레가 꼬일 만큼 단내가 진동하는 노란 참외 대여섯 개가 들어 있었다. '잘 썼습니다. 죄송합니다.' 수첩을 대충 찢어 적은 쪽지와 함께.

배터리가 나가 있던 휴대폰을 충전해 켜자, 수인으로부터 걸려

온 십 수 통의 부재중 메시지가 한꺼번에 들어왔다. 혹시라도 무언가 오해가 있었기를 간절히 바라며 그녀에게 전화를 걸었다. 전화는 그녀를 대신해 윤정이 받았다.

— 우리 언니, 한 번 아니다 싶으면 뒤도 안 돌아보고 딱 등 돌리는 사람이에요.

알고 있다. 그래도, 만약에, 혹시나⋯⋯. 하지만, 휴대폰 너머로 일주일 만에 들려오던 그녀의 목소리는 끊으란 말만 반복하고 있었다.

'언제든 끊기면 끊어지게 내버려 둬도 좋을 관계⋯⋯.'

그녀에게 자신의 무게를 감당하라고 강요할 그 어떤 명분도 없었다.

"왜 이렇게 전화를 많이 했는지⋯⋯ 그것만 좀 여쭤 봐 주세요. 뭔가 특별히 전하고 싶은 말이 있었던 건지⋯⋯."

만약, 마지막으로 화를 내고 싶었다면 받아 주고 싶었다. 저 찢기고 구겨진 포스트잇이 집에 다녀간 그녀의 너절한 심정을 대신하고 있었다. 무언가 퍼붓고 싶은 말이 분명할 터였다.

— 제발 끊어!

하지만, 그녀에게는 그조차도 이젠 다 싫어진 모양이라고 생각했다. 그대로 바닥에 주저앉아 휴대폰만 바라보고 있었다. 주소록에 저장된 사진 속 수인이 그를 보며 미소 짓다가, 끝내는 까맣게 꺼졌다.

그 순간 창문 밖으로 가로등이 켜졌다. 어둠이 내리면 어김없이 나타나 주는 불빛. 가로등을 가진 저 길이 부러웠다.

'반짝!'

힘없이 늘어진 상의 시야로 침대 밑 구석에서 반짝이는 무언가가 보였다. 손을 뻗어 꺼내 보니 신용카드였다.

'매번 계산하는 거 불편해……'

수인이 이 집에 처음 찾아왔던 날, 내밀었던 것이었다. 나중에 돌려주려 했을 때에는 수인이 그에게 토라져 본체만체했고, 결국 이렇게 한구석에 버려진 신세가 되었던가 보다.

상은 이 집에 처음 수인이 왔던 날을 떠올려 보았다. 비에 젖은 그녀에게 배쓰타올을 건넸었고, 그것을 어깨에 두른 채 그녀는 미어캣처럼 집 안을 둘러봤었다.

'내가 착한, 안전한 남자를 찾을 때까지만 같이 기다려 줘요……'

'어차피 내 역할은 그녀가 안전한 남자를 만날 때까지 곁을 지키는 밤의 슬립 메이트. 딱 거기까지였으니까……'

낯선 공간을 경계하던 그날들을 지나, 아무 거리낌 없이 서로의 품에서 잠이 들던 안락한 날들을 이룩했었다. 기껏해야 모래성이었지만. 손에 든 골드카드를 보는데 문득 과거 자신이 했던 말이 떠올랐다.

'지금까지는 생각날 때만 찾는 남자들을 만나 왔겠지만……
난, 날 찾아 줄 때까지 늘 생각하고 있을게. 여기서…….'

하지만 이제 아무리 기다리고, 아무리 생각해도 그녀는 오지
않을 것이다. 그래서 더욱 그녀가 보고 싶어진 순간, 또 다른 생
각이 머리를 스쳤다. 수인이 안전한 남자의 표상으로 삼던 남자가
꿈이 좌절된 불행의 순간 어떻게 말했던가를.

'세상 밖으로 나갈 수 없다면 세상을 내게로 불러오면 된다.'

상은 눈빛을 바꿨다.
'날 찾아 줄 때까지 기다리고 있을 수만은 없어.'
그길로 집을 나섰다. 그리워만 하다 말기엔 그녀가 미치도록
보고 싶었다. 곧장 수인에게로 달려갔다. 그런데 그녀는 영원히
사라지라고 말하고 있었다.
"……보고 싶어서 왔어."
"당신 변명 같은 건 듣고 싶지 않아요. 그럴 가치 없어. 비켜
요. 나 이제 당신 같은 사람 모르니까."
'내 설명을 들을 가치가…… 없었다고……?'
"정말, 다른 여자랑은 못 자요? 정말 사랑했어요? 누나를?"
수인은 이미 누나에 대해 알고 있었다. 지원. 결국 그 애가 일
을 저질러 버렸다는 걸 상은 단박에 알 수 있었다. 그녀의 눈을
직접 마주하고 그의 입으로 전하고 싶었던 이야기였다.

'얼마나 놀랐을까.'

"그냥…… 없어져 버려……. 지난 며칠 동안 사라져 버렸던 것처럼, 영원히 내 눈앞에서 사라져요."

경멸. 그녀는 그를 경멸하고 있었다. 수인은 힘없이 허리를 굽혀 떨어진 구두를 주워 들고는 걸음을 옮겼다. 온몸에 기운이 다 빠져나간 듯 터덜터덜. 한 걸음, 두 걸음…….

"정말…… 날 좋아하는 마음이 조금도 없었어?"

수인은 우뚝 멈춰 섰다. 하지만, 상대하지 않겠다는 듯 다시 걸어 나가기 시작했다.

"그래서 일본에도 안 왔던 거였냐고!"

수인은 매서운 눈으로 상을 돌아봤다.

"기다릴 거라고 했잖아. 나는 당신이 날 찾아 줄 때까지 항상 기다리고 있을 거라고 했잖아! 그렇게 쉽게 찢어 구겨질 사이였어?"

"대체……."

"지원! 그 애 이름은 지원이야. 나보다, 그 애가 해 준 말을 더 믿었던 거야? 나한테 확인해 볼 가치도 없었어? 당신한텐 내가 그렇게 하찮았냐고!"

"어떻게 확인해요! 당신은 없는데! 연락도 안 받는데!"

"호텔로 연락하라고 했잖아! 우리 처음 만났던 호텔에서 기다리고 있겠다고 썼잖아!"

"……?"

"일주일 내내 기다렸어! 난, 믿고 기다렸다고! 그런데 당신은 고작 그 애 말 한마디에 날 경멸하기로, 모르는 사람 취급 하기로 결정했어."

"약속 못 지켜 미안하다. 달랑 그 거지 같은 쪽지 한 장을 믿고 내가 당신을 믿어야 했어요?"

"설마…… 내가 일본에 간다는, 일본으로 와 달라는 메시지는 못 본 거야?"

순간 상의 머릿속에선 퍼즐 조각들이 맞춰졌다. 지원이 만들어 낸 엇갈림에 끔찍하게 당해 버렸다. 그는 맥이 풀려 크게 한숨을 내쉬었다.

"없었잖아! 사라져 버렸잖아요!"

흥분한 수인에게는 그의 말이 들리지 않았던가 보다. 수인은 눈물이 목구멍까지 차오른 상태로 그를 향한 원망을 쏟아 내고 있었다. 상은 힘겹게 걸음을 옮겨 그녀에게로 간다.

"어떻게 하루아침에 사라져 버릴 수가 있어! 어떻게 그럴 수가 있냐구! 나한테 한마디 말도 없이 어떻게!"

결국 두 눈 가득 눈물이 차올라 끝내는 뺨 위로 떨어지고 있었다. 그런 수인을 아프게 보며 상은 한 발, 한 발 그녀에게로 간다. 타 버릴 것 같던 지난 며칠간의 그리움이 눈물이 되어 터지려는 걸 가까스로 참으며.

"사라지지 않아……. 말 한마디 없이 도망쳐 버린 타카하시처럼, 어느 날 집에 와 보니 없어졌던 누나처럼! 그렇게 비겁하게 사라지지 않아. 나는! 절대로 사라지지 않아!"

상의 외침에 수인의 속눈썹이 떨렸다. 물기 어린 벌건 눈으로 자신을 뚫어질 듯 바라보는 저 남자는 눈물 대신, 파르라니 해진 입술을 가늘게 떨고 있었다.

"처음부터 없었잖아. 그러니까 그냥 처음처럼 사라져 버리란 말이에요⋯⋯."

상은 물러서던 수인에게 바짝 다가서 그녀를 부드럽게 잡아 세웠다.

"당신이 날 버리지 않는 한, 나는 절대⋯⋯ 사라지지 않아⋯⋯."

"이제 나타나면 어떡해. 난⋯⋯ 나는 다 끝났는데⋯⋯."

상은 수인의 얼굴을 감싸고 금방이라도 눈물을 쏟을 것 같은 얼굴로 그녀를 보고 있었다.

"나는 매분, 매초, 매 순간마다 당신이 보고 싶었어⋯⋯. 정말로 당신은 날 안 봐도 괜찮았어?"

"당신 같은 사람 안 봐도 돼⋯⋯."

"정말⋯⋯ 내가 그렇게, 싫어?"

"안 보고 싶어⋯⋯ 나도 정말 안 보고 싶다구요⋯⋯."

상은 두 팔로 수인을 감싸 안았다. 고양이처럼 등을 구부리고 마치 그녀를 품 안에 감추는 것처럼, 그녀를 제 품 안에 영원히 가둬 버리고 싶은 사람처럼 뜨겁게 안았다.

"미안해⋯⋯. 내가 다 잘못했어. 미안⋯⋯."

수인은 숨 막히게 뜨거운 그의 품 안에서 오래 흐느꼈다. 밉고 싫은 그에게서 익숙한 체취가 났다. 그것이 다정해 눈물을 멈출 수 없게 만들었다. 자신을 이토록 무력하게 한 그가 더 미워졌다.

때려 주고 싶어도 그의 품 안에 꽁꽁 갇힌 손은 애꿎은 그의 옷자락만 움켜쥐고 있었다.

"하아……."

눈물이 다 잦아들 때까지, 이마에서 땀이 날 때까지 둘은 꼭 껴안고 있었다. 들뜬 숨을 훌쩍거릴 때쯤, 그의 무게가 어깨를 짓누르는 것이 느껴졌다. 점점, 점점 무거워지더니 '풀썩' 상은 힘없이 스러졌다.

"왜 그래요……. 괜찮아요?"

일주일째 거의 먹지 못했던 그는 놀란 수인의 팔 안에서 힘없이 눈꺼풀을 내렸다.

8
내가 무섭고, 더럽고, 막 그래?

'아. 다행이다…….'

상이 기운을 차렸을 땐 집이었고, 수인이 곁에 있었다. 그것이 다행이었다. 수인은 호들갑스러운 걱정도, 쓸데없는 연민도 없는 차분한 얼굴을 하고 있었다. 둘은 다시 서로와 마주하고 있다는 것이 좋으면서도 한편으로는 허무하고, 또 한편으로는 불안했다. 그저 각자의 세계로 돌아가는 문을 나서기 전의 대합실 풍경 같다고도 생각했다.

"……."

한동안 말이 없다가 상이 이야기를 시작했다. 못 본 사이, 그는 일본에 다녀왔다고 했다. 지난 6년간 본 적 없던 누나의 행방을 알아냈기 때문이었다.

"당신한테 직접 보여 주고 싶었어. 난 작가잖아. 아마 나라도 작가가 하는 말은 믿기 어려울 것 같아서……. 아무것도 보태지도, 꾸미지도 않은 사실을 솔직하게 보여 주고 싶었어."

지원이 감춰 버린 쪽지가 불러일으킨 오해가 풀렸음에도, 둘은 기진맥진해 아직 서로의 눈을 보지 못한 채로 대화를 시작했다. 주로 상이 말했고, 수인이 듣는 쪽이었다. 상은 수척하고 파리한 얼굴로 작지만 분명하게 말했다.

"누나는 모든 면에서 평범했어. 40명이 있는 반에서 20등을 하고, 범죄를 저지른다면 이렇다 할 몽타주를 그리지 못해 고생할 타입일 거야. 매사가 중간인 여자……."

그의 이야기를 들으며 수인은 생각했다. 모든 면에서 비범했던 상에게는 어쩌면 완벽한 이상형이었을지도 모른다고. 어머니의 주목을 한 몸에 받던 그와는 달리, 그의 누나는 어릴 때부터 외국에서 방치되었다고 했다.

"어머니 관심 밖에 있는 누나의 자유가 처음에는 부럽다가 나중에는 동경이 됐어. 그게…… 사랑이 된 건, 내가 다시 고등학교에 들어갔을 때쯤. 누나가 영국에서 돌아왔거든."

상이 세 살배기였을 때, 상의 어머니는 그의 누나를 영국 이모 집으로 보냈다. 당시 일곱 살이었던 딸의 조기 유학이 명분이었다.

"사실은 입양한 딸이 더는 보기 싫어졌기 때문이었지만. 어렸던 우리는 까맣게 몰랐어. 서로 다른 유전자를 갖고 있는, 남이라는 사실을……."

차고 넘치는 오래된 연속극 같은 스토리였다. 하지만, 둘러보면 또 결코 흔치 않은 이야기이기도 했다. 상의 어머니는 난임이었다. 남들보다 더 나은 인생을 위시하는 것이 삶의 목표였던 그녀는 피폐해져 갔다. 상의 아버지는 아내의 파멸을 막기 위해 갓난쟁이 딸을 입양해 왔지만, 그것이 또 다른 파멸의 시작이 될 줄은 몰랐다.

"임신에 실패한 여자가 되고 싶지 않았던 어머니는 구태여 1년을 영국에 나갔다가, 이듬해 갓난아이를 안고 돌아오는 쇼까지 펼쳤어. 그다음부터는 뭐 거의 전래 동화 수준의 상황들이 이어졌지."

상의 어머니는 귀하게 얻은 어린 딸에게 사랑과 지원을 아끼지 않았다. 따라서 아이는 다른 집 아이들보다 더욱 돋보여야 마땅했다. 그러나 평범한 딸은 그녀의 애만 태웠다.

그렇게 3년이 흐르고, 기적처럼 상이 태어났다. 특별히 돋보이는 아들이었다. 서서히 어머니의 관심사가 딸에게서 아들로 옮겨 가기 시작하더니, 급기야 결정적 사건이 터져 버렸다. 결혼 전, 남편이 사랑했던 여자와 입양한 딸 사이의 연결 고리……. 지금 품에 안고 있는 딸의 생모가 바로 남편이 한때 사랑했던 그녀였다는 사실을 알게 된 것이었다.

'그 여자 딸이라면, 당신이 그 애를 입양했겠어?'

'물론 안 했겠지! 하나뿐인 마누라한텐 거짓말을 해서라도, 졸지에 미혼모가 된 그녀를 돕고 싶었던 당신 순애보, 정말 대단하다.'

'여보, 제발. 나랑 상관없이 태어난 아이란 거 알잖아. 그 어린애를 꼭 외국까지 내쫓아야겠어? 파양이랑 뭐가 달라! 당신도 딸 끔찍이 챙기잖아.'

'아니. 이젠 그냥 끔찍해. 어쩐지…… 멍청한 게 지 엄마를 닮았던 거였어.'

'여보……!'

'당신이나, 이미 결혼까지 한 옛 남자한테 자기 애를 맡길 수 있는 그 여자나 다 지옥에 떨어졌으면 좋겠어.'

'내가 잘못했어. 다 내 잘못이니까 애한텐 이러지 마. 애가 무슨 죄야!'

'그 여자 핏줄인 게 죄야! 내 배 아파 낳은 거라고 나조차도 속이면서 살았어! 그런데 어느 날 그 애 얼굴에 '내 자식이 아닌 애'라고 쓰여 있어! 그 기분을 당신이 알아? ……어차피 내 딸이라기엔 너무 모자란 애였어. 치울 거야.'

미혼모가 되어 버린 옛사랑과 아이를 간절히 소원하는 아내. 두 명의 여자를 구하려던 아버지의 욕심은 화가 되고 말았다. 세상에 영원한 비밀은 결코 없다. 어머니는 결국 어린 딸을 영국으로 유배 보냈고, 제 배로 낳은 아들에게만 온갖 애정을 퍼붓기로 결정했다.

"어느 날 학교 끝나고 집에 가 보니까 누나가 와 있었어. 한국 회사에서 몇 달 인턴십을 하게 됐다면서. 그 전까지는 사실 몇 번 본 적도 없었어. 명절 때나 보는 친척들보다도 훨씬 더 먼 사이였으니까. 어머니가 한국에 못 들어오게 했거든. 그때도 어머니 반대를 무릅쓰고 막무가내로 들어왔던 거라고 했어. 누나 인생 최초의 반항이었던 거지. 누나와 그렇게 오랜 시간 함께 지냈던 게 처음이었어."

정계에서 입지를 다진 어머니는 신경 거슬리는 딸의 귀국을 공사(公事) 후에 처리할 문제로 미뤄 둘 수밖에 없었다. 어머니의 부재가 대부분인 집 안에서 누나는 엄마 노릇을 톡톡히 했다. 아버지의 셔츠를 다리고, 상의 등하교를 도맡았다. 집에는 금세 온기가 돌았다.

"아무리 오랜만에 보더라도 가족인데……. 그냥 남 같은 거야. 사람이 학습되어지는 거 말고, 본능으로 알겠는 게 있는 거잖아. 피가 안 느껴지는 게 이상하고 불편했어. 그러다 어느 순간…… 끌리고 있다는 걸 인정하게 됐어. 그런데 누나도 마찬가지였었나 봐."

상은 자신의 사랑이 혐오스러워 변기를 붙잡고 토악질을 한 적도 있다고 했다. 지독한 혼란의 시기를 버텨 낼 수 있었던 건 그만의 대나무 숲 덕분이었다. 타카하시. 상의 비밀을 알고 있던 유일한 친구가 바로 그였다.

"참 지독하지? 사랑하는 사람의 사랑 고민을 들어 주는 역할이라는 거. 타카하시 기분이 어땠겠어. 그래서 벌을 받은 건지도……. 결국 친구도, 가족도 다 잃었잖아."

어머니는 유난히 머리가 좋았던 아들을 주시했어야 했다. 상이 누나와 생물학적으로 무관하다는 걸 밝혀내는 데에는 긴 시간이 걸리지 않았으니까. 하지만 어머니는 입양한 딸과 아들의 결합을 인정할 수 없었다. 지극히 당연한 일이었다.

"세상 사람들한테 누나는 어머니 배로 낳은 딸이었으니까. 사기극이었다는 게 알려지면 정치 이력도 더러워졌겠지."

상의 어머니는 미혼모 문제 해결에 앞장서는 이미지로 매스컴의 주목을 받았다. 이후, 자신의 임신과 출산 과정을 감동적으로 풀어낸 에세이와 강연이 폭발적 인기를 누리며 정계 입문에 성공한 케이스였다.

"결국 어머니는 자신의 성공을 가로막는 불씨를 제거하기로 마음먹었어."

상의 누나는 떠밀리듯 미국 남자에게 시집을 갔다. 정확히는, 보내졌다.

"누나는 생각보다 간단히 날 포기했어. 그토록 딸을 혐오한 어머니를, 또 아버지를 어이없게도 사랑했거든. 누구 가슴에 비수를 꽂을 만한 사람이 아니었던 거지. 죽도록 참고, 때리면 맞고, 꺼지라면 꺼지는…… 남들 먼저, 나는 나중…… 헌신, 또 헌신. 불쌍하게 살다 죽으라고 설계돼 태어난 사람처럼, 그랬어……."

수인은 일전에 상으로부터 들었던 말을 떠올렸다.

'빈털터리가 되는 게 사랑이 아니야. 내가 가난하고 아픈데 어떻게 남을 사랑할 수 있겠어. 헌신은 틀린 사랑이야.'

수인은 이제야 이유를 알 것 같았다. 왜 상이 그토록 자신의 착한 연애를 비난했는지.

"누나는 군소리 없이 어머니 말에 따랐어. 다시는 한국에 돌아오지 말라고, 다시는 내 아들 눈에 띄지 말라고……. 그 명령에 단 한 마디도 토를 달지 않았어. 하지만 나는 도저히 그럴 수가 없어서, 누나를 찾아갔어."

불행히도, 미국에서 신접살림을 차린 누나에게 그는 불청객이었다. 심상찮은 둘의 기류를 눈치챈 누나의 미국인 남편은 아내에게 총구를 겨누며 격분했다.

'상이야, 제발 가……. 난 이제 그 사람 부인이야. 그 사람은 이제 내 남편이고.'

'그딴 게 무슨 남편이야! 누나 좀 전에 죽을 뻔했어! 알아?'

'아까는 흥분해서……. 네가 하필 그런 모습만 봐서 그래. 생각보다 좋은 사람이야. 운이 좋았어. 날 많이 사랑해 줘. 그 사람한테 마음 붙이고 잘 살 거야.'

'누나, 제발. 그냥 나랑 같이 가자. 누나도 우리 둘뿐이었으면 좋겠다고 했잖아.'

'솔직히, 자꾸 생각이 났어……. 너랑 그랬던 게 자꾸만, 자꾸만 생각나서 괴로웠어.'

'무슨 말이야……?'

'괜찮아질 줄 알았는데…… 나는 괜찮지가 않아. 흑흑……. 우리가 그런 사이였다는 게 너무 죄스러워서 힘들어. 흑흑……'

상은 그날의 충격을 잊지 못한다고 했다. 단지 어머니를 상처 입히고 싶지 않아서, 용기가 없어서 싫은 결혼을 선택할 수밖에 없었던 거라고 믿었다.

"그런데 그런 이유였다니……. 친남매도 아닌데, 나를 볼 때마다 자기 죄가 떠올랐대. 죄……."

울며, 또 울며 자신을 원망하던 그날 누나의 눈길이 오래도록 그를 괴롭혔다고 했다.

'알았어. 그럼, 나는 버려도 좋으니까 여기선 살지 마.'

'이제 겨우 적응했어. 여기 나쁘지 않아.'

'누나 머리에 총을 들이대는 남자랑 계속 살겠다고? 제정신이야? 진짜 바보야, 뭐야!'

'최소한! 저 사람은 겨누기만 했잖아! 쏘진 않았잖아.'

'뭐……?'

'상이 너만 아니었으면 난 여전히 엄마, 아빠의 딸이었을 거고…… 내가 입양아란 것도 몰랐을 거야. 넌, 날 난도질했어…….'

'누나……? 나 사랑한다며…….'

'네가 진실을 말해 주지 않았으면! 너에 대한 마음 같은 거, 적당히 접었을 거야……. 그럼 이렇게 악몽 같은 일들도 생기지 않았을 거야. 흑흑……. 미안해. 상이야, 너무 미안한데 난 너무 힘들어. 흑흑…….'

착하디착했던 누나의 입에서 나온 진심은 무서웠다. 그녀는 자신이 응원받을 수 없는 파격적 사랑에 빠졌다는 것만으로도 버거웠다. 답답하리만치 착했던 그녀는 평생을 참고 살며 스스로 시한폭탄이 되었고, 결국 어느 발화점에서 폭발하고 말았다. 하필이면 상이 인화 물질이었고, 하필이면 그의 몸속으로 파편이 박혀 들어갔다.

상은 겨우 스물이었고, 그녀 또한 어렸다. 모든 면에서 중간이었던 그녀에게 비범한 사랑은 과연 무리였다. 착한 사랑은 착해서 그를 배신했다. 상은 마지막으로 누나에게 물었다.

'후회해……?'
'죽을 만큼. 후회해.'

타카하시는 사라졌고, 누나의 사랑도 사라졌다. 그 잔인한 스무 살에 아버지는 병에 걸렸고, 상은 하루하루 죽을 것처럼 고통스러웠다.

□ ■ □

'탁.'

수인은 물을 들이켜고는 잔을 내려놓았다. 지금까지 상의 이야기를 듣는 내내 타들어 가던 목을 축이자 마음이 한결 차분해졌다.

"안 무서워……?"

그가 물었다.

"나. 무섭고, 더럽고…… 막 안 그래?"

서랍 속 물건의 주인에 대한 소개를 마친 후, 상은 얌전히 수인의 처분을 기다리고 있었다.

'더러워.'

상의 사랑에 관하여 지원은 그렇게 말했다고 했다. 더럽다고……. 그의 긴 이야기를 듣는 동안 수인은 가슴에 회오리가 치는 것만 같았다. 숱한 감정의 모래알들이 마음 안에서 소용돌이쳐 쓰라릴 정도였다. 하지만, 그가 무섭거나 더럽게 느껴지는 건 아니었다. 수인은 물었다.

"그다음엔, 어떻게 살았는데요."

"사랑을 잃으면 또 다른 사랑으로 채운다던데, 난 그럴 수도 없었어. 누나는 여자이기 전에 가족이었으니까."

'사랑. 여자. 가족.' 이 단어들이 한 문장 안에 나란했다. 이것이 논리적으로도, 이성적으로도 불편한 건 사실이었다. 그의 과거사를 듣고 있는 수인의 머리에는 그를 향한 미심쩍은 물음표도 가득했다. 하지만, 이상하리만치 감정이 침착했다. 수인은 그것에 스스로도 놀라는 중이었다.

"조금만 나이가 있었더라면 아마 나도 결혼 같은 걸 떠올렸을지도 모르겠어. 하지만 그땐 어렸으니까. 여자보다는 마음을 기댈 수 있는 친구가 필요했어."

상의 누나처럼 지극히 평범했던 지원은 친구라기보다 팬 같은 여자였다고 했다. 10대의 대부분을 짝사랑에 바쳤던 지원은 중학교 때부터 상의 곁을 맴돌았다. 심지어 그 사랑을 이루기 위해 외고에 합격했을 정도로 상에 미쳐 있었다.

"누나가 미국으로 떠난 지 1년 후에, 아버지도 병으로 떠나셨어. 임종 전에는 그토록 만나고 싶어 했던 딸과 끝내 만나지 못한 채로……. 난, 부녀의 마지막 소원마저 거부했던 어머니랑 완전하게 연을 끊었어."

내리막길 위에서 브레이크가 고장 난 자전거처럼 추락하던 그 시절, 지원이 곁에 있었다. 눈길 한 번 주지 않아도 하염없이 퍼주기만 하던 그녀의 가난한 사랑이 문득 가슴에 사무쳤다. 끝내 버려졌던 자신의 모습도 보였다. 할 수만 있다면 사랑을 가장해서라도 친구를 얻고 싶은 심정이었다. 하지만 결코 그럴 수는 없어 긴 시간 외면하기만 했다.

'괜찮아! 난 원래부터 네 친구잖아. 내가 제일 좋은 친구가 될게…….'

오랫동안 친구를 가장하며 곁을 지켰던 지원의 헌신적 사랑에 정이 붙고 말았다. 늘 조용한 그림자 같던 그 아이의 맹목적 사랑이 고마웠다. 어릴 적부터 남다른 길을 걸으며 늘 외로웠던 상이였으니까. 누구도 지원처럼 변함없는 사랑을 주었던 사람은 없었으니까. ……그땐, 지원의 마음이 사랑인 줄로만 알았다.

'여기 집세, 내가 반절 낼까?'

스물 언저리의 그 시절. 지원이 반지하 방으로 이사를 간다며 도와 달라고 했다. 지원은 어린아이 같을 만치 무구한 구석이 있었다. 어쩌면 보통의 또래들처럼 티 없이 명랑한 새 인생을 살 수 있을 거란 희망도 품었다. 그녀의 이삿짐을 날라 주던 날, 지원을 안았다. 그것은 상에게도 첫 경험이었다.

'후회, 안 할 거지 넌……?'

누나는 키스만으로도 죽을 만큼 후회한다고 했었다. 하지만 지원은 그의 목에 매달린 채 고개를 주억거렸다. 그저 같이 있어 주는 것만으로도 행복한데, 몇 년을 외사랑 했던 남자와 같이 살 수 있다니. 지원은 감격에 겨워 소리 내 울었다.

'후회같이 멍청한 걸 할 리가 없잖아…….'

그의 살덩이를 받아들이는 고통이 밀쳐 내고 싶을 만큼 아렸지만, 그럴수록 지원은 상을 더 꽉 끌어안았다.

'사랑 같은 건 없어도 돼. 상, 너만 있으면.'

하지만, 두 사람이 같이 사는 일은 불가능했다. 동경했던 남자의 사랑을 받게 됐다는 사실에 들떴던 지원은 마치 결혼이라도 하는 착각에 빠져 만천하에 자랑을 했다. 그녀의 아버지 손에 질질 끌려 본가로 잡혀 들어간 것이 반지하 방에 이삿짐을 푼 바로 다음 날이었다. 처음엔 그것이 코미디 같은 해프닝이라고만 생각했다.

"잠깐만요."

지금껏 상의 이야기를 말없이 듣고만 있던 수인이 말을 끊었다.

"그럼, 지원이란 여자랑 동거를 했던 게 아니었다구요?"

상은 고개를 저었다.

"그 앨 만났던 건 맞아. 잠깐이었지만. 얼마 못 갔거든."

그 단 한 번의 섹스 이후 지원의 태도는 혁신적일 만큼 달라졌다. 스스로는 여자 친구를 건너뛰고 이미 부인이 되어 있었다. 어린아이 같던 순진무구함이 무서운 집착으로 변하는 것은 순식간이었다. 예의 귀엽고도 가련한 목소리로 그를 채근했다.

'넌 나랑 잤잖아! 우리 둘이 잔 거 애들도 다 알아. 왜? 애들한테 말한 게 뭐가 어때서? 우린 사귀는 사인데. 나랑 잔 게 창피해?'

세상에서 제일 좋은 친구가 되어 주겠다고 말하던 그녀는 친구 같은 건 개나 주라고 외쳤다. 목에 줄을 매어서라도 상을 소유하고 싶어졌다. 그의 반경에 여자가 들어오는 건 세 살배기 아이부터 일흔 노인까지 경계했다. 상의 휴대폰을 카피하거나 노트북을 뒤지는 일쯤은 대놓고 할 정도였다.

'광적인 집착? 편집증? 남 일이라고 참 말들 쉽게 한다. 난 그저 약간의 사랑을 원하는 것뿐이잖아. 상, 너는 이해하지? 내가 널 이렇게나 사랑하는데, 이런 거 하나도 이해 못 해 줘?'

지원은 틈만 나면 스스로 생각하는 가장 큰 무기를 꺼내 들었다.

'나는 상과 같이 잔 여자야.'

상에게 감히 가까이 다가서지 못하고 별처럼 동경하던 시절에는, 그가 눈을 한 번 마주쳐 주는 것만으로 행복했다. 그런데 막상 여자 친구가 되었는데도 도무지 행복하지가 않았다.

자신을 향한 상의 미소는 진심이 아닐 거라고, 그 많은 잘못을 용서해 준 건 무언가 걸리는 게 있기 때문일 거라고, 다시 안아 주지 않는 건 다른 여자가 있기 때문일 거라고 의심했다.

상이 언제 달아날까 초조하고 불안해 지원은 자꾸만 그를 의심했다. 옭아매고, 다음 날엔 사과하고, 그다음 날엔 또다시 집착했다. 결국 만난 지 불과 한 달 만에 상의 마음을 멀어지게 하고 말았다. 하지만 어렸던 그 시절의 상은 지원이 그렇게 변한 것이 자기 때문인 것만 같아서 버티려 노력했다.

'댕!'

상이 속삭이듯 나지막하게 들려주는 이야기에 집중하고 있던 수인은 괘종시계 소리에 움찔 놀랐다. 어느덧 새벽 3시. 상은 자리에서 일어나 괘종시계의 건전지를 뺐다.

"매번 생각만 하고. 이제야 빼네. 당신 맨날 놀라는데……."

상은 손에서 건전지를 몇 번 굴리더니, 테이블 위에 세워 둔다. 수인은 그의 자조적 미소를 보며 그의 생각을 알 것 같았다. 상은 지금, 수인과의 관계에 대고 있던 호흡기를 제 손으로 뗐다고 생각하는 중이다. 어떤 여자도 지금 만나는 남자의 과거를 듣고 싶을 리 없으니까. 자신을 스쳐 간 과거의 그녀들에 관한 이야기를 풀어 놓는 상의 표정은 딱 죄인 같았다.

"도무지 이해할 수 없는 얘기네요."

상은 당혹과 서운함이 담긴 눈으로 수인을 바라봤다. 하지만 이내 수긍한다. 상대의 과거사 같은 건 누구라도 들으면 얹힐 만한 이야기였다.

"그렇게 병적인 여자한테 의리를 지킬 필요가 있었어요? 그게 버틴다고 견뎌질 성격이라고 믿었던 거냐구요. 혹시 자학하고 싶었던 거 아니었어요?"

수인의 말에 상은 안도의 한숨을 내뱉듯 작게 웃었다.

"내 자학에 누구를 끌어들일 만큼 나쁜 놈은 아니다. 쪽지만 남겨 놓고 무작정 기다리는 바보긴 해도……. 그 애한텐 미안한

마음도 컸어. 어쨌든, 날 좋아해서 생긴 문제였잖아. 그 마음을
받아 주기로 했던 것도 나고."

그는 지원을 욕하거나 변명하지 않았다. 서툴러 생채기를 내고
야 마는 어린 연애. 그렇게밖에 할 수 없었던, 퍽이나 못났던 자
신이 미워 서툴렀던 연애일수록 기억의 꼬리는 길다. 세상엔 실수
같은 연애도 있는 거였다. 수인에게도 그런 연애쯤은 몇 개나 되
었다. 서른 줄까지 같이 밤을 지새운 남자가 한 명밖에 없었을까.
5년 전에 멈춰 버린 그의 연애사에 비하면 수인 쪽이 차라리 바
빴다.

"내가 좀 더 신중하게 그 애를 들여다보고, 세심하게 짐작했어
야 했어. 그렇게 짧게 끝날 거였다면 시작도 하지 말았어야 했는
데⋯⋯. 버텨 봤자 석 달도 못 갔거든."

"나라면 단 하루도 못 버텼을 거예요. 듣고 보니 하루도 정상
적으로 사귀었던 관계도 아닌 것 같은데. 할 만큼 했을 거예요.
그러니까 너무⋯⋯."

수인은 너무 반성만 하지 말라고 말해 주려 했다. 하지만 그는
말했다.

"할 만큼 한 연애 같은 건 없어. 그런 완벽한 연애가 있다면 세
상에 사랑 때문에 불쌍해지는 사람이 어디 있겠어."

상은 지원이 아니라, 그녀의 사랑이 가엾다고 했다. 사랑과 미
움이 뒤엉켜 순식간에 광기가 되어 가는 과정을 지켜봤으니까. 지
원은 자신의 몸을 탐하지 않는 상을 원망했고, 타카하시를 그리워
하는 건 게이 같다고 비난했다. 우연히 상이 누나를 사랑했다는

비밀을 알게 됐을 땐 주저하지 않고 말했다.

　'더러워. 징그러워.'

　상은 어쩔 수 없이 친누나가 아니라는 비밀을 털어놓았다. 하지만 지원은 믿으려 들지 않았다. 사랑에 미쳐 버린 지원에게 진실 따위는 힘이 없었다. 이미 그렇게 믿고 싶어졌다는 것만이 중요했다. 지원은 상의 누나는 물론, 천재 작가와 그의 정치인 어머니까지 모조리 파멸시키고 싶었다. '근친상간' 같은 음습한 타이틀을 달아 상의 비밀을 주변에 설파하기 시작했다.

　하지만 하룻강아지의 복수는 발악일 뿐이었다. 상의 어머니는 세상에 뿌려진 아들의 추문을 말끔히 거둬들였고, 지원은 허언증을 가진 미친 여자로 전락하며 대학도 다 못 마치고 무너졌다. 빨갛게 들뜬 마음으로 온통 뜨거웠던 그 시절의 지원은 제 사랑에 심취해 상의 고통 같은 건 들여다볼 여유가 없었다. 자신까지도.

　지원과의 부침을 겪고 난 후, 상은 인간관계가 주는 행복은 없다는 결론에 다다랐다. 상은 자신이 나고 자란, 그러나 모두 떠나고 없는 이 오래된 집에서 쭉 혼자이기로 결정했다. 두 번 다시 다른 이와 친구를 하거나, 마음을 열거나, 외로움을 드러내지 않으리라 다짐하면서.

　"한수인……. 당신이 오기 전까지 내가 이 집에 들여놓은 사람은, 아무도 없었어."

　바깥세상과의 접촉을 최소화시키고 두문불출하던 상으로선 큰

고초는 면하며 그런대로 지냈다. 하지만, 더러 곤란을 직면해야 하는 순간들이 있었다.

— 여보세요? 작가님, 저 B출판 편집부 이 대리예요. 그동안 잘 지내셨어요? 저…… 혹시, 예전에…… 동거했던 적 있으시죠? 그 여자분이 저를 찾아왔었는데요…….

한 번은 5년 전에 지원과 몇 번 들렀던 커피숍에 갔다가 낭패를 본 적도 있었다.

'손님! 마침 잘 왔네요. 혹시 예전에, 우리 커피숍 같이 오던 그 쪼그만 여자랑 같이 살던 사이였어요? 내가 지금 그 여자 때문에 이혼당할 위기라고요! 다짜고짜 나더러 지금이라도 사과를 하래요. 자기 남자 친구, 그러니까 이름도 모르는 댁한테 내가 꼬리를 쳤대. 내가 댁이랑 잤대요! 그러니까 이제라도 정신적 손해를 배상하라는데…… 와. 진짜 별 미친년이 다 있어. 손님이 해결을 좀 해 줘야겠어요. 우리 애기 아빠한테 확실히 말 좀 해 달라고요.'

지원은 잊을 만하면 한 번씩 자신의 존재를 알려 왔다. 줄곧 대상을 주시하고 괴롭히는 평범한 스토커와는 양상이 달랐다. 상을 저주하며 살다가, 어느 날 불쑥 욱하고 묵은 감정이 치받아 올라오면 그와 연결된 몇 안 되는 여자들에게 접촉했다. 그리고 '내가 상이랑 잔 여자'라는 걸 주창하며 혼자 화풀이를 하는 식이었다. 만만하지 않은 상에게는 차마 그러질 못하고, 애먼 여자들만을 괴롭혔다. 그 후로, 오랜만이었다.

'혹시…… 예전에요…… 전에 누구랑 같이…….'

수인이 '혹시 예전에……'로 운을 띄웠을 때, 등골에 소름이 끼쳤다. 익숙한 패턴이었다. 그 전까지 지원이 벌인 일들에 대한 수습은 대부분 문제 될 게 없었다. 피해자들은 대부분 상과 일면식 정도거나 아예 모르는 사람들이었다. 그들은 화를 냈고, 그는 사과를 하면 됐다. 하지만, 수인은 아니었다. 그녀가 상처받고 있었다.

상이 직접 지원을 대면한 것은 5년 전, 지원과 헤어진 후 처음이었다.

□ ■ □

'뚜벅. 뚜벅.'

넓은 서점을 가로지르는 상의 걸음은 매서웠다.

"무엇을 도와 드릴……!"

지원은 상을 보고는 얼어붙었다.

"우리한테 다시는 접근하지 마."

상은 폐부를 찌를 듯한 눈빛으로 그녀를 노려보고 있었다.

"우리? 백만 년 만에 나타나서 한다는 첫마디가 뭐 이런 식이야. 하다못해 잘 지냈느냐, 밥은 먹고 다니……."

"지원아."

그가 이름을 불러 주자, 여태 잡아먹을 것처럼 상을 노려보던 지원의 눈에는 거짓말처럼 물기가 돌았다.

"그만해……."

천 마디 말보다 힘이 센 상의 진심에 설득당하고 싶지 않아, 지원은 오기를 부렸다.

"네 지뢰가 이 여자였어? 그동안 누굴 건드려도 꿈쩍도 않더니, 어려운 걸음 하셨네. 뭘 그만해! 내가 뭘 했다고 그만하래!"

서점 안, 사람들의 시선이 일제히 쏠렸다.

"목소리 낮추고 나랑 얘기할래, 난 이대로 나가고 너 혼자 여기서 쪽팔릴래. 난 지금, 내가 널 용서할 수 있는 마지막 기회를 주려는 거야."

분노로 이글거리던 지원의 눈에 기어이 눈물이 한가득 일렁였다. 그래도 입을 앙다물며 끝까지 울음을 참아 내려 안간힘이었고, 식식대며 상을 노려봤다. 결국 상은 무서운 얼굴로 발을 돌려 서점을 빠져나갔다. 그러자 지원은 우박 같은 눈물을 뚝뚝 떨궈 냈다. 그리고 땅이 무너져라 쿵쾅대며 쫓아가서는 상을 앞질러 휙하니 서점 밖으로 나갔다.

서점 앞 분수대 벤치. 한 번 돌아서면 두 번은 없다는 것을 아는 지원은 이미 차게 식어 버린 상의 옆자리에 주눅 든 얼굴로 앉아 있었다.

"상……. 어디 좀 들어가서 얘기해."

"여기서 해."

차가운 상을 원망 어린 눈으로 째리지만, 그뿐이었다. 결국, 지원은 사람들로 바글거리는 서점 앞 분수대 벤치에 다시 철퍼덕 앉고 말았다. 둘은 분수만 바라보고 있었다. 애들은 뛰어다녔고, 애들 엄마는 소리를 지르며 혼냈고, 애들은 울어 젖혔다. 그 요란한 틈바구니에서 상의 눈빛만이 한 점 흔들림 없이 차분했다.

"……요즘 글은 잘 써?"

지원이 먼저 입을 열었다.

"널 좋아하게 되는 일은 없어. 죽어도."

상은 가장 잔인한 본론을 서론 없이 꺼내 놓았다. 지원은 공포 영화를 보다가 갑자기 귀신이 튀어나온 장면을 본 사람처럼 몸을 움츠렸다.

"왜……? 내가 그 여자 괴롭혀서?"

기어이 우는지 시선이 땅에 꽂힌 지원의 목소리가 들릴 듯 말 듯 작았다.

"난 너랑 못 자. 난 너를 껴안을 수 없어. 난 너랑, 사랑이 안돼."

"내가 언제 자 달래? 안아 달래? 그리고 왜 나랑은 사랑이 안돼? 내가 잘못했다고. 전부 내가 망쳤단 거, 나도 안다고. 그러니까……."

같은 말을 5년 전에도 한 적 있던 지원이였다. 나랑 안 자도

270

된다, 나를 사랑하지 않아도 된다……. 톱질보다 단두대 밑에 두
는 것이 자르는 사람이나 잘리는 사람 입장에선 덜 잔인하다고
생각하는 상은 냉정하게 말을 이었다.

"이제 나한테서 벗어나. 부탁이야."

지원은 눈물을 흘리는 상황에서도 그런 자신이 수치스럽고 모
멸스러웠던지 주먹을 말아 쥐고 고개를 돌리며 말했다.

"다시 잘해 볼 수도 있잖아. 딱 3개월이 전부였잖아. 너무 짧
았잖아. 상, 너만 있으면 난 지금이라도 다시……."

"네가 널 사랑하지 않는 게 싫어. 내가 널 사랑할 수 없는 이유
야."

"해 볼게! 내가 고쳐 볼게!"

"널 괴롭히는 사람이 최소한 네 자신은 아니었으면 좋겠다."

상이 자리에서 일어나자, 지원은 그의 옷자락 끄트머리를 잡았
다.

"다른 여자가 날 만지는 게 싫어. 미안하지만, 많이 싫어. 잘
지내."

"……."

돌아서는 상의 휴대폰이 울렸다. 수인으로부터 걸려 온 전화였
다. 서랍 속에서 나온 여자 물건들 때문에 다투고 난 다음 날이었
다. 상은 긴장된 얼굴로, 그러나 애써 밝은 목소리로 휴대폰을 받
아 들었다.

"여보세요? 응. 통화 괜찮아. 오늘, 올 거지? 아……. 바쁘면
어쩔 수 없지. 그런데 정말 바빠서 그러는 거지? 오기 싫어 이러

271

는 거 아니지? ⋯⋯알았어. 기다리고 있을게⋯⋯."

상의 목소리가 멀어지고 있었다. 다정하게 수인을 대하는 그의 목소리를 들으며 지원은 아직도 분수대 앞에 앉아 있었다. 좀 전에 엄마한테 맞아 놓고 그새 또 뛰어다니던 아이들이 분수대에 들어가 물장난을 치고 있었다. 우두커니 앉아 있던 지원의 머리 위로 촤락 물길이 끼얹어졌다.

"이놈의 자식들! 가만 안 있어! 나와! 아이구, 어떡해. 죄송해요. 이걸로 좀 닦으세요."

"비켜⋯⋯."

"네?"

"비켜. 비켜! 비키라고!"

지원은 상의 수화기 너머로 그의 지뢰, 수인에게 들리길 바라며 냅다 고함을 쳤다. 하지만, 상은 그저 멀어져만 갔다.

□ ■ □

"⋯⋯."

그녀는 모르는 그에 관한 두 번째 이야기. 상의 모든 이야기가 끝나고, 수인은 아무 말도 하지 않았다. 두 사람은 침묵 속에서 한참을 앉아만 있었다. 싱크대에서 물방울이 떨어지는 소리가 크게 들렸고, 시간은 또 흘렀다.

"괜찮으니까 하고 싶은 말 있으면 해⋯⋯."

상의 담담한 어조에 자포자기의 뉘앙스가 묻어났다. 타카하시는 자살했고, 누나는 포기했고, 지원은 저주했다. 떠나가며 그를 탓하지 않은 건 그중 타카하시뿐이었다. 수인, 그녀가 그를 탓하지 않으리란 건 통계적으로도 지나치게 낙관적 예상이었다.

"받아들일 수 없는 게 당연해. 친누나가 아니라고는 해도 껄끄러운 스토리라는 건 맞잖아. 당사자였던 누나도 견디지 못했고, 어떨 땐 나한테조차도 불편한 주제니까. 지원이 일도. 같이 산 게 아니라고는 해도 당신 말고 또 다른 여자한테 그런 제안을 했던 남자라는 것도 맞잖아. 너저분한 남자라고 비난해도 내가 나쁜 거니까……. 이해해."

"벅차요. 이해하기."

아프지만 상은 고개를 끄덕였다.

"그래도, 믿고 들어 줘서 고마워. 전부 내 머리에서 나온 자기 변명일 수도 있는데, 다 들어 줘서……."

어차피 사실 같은 건 말뿐인 공허다. 얼마든지 조작할 수 있고, 얼마든지 포장할 수 있는 것이 사실이다. 남은 문제는 이 남자를 믿느냐, 마느냐. 머리로는 이해하기 벅찬 과거였지만 가슴이 이해하고 있는 것이 우스웠다. 아마도, 그 과거가 이미 닿을 수 없는 곳으로 흘러가 버린 사랑임을 가슴은 이해하고 있는 듯했다.

"일본에서 누님은 만났어요?"

"아니. 만나려고 찾은 거 아니야."

"오랫동안 힘들게 수소문했다면서요."

"사는 동안 절대 만나지 말자고 했어. 마지막으로 봤을 때, 누나가 그렇게 사정했어."

죄지은 어린애처럼 고개를 숙이는 상의 어깨가 더욱 말라 보였다.

"그래도 일본까지 달려갔을 땐 뭔가 생각이 있었을 거잖아요."

"그냥, 안전만 확인하고 싶었어. 머리에 총을 겨누던 남자랑 살고 있는 게 불안했어."

잊어버릴 만하면 한 번씩 소식이 들려왔다. 그럭저럭 평범하게 산다더라 하는 소문도 있었지만, 그중에는 '남편한테 맞고 산다더라', '죽었다더라' 따위의 험한 소문들도 끼어 있었다. 어떻게 살든 이미 끊어진 타인의 삶이었다. 하지만, 총을 겨누던 그림의 잔상은 질기게도 상을 고문했다.

'나 때문에 그 남자가 누나를 때렸으면? 죽여 버렸으면 어떡하지?'

질기게 그의 죄책감을 억누르는 강박적 고통에서 벗어나고 싶었다.

"내 눈으로 그저 생사만 확인하고 싶었어. 이사를 간다고 했어. 이번에도 놓친다면, 그래서 누나의 안전을 확인하지 못한다면, 내 강박 같은 죄책감을 완전히 떨쳐 내진 못할 거잖아. 그건 당신한테 무례한 일이 될 테니까."

어쩌면, 상에게 누나의 생사를 확인하는 것은 그의 숨통을 트이게 하기 위한 숙제였다. 스스로가 불안한 주제에, 수인에게 안전한 남자가 되어 주겠다고 나설 수는 없는 노릇이었다. 그건 거짓이 될 테니까.

"어떻게 살고 있던가요? 이번에 보고 온 거 맞죠?"

"아주 멀리서만……."

허무하게도, 상의 누나는 그 미국인 남편과 여전히 잘 살고 있었다고 했다. 누나의 말대로 남자는 그런대로 좋은 남편이었고 좋은 아빠였다. 가족을 잃었던 누나는 새로운 가정을 만들어 불행에 대처했던 것이다.

"누구나 사랑 때문에 한 번쯤은 미친 짓을 하잖아. 그 남자도 그저 누나를 미치도록 사랑하는, 평범한 남자였더라고."

누나가 그보다 갑절은 어른스럽게 문제를 헤쳐 나갈 사람이라는 건 미처 몰랐다고 했다. 자기보다 성숙한 사람을 염려했던 스스로가 부끄러웠다고, 상은 말했다.

"서랍 속에 있던 것들, 누님 꺼 맞아요?"

상은 고개를 끄덕였다.

"아버지 돌아가신 다음에 발견했어……. 누나 생각 날 때마다 하나씩 사 모으셨나 봐."

수인은 서랍장 쪽을 한 번 돌아본다. 그러고 보니, 핑크색 벙어리장갑은 어른의 것이라고 하기에는 너무 작았다. 아기자기한 머리핀부터 립스틱까지, 사는 동안 딸에게 주고 싶었던 선물이 하나둘 모여 그만큼이나 되었던 것이었다.

"돌아가시기 전에, 많이 보고 싶어 하셨는데 어머니 때문에 못 그랬어. 아마, 미안하다는 말을 전하고 싶으셨던 것 같아. 모든 게 다 아버지 때문이라고 자책 많이 하셨거든. 그냥, 그게 난…… 아버지 마음 같아서…… 버리기가…… 그냥…… 나는……."

수인은 상을 안았다.

"......"

"......"

두 사람 모두 말이 없었고, 간간이 울음을 참을 때 나는 뜨거운 호흡 소리가 들릴 뿐이었다. 얼마간의 시간이 흐르고, 그는 겨우 들릴 만한 목소리로 속삭였다.

"타카하시도, 누나도, 지원이도 다 나 때문이야……. 나 때문에…… 당신마저 그렇게 되면……. 내가 당신을 망가뜨리고, 당신은 날 원망하고. 그렇게 되면……."

상은 수인의 품에 안겨 있으면서도 무심결에 손끝으로는 곁에 있던 책을 더듬고 있었다.

"......!"

다락방에서 미친 듯 책을 읽던 그의 모습이 겹쳐졌다. 처음 목격하는 그의 불안이었다. 이것이야말로 그가 감춰 뒀던 본모습이라는 생각에 수인은 더럭 겁이 났다. 아니, 눈물이 났다.

"쉿……. 그러지 마요. 당신 잘못 아니에요……."

상의 등을 쓸어내리며 수인은 그를 위로했다. 지금까지 수인은 단 한 번도, 여린 사람에게 끌린 적이 없었다. 스스로의 나약함만으로도 버거웠으니까.

사랑에 울고 웃는 엄마도 약해서 싫었다. 그런 엄마를 욕하면서도 결국 스스로는 외로움을 잠재우려 상의 품을 찾았다. 사실은 그런 자신마저도 약해서 싫었다. 재혁 같은 나쁜 남자들과 얽힐 수밖에 없었던 건, 최소한 그들은 약해 빠지지 않았기 때문인지도 모르겠다. 상처 입은 남자를 보듬어 주고 싶은 모성애도 없고, 남자의 애수에 끌릴 나이도 아니었다. 그저 건강하고 바른 남자가 좋다.

'그런데, 왜……?'

왜, 자꾸만 그를 더 꼭 껴안게 되는 것인지 모르겠다. 왜, 그의 불안이 잠잘 수 있기를 기도하는지 모르겠다.

"당신 때문 아니에요……."

"……."

상은 수인의 뺨에 입을 맞추고 그녀를 더 꼭 끌어안았다. 수인의 볼록한 뒷머리를 쓰다듬는 걸 좋아했다.

"누나에 대한 이야기를 풀어 놓으면…… 다시는 당신을 이렇게 만지지 못할까 봐 겁이 났어. 누나의 안전을 확인하고 싶었다고 말하면, 아직 마음에 품고 있는 거라고 오해할까 봐 두려웠어……."

상이 직접 보여 주고 싶었던 것이 연민 외에 미련이 남지 않은 그의 마음이었다는 걸, 수인은 이미 느끼고 있었다. 상은 귀한 도자기를 쓸고 닦듯이 그녀의 팔과 등을 부드럽게 어루만졌다. 수인 역시 마찬가지였다.

수인은 고개 들어 상을 바라봤다. 그리고 결심이 굳은 듯 그의 입술로 제 입술을 데려갔다.

"……!"

외려 상이 멈칫 주저하고 있었다. 혀가 닿았던 타카하시는 도망쳤고, 입 맞췄던 누나는 죄책감에 몸부림쳤고, 지원은 단 한 번의 잠자리만으로 상을 통째로 게걸스럽게 먹어 치우려 들었다. 누군가와 성(性)적으로 얽힌 관계를 맺는다는 것이 두려웠다. 그러고 나면, 다 나쁘게 됐으니까.

그런데 사랑보다 친구가 필요했던 그의 앞에 어떤 성적인 터치도 기대 않는 여자가 나타난 것이었다.

'하룻밤만 안전한 남자가 돼 줘요.'

수인이 그렇게 부탁했을 때 오랜만에 가슴이 두근거렸다. 이 여자라면 마음을 뉘일 수 있는 친구가 되지 않을까. 그리고 안아주고 싶었다. 외로운 그녀의 모습이 거울 같아서. 그리고 오랜만에 여자를 안고 싶다는 생각을 다시 하게 됐다. 다시는 그럴 수 없을 줄 알았다. 수인과 함께 있으면 여자를 안고 싶은 평범한 남자로 돌아갈 수 있었다.

"이제, 내가 안전한 남자가 아니라는 거 알잖아……."

"복잡한 남자한테 얽히지 말라구요? 나도 단순하진 않은데 뭐."

"내 가시가 당신을 찌를까 봐. 당신만큼은 다치게 하고 싶지 않았어."

"……."

'얼마 만에 만난 사랑인데……. 지금까지의 고통은 어쩌면 어서 이 사랑을 찾아내라는 채찍질이었을지도 모르는데…….'

상은 수인의 눈을 바라봤다. 이대로 그녀를 안고 부서질 듯한 사랑을 나누고 싶었다. 하지만 그러면 정말 그녀가 부서져 버릴 것만 같았다. 만지는 것들마다 돌로 변하게 만드는 저주에 걸린 것만 같아서, 두려움이 밀려왔다. 이런 마음을 어떻게 읽었는지 그녀가 먼저 말을 꺼냈다.

"오늘은 내가 안전한 여자가 돼 줄게요."

그와 사랑을 나눈다면 서로 조금도 주저하지 않는 순간이고 싶었다.

"우리, 내일 당장 일본에 가요."

"……?"

"아버님 선물, 전해 드리고 와요."

"……!"

어떻게 이런 여자를 만나게 됐는지 모르겠다고 생각했다. 찰나의 순간, 상은 결심했다. 앞으로 수인을 다치게 하는 일은 절대 만들지 않겠다고.

두 사람은 언제나처럼 침대에 마주 보고 누웠다. 하지만 언제나 같지는 않게 부드러운 키스를 나누고 있었다. 새벽이 올 때까지 서로의 눈을 보다가 입을 맞추고, 서로의 목소리를 듣다가 입을 맞췄다. 그렇게 셀 수 없이 많은 키스를 나누다 잠이 들었다.

"짧은 입맞춤 한 번에 산산이 부서져 버린 사랑이었어. 어쩌면 딱 거기까지의 첫사랑."

상은 누나에 대한 마음이 지나가는 소나기인 줄 몰랐다고 했다. 풋사랑이 으레 그렇듯 그때는 당장 죽을 것같이 처절해서 쉽게도 영원 따위를 맹세하곤 하니까. 그는 고통스럽게 자신을 옥죄던 한때의 사랑을 탓하거나 후회하지 않았다.

"다만 진심이었을 뿐이었고, 그땐 그 진심대로 정직하게 충실했어. 지금이었다면, 좀 더 영리하게 사랑할 수 있었을 텐데. 시(詩)처럼…… 지금 아는 걸 그때도 알았더라면 좋았을걸……."

좋아져 버린 남자의 지나간 사랑 이야기를 듣는데 이토록 마음이 편안한 건, 수많은 키스를 나누면서도 더욱 깊은 유혹을 느끼지 않는 오늘 밤만큼이나 기이한 일이었다. 그래서 수인은 또 한 번 그에게 입 맞추고는 말했다.

"나도 시(詩)처럼…… 사랑할 때밖에는 삶이 아니라잖아요. 그냥, 열심히 살았다고 그렇게 말해요, 우리."

9
굿나잇, 마이 슬립 메이트

수인이 정말로 일본에 가자고 할 줄은 몰랐다. 정신을 차리고 보니 동경이었다. 상의 누나는 동양학과 교수인 남편을 따라 일본에 머물고 있다고 했다. 상이 일본에서 수인을 처음 만났던 날, 그는 누나가 일본에 있다는 정보를 듣고 호텔에 투숙 중이었다. 그때는 잘못된 정보였지만, 반복되어 온 허탕은 너무도 당연해 그다지 안타까울 것도 없었다.

"잔인한 고백이지만, 누나의 안전을 확인하는 일은 그때도 이미 습관이 돼 버린 상태였어."

그렇게 말하는 상에게서 수인은 죄책감을 읽었다. 그의 지나간 사랑은 퇴색된 지 오래였고, 날이 무뎌진 그의 사랑은 아무것도 벨 수 없을 만큼 힘이 없었다. 그의 심장을 관통했던 사랑은 너무 고통스러워 사랑 자체의 빛을 잃었다. 역시 잔인하지만, 수인은 그러한 사실에 마음이 놓였다.

공항에 내려 택시를 타고, 누나의 집이 있는 지유가오카(自由が
丘)까지 가는 동안 상은 한 번도 수인의 손을 놓지 않았다. 둘은
말이 없었지만, 무언으로 별처럼 무수한 대화를 나눴다.

'돌이키길 바랐던 적은 없어요?'

'평범한 연인 관계였다면 가능했을지도 모르지. 헤어졌다가 다
시 만나고, 또 같은 이유로 헤어지고…… 누나의 안전이 궁금했
던 건 그 사랑을 되찾고 싶어서가 아니라, 그 상처에서 벗어나고
싶어서였어. 비겁하지.'

'너무 아픈 사랑은 사랑이 아니라잖아요. 내가 너무 밉게 말하
죠?'

'알아. 사랑이 아니라, 그 사랑으로 인한 상처에 함몰당해 있었
다는 거…….'

이미 흘러가 버린 것. 그것으로 완전한 것이 과거라고 상은 말
했다. 상의 파괴적 첫사랑은 너무 뜨거워 폭발했고, 조각조각 나
버린 채 주변을 초토화시켰다. 전복된 옛사랑을 무리해 바로 세우
기엔 그 작은 편린만으로도 고통스러운 일이었다. 애틋한 마음만
으로 시간을 돌려 무리하게 붙들 수 있는 문제가 아니란 것쯤은,
이미 스무 살 시절부터 알고 있던 상이였다.

"누나한테 난 떠올리기 싫은 얼굴이잖아. 다 잊고 잘 살고 있
는 사람 괴롭히기 싫어. 혹시라도 마주치면 서로 곤란할 거야."

누나의 집이 있는 지유가오카(自由が丘)에 도착한 것은 이미 한
참이었다. 상은 골목 어귀에서 몇 번이나 그냥 돌아가자고 했다.

"다시 보지 말자고 빌던 누나 얼굴이 잊히지를 않아. 사람이 비는 걸 본 적 있어? 정말 두 손을 비비며 비는 모습……."

결국 수인이 그 대신 혼자 집을 찾았다. 1, 2년 머무는 교환 교수의 집치고는 꽤 규모가 있는 맨션이었다. 우편함의 크기도 넉넉해 서랍 속 물건들을 담은 상자가 무리 없이 들어갔다.

얼마 후, 기다리고 있던 상의 앞에 빈손으로 돌아가자 그는 궁금해했다.

"그냥 우편함에 넣고, 벨만 누르고 왔어요."

상은 안도인지 실망인지 모르겠는 탄식을 했다.

"잘했어. 고마워."

"정말 안 만나고 가도 되겠어요?"

"응. 투박한 사람이었어. 그러니까 마무리도 투박하게 할래. 가자."

상은 웃어 보였지만, 어딘지 가뿐해 보이지 않아 마음에 걸렸다.

일본에 온 김에 수인은 엄마를 만나기로 했다. 아직 아버지를 보는 일까지는 무리였지만, 엄마라면 괜찮을 것 같았다. 수인과 상은 교토행 티켓을 끊어 들고 다음 기차를 기다리고 있었다.

"10분 남았는데 커피라도 한잔할래요?"

"그래, 내가 사 올게. ……응? 키미 다레? (너 누구야아?)"

상이 벤치에서 일어나려고 할 때, 한 네다섯 살쯤 돼 보이는 꼬마가 상의 무릎을 톡톡 두드렸다. 꼬마는 눈을 깜빡이며 물끄러미 상을 쳐다보았다.

"이쿠츠? (몇 살이야?)"

"……."

"마마와 도코? (엄마 어딨어?)"

"……."

꼬마는 수줍은지 혀를 내밀고 몸을 배배 꼬며 상을 올려다봤다. 속눈썹을 찌를 만큼 긴 바가지 머리가 유난히 까맣고 예쁜 소년이었다. 상은 귀여워하며 꼬마의 머리를 쓰다듬었다. 흐트러진 머리칼 새로 드러난 초록빛 눈이 의외인 인상적인 소년이었다.

"엄마 잃어버린 건 아니겠죠?"

"글쎄……. 응?"

상은 꼬마가 불쑥 내민 책 한 권을 받아 들었다. 임무를 마친 꼬마는 콩콩 뛰며 총총히 멀어져 갔다. 상도, 수인도 의아한 얼굴이었다. 상은 꼬마가 건넨 책을 살폈다. 깨끗한 포장지로 잘 싸인 책의 표지를 넘겨 본다.

『이상 장편 소설 '고슴도치가 없는 방'』

"……!"

상은 놀란 얼굴로 자리에서 벌떡 일어나 주변을 둘러봤다. 좀 전의 꼬마 애를 찾기 위해 역사 주변을 돌았지만 그새 어디론가 사라져 보이지 않았다. 결국 포기하고 상은 한구석에 쪼그려 앉았다.

"하아⋯⋯. 하아⋯⋯."

수인은 상을 뒤따르다가 숨이 차 멈췄다. 저만치 주저앉은 상이 보였지만 더 이상 다가가지 않고, 모퉁이 기둥 뒤로 몸을 숨겨 주었다. 상이 울고 있었으므로.

그는 책의 맨 마지막 장을 보며 얼굴을 일그러뜨린 채 울고 있었다.

『이젠 너도 행복해졌으면 좋겠어.』

누나가 적은 메모였다. 책은 몇 번이나 읽은 듯 파본처럼 낡아 있었다. 짧은 눈물을 다 흘려 내자 상은 이제야 비로소 마감을 한 느낌이었다. 자신이 망쳐 버린 줄 알았던 한 여자의 삶이 건재하단 걸 확인한 후, 드디어 족쇄에서 벗어난 기분이었다. 이제야 비로소 수인에게로 당당히 나아갈 수 있을 것 같았다.

― 첫사랑이라는 건 반짝이는 추억을 뒤집어쓴 신기루일 뿐이야.

수인은 기둥 뒤에 몸을 숨긴 채 상의 눈물이 잦아들기를 기다리고 있었다. 그때 윤정으로부터 전화가 걸려 왔더랬다. 재료 주문 건으로 몇 가지를 확인하고 윤정이 전화를 끊으려 했을 때, 수인이 물었다.

"넌 첫사랑 어땠어?"

— 뜬금포 첫사랑 타령? 언니, 나는 내 첫사랑 성씨도 기억 안 나더라. 안 그래도 주말에 청소하면서, 신접살림 치를 거 생각해서 짐 정리 한번 싹 했거든. 그때 편지가 나오는 거야. 내가 내 첫사랑한테 보낸 위문편지. 헤어지면서 돌려받았던 거. '민철 오빠, 민철 오빠' 노래를 부르고 다녔으니까 이름은 확실히 알겠는데 김민철이었는지, 이민철이었는지 헷갈리는 거야. 내 동생이 알려 주더라. 임민철이었다고.

수인은 살풋 웃었다.

— 그래도 완전 뚜렷하게 기억나는 건, 지금 동욱 씨보다 더 미치게 사랑했었다는 거……. 그 오빠는 딱 열 달 좋아하다가 딱 두 달 사귀었고, 그 뒤로 만난 동욱 씨는 8년이잖아? 그런데도, 8년어치보다 그 1년짜리가 더 사랑 같아.

"역시, 그래……?"

— 근데 언니 있잖아. 그렇게 죽도록 사랑했는데도 이제 와 남는 건, 동욱 씨야. 사랑했다는 사실 하나만 남는 사랑도 있는 것 같더라. '죽도록 사랑했다!' 그게 다야. 만약 신이 그 민철 오빠랑 동욱 씨랑 나란히 세워 놓고 '지금 한번 다시 뽑아 보거라' 하면? 난 두 번 고민도 않고 동욱 씨야. 민철 오빠보다는 덜 절절해도, 그 찌질한 8년 세월을 그까짓 사랑이 못 이겨.

윤정은 '그까짓 사랑'이라고 표현하며 말을 이었다.

— 찌질함도 이기지 못하는 사랑 나부랭이? 이고 지고, 쓸고 닦고……. 뭐하러 그래. 돈도 안 되는 사랑. 크크큭…….

"먹지도 못하는 거?"

수인은 윤정의 농담을 따라 해 보며 웃었다.

— 첫사랑이라는 건 반짝이는 추억을 뒤집어쓴 신기루일 뿐이야.

수인은 휴대폰 너머 윤정의 말을 들으며 생각했다.

'그래……. 그래서 안타까운…….'

대개의 사람들에게 첫사랑은 그렇게 반짝이다 사라지는 것이어서, 잊지 못하는 첫사랑 같은 건 드라마로나 그려 주는 미덕인지도 모르겠다. 수인은 문득 자신의 지난날이 떠올랐다.

지금은 얼굴도 희미한 선배가 데이트 약속을 깨고, 헤어진 전 여자 친구에게 돌아갔던 날. 위치도 기억 안 나는 호프집 화장실에 쪼그려 앉아 허리가 끊어져라 울었더랬다. 그 선배를 잃은 슬픔이 왜 그렇게 지독했던 것인지, 왜 그렇게 그 선배가 좋았었는지 그 이유조차 잘 기억나지 않았다. 단지 마치 신앙을 잃은 것처럼, 당장 세상이 끝날 것처럼 서러운 울음을 토해 냈다는 것만이 기억날 뿐이었다.

'그땐 분명히 진심으로 아팠었는데……. 지금 우연히 거리에서 마주친다면 나는 그 선배의 얼굴을 알아볼 수나 있을까? 이토록 첫사랑을 희미하게 지워 버린 건 내가 특별히 나쁜 여자이기 때문일까?'

하지만 누구나 알고 있는 대답이 돌아왔다. 그냥, 그렇게 과거가 된다고…….

'잊는다는 것이, 또 누군가에게 잊히는 것이 결국 살아가는 가장 자연스러운 방식일지도…….'

많이 오래전도 말고 불과 몇 개월 전. 여기 일본의 한 호텔 방에서 수인은 울었더랬다. 나이 든 호텔주로부터 하룻밤 상대 취급을 받았고, 그 희롱으로 얻은 모멸감을 애인에게 토로했었다. 그저 짤막한 위로를 바랐건만, 당시의 애인이었던 재혁은 이렇게 말했더랬다.

― 그럴 수도 있지.

세상 모든 남자들이 여자를 더듬고 싶은 늑대의 심경을 널리 이해하더라도, 자신의 여자가 그 대상이 되었을 땐 얘기가 달라졌어야 했다. 그것이 서러워 그날의 수인은 가슴이 무너지게 아팠더랬다. 그 사람의 사랑을 얻지 못함이 서글퍼서가 아니라, 누군가로부터 사랑받지 못하는 자신이 슬퍼서……

'그날, 나는 자그마치 호스트를 불러 날 안아 달라고 주문했었어.'

그땐 고작 재혁 따위의 남자 때문에 마음을 다치고 폭주하는 여자였다.

'불과 몇 개월 전의 나조차도 지금에 와서 돌이키면 철이 없어 부끄러워.'

세상의 수많은 사람들은 '나는 그때 왜 그렇게밖에 하지 못했던가'를 되새기며 살아간다. 수인 역시 저녁이면 후회하게 될 실수를 아침이면 저지르며 살아가는, 그저 그런 사람들 중 하나일 뿐이었다. 오늘의 수치스러움도 머잖아 그땐 왜 그렇게 부끄러웠는지 궁금해할 만한 희미한 과거의 기억이 될 것임을 안다.

'인간은 과거를 잊으며 살아가는 동물이니까⋯⋯.'

한 명의 인간이 자신의 과거를 정리하는 방식을 보며 별다른 판단을 할 필요는 없었다. 기차역 구석에 쪼그려 앉아 얼굴을 일그러뜨리던 상의 눈물이 미련이 아니라는 것을 안다. 그것이 낡은 사랑의 잔재가 아니라는 것을 안다. 오랜 세월 그를 옭아맸던 밧줄이 풀렸을 때의 감정, 해묵은 설움과 해방감의 해후일 거라는 것을 안다. 그래서 수인은 먼발치에서 상을 향해 마음으로 위로를 전했다.

'괜찮아요. 그저 또 하나의 기억이 흘러가고 있을 뿐이에요.'

역사에서의 해프닝으로 원래 타려던 기차는 시간을 넘겨 결국 오르지 못했다. 상은 자신 때문에 놓친 기차 시간을 다시 알아보고 있었고, 수인은 그녀의 엄마와 영 좋지 않은 표정으로 통화를 하고 있었다.

"어쩌죠? 엄마 지금 교토에 없다고 내일 보재요."

아버지란 남자의 병간을 하고 있을 엄마가 교토에 없을 거라고는 전혀 예상도 못 했다.

"어차피 기차 시간도 놓쳤고 시간도 늦었는데, 그냥 여기서 묵고 교토는 내일 갈까요?"

□ ■ □

일이 꼬이려니 근처 호텔 예약이 풀이었다. 골라잡을 수 있을 만큼 넉넉한 방이 있는 건 재미있게도 아카사카의 그 호텔뿐이었다. 수인과 상, 두 사람이 처음 만났던 호텔.

엘리베이터를 타고 올라오면서 수인은 과거 자신에게 연신 추파를 던졌던 이 호텔 오너, 그 성공 CEO님이 떠올랐다. 이제 그 불쾌함마저 희미해져 버린 엑스트라에 지나지 않는 중년의 남자. 그날 그가 '내 호텔에서 하룻밤만 묵고 가' 라고 치근덕거리지 않았다면, 아마 인터뷰가 끝나는 대로 곧장 한국으로 돌아왔을 거였다. 그렇다면, 지금의 상은 만날 수 없었을 거다.

'최악이 최선으로 이어져서 다행이야……'

수인은 상의 팔짱을 꼈다. 이런 경우는 처음이어서 상은 수인을 보며 미소 지었다. 평소 같았으면 이것을 소재 삼아 농을 쳤을 텐데, 미소가 다였다.

룸에 짐을 풀고 한숨 돌리고 난 뒤에도 상의 기분은 여전히 가라앉아 있었다. 아까 감정을 토해 낸 여파가 아직 남아 있는 것으로 보였다. 감정을 쏟아 냈던 눈가가 아직도 붉었고, 그 때문인지 더욱 피곤해 보였다. 평소보다 도드라진 턱 선은 한껏 까슬해 보였다.

"……"

상은 무슨 생각을 하는지 알 수 없는 얼굴로 그저 말이 없었다. 조금은 슬퍼 보이기도, 또 조금은 심각해 보이기도 했다. 화가 난 것 같기도, 무언가 고심하는 것 같기도 했다. 글을 쓸 때나 볼 수 있는 그의 이런 얼굴에 수인은 덩달아 심각해졌다.

"……."

상의 눈치를 살피던 수인이 무거운 공기를 깨고 일어났다.

"나 잠깐 좀 걷고 올게요."

그에게 혼자만의 시간을 주고 싶었다. 힘든 하루 끝, 감정을 정리할 수 있도록.

"소화가 잘 안 되네. 좀 움직여야지 안 그러면 잠도 못 잘 것 같……!"

상은 문을 열고 나가려던 수인의 팔을 확 잡아끌었다.

"오늘 나 때문에 많이 힘들었지……?"

상은 손끝으로 수인의 양팔을 어루만졌다.

"아뇨……."

"이런 일 겪게 해서 미안해."

수인은 미소 지으며 고개를 저었다.

"다행이었어요. 당신이 마침표 찍는 걸 도울 수 있어서."

상은 그렇게 말하는 수인이 사랑스러워 죽을 것 같다고 느꼈다.

"고마워. 많이……."

그러고는, 무언가 부탁할 것이 있는 사람처럼 잠시 눈을 내리깔았다.

"무슨 할 말 있어요?"

"응."

"뭔데. 뭐든 얘기해요. 오늘은 다 들어줄 테니까."

"오늘 하룻밤만 위험한 여자가 돼 줘."

수인의 눈동자가 커졌다. 그의 말이 무슨 뜻인지 알겠어서 심장이 빠르게 두근거렸다.

"오늘 기분 때문에 이러는 거라면……."

"당신 때문에 이러는 거야."

내내 기분이 가라앉아 있던 건 누나 일의 여파일 거라 생각했다. 하지만, 달뜬 그의 눈에선 오직 수인만을 향한 열망이 읽힐 뿐이었다. 상, 그에게 이 순간의 잠자리가 얼마나 높은 벽을 넘어야 가능한 일인지 안다.

'이제 누군가를 안을 용기가 생긴 걸까?'

상의 눈은 결연했다. 그것을 보면서 수인의 심장이 소리를 높여 뛰고 있었다.

'쿵쾅. 쿵쾅.'

상은 아지랑이 일 듯한 눈으로 수인을 바라봤다. 그녀가 무슨 말인가를 하려 숨을 들이쉬었을 때, 상의 입술이 막아섰다. 수인이 더는 아무 말도 못 하게. 그리고 입술 사이로 참아 왔던 마음을 흘려 넣었다.

"하고 싶어."

"……!"

상은 수인의 이마에 제 이마를 맞댔다.

"당신이랑, 하고 싶어……."

더없이 진지한 얼굴이었다. 그의 눈이 간절하고, 또 간절해서 수인은 가슴이 뜨거워지는 느낌이었다. 목 언저리에 와 닿은 그의 손길이 너무도 부드러워 금세 야릇한 기분에 사로잡혔다. 하지만 그것도 찰나였다. 당신이랑 하고 싶다고 말하고 얼마 후, 그는 대꾸할 틈도 주지 않고서 수인의 허리를 끌어당겨 깊게 입을 맞췄다. 수인은 상이 이끄는 대로, 어느 방향인지도 가늠이 안 되는 곳으로 발을 옮겼다.

"잠깐만……."

그는 자신을 밀어 낼 준비가 되어 있는 그녀의 손목을 잡고 목덜미로 키스를 내렸다. 상은 바쁘게 그녀의 셔츠형 원피스의 단추를 풀었고, 곧이어 드러난 한쪽 어깨를 맛봤다. 그사이 그녀의 등이 드디어 호텔 벽에 부딪쳤다.

"아!"

쿵 하는 진동 탓에 어깨에 희미한 생채기가 났다. 상의 치아에 긁힌 상처였다. 그는 거칠게 숨을 몰아쉬더니 사과를 하는 대신, 도리어 상처 부위를 세게 빨아들였다. 저릿한 통증에 수인은 살짝 미간을 찡그렸다.

"아파……."

상이 입술을 떼자 금세 검붉은 마크가 떠올랐다. 상은 자신이 낸 자국을 보고는 만족한 듯한 얼굴을 했다. 작은 상처를 더 큰 아픔으로 잊게 하려는 의도였다고 그녀에게 변명할까 했지만…….

"아파요. 살살……."

"……모르겠어. 그냥 괴롭히고 싶어."

상은 배꼽까지 단추가 풀어져 열린 그녀의 원피스를 어깨 뒤로 거침없이 넘겼다. 그리고 두 손 가득 그녀의 가슴을 담았다. 처음에는 뽀얀 젖무덤을 덮듯이 부드럽게, 얼마 못 가 마음껏 움켜쥐었다. 이번에는 수인의 미간이 좀 더 찌푸려졌다.

"아아……."

그녀를 다치게 하는 일은 결코 만들지 않겠다던 지난밤의 다짐이 무색해지는 순간이었다. 상은 수인의 클레비지 라인에 입을 맞추고 그대로 밑으로 내려가기 시작했다. 그녀의 복근이 입술 위로 만져질 만큼 강하게 눌렀다가, 또 접시 물을 마시는 새처럼 부드럽게 살결 위를 날았다.

어느덧 상의 손은 허리에 걸쳐진 그녀의 원피스를 발목까지 내리고 있었다. 스킨 컬러와 블랙의 레이스가 어우러지는 속옷은 그녀의 보수적인 성격대로 완벽한 쌍을 이루고 있어, 와중에도 옅은 미소가 났다. 수인은 자신의 치골 바로 앞에서 올려다보는 상, 그의 얼굴을 내려다봤다. 희미하게 미소 띤 그의 표정이 너무 야해서 차마 따라 웃을 수는 없었다.

"잠깐……."

수인의 말이 미처 끝나기도 전에 상은 변검처럼 웃음을 싹 거두더니 그녀의 팬티를 끌어 내렸다.

"흐읍!"

팬티가 내려짐과 동시에 다리가 갈라진 틈의 가장 깊은 곳에 축축한 감촉이 와 닿았다. 때문에 수인은 헉하고 숨을 죽였다. 그의 머리칼이 흔들리며 아랫배를 간질이는 것이 견디기 힘들다 말하고 싶지만, 벌어진 입에선 도대체 소리가 나오지 않았다.

"아앗. 하……."

그가 그녀의 언덕 아래로 더욱 깊이 들어올수록 왼발과 오른발의 간격은 벌어졌고, 더는 밀릴 곳도 없는 등이 호텔 벽에 박힐 것만 같았다.

그가 고개를 돌려 각도를 달리하자 수인은 새로운 자극에 발끝을 세웠다. 그녀가 토슈즈를 신은 듯 위로 날아오르자, 상은 감은 눈인 채로 그녀의 양손을 끌어당겨 다시 내렸다.

"아…… 그만요. 힘들어……."

수인이 들릴 듯 말 듯 한 목소리로 애원하자 상은 몸을 일으켰다. 그는 순식간에 자신의 윗옷을 벗고 바지 지퍼를 내리며 그녀의 상체를 안아 등 뒤의 후크를 풀었다. 그녀를 가리고 있던 천 조각은 이제 없었다. 다리에 힘이 풀려 버린 수인은 축 늘어졌다.

"벌써 이러면 어떻게 해. 처음인데 긴장 좀 해야 하는 거 아니야?"

상은 나지막이 속삭이며 수인을 번쩍 팔에 안아 들고 침대로 걸어갔다.

"정신 좀 차려 줘……."

상은 무서운 말을 다정하게 속삭이며 걸음을 옮겼다. 좀 전에 그가 한 짓 때문인 걸 자신의 탓으로 돌리는 게 원망스러웠지만 그보다 부끄러움이 먼저였다. 실오라기 하나 걸치지 않은 알몸에 이런 자세는 처음이었으니까. 수인은 그의 목을 더 바짝 안고는 고개를 묻었다. 최대한 상체를 그의 가슴 쪽으로 돌려 밀착시키며. 그가 훤히 내려다볼 수 있는 것보다 차라리 그 편이 나았다.

상은 수인을 침대에 바로 눕혔다. 보수적인 그녀를 위해 리모

컨으로 조명을 낮췄다.

"더 낮춰 달라면, 싫어할 거죠?"

상은 이불처럼 수인의 위로 얼른 포개어지며 아예 조명을 꺼 버렸다.

"아니. 아무것도 안 보여도 좋은데? 당신이라면, 다 좋 아……."

수인은 두 손으로 상의 얼굴을 감싸 본다. 서로의 표정을 읽기 에 도시의 밤은 충분히 밝아 다행이었다. 상의 눈동자 안에선 창 밖 쇼핑가에서 밝혀 둔 일루미네이션이 반짝였다. 사실, 상은 침 대에 눕힌 그녀의 몸을 감상하고 싶었다. 그럼에도 곧장 그녀의 위를 덮으며 포개었던 건, 새삼스럽게도 부끄러움을 타는 그녀를 배려하기 위해서였다. 하지만 이제…….

"조명도 잠을 재웠으니까, 우리도 이제 잘까?"

그의 목소리가 한없이 부드러워 수인은 집에서처럼 나른해졌 다. 알몸이라는 것도 잊은 채 평소와 다름없는 밤이라고 느꼈다. 침대가 있고, 익숙한 그의 체취가 있고, 딱 알맞게 기분 좋은 그 의 체온이 있고, 또…….

"……!"

상은 거칠게 수인의 다리 사이로 비집고 들어가며 그녀의 입술 에 키스했다. 한 손을 내려 그녀의 오금 아래 넣고 무릎을 밖으로 벌렸다.

"앗!"

오늘은 결단코 평소와 다른 밤이었다. 그의 말이 맞았다. 같이 자는 건 처음이었지만 또 언제나이기도 해서, 긴장을 늦췄던 게 잘못이었다.

'쿵. 쿵. 쿵. 쿵……!'

수인의 심장이 미친 듯이 뛰기 시작했다. 이미 충분히 젖가슴을 베어 문 그는 수인의 갈비뼈를 따라 키스를 퍼붓고 있었다. 수인의 숨이 너무 빠르자 걱정이 됐는지 그는 다시 올라와 그녀의 머리를 가만히 쓰다듬었다.

"아아……. 하아……."

"괜찮아? 눈 좀 떠 봐……."

그제야 수인은 힘겹게 눈을 떴다. 상은 말갛게 달아오른 수인의 사과 같은 볼에 가볍게 입을 맞췄다.

"숨이 너무 빨라. 괜찮아?"

상은 수인의 심장이 있는 가슴 가운데에 입을 맞추고는 다시 그녀의 눈을 보았다. 괜찮은지 대답이 듣고 싶어서. 하지만 수인은 다급하게 고개를 저었다. 괜찮지 않다는 뜻이었다. 가히 원망이 담겨 있는 눈이어서 상은 정말로 불안해졌다.

"소…… 하……."

"응?"

"소……."

"응?"

수인은 왜 말귀를 못 알아듣느냐는 듯 잔뜩 미간을 찌푸리며 침을 꼴깍 삼키고, 다시 입을 열었다.

"소온!"

조금 전, 맨 처음 수인의 다리 틈을 비집고 들어가 자리를 잡음과 동시에 상의 손은 그녀의 꽃술을 어루만지고 있었다. 여기저기에 키스를 퍼붓는 와중에도 쉬지 않고 그 감촉을 느끼고 있었다. 때문에 수인은 마른 입 안을 침으로 적시며 간신히 버티다 백기를 들었다.

"하아, 하……!"

그녀의 가슴에 손을 대 보니 이건 요란한 노크 수준이어서 조금 미안해졌다.

"알았어. 안 할게."

상은 그녀에게서 손을 떼고 침대 옆으로 내려갔다.

"……?"

'그의 기분을 상하게 할 생각은 없었는데…….'

수인은 아직도 요동치는 가슴을 진정하려 애쓰며 눈을 떴다. 그런데 침대 옆에 그가 보이지 않았다.

"……!"

그의 손이 발목을 힘 있게 잡아 내렸다. 어느새 그녀의 엉덩이는 침대 끝에 겨우 걸쳐 있었고, 상은 수인의 양 무릎을 세워 벌리고는 가장 뜨거운 곳에 입술을 묻었다. 그녀는 길고 깊은 숨을 들이마셨다. 그의 혀는 암술 위를 유영했고, 수인은 허리를 비틀며 입을 틀어막았다.

그와의 첫날밤이 이런 형국이 될 거라고는 생각지도 못했다. 그는 항상 조심스러웠고, 서로의 간격을 일정하게 유지해 왔다. 조금 흥분할 수는 있겠지만 부드럽고 조심스러운 밤이 될 거라고 생각했다. 이렇게 적나라한 그림은 상상해 본 적도, 겪어 본 적도 없었다. 수인은 언제나 심사숙고했고, 남자들은 그녀의 자물쇠를 거칠게는 열 수 없었다. 간단히 말해 그녀는 어려웠고, 그들은 그럴 용기가 없었다.

하지만 상은 다르다.

"당신 나 이해해야 돼. 후우……."

상이 숨을 고르며 발목 아래에서부터 다시 침대 위로 올라오자, 수인은 본능적으로 뒷걸음질을 치며 침대 헤드를 향해 올라갔다. 거침없는 그의 기세에 더럭 겁이 나 차라리 도망치는 것 같았다.

"흡!"

순식간에 제 안으로 들어온 상의 침입에 수인은 질끈 눈을 감으며 고개를 뒤로 젖혔다. 몸의 가운데에서 아릿하게 엷은 통증이 느껴졌다. 이렇게 순식간에 잡혀 버릴 줄 알았다면 애초에 도망 같은 건 시도하지 않았을 거다. 수인은 뒷걸음질을 치다 시트에 쓸린 팔꿈치가 아프고 억울했다.

"흠……."

상 역시 눈을 감고 입술을 다물었다. 그녀 안으로 들어가는 상상을 몇 번이나 했던가. 드디어 도착점이었다. 그는 터질 듯한 만족감을 좀 더 만끽하고 싶어 처음 들어왔던 그대로 멈추었다. 서서히 눈을 뜨고 고개를 뒤로 젖힌 수인을 본다. 그녀의 턱을 살짝 내리고는 얼굴을 마주한다. 눈두덩이 위에 키스하자 그녀는 살며시 눈을 떴다. 둘은 서로의 숨소리를 들으며 한동안 마주 보았다.

"사랑해……."

상이 말했다. 그러고는 수인의 붉어진 볼을 부드럽게 어루만졌다. 그녀의 눈동자에 윤기가 돌고 있었다.

'어린 나이도 아닌데 왜 이런 순간, 갑자기 감정이 차오르는 걸까?'

하지만 오래 생각할 건 없었다. 잠자리에서 사랑한다는 말을 들은 것이 처음이었다. 인정하고 싶지 않았던 상에 대한 감정이 정리된다. 그 감정을 제외한 불안이나 자존심 따위의 불순물을 흘려 내기 위한 눈물이었다. 말로 하긴 어려웠지만 그를 향해 이미 품고 있던 감정.

"……사랑해요."

수인은 말하고 나서야 깨달았다. 누군가에게 사랑한다고 말한 것도 그녀에겐 이번이 처음이었다. 얼마든지 아프게 해도 억울하지 않아 하기로 결심한다. 그녀는 상의 목을 끌어안았다. 그 사이에 상은 그녀의 안으로 밀물과 썰물처럼 파도쳤다. 그가 데려간 바다가 너무 예뻐서 그녀는 더 꼬옥 눈을 감았다. 눈을 감으면 비로소 보이는 것들. 다시, 사랑이었다.

□ ■ □

"오하요우……."

다음 날 아침, 수인이 눈을 뜬 건 침대 밑바닥이었다. 등 밑에 깔린 러그의 감촉이 까끌까끌해 눈을 떴다.

"나 때문에 힘들었지?"

상은 그 옆에 배를 깔고 엎드려 수인을 보고 있었다. 자다 깨는 모습, 한두 번 본 사이도 아닌데 수인은 불현듯 부끄러워 깔고 있던 러그를 잡아당겨 얼굴을 가렸다.

"그걸 말이라고 해요? 안 아픈 데가 없어……. 두들겨 맞은 것 같아."

상은 러그를 살짝 끌어 내렸다.

"얼굴 하나도 안 부었거든? 완전 예뻐. 숨지 마."

그의 말대로 러그에서 목을 빼고 시계를 봤다. 마지막으로 시계를 봤을 때로부터 채 1시간이 지나지 않은 시각이었다.

"얼굴 부을 틈도 없었으니까 그렇죠……."

"그렇죠? 예쁘다는 거 인정하는 것 좀 봐."

상은 손바닥으로 머리를 괸 채 모로 누워 수인을 놀렸다.

"하지 마……."

"뭘 하지 마아?"

"웃지도 마요……. 하나도 안 잤어요?"

"이따 기차에서 잠깐 눈 붙이지 뭐. 늦겠다. 빨리 아침 먹고 출발하자."

상은 일어나 조식이 올라 있는 트레이를 끌고 왔다. 그는 배쓰가운을 챙겨 입고 있었다. 수인은 자신이 잠든 새 착실하게 가운까지 챙겨 입은 그가 얄미워 뾰로통 입술을 깨물었다.

'나는 요 모양 요 꼴인데…….'

수인은 러그를 몸에 말아 감으며 힘겹게 일어나고 있었다. 그때였다.

'펄럭.'

상이 수인 앞에 서더니 배쓰가운을 입혀 주었다. 수인은 고개를 들어 상을 올려다봤다. 그는 검지를 까딱여 수인을 가리고 있던 러그를 내려 주었다. 몸을 가리고 있던 러그가 바닥에 툭 떨어지자 수인은 반사적으로 어깨를 움츠렸지만 상이 재빨리 가운의 앞섶을 여며 주어 다행이었다. 그는 벨트를 리본 모양으로 묶어 주며 무심하게 말했다.

"문어체라 말로 하면 오그라들 것 같아서. 썼어."

상은 눈짓으로 트레이 위의 쪽지를 가리켰다.

"나 쪽지 전공이잖아."

그의 말에 수인은 피식 웃었다. 상도 웃으며 트레이 위의 크로아상을 한입 베어 물었다.

"나 아침 안 먹는 거 알잖아요."

"다른 건 몰라도 그 연어샐러드는 꼭 먹어. 당신은 잘 모르겠지만, 그게 보통 연어샐러드가 아니야. 눈물 젖은 연어샐러드라고 들어는 보셨나 모르겠네."

수인은 영문을 모르겠다는 얼굴로 트레이 위의 연어샐러드를 봤다. 트레이 앞에 앉으려는데 몸이 뻐근해 절로 미간이 찌푸려졌다.

"고작 그 정도에 몸살 증상을 느끼다니. 의외로 뻣뻣해……."

"지, 지금 지적질……하는 거예요? 이래 봬도 '물과 사람' 아이돌이거든요, 나? 나랑 나가서 밥 한 끼 먹자고 출근 도장 찍는 단골만 한 트럭이에요."

"그럼 뭐해. 그중 제일 나은 게 그놈들 다 태운 그 '트럭' 하나밖에 없을 텐데."

"와아……. 지금 잡은 물고기라고 가격 덤핑 치는 거네?"

"스읍. 여자를 생선에 비유하면 돼? 그것도 해물요리전문점 주인이 말이야. 그럼 못쓰지. 여성 인권에 좀 둔감한 편이구나, 자기가."

고개까지 절레절레 저으며 욕실로 걸어가는 상의 뒤꼭지를 수인은 쏘아봤다.

"참! 그렇다고 유연성 같은 거 기르지 마. 따로 고생할 필요 없어. ……내가 키워 줄 테니까. 씻고 올게."

"별걸 다 보고해."

수인은 입술을 삐죽이며 에스프레소 잔을 들었다.

"또 빈속에 에스프레소만 마시고 어지럽다고 하지 말고, 그거 다 먹어!"

"잔소리."

"대답!"

귀찮아 고개를 끄덕여 준다. 욕실에서 상의 씻는 소리가 들리기 시작했다. 먹기 싫은 아침거리들을 보고 있다가 문득 좀 전 상의 말이 떠올랐다.

'유연성……. 내가 키워 줄 테니까?'

혹 지나가는 말이라 좀 전에는 미처 못 느꼈는데, 가만 생각하니 상당히 야한 말처럼 느껴져 귀가 붉어졌다.

'그리고…… 자기야? 아까 분명 '자기야'라고 했던 것 같은
데…….'

수인의 입가가 제멋대로 씰룩이고 있었다. 별것도 아닌 말에
의미 부여를 하며 즐거워하는 자신이 민망해 아침이나 먹으려 하
던 찰나, 쪽지가 눈에 들어왔다.

"맞다. 쪽지! 또 뭐라고 썼길래……."

『당신은 나의 현재고 미래야.』

수인은 그 단 한 줄의 문장을 오래도록 봤다. 그녀가 몰라도 되
었을 시간들을 알게 한 것에 대한 미안함을 그는 사과하고 있었
다. 연어샐러드를 도저히 다는 못 먹겠고, 3분의 2 접시는 비웠을
무렵, 욕실에서 상이 나왔다.

"다 먹었어? 빨리 씻어. 기차 시간 늦겠다."

수인은 전에 없던 장난스러운 표정으로 상에게 다가갔다.

"있잖아요……."

"뭐가?"

"아까…… 나한테…… 자기라고 했어요?"

상의 눈이 동그래졌다.

"아니!"

수인은 가재미눈을 뜨고 그를 바라봤다. 상은 이리저리 걸음을
피해 보다가 우뚝 멈춰 섰다.

"그래, 했다! 왜? 물러……?"

304

"아니, 그냥. 누가 뭐래요?"

실실 쪼개는 수인의 모습에 상은 젖은 머리를 탈탈 털어 수인의 얼굴에 물방울을 튕기고는 그녀 앞으로 바짝 다가섰다.

"그런 자기는. 날 어떻게 부르는데?"

"나야…… 나야 뭐……."

그러고 보니, 없었다. 여태 그를 부르던 호칭이 없었다니.

"그런 거 없어도 여태 커뮤니케이션 잘해 왔잖아요? 그런 게 있을 필요가 있나?"

"있어. 나도 뭐라고 불러 줘."

"낯간지러워."

"별 게 다. 하여튼 뻣뻣해."

수인은 말없이 흘겨봤다.

"째려보지 마. 그 표정이! ……제일 야해."

상은 수인의 입술에 키스했다. 그의 민트 향에 기분이 좋아졌다.

"뭐라고든 불러 줘야 내가 당신 단 하나의 이름이 될 거 아니야……."

"의외로 촌스러웠구나? 말해 봐요. 지금, 나랑 관계 재정립 원하는 거죠? 딱 정해 놓고 너는 남친, 나는 여친, 오늘부터 1일, 며칠이 100일……. 우리가 애들이에요?"

"응. 난 완전 애야. 생각해 봐! 우리 둘이 어디서 만나기로 약속을 딱 했어. 그런데 내가 저만치 보여. 당신은 이쪽에 있는데, 내가 멍충멍충하게 반대 방향으로 막 가고 있어. 그럼 어떻게 할 거야?"

"전화해야죠."

"에이……."

"하하……. 알았어요. 계속해 봐."

"나를 불러야겠지! 물론 전화를 하는 게 더 빠를…… 하아. 그래. 어라? 휴대폰 배터리가 딱 나갔네! 그럼, 그때 뭐라고 외칠 호칭이 있어야 할 거 아니야. 설마 '저기요!' 이럴 건 아니지?"

"마악— 뛰어가서 잡으면 되죠."

"……."

상은 멍한 눈으로 수인을 바라보더니 주둥이 댓 발 나온 채로 풀 죽어 돌아서 트렁크를 열었다.

"짐이나 싸. 체크아웃 해야……!"

수인이 등에 매달려 그의 허리를 끌어안았다. 그리고 말했다.

"……작가님?"

"……싫어."

"천재 작가님?"

"쫌 나은데, 싫어."

"그럼 막 느끼하게. 마이 럽? 마이 디어?"

상은 몸을 돌려 수인을 마주 본다. 그녀는 그를 올려다보며 또 하나의 제안을 했다.

"마이 슬립 메이트?"

이번에는 상이 수인의 허리에 팔을 둘러 안으며 대답 대신 키스를 내려놓았다.

"아침에도 사랑해⋯⋯."

"호칭 같은 건 아무래도 좋으면서⋯⋯."

수인은 웃어 보였다.

'똑. 똑.'

수인이 욕실에 들어가고 얼마 후, 객실 문을 두드리는 노크 소리에 상은 문을 열었다. 익숙한 컨시어즈였다. 지난번 혼자 이곳에 묵으며 수인을 기다리고 있을 때 객실 담당이었던 컨시어즈였다.

「어제는 제가 오프라 투숙하신 걸 조금 전에 확인했습니다. 타이밍을 정확히 맞출 수 있어서 천만다행이라고 생각합니다.」

「아. 안 그래도 연락드렸었는데, 다행히 뵙고 가네요. 지난번에 맡겼던 그 목걸이 그냥 가지고 갈게요.」

「지난번에 못 하신 이벤트, 오늘 저희가 고객님의 그녀를 위해 완벽하게 다시 준비해 드리겠습니다.」

「아니에요! 안 돼요!」

상은 수인이 들을세라 목소리를 죽이고 객실 문밖으로 나가 컨시어즈에게 말했다.

「취소요! 취소예요!」

「오늘 이벤트를 위해 고객님이 오실 날을 기대하고 있었습니다만⋯⋯. 혹시 저희 호텔의 프러포즈 이벤트가 마음에 들지 않으십니까? 어째서⋯⋯?」

「아침 댓바람부터 무슨 이벤트예요! 게다가⋯⋯.」

밤새도록 그녀를 마음껏 안고 나가는 길인데, 사람 많은 레스토랑에서 주목을 끄는 이벤트는 그녀를 부끄럽게 만들고 말 것임이 분명했다.

「아무튼, 목걸이 그냥 저 주세요. 어디 있어요? 지금 가지고 계세요?」

컨시어즈는 안주머니에서 목걸이 박스를 꺼냈다.

「고맙습니다!」

상은 컨시어즈에게 목걸이를 건네받고는 급히 객실로 들어갔다. 박스에서 목걸이를 꺼내 들고는 두리번거렸다.

'이걸 어디다 숨기지?'

상은 수인이 욕실에서 나오기 전에 목걸이를 숨길 만한 적당한 공간을 물색 중이었다. 지난번 이벤트는 망했지만, 오늘의 깜짝쇼라도 성공하고 싶다. 무심하게 '오다 주웠어' 하고 툭 건네는 것보다 유치하지만 그래도, 뭔가 그녀를 놀라게 할 만한 등장이었으면 하고 바랐다. 일단 수인의 핸드백에 슬쩍 넣어 본다.

'아니야, 아니야……. 어디 구석으로 들어가면 발견하는 데까지 너무 오래 걸릴 거야.'

이번에는 그녀의 지갑을 열어 그 사이에 넣어 본다.

"도둑질……?"

"헉!"

상은 수인의 지갑을 든 채 뒤를 돌아봤다.

"뭐 하는 건지 물어봐도……?"

"아니, 나는……. 그게 아니라……."

수인은 그가 왜 이렇게 당황하고 쩔쩔매는지 영문을 몰라 했다.

"돈 필요해요?"

"아니! 그게 아니라……. 에잇! 자."

상은 지갑에서 목걸이를 꺼내 수인에게 불쑥 내밀었다.

"이게 뭐예요?"

"오다 주웠어! ……아아. 망했어."

상은 그대로 침대 위로 고꾸라져 엎드렸다. 수인은 반짝이는 목걸이를 보고는 실소를 터뜨렸다. 그러고는 상의 곁에 앉으며 놀리기 시작했다.

"주운 걸 날 주면 어떡해요. 주인 찾아 줘야지."

"몰라. 당신이 찾아 주든지 말든지."

"이것도 눈물 젖은 목걸이에요?"

"그래. 당신이 모르는 슬픔이 많아. 이 호텔에."

수인은 자꾸만 웃음이 나 계속 그를 놀리고 싶다.

"뭐 해요?"

"부끄러워. 조금만 더 이대로 좌절하고 있을래."

수인은 피식 웃는다.

"뭐 하고 있냐구요. 주인 기다리고 있는데……."

상은 슬그머니 고개를 든다. 타올로 머리를 틀어 올린 수인의 목덜미가 바로 눈앞에 대기하고 있었다. 상은 몸을 일으켜 수인의 앞에 앉았다. 그리고 실뜨기를 할 때처럼 양손에 목걸이를 끼워 들고 수인을 향해 펼쳐 보였다.

"마음에 들어?"

"응. 예뻐……."

그새 기분이 좋아진 상은 입가를 씰룩이며 수인의 등 뒤로 가 그녀의 목에 반짝이는 목걸이를 걸어 준다. 수인은 목걸이를 어루 만지며 물었다.

"이거 무슨 의미예요?"

"이제 당신…… . 나한테 완전히 걸렸다고…… ."

상은 수인의 목덜미에 입을 맞추고, 수인은 고개를 돌려 그의 눈을 마주 보고 웃었다. 상은 여전히 수인의 등 뒤에서 그녀의 허 리를 꼬옥 끌어안았다.

□ ■ □

교토로 가는 기차 안에서 상은 내내 휴대폰에 얼굴을 비추며 매무새를 가다듬었다.

"아까부터 뭐예요."

"잘 보이려고 그루밍 하는 중이잖아."

"설마. 우리 엄마를 만나겠다구요?"

"소개시켜 주러 가는 거 아니었어?"

"그럴 리가요."

수인과 상은 서로를 보며 눈을 동그랗게 떴다.

"믿을 수 없군."

"80년대 더빙 번역체로 말하지 말아 줄래요?"

수인은 의자 등받이에 머리를 푸욱 기대고는 눈을 감았다. 잠 시라도 눈을 붙이고 싶었다. 어제 한잠도 못 자게 만든 원흉이 냉큼 그 옆에 따라 누웠다.

"오랜만에 같이 누워 보는군."

웃어 주기 싫은 아재 개그에 수인은 눈을 감은 채로 싱긋 웃고 말았다.

"다들 참 대단하지? 누나도, 당신 어머님도. 그 힘든 사랑을 용기 있게들 하고 살잖아."

수인은 가만 눈을 뜨고 상을 바라봤다.

"지금 용기 있는 남자라고 칭찬해 달라는 거죠? 나한테 사랑하자며."

"해 줄 거야? 사랑?"

"하는 거 봐서……. 사랑이 뭐라고 생각해요? 전지적 작가 시점에서."

"아름답고, 위대하고…… 난 그런 거 잘 모르겠어. 그냥 찔려도 안 아픈 척, 신경 쓰지 마라, 나는 괜찮다……. 그렇게 부대끼며 울어 대는 게 사랑 아니야?"

자신을 보는 수인의 시선이 멋쩍은지 상은 너스레를 떨었다.

"〈가시나무 새〉 처음에 어떻게 부르던가? 나 옛날 노래 많이 알지? 오랜만에 같이 누워 보는군."

상의 더빙 성우 흉내에 수인은 소리 내 웃다가 얼른 입을 막았다. 앞자리 승객의 눈초리에 꾸벅 대신 사과하면서도 괜히 입가를 씰룩거리는 상이였다.

엄마는 과연 엄마였다. '사랑밖에 난 몰라' 스타일답게 예상치 못한 상의 방문에도 당황 같은 건 일절 없었다. 연하라 걸린다는 둥, 어디까지 갔냐는 둥, 하다못해 몰래 연애를 하고 있던 딸에 대한 서운함이라든가 은근한 질투를 표시하는 보통의 엄마들과는 딴판이었다.

"얼굴 봤으면 됐지 뭘 그래. 한 시간 거린데 또 오면 되지. 안 그래요?"

"예? 아, 예에……."

상은 멋쩍게 웃어 보이고는 수인의 눈치를 살폈다. 수인은 잔뜩 불만에 찬 얼굴로 팔짱을 끼고 있었다.

"이왕 딸 본다고 달려와 줬으면 하룻밤이라도 같이 보내면 좋잖아."

"너희 아버지 혼자 있는 거 질색하신단 말야. 나 오는 날만 오매불망 기다리시는데. 기분이 꼭 주말부부 같다?"

엄마는 요양원에 있는 아버지를 보필해야 한다며 금방 또 채비에 여념이 없었다. 이번에야 알게 됐지만 엄마는 교토에 온 뒤로 아버지가 운영하던 이 료칸과 오키나와 요양원을 오갔단다. 병간에 노동까지 도맡았다는 사실에 더욱 아버지란 남자가 보기 싫어졌다.

"정말 같이 안 갈래?"

"엄마 보러 온 건데 내가 거길 왜 가."

"그러지 말구 다음엔 오키나와로 와."

"엄마 이렇게 고생시키고……. 덕분에 그 사람은 오키나와 장수촌에서 편하게 케어받고? 아주 평생해로하시겠네. 신나?"

"그러엄. 신나지. 내 낭군님 보러 가는데. 엄마 예뻐?"

수인이 퉁하게 고개를 돌리자, 상이 대신 나섰다.

"예쁘세요. 화장이 아주 잘 먹…… 잘 드셨, 잡수셨……."

말도 안 되게도 웃음이 샌다. 이 상황에 웃음이라니. 스스로도 기막혀하고 있는데, 엄마가 놀랄 노 자로 쳐다봤다.

"딸내미 웃는 거 오랜만이네?"

"내가 뭘……."

수인의 엄마는 작은 핸드백을 들고 일어나며 상을 보고 샐쭉 웃었다.

"난 이 남자분 마음에 드네. 사랑 많이 해 주나 봐요?"

"네? 아…… 하하……."

수인의 어머니는 상의 귓가에 대고 속삭였다.

"오늘 밤도 뜨겁게."

"……!"

윙크까지 건네고 나가는 수인의 어머니는 상이 감당하기에도 살짝 벅찼다. 하지만 유쾌했다.

"그럼, 편히 놀다가 한국 조심해서 가요."

수인은 정말로 가 버리는 엄마의 뒷모습을 보며 한숨을 쉬었다. 상은 눈치를 살피다 어떻게든 마음을 풀어 주고 싶어 쭈뼛쭈뼛 다가갔다.

"그래도 무사히 퇴원도 하고, 요양 여행도 다니신다니까…… 다행이라고 해야겠다. 상태가 나쁘셨다면 어머니 더 고생하셨을 거 아냐. 다행인 거 맞지?"

"내가…… 사랑을 너무 얕봤나?"

분명 다 죽어 간다던 아버지였다. 그런데 엄마가 교토에 온 뒤로 거짓말처럼 병세가 나아졌다고 했다. 길어야 몇 개월일 줄 알았는데, 어쩌면 엄마의 귀국은 몇 년 뒤로 미뤄질지도 모르겠다.

"안 돼요!"

벌써 자정을 넘긴 시각이라 조용해진 료칸 안에 수인의 목소리가 메아리쳐 울렸다. 수인은 헛기침을 하고는 목소리를 낮춰 다시 말했다.

"여기 직원들 다 보잖아요. 나중에 엄마 오면 미주알고주알 다 보고할 거예요."

상은 여기에서도 당연한 듯, 언제나처럼 같이 자자고 했다.

"그럼 어때. 어머니도 알고 계신데."

"싫어요."

"어머님의 후리함에 비해 되게 보수적인 거 알지?"

"그런 게 아니라, 그냥 싫어요. 이런 사생활 엄마랑 별로 공유하고 싶지 않아……. 아까 우리 모녀 안 봤어요? 서로 데면데면한 거."

"그럼 딴 데로 가자. 근처 민박 알아볼까?"

"그건 더 이상하잖아요."

수인은 딱 잘라 거절하면서도 이러다 상이 정말로 토라질 것같아 되지도 않는 애교를 부려 본다. 타타미 위에 이부자리를 깔아 주고는 팡팡 쳤다.

"쿠션 좋구, 오늘은 피곤하구. 잘 자요."

수인은 미닫이문을 열고 도망치듯 나가 버렸다. 상은 입을 굳게 다물고 닫힌 미닫이문을 바라봤다.

"……."

서운함이 화가 되어 밀려왔다.

'하룻밤 만에 달라지는 이런 패턴……. 정말 두렵고 싫은데……. 내가 얼마나 힘들게 벽을 넘었는데…….'

여기까지 왔는데 꼭 이렇게까지 해야 하나 싶다. 할 말은 해야 잠이 올 것 같았다.

'드르륵!'

수인이 막 이부자리를 폈을 때, 등 뒤로 방 미닫이문이 요란하게 열렸다.

"사람이 어떻게 그렇게 이기적이야!"

"……?"

수인은 상의 화난 모습에 놀라, 순간 딸꾹질을 할 뻔했다.

'드르륵! 쾅!'

상은 식식대며 수인의 방으로 발을 들여놓고는 다시 미닫이문을 요란하게 닫았다.

"쉬잇! 손님들 깨요."

"당신처럼 이기적인 여자가 공중 예절은 따져?"

듣자 하니, 장난이 아닌 기색이었다. 분명 30분 전까지만 해도 온천물에 살갑게 족욕을 시켜 줬던 남자였다. 그런데 밑도 끝도 없이 왜 갑자기 시비인지 모르겠다. 수인은 자리에서 일어나 상 앞에 당당히 섰다.

"난데없이 그게 무슨 말이에요? 이기적이라뇨."

"그렇잖아. 나는 안 졸려? 나는 안 피곤해?"

"지금 뭐예요?"

이 남자가 대체 무슨 소리를 하는 건지. 이런 게 바로 작가 특유의 예민한 변덕인가 싶어 수인은 덜컥 앞날이 깜깜해졌다.

"나도 어제 한숨도 못 잤어! 당신 혼자만 그런 게 아니라!"

화가 치밀어 오르는지 상은 점점 수인에게 가까이 다가서고 있었다. 단단히 화가 난 상의 목소리에 겁이 난 수인은 자기도 모르게 몸을 움츠리고 한 걸음 뺐다.

"그런데 당신은 어떻게 그럴 수가 있어! 아무리 피곤해도! 난!"

상은 와락 수인의 허리를 당겨와 그녀를 품에 넣었다.

"난, 이렇게 당신이 안고 싶어 죽겠는데……."

놀란 수인의 눈이 한결 더 커졌다. 상은 수인이 숨이 막히도록 꽉 끌어안고는 그녀의 머리에 입을 맞추고 얼굴을 비벼 댔다.

"섭섭해……."

수인의 어깨에 이마를 기대며 상이 애교를 피우자, 수인은 긴장이 탁 풀어져 한숨이 날 정도가 됐다.

"깜짝이야……."

"당신처럼 이기적인 여자는 호되게 꾸짖어 줘야 한다고 생각해."

수인은 기가 막혀 고개를 절레절레 저으며 웃어 버렸다. 그리고 힘주어 어깨를 올려 그의 이마를 튕겨 냈다.

"놀랐잖아요!"

상은 능청맞게 입술을 깨물고 웃으며, 도자기를 빚을 때처럼 양손으로 수인의 허리를 잡는다. 마치 블루스를 추듯 갈지자로 몸을 흔들며 수인에게 물었다.

"이의 있어?"

수인은 그를 흘겨보다가, 작게 고개를 저었다.

"없어……."

상은 대답이 끝나기가 무섭게 수인의 겨드랑이에 손을 넣으며 키스했다. 그녀를 번쩍 들어 올려 수인의 다리가 제 허리를 감게 만들고, 이부자리로 데려갔다. 햇빛에 뽀송하게 말린 깨끗한 광목 요 위에 그대로 수인을 눕히고, 자신 역시 그 위로 나란히 엎어졌다. 두 사람은 서로의 살결에 정성 들여 키스를 흩뿌렸다. 그사이 둘을 가리고 있던 옷가지들이 어느덧 남김없이 풀어졌다.

수인은 자신의 목덜미에 입을 맞추는 상의 부드러운 머리칼을 손가락 사이로 헤집으며 말했다. 정말로 피곤한지 살짝 잠긴 목소리였다.

"나…… 오늘은 정말 꼭 자야 되는데……."

"하루쯤 못 자도 안 죽어."

허벅지 아래로 그의 손이 들어왔다. 상은 기어를 올리듯 그녀의 허벅지를 위쪽으로 밀어 올렸다.

"앗. 창피해……."

수인은 반사적으로 손바닥을 뻗어 자신의 치부를 가렸다. 상은 신경 쓰지 않고 그녀의 다리를 더욱 힘 있게 밀어 부드러운 허벅지 뒤쪽 살결에 입을 맞췄다. '쪼옥' 하고 빨아들이는 소리가 야해서 그녀는 고개를 돌리고 스르륵 눈을 감았다.

"하아…… 내일 출근해야 한단 말예요. 꼭 잘 거야……."

"하루 못 자도 안 죽는다니까."

"이틀째잖아……."

상은 그녀의 가슴을 부드럽게 어루만지며 키스를 반복했다. 수인의 가슴 언저리 곳곳에는 어젯밤 그가 남긴 자국들이 언뜻 보기에도 여럿이었다. 그것을 보자 상은 더더욱 조심스럽게 그녀를 한 모금씩 마셨다. 흥분을 주체할 수 없어 있는 대로 공격적일 수밖에 없었던 어젯밤이 내내 미안했다. 그에 대한 보상을 하고 싶었다.

"말 잘 들으면 조금 재워 줄게."

그녀의 종아리를 잡아 자신의 어깨 위에 올렸다. 그리고 수인의 허리를 붙잡아 자신의 배 쪽으로 가까이 당겨왔다. 두 사람의 가장 뜨거운 곳이 살며시 닿자 어깨 위 그녀의 종아리 근육이 움찔거렸다.

"조금……? 조금이 어딨어. 무슨 일이 있어도…… 오늘은 꼭 잘 거예요."

"스읍! 말 잘 들으면."

상은 그대로 확 상체를 숙여 수인의 얼굴을 코앞에서 내려다보며 으름장을 놓았다.

"아! 아파……."

그의 몸이 갑자기 위를 덮쳐 오는 바람에 두 다리가 팽팽하게 뒤로 넘어가 버렸다. 수인은 자신을 덮쳐 온 그의 무게에 미간을 찡그렸다. 잔뜩 긴장한 양쪽 허벅지 밑의 근육이 당기고 있었다. 어젯밤—으로부터 오늘 아침까지—의 일만 아니었다면, 이렇게까지 당길 일은 없었다. 뻣뻣한 여자라는 그의 말이 신경 쓰여 무어라 변명을 하고 싶었지만, 그의 키스 때문에 그럴 틈이 없었다.

상은 아파하는 수인을 위해 조금 양보하기로 했다. 어깨 위에 올려놓은 그녀의 다리를 살포시 바닥에 내려놓았다. 대신, 그녀의 손을 끌어당겨 자신의 허벅지 위에 앉혔다. 수인은 그의 머리를 감싸 안으며 투정이었다.

"잠도 안 재워 주고…… 아프게만 하고……."

"잠, 잠. 나한테 잠 맡겨 됐어……?"

상은 그녀의 가슴에 입을 맞추며 말했다. 그리고 수인의 턱을 잡고 눈을 맞췄다.

"안 아프게 해 주면 잠투정은 그만둘 거지?"

"거래예요?"

"딜?"

"……딜."

그녀는 그의 입술로 먼저 날아들었다. 상은 나비 같은 그녀를 안았다. 두 사람은 날갯짓을 하듯 몇 번이고 위아래로 팔랑거리며 서로의 안으로 부드럽게 날아갔다. 서로를 원하는 숨결이 뜨거워서 열기가 정점에 달하면 어쩐지 '파밧' 하고 등에 날개가 돋아날 것만 같았다. 그녀가 혹시라도 날아가 버릴까 봐, 상은 그녀의 등을 몇 번이나 어루만져 확인했다.

깨끗한 료칸 방 안은 아직도 두 사람이 만들어 낸 열기가 빠져나가지 않은 채였다. 집에서처럼, 두 사람은 마주 보고 누워 있었다. 상은 팔베개를 내밀었다. 오늘도 재우지 않는다면 한동안은 빌어도 소용이 없을 것 같아서. 상은 수인의 머리를 쓰다듬어 그녀를 재우며 말했다.

"나도 오랫동안 하고 싶었던 말이었어……."

"뭐가요?"

"안아 달라는 말. 처음 만난 날 당신이 나한테 했던 말……. 그냥 저렇게 말하면 되는 거구나, 했어. 한 수 배웠달까. ……고마워."

"나도 고마워요."

"어떤 게?"

"그냥. 다……."

상은 그녀를 끌어당겨 안았다.

"당신이랑 오래도록 같이 자고 싶어."

"나두……."

"평생…… 내 슬립 메이트가 돼 줘……."

수인은 눈을 감고 그의 가슴 속으로 파고들었다. 그러다 문득, 눈을 떴다.

"설마, 프러포즈예요?"

"……."

'천천히 가자고 했었는데, 이래도 되나, 어떻게 말해야 거절도 아니게, 수락도 아니게, 그렇게 들릴 수 있지?' 등등의 치사한 생각을 하다가 고개를 들었다. 무슨 얘기든 직접 그의 눈을 보고 말하고 싶어서.

"나는요, 우리가……."

"……."

그는 세상모르는 잠에 빠져 있었다. 수인은 살풋 웃었다. 그리고 그의 가슴 위에 손을 올리고 토닥, 토닥 리듬을 맞췄다.

"굿나잇. 마이 슬립 메이트……."

10
사람들이 사랑을 하는 이유

한국에 돌아왔을 때 상의 집 마당은 출발 전보다 훨씬 어질러져 있었다. 리모델링을 위해 쌓아 둔 공사 부자재 사이로 상은 조심스럽게 차를 댔다.

"이사 갈 데는 정했어요?"

"응. 마침 마땅한 집이 있어서. 그리로."

"그래요……. 나중에 같이 가 봐요."

한국행 비행기를 기다리고 있던 공항에서 엄마의 연락을 받았더랬다.

— 너 이제 엄마 보려면 무조건 일본으로 와야 돼. 엄마 말, 무슨 뜻인지 알아듣지? 어영부영 뭉개려다가, 그래도 너 그 사람이랑 같이 있는 거 보니까 이제 말해도 될 것 같아서 얘기하

는 거야. 너 누구랑 나란히 있는 거 보니까 엄마가 마음이 좋다, 얘. 다음에도 그 사람이랑 또 나란히 와. 알았지?

남은 생은 교토에서 보내고 싶다는 뜻을 쐐기 박는 내용이었다. 짐작하고는 있었지만, 가슴 한편이 쑹덩 잘려 나간 듯한 상실감이 몰려왔다. 자식보다 사랑을 선택한다고 나무라기에는 교토에서 봤던 엄마의 행복한 얼굴이 너무도 선명했다. 서른 넘어 부모를 잡아 두는 철부지가 될 수도 없는 노릇이었다.

이 모든 걸 알고는 있지만 엄마를 향한 못마땅함이 좀처럼 가시지를 않아, 돌아오는 비행기 안에서 뚱한 얼굴로 앉아 있었다. 그때 상이 도와주지 않았더라면 아마 지금까지도 가슴에 먹구름만 가득이었을 것이다. 그는 수인을 가만히 타일렀다.

'어머님이 아버지란 분과 여생을 보내며 행복하기로 결정했다면, 딸로서는 수긍하는 것이 도리일지도 몰라. 어차피 수긍 말고는 달리 할 수 있는 것도 없고.'

'만약, 그 남자가 또 우리 엄마 마음만 다치게 하면요.'

'그 만약을 이미 다 대비해 두셨잖아. 당신.'

'……?'

'그런 일이 생기면, 그땐 당신이 어머님 안아 드리면 되는 거라고. 늙으신 어머니 하나 보듬지 못할 만큼 품이 작은 딸도 아니잖아, 당신이.'

그의 말은 사무칠 만큼 고마웠다. 어차피 진작부터 혼자뿐인 집이었다. 하지만 왠지 오늘 밤 집에 들어가면, 다시는 돌아오지 않을 엄마의 부재를 뼈저리게 실감할 것 같은 느낌이 들어 미리부터 서글퍼졌다. 더군다나 상마저도 새로운 집으로 옮긴다니, 그를 어디 먼 곳으로 떠나보내는 것도 아닌데 이상하게 마음이 헛헛했다.

"그런데…… 꼭 여길 떠나야겠어요?"

너무 많은 일이 있었던 이 집에 수인은 정이 들어 버렸다. 둘만의 아지트이자 둘만의 세상이 되어 준 집이었다. 특히 수인에게는 안전 가옥이기도 했다. 집이 팔린 것은 최근이었지만 사실 상이 집을 내놓은 것은 이미 한참 된 얘기였다. 수인을 만나고, 그녀에 대한 마음이 짙어지다가 사랑이라는 확신이 들었을 무렵, 상은 그때 이미 이 집을 떠나기로 마음먹었다고 했다.

"응. 한데 너무 오래 살았어."

오랜 죄책감과 외로움의 감옥이었던 이곳을 떠나려는 상의 표정은 너무도 홀가분해 보였다. 머물러 있던 시간들로부터의 탈출. 그래서 수인도 고개를 끄덕였다.

"그래요. 잘 생각했어요."

이곳은 상이 어릴 때부터 살던 집이라고 했다. 이웃들이 모두 떠나고 허허벌판처럼 휑한 곳에서 여태 집을 지키고 있었던 건, 아버지의 유지(遺志) 때문이기도 했다. 빈털터리로 어머니에게 쫓겨난 누나를 위해 가급적 집을 지켜 달라는 당부였다. 어디에 있든지 살아 있다면, 삶이 고달플 때 돌아올 고향과 비빌 언덕이 필요할 거라는 뜻에서였을 것이다.

하지만 이제 누나는 그녀만의 둥지가 생겼다. 과거의 집은 과거와 함께 미련 없이 흘려보내기로 한 상이였다. 수인을 더 많이 사랑하기 위해, 내일로 나아가기 위해 하루라도 빨리 이 집으로부터 벗어나길 원했다.

"그리고, 저 차 말인데요. 아무래도 부담스러워."

수인은 상이 선물한 차를 가리켰다. 상이 집을 팔았던 날은 수인에게 바로 저 차를 선물했던 날이었다. 본 중 최고로 기분이 좋아 보였던 그날의 상은 이미 그때부터 수인과의 새 출발을 시작했던 것이었다.

"동욱 씨한텐 미안하지만, 저 차는 그냥 물러요."

"무슨 소리야. 안 돼. 잠깐만. ……어? 차에 모래가 왜 이렇게 많이 쌓였지? 아아. 공사하면서 다 뒤집어썼나 보네. 그렇게 조심 좀 해 달랬는데……."

상은 손으로 차에 묻은 모래를 쓸고, 후후 불며 소매 끝으로 닦았다. 그 모습을 보는 수인은 마치 장난치다 걸린 아이 같은 얼굴로 입을 꾹 다물었다. 얼마 전, 그가 연기처럼 사라져 버린 줄 알고 화가 난 나머지 차에 흙을 집어 던져 댄 범인이었기 때문이다.

"흠! 그, 그만 가 볼게요."

수인은 얼른 자신의 낡은 차에 올랐다.

"어어! 안 돼! 이거 타고 가. 이거 봐, 낡은 거. 지난번에 8차선에서 가다 섰다며. 이렇게 위험하면 내가 정말로 안심을 못 한다니까. 안전벨트는? 고쳤어?"

"임시방편은 해 놨다는데 차가 워낙 오래돼서 언제 재발할지 모른······!"

아차!

"내려. ······빨랑!"

상의 데시벨이 심상치 않아 일단 내리긴 했다. 상은 막무가내로 수인의 손을 이끌고 가, 자신이 선물한 새 차에 앉혔다.

"나도 정말 오래 고민했는데요, 이건 정말 아닌 것 같······."

"그냥 주는 거 아니야."

"그럼요?"

"나중에 설명할게. 오늘은 피곤하니까 일단 군소리 말고 타고 가."

한마디 덧붙였다가는 거의 싸울 것 같아서 수인은 그냥 안전벨트를 맸다.

"미안해요. 이삿짐 싸는 거 못 도와줘서. 내일 새벽 시장 가는 것만 아니면 같이 하면 좋은데."

"내가 애야?"

"언제는 애라며······."

"혼자서도 뚝딱이야. 운전 조심하고, 가서 전화해."

수인은 쉽게 떠나지 못하다가 결심한 듯 시동을 걸었다.

"그럼 내일 봐요."

"잠깐만."

"응?"

"……일본, 같이 다녀와 줘서 고마워."

그 말에 수인의 가슴엔 따뜻한 물을 엎지른 양 흐뭇함이 번졌다. 그래도 공치사는 쑥스러워 별다른 말 대신 슬며시 턱을 들어 보였다.

"……?"

수인이 입술을 내밀지 않아 상이 그녀의 제스처를 이해하는 데 약간 시간이 걸렸지만, 이내 알아차린 상이 작게 웃었다. 그는 수인의 입술에 가볍게 입을 맞췄다. 그리고 차창 틀에 팔을 괴고 수인을 바라본다.

"보내기 싫어지는데?"

그는 눈을 가늘게 뜨며 차 도어를 열기 위해 손잡이 쪽으로 손을 옮겼다. 낌새를 눈치챈 수인이 후다닥 액셀을 밟았다. 상은 환하게 웃으며 떠나는 수인의 차 뒤꽁무니를 향해 손을 흔들었다. 그의 집이 한참 멀어질 때까지 수인의 입가에도 내내 미소가 걸려 있었다. 문득, 그가 잘 들어갔나 궁금해져 사이드 미러를 본다.

"어?"

저 멀리서 상이 뛰어오고 있었다. 손을 흔드는 모양새가 다급해 보여 브레이크를 밟았다. 차창을 내리고 그를 기다린다. 상은 공포에 찬 눈으로 달려오고 있었다.

"왜 그래요?"

"헉. 헉……. 큰일 났어!"

상의 손에 이끌려 그의 집에 들어와 보니, 고슴도치가 새끼를 낳고 있었다. 수인과 상은 우왕좌왕 일대 소동이다. 상은 거의 울먹이고 있었다.

"어떻게 해? 어떡하지?"

"잠깐만요. 진정 좀 해 보자구요."

그가 포스트잇만 남기고 집을 비웠을 때, 고슴도치 우리가 비어 있어 정말이지 상이 어디론가 영영 사라져 버린 줄로만 알았다. 알고 보니 주인이 없는 틈을 타 우리를 빠져나온 녀석들의 일탈이었지만. 녀석들의 일탈은 그것 말고도 또 있었던가 보다.

"이것들이 어느 틈에 정분이 난 거야. 당신이 어떻게 좀 해봐!"

"나 산파 아니에요. 빨리 동물병원 전화해 봐요."

"너무 늦었잖아. 아무 데도 안 받아. 미치겠네……."

"근처에 24시간 하는 데 없어요?"

"이 근처에 이 집밖에 더 있어? 당신이 받아야 돼. 그래도 여자인 당신이 나보다 낫지 않겠어?"

나을 게 없다. 수인은 상의 손에서 휴대폰을 빼앗아 들었다.

"인터넷 검색이라도 좀 해 보게요."

"고돌이 원, 고돌이 투! 너희들 언제 이런 사이가 된 거야!"

"쉿! 조용히 해야 한대요. 새끼 낳을 때 스트레스받으면 안 된대."

"알았어. 쉿. 정숙. 정숙."

"그나저나 여태 몰랐단 말예요? 임신하면 증상이 있다는데. 암

컷이 수컷을 멀리한다든지."

"아하. 그래서 그랬구나……. 요즘에 얘네들이 사이가 별로길래 싸운 줄 알았지. 으악! 한 마리 더!"

"조용히 하라구요, 좀!"

수인의 호통에 상은 속삭이기 시작했다.

"이제 어떡하지? 뜨거운 물이라도 끓일까?"

"말도 안 돼. 탯줄 같은 거 있나? 고슴도치가 뭐예요? 포유류? 설치류?"

"그건 젖을 먹이느냐, 마느냐, 새끼냐, 알이냐……. 아 몰라! 다큐 좋아한다며 내셔널지오그래픽은 안 본 거야? 왜 고슴도치 새끼 하나도 못 받는 거야……."

"내가 어떻게 알아요, 이런 걸!"

일대 파란을 겪고 난 뒤, 우리 속에는 오밀조밀 고슴도치 가족이 생겨났다. 눈 깜짝할 새 네 마리로 불어난 고슴도치들은 서로에게 파고들며 잠이 들었다. 수인은 눈에서 꿀을 떨어뜨리며 그 모습을 지켜본다.

"귀여워……."

"따갑기만 한 걸 왜 키우느냐며."

두 사람은 고슴도치 가족이 깰세라 소곤소곤 웃었다. 수인은 상의 어깨에 머리를 기대고, 상은 다시 그녀의 머리에 제 머리를 기댔다. 고슴도치들처럼.

　이삿짐 싸는 건 혼자서도 뚝딱이라더니, 손댈 수 없게 어질러 놓기만 했다. 이러다 이사는 내년에나 가능할 것 같아 결국 수인이 팔을 걷어붙이고 나섰다.

　"그쪽 잘 잡아요. 하나, 둘, 셋!"

　수인과 상이 침대를 한쪽으로 미는 순간, 상의 시야에 반짝이는 것이 보였다.

　"어? 이게 여기 또 빠져 있었네."

　문제의 골드카드였다. 수인이 처음 이 집을 찾아왔던 날 내밀었던 그 카드가 또 여기 처박혀 있었다. 몇 번이고 처박혔던 카드가 가여워 상은 호호 불며 먼지를 쓸어 내 줬다.

　"센터 부르자니까 말도 안 듣고……."

　"운동 삼아 쉬엄쉬엄하고 싶었단 말이야. 사람 부르면 이런 재미가 없잖아."

　상은 골드카드를 내민다.

　"어? 이거……?"

　두 사람은 마주 보고 한참을 웃었다.

　"하하……. 그런데 그땐 내가 진짜 호스트로 보였어?"

　"몰라요. 호스트를 언제 봐 봤어야 알지. 하나도 안 썼어요? 명세서 날아왔으면 알았을 텐데. 나 이 카드 완전 잊어버리고 있었어."

　"내가 기둥서방이야? 이걸 막 긁고 다니게."

"그럼, 우리 이거 데이트 카드 해요. 통장 같이 만들어서."

"뭔가 싸나이 모냥은 좀 빠지지만⋯⋯ 그래. 우리 이걸로 윤정, 동욱 씨 결혼 선물 사 주자."

"응."

상은 책을 제외한 오래된 살림들은 모두 버리기로 했다. 자잘한 짐을 모두 빼고 난 집은 생각보다 작아 보였다. 이 집에서 상은 충분히 불행했다. 수인이 이 집을 찾아 주지 않았더라면, 여전히 외로운 섬인 채로 그를 가둬 두고 있었을 것이다. 상은 이 집에서의 마지막 시간을 수인과 함께 보내고 있다는 사실에 감사했다.

"이제 짐은 다 나간 것 같은데요?"

수인은 싱크대에서 손을 씻으며 말했다. 텅 빈 집에서 마치 동굴 안 목소리처럼 울려 퍼졌다. 상은 오래된 괘종시계와 침대만이 덩그러니 남은 집을 둘러본다. 마지막으로 집을 돌아보는 상의 표정은 더할 나위 없이 밝아 보였다.

"우리 이제 가요."

수인이 차 키를 들고 앞장섰다.

"응. ⋯⋯아! 잠깐만."

상은 거실 통창을 가리고 있던 커튼을 떼기 위해 침대를 벽 쪽으로 밀기 시작했다.

"커튼은 챙기려고요? 낡아서 천도 다 찢어졌잖아."

"당신이 꿰매 준 거잖아. 정성스럽게."

"괜찮아요. 그냥 가요."

상은 끝내 커튼을 가져갈 심산이었다. 결국, 수인도 거들 수밖에 없다. 두 사람은 침대를 밟고 올라서 커튼 봉에서 커튼 천을 하나, 둘 떼어 나갔다.

"어어!"

침대 쿠션이 흔들려 수인이 휘청거렸다. 상은 냉큼 그녀의 허리를 잡았다. 순식간에 그의 품에 수인이 안겼다.

"놀래라······. 굴러떨어지는 줄 알고 무서웠어요. 응?"

상은 미소를 띠며 그대로 커튼 천을 감아 수인을 포장하듯 감싸 안았다. 햇살이 좋은 날이어서 새하얀 커튼 속은 그가 데려간 빛의 왕국 같았다. 상은 그녀를 둘만의 세상에 포근히 담아 두고서 물었다.

"이렇게 하면 안 무섭지? 뭔가 보호받는 기분이 들잖아."

수인이 괘종시계 소리에 놀랐을 때, 상이 머리맡에 이불을 뒤집어씌워 주고 했던 말이 떠올라 수인은 웃었다. 언제나 후드 티를 뒤집어쓰고 다니던 상이었다. 지금은 이렇게 말끔한 셔츠가 매력적으로 잘 어울리는 남자가 되었지만. 수인은 처음 만난 무렵의 상이 떠올라 새삼 그동안 많은 변화가 있었구나 하고 생각했다.

"후드 티 다 버린 거, 안 아까워요? 의류 수거함 꽉 찰 만큼이던데."

"안 아까워. 이제 당신이 있잖아······."

상은 수인에게 키스한다.

"내가 막 보호해 줘요?"

이번에는 수인이 상에게 키스한다.

"내가 지켜 줄게. 당신이 어둡지 않게, 모든 밤을 다…… 지켜
줄게."

다시 그녀에게 키스를……

"……!"

수인은 상의 입술을 받아들이며 그의 셔츠 단추를 풀기 시작했
다. 셔츠 속으로 그녀의 손이 들어오자, 상은 움찔 놀랐다. 이런
적은 처음이었지만, 그래서 더 좋았다. 상은 그녀에게 깊이, 더
깊이 키스하며 수인이 입은 블루진의 지퍼를 내렸다. 그러고는 정
신없이 입맞춤을 이어 가고 있었다.

둘의 움직임을 따라 아슬아슬하게 붙어 있던 마지막 커튼 핀이
'톡' 하고 떨어지고, 그 반동으로 두 사람은 그대로 침대로 내동
댕이쳐졌다.

"앗!"

"아아……"

두 사람은 그물망에 걸린 고기들처럼 커튼 속에서 벗어나려 허
우적거리다가 겨우 목을 빼고 빠져나왔다.

"안 다쳤어?"

수인은 엉덩방아를 찧은 곳이 아팠지만, 웃음이 난다. 두 사람
이 해 놓은 꼴이 우스워 상과 수인은 키득키득 웃어 댔다.

"아. 웃겨…… 이제 일어나요. 가게."

수인이 몸을 일으키자, 상은 그녀의 손목을 잡아끌어다가 도로
눕혔다. 그리고 그녀의 위로 포개진다. 그는 커튼을 이불 대신 끌

어다 덮으며 묻는다.

"내가 지금 무슨 생각 하게?"

"야한 생각?"

"우리가 결국, 이 침대에서…… 자는구나."

"야한 생각 맞네. 항상 지켜 준다면서요?"

"지켜 줄 거야. 그런데 밤을 지켜 준다고 하지 않았나? 지금은 낮인데……."

두 사람은 웃다가, 또 웃다가, 서로를 안았다. 간지러운 숨결과 따뜻한 입맞춤, 그리고 아찔한 열정이 서로의 가슴에서 가슴으로 전해졌다. 상은 자신을 향해 두근거리는 그녀의 심장 소리가 좋아 자꾸만 그녀의 가슴에 귀를 기울였다. 수인은 자신의 허리를 끌어안는 그의 손길이 안전벨트 같아 더없이 편안하게 몸을 맡겼다.

□ ■ □

"이제 새집으로 가 볼까?"

보조석에 앉은 상은 수인에게 길을 안내했다. 고슴도치 가족을 소중히 안고 있느라 수인에게 운전을 맡겼다. '내 새끼들은 남의 손에 못 맡겨' 라는 것이 그의 육아 철학(?)이라고 하면서.

"여기서 좌회전. 조기 조 앞 코너에서 다시 우회전."

상은 깜짝 파티를 해 주고 싶다며 아직까지도 새집 주소를 알려 주고 있지 않았다. 다행히 수인에게도 익숙한 동선이라 술술 운전해 나가고 있었다.

"아직 멀었어요?"

"비밀."

"어딘데요. 멀었으면 나 잠깐 집에 좀 들렀다 가도 돼요? 바로 여긴데. 아무래도 가스 밸브를 안 잠그고 나온 것 같아서 신경 쓰여."

"그럴 거 없어."

"응?"

"오케이. 여기서 STOP."

바로 수인의 집 앞이었다. 상은 고슴도치 우리를 조심스럽게 들고서 내리고, 수인은 어안이 벙벙한 채로 따라 내렸다.

"뭐 해? 빨리. 얘네 찬바람 쐬면 안 돼."

대문을 열라 재촉하는 상을 보고 있자니 수인은 어이를 찾을 길이 없었다. 일단 애기 고슴도치들이 귀여워 들여는 놓는데, 잘 타일러 볼 셈이었다.

상은 눈을 크게 뜨고 수인의 집 안을 둘러봤다.

"이 큰 집에 혼자? 공간 낭비지."

"여백의 미죠."

"나 베스트셀러 작가인 거 알지? 이제 막 부동산도 정리했다. 봤지?"

"별안간에 이건 아니라고 생각해요."

"보증금 받아 놓고 이제 와 오리발 내밀 거야?"

"무슨 보증금이요?"

상은 밖에 세워 둔 수인의 새 차를 가리켰다. 이제야 자신이 받은 게 선물이 아니라 뇌물이었음을 깨달은 수인이 눈을 부릅떴다.

"사기꾼."

"방세 착실히 낼게. 못 믿겠으면 계약서 써."

"딴 데 알아봐요!"

"적당한 딴 집이 없으니까 돈 주고 산다잖아요!"

첫 만남에서 수인이 했던 말을 흉내 내는 상 때문에 수인은 웃고 만다. 안전한 남자를 찾는다는 수인의 말에 상은 차라리 강아지나 한 마리 키우라고 말했었다. 거기에 대고 수인은 소리쳤다.

'그런 개 같은 남자가 없으니까 돈 주고 산다잖아요!'

이성을 잃고 폭주했던 그날의 독설이 떠올라 수인은 얼굴이 화끈거렸다.

"그땐 정말 제정신이 아니었어요."

"당신이 맨정신이었다면 우리가 어떻게 만날 수 있었겠어."

상은 수인 앞으로 다가서 그녀의 허리를 안았다.

"내가, 당신 외롭게 그냥 둘 것 같았어?"

"……?"

하지만 수인은 이내 그의 말뜻을 이해하고는 웃었다. 아주 일본으로 떠나 버린 엄마의 공석에 수인이 외로움을 느끼고 있다는 것을 그는 알고 있었던 것이다.

"마음에 담아 두고 있었어요?"

"정신없이 당신 사랑할 거야……."

사랑한다는 그 말에 수인은 힘없이 무너져 버렸다. 그의 가슴을 더욱 깊이 안는다. 늘 엄마와 단둘뿐이던 집에 남자가 들어온 건 처음이었다. 허락도 없이 들어온 남자였지만, 이런 방식이 어울리는 남자이기도 했다. 상은 허락하지 않으려 해도 마음에 들어차 버린 남자였으니까.

'늘 혼자 있던 이 공간에 누군가랑 같이 있는데도 이상하게 낯설지가 않아……. 그게 당신이라서 그렇겠죠?'

수인은 편안한 미소로 상에게 안겼다. 그가 이사를 가겠다고 했을 때, 솔직히 약간의 서운함도 있었다. 이제 어머니는 일본으로 영영 돌아가 버렸다. 남는 빈방을 볼 때마다 쓸쓸함이 밀려오는 느낌을 지울 수 없다고 분명 그에게도 말했던 기억이 있기 때문이었다.

그렇다고 상에게 '내가 사는 집에서 같이 사는 건 어떻겠냐'고 제안할 용기는 결코 없었다. 그러면서도 한 번쯤은 그가 농담에 빗대서라도 넌지시 물어봐 주었으면 하고 바랐다.

'난, 당신이랑 같이 살아도 좋을 것 같아.'

분명 그렇게 말했던 상이었으니까. 그런데 불쑥 이사 갈 집을 이미 다 알아봐 뒀다고 했을 때는 솔직히 조금은 섭섭한 마음이 들었더랬다.

'막상 그가 이 집에서 같이 지내자고 했다면 고민했을 거면서,

또 한편으로는 그렇게 제안하지 않은 그에게 못내 서운한 감정이 들다니……'

스스로 생각하기에도 참 피곤한 여자의 마음이었다. 늘 방어하고, 물러서고, 상처받지 않으려 주저하기 바빴던 수인이였다. 이 공간에 상을 허락하는 일 정도는 복잡한 고민 없이 해 보고 싶다. 한 발 물러서면 한 발 다가와 주는 그의 템포가 고마웠으니까. 한 사람이 더 있다는 것만으로도 집 안에는 따뜻한 빛이 감도는 느낌이 좋았다.

두 사람은 나란히 연못가에 앉았다. 상은 아예 바지를 걷어붙이고 발을 담근 채, 잉어들이 놀랄세라 가만가만 물장난을 쳤다.

'참방. 참방.'

혼자 있을 때는 그저 조용하기만 했던 연못가였다. 단숨에 적막을 깨고 들어온 외부인의 발에 물 밑 잉어들의 세계에선 파문이 일었다. 하지만, 상의 발이 가만가만하게 유영하자 호기심 많은 놈들은 슬그머니 다가와 그의 발을 반겼다.

"이 잉어들은 암수 짝이 맞는 거야? 얘네들도 고돌이 원, 투처럼 정분나?"

수인은 그저 웃는다.

"어? 쟤네 뽀뽀한다. 우리에게 좋은 귀감이 되고 있는걸?"

그러고는 수인의 이마에 쪽 소리를 내며 입을 맞췄다. 수인은 또 한 번 웃었다.

"뽀뽀가 시끄러워."

"그럼 음소거 모드로 업데이트……."

상은 수인의 입술에 조용히 키스했다. 말캉하고 달큰해서 금세 기분이 좋아지는 그런 키스였다. 수인은 미소를 띠고 말했다.

"'업데이트 키스'는 맘에 들어."

상은 그녀의 뺨에 다시 한 번 가볍게 입 맞추고는 말했다. 조용한 키스는 부드럽고 달콤해 좋지만, 우리들의 연애는 그렇게 조심스럽지 말자고. 그러고는 또 이렇게 말했다.

"외로운 평화보다 소란한 사랑이 더 나은 것 같아."

수인은 그런 상을 기분 좋은 미소로 부드럽게 바라봤다.

"……방금 나 좀 작가 같지 않았어?"

"살짝."

수인은 그를 따라 연못에 발을 담가 보았다. 십 년도 넘게 봐왔던 연못이었지만 이렇게 해 보는 건 처음이었다.

"그래서 다들 연애하고 사나 봐요. 혼자 행복할 방법을 찾는 것보다, 같이 행복할 수 있는 방법을 찾는 게 더 쉬우니까."

상은 흐뭇하게 수인을 보다가, 그녀의 머리를 제 어깨에 데리고 왔다. 수인은 그의 팔짱을 끼고 가만히 눈을 감았다. 연못 속 잉어들이 여유롭게 헤엄치는 수면 위로 낙화가 수를 놓고 있었다.

□ ■ □

같은 집에 살게 된 이후, 상은 수인의 퇴근 시간에 맞춰 매일같이 차로 그녀를 데리러 간다. 종일 노트북 앞에 매달려 글을 쓰다가 잠시 잠깐, 이렇게 콧바람을 쐬는 날들이 일상이 되었다. 그녀를 데리러 가는 길은 날마다 버선발로 님 맞으러 나가는 길인 양 즐거워, 상에게 이 시간은 하루 중 가장 기분 좋은 한때이기도 했다.

'물과 사람'으로 올라가는 골목 초입. 상은 늘 이곳에 차를 대어 두고는 걸어 올라갔다. 어느새 수인과 공식 연인이 되어 버린 터라, 가게에 그가 들어서면 주차 직원들이 달려 나와 허리를 굽히는 것이 영 불편했다. 고작 30미터 남짓한 거리였지만, 차를 세워 둔 곳까지 수인과 함께 팔짱을 끼고 거니는 것도 즐거웠다.

오늘도 늘처럼 골목 초입에 멈췄다. 차에서 내려서는데, 맞은편 길가에 역시 차를 세워 두고 나와 있는 남자의 모습이 보인다. 말끔하게 슈트를 차려입은 남자는 보닛에 기대서 있다가, 이내 일어나 몇 발짝 서성이며 땅바닥에 발장난을 하는 모습이었다. 초조한 마음으로 누군가를 기다리거나, 무언가를 실행에 옮기기 전 고민 중인 모습으로 보였다.

상은 대수롭지 않게 여기며 '물과 사람' 쪽으로 걸음을 옮기려는데, 남자와 눈이 마주쳤다.

'낯이 익은데……. 누구였더라?'

"아…… 안녕하세요."

남자 쪽에서 먼저 상을 알아봤다. 흔들림 없이 점잖은 음성이었지만 어딘지 모르게 당황하고 있는 눈빛이 역력했다. 그때, 상 역시 그를 기억해 냈다. 뉴스에서도 더러 봤던 얼굴, 박 의원이었다. 일전에 '물과 사람'에서 어머니를 만났을 때 함께 있었다는 것까지 기억해 낼 무렵, 박 의원이 상에게 다가왔다.

"잠시 말씀 좀 나누시겠습니까."

두 남자는 차를 세워 둔 곳에서 그리 멀지 않은 공터에 어느 정도의 거리를 두고 서 있다. 나란히 저 멀리 야경을 내려다보면서.

"여태 저를 기다리고 계셨던 건 아니겠죠?"

상이 농담으로 여유 있게 물꼬를 텄다.

"거두절미하고 말씀드리겠습니다. 제가 한 사장님, 한수인 씨를 많이 생각합니다."

"……."

상은 바지 주머니에서 손을 넣은 채 표정의 변화 없이 가만히 서 있을 뿐이었다. 박 의원은 그런 상의 반응이 예상 밖이라 적잖이 당황하는 눈치였지만, 예의 그 점잖음으로 크게 동요를 드러내진 않았다.

"차라리 잘됐다는 생각이 드네요. 이렇게 먼저 말씀드릴 수 있게 돼서 차라리 다행입니다. 오늘 한수인 씨에게 마음을 전하려고 왔습니다."

"……."

이번에도 상은 묵묵부답이었다. 그의 표정에선 당혹감도 분노도 느껴지지 않았다.

"두 분 사이는 익히 잘 알고 있습니다. 하지만, 저도 진심이니까요……."

"의원님."

드디어 상이 입을 열었다.

"지금 체크메팅 하시는 겁니까."

"네? 그게……."

"내가 퀸을 차지하겠다……. 미리 선전포고하시는 거냐고요."

상의 시선은 여전히 앞쪽의 야경만을 향해 있었다. 상의 말에, 박 의원은 겸연쩍은 듯 코로 깊은 숨을 내쉬고는 다시 앞쪽으로 시선을 돌렸다.

"내 여자……. 말은 그렇게 하지만, 진심으로 그 여자를 제 소유라고 생각하진 않아요."

박 의원은 희망적인 눈으로 그렇게 말하는 상의 옆모습을 바라봤다.

"한수인은 한수인 거죠."

"그럼……."

"그러니, 이렇게 저한테 굳이 체크메팅 안 하셔도 됐죠. 좋아하는 마음을 전하는 건 의원님 자유고, 그 마음을 선택하는 것 역시 그 여자 자유니까요."

"그럼, 결례를 무릅쓰고 말씀드립니다. 제가 정정당당하게 페어플레이해 봐도 괜찮겠습니까?"

상은 서서히 몸을 돌려 박 의원 쪽을 바라봤다. 여전히 양손은 바지 주머니에 찌른 채였다.

"아니요."

"……!"

박 의원의 눈은 처음으로 감정의 동요를 드러내고 있었다.

"페어플레이가 아니니까요."

상은 이 대화가 끝까지 정중할 수 있기를 바란다는 의미로 주머니에서 손을 뺐다.

"의원님께서 마음에 품고 계신 그 여자는 계산할 줄 모르는 여자입니다. 그런데 의원님은 아니시죠."

"저도 정말 순수한 마음으로 한수인 씨를……."

"이혼이라도 하겠다는 말씀이십니까."

박 의원은 멈칫 당황했지만, 각오는 되어 있다는 결연한 얼굴로 대답했다.

"한수인 씨가 원한다면, 기꺼이 그렇게 할 생각입니다."

"원하지 않는다면…… 기꺼이 그러지 않으실 생각이고요."

"그런 뜻이 아니에요. 이번 선거 때까지만 한수인 씨한테 양해를 구할 생각입니다."

"선거 때까지는 가정불화가 일어나선 안 되겠지요……. 이해합니다. 그럼, 다음 선거 때는 괜찮으시겠습니까. 지금의 아내분 없이도 가능하시겠어요?"

박 의원은 입이 타는지 넥타이를 살짝 풀었다.

"무슨 생각 하시는지, 절 어떻게 보고 계시는지 압니다. 하지만 전……."

"예외가 없습니다. 그 바닥이."

"······?"

"현업에 계시니 저보다 더 잘 아셔야 하는 것 아닙니까? 권력은 어떤 일이 있어도, 순수와 결탁할 수가 없죠."

"전 지금 그 어느 때보다도 순수합니다. 가정은 포기할 생각이에요."

"권력은."

"······."

"시장 포기 하실 수 있겠습니까. 대망 내려놓으실 수 있겠습니까."

"저는······."

상은 고개를 저었다.

"의원님은 절대로 포기 못 해요. 권력도, 가정도."

"다시 말씀드리지만, 저는 진심입니다! 어중간한 마음이었으면 이렇게 큰 결정은 못 하죠."

"결정? 뭘 결정하셨는데요. 그 여자의 절반만 갖겠다고?"

"무슨 뜻입니까."

"의원님이 권력을 포기하지 않는 한, 의원님이 아껴 마지않는 그 여자는 조강지처 밀어낸 불륜녀라는 꼬리표를 달고 평생을 살아야 한다는 거, 의원님 같은 분께서 설마 모르실 리 없을 텐데요."

"이상 씨!"

"이미 그렇게 답이 다 나온 계산이지 않습니까."

"나도 많은 걸 포기할 각오를 하고 힘들게 마음먹은 겁니다."

"대권을 포기하고, 2선 의원이 되는 정도를 선택하시겠죠. 엄청난 타협이라는 거 압니다. 권력을 절반이나 포기하신 거니까요. 그러니, 결국 사랑이라는 이름으로 여자의 희생을 강요하게 되겠죠. 반쪽짜리 권력을 얻기 위해 그녀를 절반만 취한 채로 말이죠."

"……."

"그 여자가 반으로 쪼개져 피 흘리는 걸 보느니…… 내가 다 갖겠습니다."

"……!"

"이제부터 나는 제 여자를 누구와 나누지 않습니다. 더더군다나 대여 같은 걸 해 줄 아량 따위도 없고요."

"이것 보세요. 이상 씨."

"부탁이 하나 있습니다."

"……?"

"언젠가 나한테 의원님 이야기를 한 적이 있어요."

"한수인 씨가요……?"

"의원님께 호감을 가지고 있더군요."

"……!"

"당신이 그녀를 흠모하지 않아서……. 그게 이유였어요."

단 몇 초 사이 박 의원은 희망과 절망의 낙차를 경험하고 있었다.

"아내분만 바라보시는 모습이 좋아 보였다고 했습니다. 다른 모든 남자들이 힐끔거릴 때, 의원님만은 고개를 돌리지 않았다고요."

박 의원은 실망한 듯 고개를 내렸다.

"부탁입니다. 고백하지 마세요."

"……!"

"지금까지와 똑같이 점잖고 멋있는, 그런 손님으로 남아 주세요. 그 여자 마음을 다치게 하고 싶은 게 아니라면."

"……."

"만약, 그녀를 위해 모든 권력을 내려놓을 수 있다면 최소한 이혼부터 하고 다시 오시죠."

박 의원은 난색으로 고개를 떨구며 발끝을 내려다봤다. 상은 다시 바지 주머니에 손을 넣으며 역시 고개 숙여 인사를 했다. 그러고는 '물과 사람' 쪽을 향해 한 발 한 발 걸어갔다.

"고돌이 아빠?"

요즘 들어 수인은 상을 그렇게 부르고 있었다. 고슴도치 새끼들이 생긴 이후, 하루에도 열두 번씩 고슴도치 우리 앞에 붙어사는 상이였다. 상이 늦자 가게 밖으로 나와 본 수인은 저만치에서 상이 걸어 올라오는 것을 보고는 손을 흔들었다. 상은 환하게 웃으며 달려가 살갑게 수인을 안았다.

"왜 이렇게 늦게 왔어요? 기다렸는데……."

"미안. 앞에서 누굴 좀 만나서."

"누구?"

수인이 돌아보는데, 멀리 박 의원의 차가 돌아나가는 모습이 보였다.

"어? 혹시 박 의원님?"

박 의원의 차에 특이한 흠집이 있어 수인은 금방 알아차렸다.

"이상하다. 오늘 가게에서 본 적 없는데……. 언제 왔다 가는 거지?"

"아. 그냥……. 지나는 길이었대. 근처에서 볼일이 있었나 봐."

상은 수인에게 박 의원에 대한 좋은 인상을 그대로 지켜 주고 싶어 아무 말도 하지 않았다.

"그랬구나. 아아. 박 의원님 같은 손님만 있으면 정말 편할 텐 데……."

"왜. 또 누가 '물과 사람' 아이돌한테 밖에서 만나자고 꼬셔 대? 내가 가서 혼내 줄까?"

상은 수인의 어깨에 팔을 둘렀다. 그녀의 동그랗고 작은 어깨 가 손안에 알맞게 들어오는 느낌이 좋았다.

"그 정도는 나도 수비할 수 있거든요? 장사 하루 이틀인가."

"박 의원이 꼬시면, 넘어갈 거야?"

"넘어갈까요?"

"질문을 질문으로 받지 말지?"

수인은 상의 허리에 팔을 두르고 장난스럽게 묻는다.

"이혼하고 오겠다면 확 받아 줘 버릴까?"

"뭐야……."

"혹시 알아요? 그렇게 되면 장차 내가 이 나라의 영부인이 될 지."

"권력욕 있는 여자였어?"

"영부인 되면 법무부 장관님도 내가 한큐에 이길 수 있으려나……."

"여기서 어머니 얘기가 왜 나와."

어머니 이야기에 금세 안색이 어두워지는 상의 표정을 얼마간 살피다가 수인은 대수롭지 않은 척, 넌지시 말했다.

"지금 말구, 나중에요. 아주 나중 나중에……. 어머니랑 밥 한 끼 같이 먹을 수 있으면 좋겠어요."

상은 모처럼 진지해진 수인의 어투에 발을 멈춰 그녀의 표정을 살폈다.

"정색하지 말구요. 그냥……. 지난번에 우리 엄마한테 내가 소개했던 것처럼. 그렇게 아주 우연히 기회가 주어진다면요."

"내가 정식으로 소개 안 해서 서운했어?"

수인은 고개를 저었다.

"아니요. 언젠간 어머니랑 밥 한 끼 정도는, 체하지 않고 먹을 수 있는 그런 식탁이 왔으면 좋겠다구요. 자기한테……."

상은 그렇게 말하는 수인을 오래도록 봤다. 어쩌면 이 여자 때문에 어머니와 마주 앉아 밥을 먹어야 하는 순간이 올지도 모르겠구나 하고 생각하며.

"그만 봐요. 닳아."

상은 웃으며 다시 수인의 어깨에 팔을 둘렀다.

"그래서. 박 의원이 꼬시면 넘어갈 거냐고오."

"그럴 사람 아니네요."

"그럴 사람 아닌지, 맞는지 어떻게 알아?"

"말했잖아요. 나한테 한 번도 끈적한 눈길 보내거나 그런 적 없었다니까. 그렇게 예쁜 와이프 두고 나한테 그럴 사람이면 꼬셔도 안 넘어가 줄 거지만."

"진짜지?"

수인은 웃으며 고개를 끄덕였다. 상은 박 의원과의 일을 말하지 않았던 건, 수인에게 예외를 만들어 주고 싶어서였다. 모든 남자가 그녀를 하룻밤 불장난의 대상으로, 혹은 무용담을 늘어놓기 좋은 소재거리로 삼지 않는다고 믿게 해 주고 싶었다. 사랑하는 여자의 자존감을 지키는 것 역시 그가 생각하는 연인의 임무였으니까. 상은 수인의 머리에 입을 맞추고서는 물었다.

"오늘 힘들었어?"

"고돌이 아빠 봐서 다 풀렸어……. 원고는? 오늘은 많이 썼어요?"

"응. 자기 생각 안 하니까 술술 써지더라."

수인은 미간을 찌푸리며 삐친 척을 해 보였다.

"자기 생각 하면 집중이 안 되거든."

"왜요?"

"야한 짓이 하고 싶어져서……."

상은 그대로 고개를 숙여 수인의 입술에 가볍게 키스를 내려놓았다.

"들어가요."

두 사람은 웃으며 '물과 사람'으로 들어갔다. 수인과 상, 두 사람 모두 서로에게는 비밀인 에피소드 하나를 숨긴 채였지만, 행복했다. 상이 박 의원을 만나고 왔다는 사실을 수인이 몰랐듯, 상 역시 이날 그녀가 자기 모르게 만난 사람이 있다는 사실은 짐작 조차 하지 못하고 있었다.

이날 저녁. 상이 '물과 사람'에 그녀를 데리러 오기 3시간 전, 귀빈실에는 단 한 명의 예약자가 발생했다. 8인석 귀빈실에 는 이례적 사건이어서 수인은 궁금한 마음으로 귀빈실 문을 열 었다.

"……!"

"어서 와요."

예약자는 뜻밖에도 상의 어머니였다. '더 오실 일행분이 있으 십니까?'라고 묻지 않아도 될 만큼 수인은 단번에 현재 상황을 충분히 인지하고 있었다. 상의 어머니는 수인을 머리에서 발끝까 지 두 번 왕복으로 훑었다. 그러고는 가히 정치적인 엷은 미소를 띠며 수인에게 말했다.

"좀 앉을까요?"

상의 어머니는 눈짓만으로 수인에게 자신의 앞좌석을 권했다.

"네……."

수인은 조신하게 그녀의 앞에 마주 앉았다. 지난번에도 느꼈지 만 상의 어머니는 과연 따뜻한 인상이 아니었다. 여느 남성들보다 더 위압감이 있었고 심지는 단단해 보였다.

'설마 우리 장관님께서 저 정도 며느리 보고 마실 분은 아니

시고······.'

애써 재혁이 늘어놓던 악담을 떠올릴 필요도 없었다. 상에게
들은 일련의 히스토리만으로도 그녀의 방문 목적은 짐작하고도
남을 만했다. 재혁 정도밖에 안 되는 남자한테도 걸림돌이 되는
배경을 가진 여자라는 것을 안다.

하물며, 자신의 성공관에 걸맞도록 아들을 짜 맞추고, 자신의
명예에 오점이 될 만한 딸은 거침없이 치워 낸 그녀였다. 성공과
명예를 위해 가정마저 등질 수 있는 그녀에게 수인이 성에 찰 리
가 없었다. 그런데······.

"괜찮아 보이던가요?"

"아. 아드님 말씀이시라면······. 네, 잘 지내고 있습니다."

상의 어머니는 지그시 눈을 감고 작게 고개를 흔들었다. '그거
말고. 딴 거 가져와' 라는 뜻이었다. 하지만, 긴장한 수인은 그녀
가 무엇의 여부를 묻고 있는지 감이 잡히지 않았다.

"······그 아이."

'그 아이' 라고 말하기 전 잠시간의 틈을 들이지 않았다면, 이
번에도 거만한 고갯짓이 돌아왔을 터였다. 그러나 수인은 다행히
도 이번에는 알아들었다. 상의 누나. 그녀는 자신이 버린 딸에 대
해 묻고 있었다.

"저도 직접 보지는 못했습니다. 잘 살고 있다고만 들었습니다."

"······."

상의 어머니는 알 수 없는 표정으로 한동안 말이 없었다. 묵직

한 위압감 때문인지 수인은 가슴을 두근거리며 한없이 작아진 존재를 실감하고 있었다. 그 순간이었다.

'툭.'

상의 어머니는 테이블 위에 돈 봉투를 올려놓았다. 구태의연한 전개였지만, 막상 직접 당하니 덜컥 가슴이 내려앉고 하늘이 노래지는 느낌이었다.

"군소리 말고 받아요."

"이걸 왜 저한테……."

"그거 전부 다 한 사장 몫으로 주는 거 아니에요."

"네?"

"상이 결혼 생각 있어요? 같이 살고 있다면서."

"……!"

이보다 더 난처할 수가 없었다. 지난번엔 아들과 키스하는 모습을 보게 만들었고, 이번엔 아들과 한집살이하고 있다는 사실을 인정해야 하는 순간이었다.

"그렇게 벌받고 있진 말고. 난, 한 사장 별 상관없으니까."

수인은 고개를 들어 상의 어머니를 바라봤다. 별 상관없다는 말인즉슨, 허락이나 다름없었다. 수인은 당혹감을 감출 수 없어 눈을 동그랗게 뜨고 그녀를 바라봤다.

"아무렴. 그 아이나, 저 아이만 할라고."

'그 아이'는 상의 누나였고, '저 아이'는 지원을 말하는 듯했다.

"식 올릴 상황 되면, 그걸로 해요."

"하지만 저희는 아직……."

"그러니까. '아직'이 '드디어'가 되면 그때 쓰라고요."

단호하다 못해 무서운 말투였다. 수인은 상의 어머니 쪽으로 봉투를 밀기 위해 꺼냈던 손을 테이블 밑으로 다시 내렸다.

"그렇게 뒷돈 받는 얼굴로 부담스러워할 거 없어요. 무슨 리베이트도 아니고. 그저 나도, 자식한테 뭐 하나는 해 줬다는……."

울컥. 그녀는 자신의 음성이 흔들리는 것을 깨닫자 급브레이크를 밟았다. 몇 초간 감정을 정돈하더니 예의 그 냉정한 얼굴로 이야기를 마무리했다.

"……그런 자위거리는 있어야, 살 거 아니에요."

상의 어머니는 자신의 감정을 들키는 것이 두려웠던지 바쁘게 재킷을 걸쳐 입으며 덧붙였다.

"결혼 안 할 거면 상이한테 돌려주든 그건 한 사장 알아서 해요. 보아하니 돈 아쉬울 처지는 아닌 것 같아서 믿고 주는 거니까."

수인은 그녀를 따라 엉거주춤 일어났다.

"그리고 그 쓰레기 검사 놈은 내가 청소했으니까 그렇게 알고."

상의 어머니는 재혁을 말하고 있었다.

"그걸 어떻게……."

그녀는 정말이지 모르는 것이 없었다. 지원과 다른 느낌으로 조금 스산한 느낌이 들 정도였지만, 왠지 불쾌하지는 않았다. 재혁은 검사복을 벗고, 얼마간 숨어 지내다가 아마도 변호사 개업을 할 것이다. 그래도 나쁜 뉴스는 아니었다. 수인은 재혁의 처리를 부탁하지는 않았지만, 어쩐지 고맙다는 표시를 해야 할 분위기 같아서 상의 어머니를 향해 고개를 숙였다.

"신경 써 주셔서 감사합니다."

"걔한테 잘해요. ……나 대신."

그렇게, 상의 어머니는 옆구리에 끼고 있던 선글라스를 걸쳐 쓰고는 귀빈실을 나갔다. '물과 사람' 후문으로 빠져나가 보좌관이 열어 주는 차에 오르는 그녀의 모습은 정치인이 아니라 마치 배우 같았다. 수인은 그녀가 건네고 간 돈 봉투를 보며 생각했다.

'그가 이 사실을 알게 된다면 분명 화를 내겠지?'

상의 어머니가 택한 방식은 '돈'이었다. 하지만 개인적인 억하심정 없이 바라본 그의 어머니는 자신이 선택할 수 있는 최선의 방식을 취한 것으로 보였다. 그리고 이렇게밖에 표현할 수 없는 그녀의 사랑법에 대해 오래도록 생각했다.

'법무부 장관도 사랑하는 법 모르기는 마찬가지네……'

상의 어머니가 준 돈은 그녀의 뜻대로 만약에 있을 내일을 위해 통장에 묶어 두기로 했다. 그리고 상, 그가 과부하 걸리지 않는 한에서 어머니의 심정을 조심스럽게 흘려 전해 볼 계획도 품었다. 함부로 징검다리를 놓지는 않을 생각이다. 가족에게는 남들은 결코 알 수 없는 그들만의 룰이 있고, 감정의 계곡이 있으니까. 상과 그의 어머니 사이에 얼마나 깊은 곡절이 있는지 함부로 가늠할 수는 없으니까.

'언젠간 어머니랑 밥 한 끼 정도는, 체하지 않고 먹을 수 있

는 그런 식탁이 왔으면 좋겠다구요. 자기한테…….'

처음은 그런 보통의 식탁이 되기를 소망하며, 수인은 상의 팔 짱을 더욱 깊게 끼었다. 서로에게 얽혀 들 수밖에 없는 사이임을 증명하기라도 할 양으로 말이다.

□ ■ □

보름 후.

"이걸 어떻게 나 모르게 숨길 수가 있어!"

상이 이렇게까지 화를 내는 건 충분히 예상했던 그림이었다. 어머니로부터 돈을 받았다는 사실이 그의 귀에 들어간 시기가 예상보다 한참 빨랐던 건 문제였지만.

"내가 그 돈을 그냥 받은 게 아니라요……."

"돈이 중요한 게 아니야! 당신이 그걸 숨겼다는 사실이 중요하지!"

평소 뉴스를 보면서도 그의 어머니 이름 석 자가 나올라 치면 채널을 돌려 버리던 상이었다. 그의 어머니가 '물과 사람'에 다녀 갔다는 일화를 말하는 것이 쉬운 일은 아니었다.

"나도 다 생각이 있어서 말 못 한 거잖아요. 왜 내 입장은 생각을 안 해 주는데?"

"당신은 그걸 숨겼어."

"하아. 숨긴 건 맞는데……."

"결혼 자금."

"뭐라고요?"

"결혼 자금을 은닉했다고."

'가만. 가만.'

그의 이야기를 가만 곱씹으니 무언가 살짝 핀트가 어긋난 방향으로 진작부터 분위기가 흐르고 있었다.

"내가 뭘 은닉했다구요?"

"이 돈. 우리 결혼 자금으로 받은 거라며."

"어? 아니, 그게 아니라……."

"돈이 중요한 게 아니야! 그 여자한텐 차고 넘치는 게 돈이거든. 이 정도 돈쯤은 그야말로 껌값이라고. 그러니까, 당신이 받아 없었든지 어디에 묻어 뒀든지 그건 문제가 아니란 말이야."

"그럼요? 뭐가 문제인데요."

"당신이 아까 뭐랬어. 만약에 있을 내일을 위해 통장에 넣어 뒀다고 했지?"

"그랬어요. 나중에 자기 영감 딱 끊기고 나서 쫄쫄 굶고 사는 날이 오면, 그때 이 돈이 얼마나 큰 도움이 되겠어요?"

"내 영감이 왜 끊겨! 내가 왜 쫄쫄 굶어! 내가 당신 하나 못 먹여 살릴 것 같아서 불안했어?"

"또 모르죠. 매일 고돌이만 애지중지하다가 그냥 고돌이 아빠로, 그냥 전업주부로 전향하고 말지. 그리고 신작 나온 지도 꽤 됐다면서요?"

"내가 못 써? 안 썼던 거지."

"치……."

"치이? 아무튼, 당신은 혼인을 빙자했어."

"뭐, 뭐라구요?"

"혼인 빙자 사기!"

"……."

수인은 어안이 벙벙한 얼굴로 상을 보고 있었다.

"몹시 음흉한 여자야……."

"으, 음흉?"

"나한테는 시치미 딱 떼고, 대단히 독립적인 여성인 척했잖아. 마치 결혼은 전근대적인 구시대의 유물인 것처럼 벌레 보듯 하면서."

"내가 언제 또 벌레 보듯 했대?"

"속으로는 나랑 결혼하고 싶은 꿍꿍이를 숨겨 두고서 나 모르게 결혼 자금까지 챙겨 두고서……."

"결혼 자금 아니라니까요! 자기 쫄딱 망할 때를 대비해서 연금으로 묶어 둔 거라구요!"

"혼인을 빙자해서 나를 평생 묶어 두고 싶었던 건 아니고? 그 시커먼 흑막 뒤에 가려진 본심을 드러내! 나와! 이 요물!"

'이런 거에 웃어 주면 정말 버릇 들어 안 되는데…….'

수인은 피식피식 새어 나오는 웃음을 막을 수가 없었다.

"그래서, 내가 혼인 빙자 사기범이라서 싫어요?"

"혼인하기 싫은 척 빙자하면서 정직하고 순수한 남자를 미혹하는 이 요물……."

상은 수인의 허리를 안으며 목덜미에 키스했다.

"아아. 너무 급진적인 거 알죠?"

"몰라······."

상은 수인의 여기저기에 입을 맞추느라 이미 여념이 없었다.

"잠깐만······. 좀 앉구. 오늘 하루 종일 가게에서 앉아 있을 틈도 없이 바빴단 말이에요······."

상은 수인을 소파로 이끌면서도 키스는 멈추지 않았다.

같이 지내기 시작한 이래, 둘 사이의 결혼을 토픽으로 대화를 이끌어 간 건 오늘이 처음이었다. 물론, 제삼자의 시선으로 결혼에 대한 관찰자 시점의 견해를 나눈 적은 몇 번 있었다. 확실히 수인 쪽에서 '결혼은 전근대적이고 구시대적 유물'이라고 말했던 것도 사실이다. 그때는 거기에 상도 크게 반박하지 않았었다.

"우리····· 이만큼 발전하기까지도 힘들었잖아요."

소파에 길게 누운 수인은 자신의 허리를 간질이는 상의 입술을 느끼며 눈을 감았다.

"한 계단····· 한 계단····· 올라오느라 힘들었지······."

상의 입술은 수인의 발목부터 종아리를 조금씩, 조금씩 타 올라가고 있었다.

"그런데 지금····· 너무 급진적이라는 생각 안 해요? 앗! 간지러워. 그만해······."

상은 그대로 수인을 소파에 엎드려 눕혔다. 그리고 마치 말을 타듯 그녀의 엉덩이 위에 가볍게 걸터앉으며 말했다.

"급진적? 그렇게 갑작스러운 얘기였어?"

"갑작스럽죠. 여태까지 난 우리 서로 그런 개념에 얽매이고 있다고는 생각 안 했는데……. 솔직히 서로 그 얘기는 조심한다고 생각했고……."

"우리 사이에 결혼 얘기는 금지어라고? 결혼이 뭐 볼드모트야?"

상은 그녀의 어깨를 꾹꾹 누르며 안마를 시작했다. 아침부터 쉴 틈 없이 바빴던 수인은 상의 손길에 하루 피로가 녹아내리는 것만 같았다. 그녀는 절로 눈을 감고 신음을 토했다.

"으음……."

"좋아?"

"응……. 시원해요……."

상은 그녀의 등을 가린 윗옷을 들추어 올렸다. 그리고 그녀의 등 위에 입을 맞추기 시작했다.

"으응……. 조금만 더 해 주면 안 돼요?"

입맞춤에 정신이 팔린 상의 손이 어깨 위에서 움직임을 멈추자, 수인은 조금 더 주물러 달라고 보챘다.

"결혼하면. 그럼 매일 해 줄게……."

상은 수인의 브래지어 후크를 풀고, 자국이 남은 그 자리에 부드럽게 입술을 내려놓았다. 수인은 도저히 안 되겠는지 풀어진 속옷이 흘릴까 손바닥으로 앞가슴을 부여잡으며 영차 돌아누웠다.

"정말 뭐예요. 진심이야?"

상의 입에서 나온 '결혼'이라는 말이 왠지 생경했다. 그가 말

하던 프러포즈라는 것도 그저 사랑하는 사람들끼리의 '고백' 정
도였지 결혼은 아니었다. 그것이 수인도 부담 없고 좋았다.

"왜? 싫어?"

"좀…… 낯설어서요. 결혼 같은 걸 생각하는 타입인 줄 몰랐
어."

"그래?"

상은 수인의 발을 끌어다 자신의 가슴에 딱 붙이고, 그녀의 종
아리를 주무르며 말을 이었다.

"완전 생각하는 타입인데."

"아!"

"아파? ……지금은?"

"괜찮아요. 그랬어요? 정말로?"

"응."

"막 딴딴따단 식 올리고, 신혼여행 가고, 혼인 신고 하고, 지지
고 볶고……. 그런 걸 다 하고 싶어 하는 타입이었다구요?"

"왜에?"

"안 어울려."

"왜?"

"무슨 예술가가 그래?"

"하하……. 예술가는 결혼하고 싶어 하면 안 돼?"

"음……. 뭔가 고독하고, 자유롭고, 제도 같은 거에 얽매이는
거 싫어하고…… 육아, 살림, 이런 거랑은 매치가 안 돼서요."

"그건 당신이 싫어하는 거겠지. 매이고, 복잡하고, 시끌벅적하

게 사는 거."

"……!"

솔직히 그랬다. 외로워하면서도 정작 심플한 싱글 라이프가 편한 것이 사실이었다. 가끔 이렇게 그가 자신을 꿰뚫어 보고 있을 때는 발가벗겨진 사람처럼 화끈 달아올라 그의 눈을 똑바로 볼 수가 없었다.

'아직 결혼 같은 건 생각 없다고 말했다가 상처받으면 어쩌지?'

수인이 상의 눈을 피하며 생각에 잠겨 있을 때, 상의 얼굴이 코앞으로 가까이 다가왔다.

"걱정 마. 당장 어떻게 하자고 안 해."

그제야 수인은 안심한 듯한 표정을 했다.

"우리가 같이 살아가는 게 중요하지, 결혼 같은 건 아무래도 좋으니까."

그러자 수인의 입가엔 살며시 미소까지 번져 났다. 결혼이라는 어려운 과제를 미뤄 둘 수 있음에 기뻐하는 스스로가 겸연쩍었지만, 애써 참으려 해도 비죽비죽 미소가 새어 나왔다. 상은 그런 그녀가 귀엽다고 생각했다.

"그렇게 웃지 마. 예쁘게……."

상은 수인의 목을 끌어당겨 입을 맞췄다. 그리고 그대로 뒤로 누우며 수인을 자신의 배 위로 엎드리게 했다. 수인은 마치 아이처럼 가만히 그의 가슴 위에 얌전히 안겼다. 상의 손이 그녀의 등을 토닥토닥 두드리고 있었다.

"아아. 내가 하루 종일 이 순간만 기다리고 있는 거…… 알아
요?"

"난 벌써부터 기다려. 당신이랑 이렇게 같이 누울, 내일 이 시
간을……."

상은 수인의 부드러운 머리칼에 입을 맞추며 계속해서 그녀의
등을 토닥였다.

수인은 오랜만에 A출판사 건물에 들렀다. 이곳 경제지에서 CEO 전문 인터뷰어로 오랫동안 일했던 수인이였다. 그리 오래된 일도 아닌데, 상을 만나고 그동안 많은 일을 겪고 난 터라 웬일인지 어색한 발걸음처럼 느껴지고 있었다. 아마도 오늘의 방문이 수인, 자신의 일 때문이 아닌 누군가를 따라온 걸음이어서 더욱 어색하게 느껴지는 것인지도 모르겠다.

"이 작가님!"

오늘의 출판사 방문은 상, 그를 따라온 것이었다.

'버선발로 뛰어나온다는 게 이런 거구나……'

수인과 함께 들어오는 상을 보자마자 문학 팀 이 차장은 직원들의 책상에 이리저리 쿵쿵 부딪치며 요란하게 달려 나왔다.

"아, 안녕하셨어요?"

상은 멋쩍은 듯 조용하게 인사했다.

"올해 대운이 터진다더니 이걸 두고 한 말이었나 보네, 그 점쟁이가! 아이고. 잘 왔어요! 이쪽으로……. 야! 뭐 하냐! 차 안 내오고! 제일 비싼 걸로 갖고 와! 지난번에 내가 말레이시아 가서 사 가지고 온 거 있지? 그걸로다가."

"아니, 괜찮은데……."

상은 죄 없이 수류탄을 맞은—이 차장의 아밀라아제 파편— 인턴 직원을 향해 꾸벅 고개를 숙였다.

이 차장의 사무실 테이블 위에는 십전대보탕도 아니고, 한약도 아닌 것이 그 출처를 명확히 알 수 없는 차가 올라 있다. 술, 담배도 못 하고 은근 애기 입맛인 상으로서는 냄새만으로도 고역인 순간이긴 했다.

"내가 그렇게 통사정을 해도 당최 들은 척도 않더니만, 어떻게 된 일인고 했어요. 그랬더니만…… 그렇고 그렇게 된 얘기였나 이게? 이히히히!"

상에게 이 출판사와의 계약을 권유했던 건 수인이었다. 이 차장은 나란히 앉은 상과 수인을 번갈아 보며 '얼레리 꼴레리'의 시선을 보내며 웃었다. 옆에 앉은 경제지 박 부장은 '언빌리버블'의 시선으로 수인을 보고 있었다.

"신기해. 이상도 모르던 여자가 어떻게 이상이랑 같이 연애를 하고 있지? 허허. 참."

수인은 수줍어라 하며 웃었고, 상은 그런 수인의 손을 꽉 잡으며 미소 지었다.

□ ■ □

얼마 전, '물과 사람'에서 '출판인의 밤' 행사가 있었고, 그 자리에는 A출판사 경제지 박 부장과 문학 팀 이 차장도 참석 중이었다.

"요즘 이 바닥에서 안 힘든 사람이 어디 있겠어. 정말 어디 돈 나올 구멍 좀 없나. 에휴……. 쯧."

"이럴 때 그놈 다시 펜대 잡게만 하면 대박인데 말이야."

"누구?"

"젊은 이상, 그놈."

"초대박 왕건이지. 그 친구라면 그래도 이 차장네가 제일 가능성 있지 않아? 마지막 책 거기서 냈잖아."

"가능성은. 얼굴을 봐야 설득이든 협박이든 할 거 아니야. 삼고초려를 하고 싶어도 집을 알어, 뭘 알어."

"정말 담당 에디터도 집을 몰라요?"

"아무하고나 말도 안 섞어요. 사생활 보호 개념이 어찌나 투철하신지. 어떨 땐 유령 작가 같다니까."

출판인들이 모인 자리에선 단연 상에 관한 이야기가 안줏거리가 되고 있었다. 어린 시절부터 매스컴과 대중의 관심에 노출되어 있던 상은 폐쇄적으로 자신을 가렸다. 특히 다난한 20대의 부침들을 겪어 내며 전보다 더 안으로, 안으로 침잠하고 있었다.

"박 부장님, 더 필요한 건 없으세요?"

수인의 미모를 적극 활용해 인터뷰이인 기업 CEO들에게 쏠쏠하게 광고를 따내던 박 부장이었다. 그래서 미울 때도 있었지만, 오랜 시간 함께 일하며 인간적 잔정이 많이 든 사람이기도 했다. 수인은 그의 일행이 앉은 테이블이라 각별히 더 신경을 기울였다.

"없어, 없어. 한 사장 솜씨 완벽해!"

그래도 수인은 비어 있는 차 주전자에 연꽃잎을 넉넉히 채워 우려내며 서비스를 하기로 했다.

"이제 자리 파할 시간 다 돼 가는데 그만 퍼 줘. 이 인간들 다 얼큰해서 이게 연꽃물인지 행주 씻은 물인지 맛도 분간 못 하는데, 그 비싼 거 그만 때려 부어도 돼."

박 부장의 배려에 수인은 피식 웃고는 마저 차를 우려내고 있었다. 그사이 사람들의 무르익은 대화는 계속됐다.

"차기작 너무 오래 걸리는 거 아니에요?"

"젊은 놈인데 벌써 밑천 고갈은 아닐 거고……. 신작 못 내놓는 덴 이유가 있지 않겠어?"

"혹시…… 주변에 창작력을 좀먹는 인간이 붙어 있다든가. 왜 그런 거 있잖아요. 뮤즈 같은 거. 그런 게 없으면 작가들 펜빨 안 선다고 하던데. 연애가 딱 끊겼나?"

"모르죠. 어디 사는지, 뭐 하고 사는지 코빼기도 안 보이는데 연애 사정인들……."

"아무튼 말이야. 젊은 이상, 걔 어째 조금 불안하지 않아?"

수인은 '젊은 이상'이라는 말에 찻잔을 채우던 손을 멈췄다. 여태 이들이 하던 이야기가 상에 관한 이야기인 줄은 몰랐다.

"작가 자체도 너무 미스터리하고. 글 분위기부터 좀 그렇잖아. 신비하다 못해 스산한 것이…… 꼭 언제라도 뭔 일 낼 것 같지 않아?"

"왜. 멋지게 요절이라도 해 버릴까 봐?"

"……!"

놀란 수인의 손가락이 움찔거렸다.

"난 있잖아. 작가 중에 누군가 요절한다면 십중팔구 젊은 이상이라고 본다."

"저도요. 왠지 느낌이 쌔— 해요."

'쨍그랑!'

일동의 시선이 수인에게 쏠리고, 수인은 떨어진 찻잔을 주웠다.

"죄송합니다."

"어이쿠. 한 사장 괜찮아?"

"네. 죄송해요, 부장님. 죄송합니다."

수인은 일동에게 사과하고 조용히 테이블을 정리했다.

"만약 젊은 이상이 요절 같은 거라도 할라 치면, 여기 있는 우리 전부 다 어떻게 되는 거냐?"

"닭 쫓던 개 되는 거지!"

"나 완전히 개 됐어!"

"하하하!"

싸이 춤을 흉내 내는 한 출판인의 아재 개그에 일동은 떠들썩하게 웃었다. 하지만, 수인의 얼굴만은 굳어 있었다.

"아니지. 여기 이 차장은 대박 터지는 거네. 그동안 젊은 이상이가 여기서 내 준 책들이 동시다발로 빵 터질 텐데."

"그러네. 만에 하나라도 젊은 이상 어떻게 되면, 용의 선상에 이 차장이 제일 먼저 오르는 거 아니야? 비주얼부터가 딱 범죄형이잖아."

"하하하!"

일동은 또 한 번 자지러지게 웃어 댔다.

"그럼, 혹시라도 더 필요하신 거 생기면 불러 주세요."

수인은 테이블을 다 정리하고는 자리를 빠져나가 카운터로 향했다.

카운터에 앉아 있으면서도 수인의 마음은 저기 출판인의 밤 행사 석상에 가 있었다. 가만히 생각해 보니 상의 직업이 작가라는 것을 실감한 첫 번째 순간이었던 것 같다.

늘 노트북 앞에 앉아 무언가를 적고 있었지만 그것이 특별할 건 없었다. 상과 함께 옮아온 한 무덤의 책들로 둘러싸인 서재가 생겨났다는 것 말고는 수인의 집 안 풍경 역시 별반 달라지지 않았다. 상과 함께 지내는 동안 그가 작가이기 때문에 유별나게 달라진 생활의 변화가 없었던 것이다.

'요절? 십중팔구 젊은 이상?'

상을 두고 그러한 우스갯소리가 오갔다는 것에 한껏 불쾌했다. 하지만 한편으로는 연인이 아닌 '작가 이상'에 대한 자신의 무지(無知)에 새삼 뜨끔하기도 했다.

그러고 보면, 수인에게 상이 일하는 순수 문학계는 말 그대로 미지의 세계였다. 그가 오랫동안 신작을 못 내고 있다는 것은 알고 있었지만 그것에 크게 신경을 기울이지 않았고, 상의 작품을 파고들며 그의 세계관을 이해해 보려는 세심한 노력도 특별히 하지 않은 것 같았다.

'그 사람은 밖에서 언젠가 요절할 작가로 불리고 있는데⋯⋯ 난 뭘 한 거지? 늘 곁에 있으면서 내가 너무 무관심했나⋯⋯.'

조금은 심란한 마음으로 앉아 있는데, 마침 오늘 새로 들어온 아르바이트생이 보였다.

"동욱 씨. 국문과라고 했죠?"

"네. 3학년이요."

"혹시 이상 좋아해요?"

"소설가 이상이요?"

수인은 고개를 끄덕이면서 속으로는 〈날개〉나 〈오감도〉의 이상을 떠올려 주기를 은근히 기대하고 있었다. 작가 이상에 대해 무지한 동료가 되어 주길 바라면서. 하지만⋯⋯.

"엄청 좋아하죠. 요새도 〈고슴도치가 없는 방〉 읽고 있는데. 왜요, 사장님?"

"아니, 그냥. 궁금해서요⋯⋯."

"혹시 안 읽어 보셨으면 빌려 드릴까요? 제 가방에 지금 있는데. 저 매일 들고 다니면서 읽거든요. 완전 팬이에요. 빌려 드려요?"

"아니, 아니에요."

이때, 상이 '물과 사람'으로 들어섰다.

"어? 왜 벌써 왔어요?"

"계속 앉아만 있었더니 허리 아파서. 조깅하러 나왔다가 그냥 이리로 왔어."

그러고는 카운터 상판에 배를 걸치고 넘어와 수인의 귓가에 대고 속삭였다.

"······라고는 하지만, 좀 더 빨리 보고 싶어서."

씨익 웃는 상을 보는 수인의 얼굴에 웬일인지 근심이 어려 있었다.

"날 보고도 표정이 왜 그래? 무슨 안 좋은 일 있었어?"

수인은 근심 가득한 눈으로 상을 보며 말했다.

"······요절 같은 거 할 거 아니죠?"

"응?"

상의 눈이 동그랗게 커졌다.

"귀 같은 거 자르고, 그럴 거 아니죠?"

"뭐어?"

상은 반사적으로 양손으로 자신의 귀를 덮어 가렸다. 상상만으로도 아프다는 뉘앙스였다. 하지만, 수인의 표정은 아직도 심각했다.

"주머니에 돌 잔뜩 넣고 강에 걸어 들어가거나, 정신병원에서 쥐도 새도 모르게 요절하고 그러는 거 아니죠?"

"갑자기 이게 다 무슨 그로테스크한 소리야? 악담이런가, 저주런가."

덜컥 수인의 눈시울이 붉어지자, 상은 이 상황을 마냥 농담으로 칠 수 없다는 낌새를 알아차리고는 수인 가까이로 가 그녀의 얼굴을 감싸 쥐고 들여다봤다.

"왜 그래에?"

그때였다. 출판인의 밤 행사가 끝났는지 박 부장과 이 차장 일행이 우르르 한꺼번에 쏟아져 나왔다. 그중 제일 나이가 많은 이 차장이 계산대 선봉에 서 지갑을 꺼내고 있었다.

"그런데요, 어떻게 생겼어요? 젊은 이상. 나는 사진도 한 번 못 봤네?"

"……!"

상은 미처 숨지도 못한 채 카운터에 수인과 나란히 서 있었다.

"여기 이 차장밖에 젊은 이상 얼굴 아는 사람 없을걸?"

"요즘 기집애들 좋아하게 희끗멀건하게 좀 생겼어. 키도 훤칠하고. 딱 작가같이 몸매도 호리호리해 가지고…… 어! 그래! 딱 이 청년만 하게 생겼지 아마? ……어라?"

이 차장이 예시로 든 건 진짜 이상이었다. 상은 이 차장과 눈이 마주치자 황급히 고개를 돌리며 딴청을 피웠다.

"어라라? ……이 작가님?"

"이 작가라니. 누구?"

"이상 작가님 아니십니까?"

"이상?"

"저 사람이 이상이래."

출판인 무리는 금세 상의 주변을 에워싸며 웅성거렸다.

"이 작가님 맞으시네에! 나 이 차장이에요!"

"예…… 안녕하셨어요……."

"한국에 계셨구만! 내가 그동안 얼마나 수소문했는지 아세요? 그런데 어떻게 여기서 다 만나진답니까아! 어떻게 여기서 딱……

여기는 물과 사람…… 한 사장…… 둘이…… 어라랄랄라?"

일동의 시선이 쏠리자, 수인과 상은 코너에 몰린 쥐처럼 둘이 바짝 붙어 웅크리고 있었다. 출판계 인사들의 눈빛이 하이에나 같다고 느끼며 어떻게 빠져나가나 고민되는 순간.

"저…… 여기 사인 좀……."

새로 온 국문과 아르바이트생이 출판인 무리를 씩씩하게 비집고 들어와 상의 저서 〈고슴도치가 없는 방〉을 내밀었다.

"아…… 네……."

이런 상황이 익숙지 않은 상은 어색이 몸부림치는 표정을 지어 보였지만, 이내 펜을 받아 들고 최대한 느리게 움직이기 시작했다. 나무늘보처럼 펜 뚜껑을 서서히 열어, 서서히 책장을 펴고, 서서히 사인을 해 나갔다.

출판계 하이에나들과 상의 사이에 서서 사인을 기다리고 있는 아르바이트생 때문에 하이에나들은 그의 어깨 너머로 상을 보려고 까치발을 들어야 했다.

"……감사합니다."

상은 천천히 사인을 마치고는 아르바이트생의 눈을 보며 감사를 전했다. 아르바이트생은 마치 여자의 눈웃음을 받은 양 얼굴을 붉히며 좋아했고, 그 모습을 지켜보는 수인의 표정도 재미있었다.

"그리고…… 정말…… 죄송합니다!"

상은 아르바이트생의 가슴에 가만히 책을 건네는가 싶더니, 그의 가슴을 뒤로 쑤욱 밀쳤다.

"어어!"

때문에 아르바이트생의 뒤편에 있던 출판계 하이에나들까지 우당탕탕 뒤로 밀려났고, 그 틈을 타 상은 수인의 손을 잡고 냅다 밖으로 뛰쳐나갔다. 한밤의 난리였다.

□ ■ □

그날 밤. 집에 돌아온 수인은 그동안 미처 생각하지 못했던 것들에 대한 상념에 빠져야 했다. 그날 역시 상은 여느 때처럼 피곤한 수인을 안아 재웠고, 그녀가 잠든 뒤에는 그녀의 이마에 입을 맞추고는 서재로 자리를 옮겼다.

이대로 내일 아침 그녀가 일어날 때까지 집필을 계속하는 것이 두 사람의 익숙한 일상이 되었다. 하지만 그날은 달랐다. 상이 침실을 벗어난 얼마 후, 수인은 깊은 잠에 들지 못하고 몸을 일으켜 가만히 침대를 빠져나왔다.

네글리제 위에 가운을 걸쳐 입고 연못가로 나간 수인은 블랭킷을 어깨에 두른 채 새벽 내내 상의 책들을 찬찬히 읽어 내려갔다. 일전에도 가볍게 훑어본 적은 있었지만, 이렇게 정식은 처음이었다.

미처 읽어 보지 못했던 짤막한 단편의 마지막 문장을 다 읽고서 수인은 가만히 책장을 덮었다. 스탕달 신드롬처럼은 결코 아니었지만, 아찔할 만큼 심장이 서늘해지는 것을 느꼈다. 순수 문학에 대해 아무것도 모르는 수인이였지만, 그래서 그의 글은 어렵고 생소했지만 분명하고 또렷한 울림이 있었다. 불현듯 출판인 중 한 사람의 이야기가 떠올라 머리를 어지럽혔다.

  '혹시…… 주변에 창작력을 좀먹는 인간이 붙어 있다든가. 왜
그런 거 있잖아요. 뮤즈 같은 거. 그런 게 없으면 작가들 펜빨
안 선다고 하던데. 연애가 딱 끊겼나?'

  '설마. 그가 신작을 내놓지 못하고 있는 이유가 나와 함께 있
기 때문에……?'

  상의 책을 읽고 난 뒤의 수인은 참을 수 없게 자신이 작아 보
여 스스로 자존감을 깎아내리는 지경에 이르고 있었다. 그리고
'천재 작가의 연인'으로 산다는 것에 대한 상념이 이어졌다.

  '로댕'에게는 '까미유 끌로델'이 있었고, '헤밍웨이'에게는
'겔혼'이 있었다. '니체'와 '릴케', '프로이트'까지 사로잡았던
여자 '루 살로메'와 사랑에 빠지는 남성은 9개월 후에는 한 권의
명저를 남긴다고 했다. 실제로 니체는 그의 최대 저작(著作)을 완
성할 수 있었던 이유를 그녀에게 돌렸다.

  '루 살로메'는 '프로이트'마저도 "두려움을 느낄 만한 지성을
갖추고 있다"고 표현한 여자였고, 그 스스로가 작가이자 정신 분
석가이기도 했다. '백석'의 '자야'는 그의 시를 생명처럼 사랑했
고, 다시 태어난다면 시를 쓰고 싶다고 말했다.

  '그런데 나는……? 남는 빈방 하나를 서재로 변신시켜 그에게
선물했을 때는, 그에 대한 어떠한 책임 의식 같은 걸 느꼈어야 했
던 건 아닐까?'

수인은 어쩐지 위축되는 느낌에 사로잡혀 상이 있는 서재로 발을 옮겼다. 방해가 될세라 조심스럽게 문을 열고 책상 앞에 앉아 있는 상의 뒷모습을 봤다. 그는 책상에 팔꿈치를 괴고 양손으로 머리를 감싸 쥐고 있었다.

'삐그덕.'

걱정되는 마음이 앞서 나갔던지 문틈이 시끄럽게 소리를 내고 말았다. 결국 그에게 모습을 들키고 말았다.

"깼어?"

"응. 잠깐……."

"다시 재워 줄까?"

상은 의자에서 일어나려 했고, 수인은 그러지 말라 고개를 저으며 그의 곁으로 다가섰다.

"왜? 잘 안 풀려요?"

"아아……. 이제 조용히 쓰긴 글렀어."

"……?"

"그 사람들이 얼마나 들볶을지 생각하면 벌써부터 머리에 쥐가 나는 것 같아."

상은 곁에 선 수인을 안고 그녀의 배에 얼굴을 묻었다. 상은 이제 출판계 사람들에게 들켜 버렸으니 사진이 찍히는 건 시간문제, 각종 섭외 전화에 시달리는 건 둘째 문제, 무엇보다 수인을 찾아가 귀찮게 굴 것이 가장 큰 문제라며 염려하고 있었다.

"그럼 우리 헤어져야 하나?"

상은 번쩍 고개를 들어 수인을 올려다봤다. 그 눈빛에 원망이 깃들어 곧 핀잔이 쏟아질 기세였다.

"내가 30년 가게 터를 옮길 수도 없고, 그럼 나 힘들게 안 할 방법은 그것밖에 없잖아요."

"싫어. 그런 말 하지 마."

"그럼 그 사람들이 귀찮게 못 하게, 당신 조용히 글만 쓸 수 있게 지하 벙커라도 만들까요?"

"그럴까?"

상은 눈을 반짝이며 그녀를 올려다봤다.

"또!"

"……?"

수인은 상의 허벅지 위에 모로 올라앉으며 그의 어깨에 팔을 둘렀다.

"또다시 감옥으로 들어가겠다는 건 아니죠? 이제 겨우 세상 밖으로 나왔는데."

"맞다……."

상은 수인의 쇄골에 이마를 박고서 물었다.

"그럼 어떡하지?"

수인은 상의 얼굴을 들어 그와 눈을 맞췄다.

"외로운 평화보다 소란한 사랑이 더 나은 것 같다고 말했죠?"

상은 고개를 끄덕였다.

"한번 부딪쳐 봐요. 이젠 내가 있잖아……."

상은 수인의 눈을 가만히 바라봤다.

"밖에서 아무리 소란에 시달려도, 집에 오면 내가 항상 평화롭

376

게 해 줄게요……."

수인의 예쁜 말에 상의 가슴엔 따사로움이 피어났다. 그는 고마운 그녀를 꼬옥 끌어안았다. 가슴에 피어난 따사로움과 꼭 닮은 그녀를 데칼코마니처럼 찍어 내고 싶은 마음으로 그녀를 제 가슴에 더욱 꼭 붙여 안았다.

"뜨거워?"

"아니, 따뜻해……. 자기 품……."

"당신 날아가지 마아. 이렇게 뜨겁게 품고 있으면 꼭 금방이라도 알 깨고 나와서 날아가 버릴 것 같단 말이야……."

수인은 상의 품에서 벗어나며 그에게 물었다.

"나는 자기한테 영감을 주는 사람 아니죠?"

"그게 무슨 말이야?"

"그냥요……. 자기한테 내가 너무 평범한 것 같아서……."

"충분히 특이해."

상의 정색에 수인이 눈을 흘겼고, 그는 웃었다. 그리고 물었다.

"갑자기 그런 소리는 왜 하는데."

"나한테서 너무 생활의 냄새가 났나, 그런 생각이 들어서요. 나 만나고 나서 글도 계속 늦어지는 것 같구……."

"다 썼는데?"

"정말? 언제요?"

"아까. 다 쓰고 몸이 찌뿌둥해서 조깅 나갔다가 자기한테 갔잖아."

"그랬어요?"

"그래에……. 그러니까 이러고 있잖아. 쓸 땐 좋은데 항상 그 다음이 힘들어. 세상에서 출판사 사람들이 제일 무서워……. 나 좀 숨겨 줘."

상은 수인의 가운 매듭을 풀고 수인의 배 속으로 들어가려 했다.

"가만있어 봐요. 어디? 나도 한번 읽어 봐도 돼요?"

"응. 그렇잖아도 자기 내일 일어나면 제일 먼저 보여 주려고 뽑아 놨지."

상은 무릎 위에 수인을 태운 채로 의자를 굴려 두꺼운 종이 뭉치를 그녀에게 건넸다. 수인은 냉큼 내려가더니 서재 바닥에 그대로 배를 깔고 엎드려 팔랑 종이를 넘겼다.

"날아가지 말랬더니……."

상은 수인을 따라 내려와 옆에 누웠다.

"내가 마땅한 뮤즈가 없어서 글을 못 쓰고 있는 줄 알았어? 언제부터 자의식이 이렇게 내려간 거지?"

수인은 글을 읽다 말고 그를 바라봤다.

"잊었어? 내 책 몇 권 사 가지고 와서는, 내가 당신을 소재로 글을 쓰고 있다고 막 소리 지르고 화냈던 거."

'밤마다 노트북 앞에 있던 게, 이런 일이었어요? 사람이 외로우면 수치심도 잊는다, 뭐 그런 주제라도 담아요? 안전한 남자를 찾는다니! 밤마다 품으로 기어들어 오는 여자라니! 그게…… 재밌었니?'

기억난다. 수인은 부끄러운지 두껍게 프린트된 종이 뭉치에 '꿍' 머리를 박았다. 상은 귀여워라 웃으며 그녀를 봤다. 수인을 만나자마자 새로운 영감에 사로잡혀 미친 듯이 글을 써 내려갔던 그날을 굳이 설명해 줘야 하려나 보다.

"원래, 당신 만나기 전에 말이야. 되게 염세적인 추리물 같은 걸 꾸역꾸역, 억지로 쓰고 있었거든. 〈H호텔 액션활극〉이라고. 그런데, 당신 만나고 나서 미련 없이 다 엎어 버렸어."

"그랬어요? 왜요?"

"막 살고 싶어지더라고. 그러니까 막 쓰고 싶어지더라. 사랑 같은 건 다 말라 버린 줄 알았는데, 그 마른자리에 싹이 트니까 세상이 다르게 보였어. 그래서 죽도록 살고 싶은 주인공의 이야기로 소재를 바꿨지. 그래서 늦어진 거지, 당신 때문 아니거든요?"

수인은 멋쩍은지 입술을 깨물었다.

"내 거 함부로 깨물지 말고."

상은 수인의 턱 끝을 끌어와 살짝 입을 맞추고는 말을 이었다.

"당신이 소재거리는 아니었지만, 당신 덕분인 건 맞아. 사실 오랫동안 글이 안 써졌어. 사랑이 없어서 그랬나 봐. 생(生)하는 것 말고 사(死)하는 것만 보는데 어떻게 글이 나올 수 있었겠어. 그러니까, 다 당신 덕분이야."

수인은 알아들을 듯 말 듯 한 그의 말에 고개를 기울였다.

"당신 내 뮤즈 맞다고. 아, 예뻐라……."

상은 수인의 머리를 쓰다듬었다. 수인은 고개를 갸우뚱하면서도 무언가 찬사를 들은 것 같아 한결 기분이 좋아졌다.

"그래서 말인데, 나 또 바로 다음 작업 들어갈 거야. 초반이라 밤샘도 좀 하고 그럴 텐데, 자기 이해해 줄 수 있지?"

수인이 미소로 고개를 끄덕였다.

"바빠서 그런 건데, 마음 멀어졌다고 투정 부리고 삐지고 그러면 확 잡아먹어 버릴 거야."

상은 수인의 어깨를 앙하고 한입 베어 물었다.

"아!"

상은 웃으며 일어나 다시 책상 앞으로 가 앉았다. 그리고 노트북을 열고 안경을 쓰며 말했다.

"사람들이 하는 말 신경 쓰지 말고. 내가 뭐라고 좀 쓰면 그게 꽤나 심장한 뜻이 있는 줄 안다고들 했잖아. 나 천재 아니야."

"다들 그렇게 말하잖아요……."

"내가 진짜 천재여서 그렇게 부르겠어? 그냥 천재 역할이 필요한 거지. 마. 케. 팅."

"겸손 부릴 거 없어요. 자기는 천재 맞고…… 난……."

"안 어울리게 자꾸 쪼꼬매질래? 또 그런 소리 하면, 확 요절해 버린다……!"

수인이 상의 무릎 위에 와 앉았다. 그녀는 양다리를 벌려 앉은 채 그의 목에 매달리며 말했다.

"그런 말 함부로 하는 거 아니에요."

상은 그녀의 도발적 자세에 가슴이 두근거렸다. 불빛을 받아 반짝이는 실크 네글리제의 흔들림을 따라 그의 마음도 일렁이고 있었다. 하지만 사춘기 소년 같은 두근거림을 들키고 싶지 않아 조금도 동하지 않은 척, 자신을 쏘아보는 수인의 코끝을 톡 때리며 말했다.

"어디서 요상한 건 많이 주워들어 가지고……. 내가 막 압상트 같은 거 하고, 창녀촌에서 놀다가, 역병에 걸린 채로 희대의 명작을 남기고? 그럴까 봐, 그게 겁이 났어?"

수인은 대답 대신 그에게 입을 맞췄다. 상은 좀처럼 볼 수 없는 수인의 적극성에 금세 기분이 나른해졌다.

"분명히 작업할 거라고 했을 텐데……."

"해요. 난 이거 읽어 볼 테니까."

"이 여자 오늘 밤 왜 이렇게 위험해?"

수인은 그대로 상의 목을 끌어안은 채 종이를 넘기며 글을 읽기 시작했다. 상은 앞에 안겨 있는 수인 때문에 노트북까지 팔이 잘 닿지 않아 애를 먹고 있었다.

"무슨 뮤즈가 창작을 방해해……."

"뮤즈 안 할래……."

수인은 그의 안경을 벗기고 다시 한 번 가볍게 입을 맞춰 왔다. 또 이런 식이면 사춘기 소년보다 참을 수 없어질 것 같은 상이었다.

"이러면…… 내가 글을 어떻게 쓰지?"

수인의 허리를 쥐고 있던 상의 손은 소담스러운 그녀의 젖무덤을 향하여 더듬어 올라갔다. 부드럽게 미끄러지는 실크 네글리제의 감촉이, 그 아래 만져지는 따뜻한 그녀의 체온이 기분 좋았다. 수인은 도발적인 표정으로 받아 주는 듯하더니, 이내 몸을 비틀며 간지럼을 탔다.

"하하……. 알았어요. 방해 안 할게. 얼른 써요."

수인은 그의 무릎 위에서 내려가 바닥에 쿠션을 깔고 제대로 자리를 잡았다. 부드러운 굴곡을 그리며 길게 뻗은 그녀의 몸매가 예뻤다. 가운 사이로 드러난 하얀 종아리가 특히. 그녀가 프린트 된 상의 글을 집중해서 읽기 시작하자, 아쉬운 상은 입맛을 다시 는 대신으로 미간을 찡그렸다.

"오늘은 정말 내가 막 떠오른 영감이 있어서 봐주는 거야."

"……."

상은 이미 글에 빠진 수인을 내려다보며 싱긋 미소 짓고는 다 시 안경을 썼다.

"침대 가서 편하게 봐. 이왕이면 내일 보면 더 좋고."

"그냥 여기서 볼래……."

"피곤해서 내일 출근 어쩌려고 그래."

"쉬잇……. 조금만 보다가…… 들어가 잘게요."

수인의 말이 속도가 느려진 걸로 봐서는 이미 그의 글에 집중 하고 있는 듯했다. 상의 손가락도 노트북 위를 날기 시작했다.

'타닥. 타닥. 타다다닥…….'

상이 노트북 자판을 두드리는 소리가 한참이나 기분 좋게 계속 되고 있었고, 수인은 잠을 잊은 채 상의 글에 흠뻑 빠져 있었다. 그렇게 10분여의 시간이 흐르고 있었다.

"도저히 안 되겠어."

'탁.'

상은 안경을 벗어 책상 위에 내려놓고 엎드린 수인에게로 내려 갔다.

"앗!"

그녀의 어깨를 잡아 돌려 눕히고 가운을 풀어 거칠게 열었다.

"당신이 뮤즈라고 했던 건 취소. 이렇게 못된 뮤즈가 세상에 어디 있어."

상은 수인의 위로 덮치듯 올라가 그녀의 목덜미를 무섭게 빨아 들였다. 수인은 손에서 종이 뭉치를 놓치지 않으려 애쓰며 활자를 향해 고개를 이리 빼고 저리 뺐다.

"아아. 잠깐만……. 아니, 지금은 안 돼. 나 이거 보고 있잖아요."

"그러길래 침실로 돌아가랬잖아."

상은 수인의 다리를 들어 자신의 허리춤을 감싸게 만들며 키스를 퍼부었다.

"아아. 이제 막 사건 시작됐단 말이에요. 잠깐만…… 집중해서 읽어 보고 싶어……."

수인은 상의 공격에도 종이 뭉치를 사수하려 안간힘을 썼다. 상은 부드러운 네글리제 아래로 봉긋한 그녀의 둥근 가슴을 손에 가득 담았다. 손가락 사이로 비어져 나오는 살결에 입을 맞추며 수인의 손에 들린 종이 뭉치를 빼앗으려 다른 쪽 손을 휘저었다. 수인은 뺏기지 않으려 반대편 손으로 종이 뭉치를 옮겨 들었다.

"아핫……!"

어느 틈에 그의 손은 그녀의 가장 예민한 곳을 향했다. 상은 그녀에게로 가는 길을 열 수 있는 초인종을 두드리기 시작했다.

"하아…… 알았어요. 여기까지만 보고. 딱 한 페이지만 더…… 하아……."

상은 자신의 손길에 수인이 무방비해진 틈을 타 재빨리 그녀의 손에 들린 종이 뭉치를 빼앗아 저만치로 던져 버렸다. 그 바람에 종이 뭉치를 물고 있던 집게가 풀어지며 서재 바닥에는 새하얀 종이들이 도미노처럼 무너지며 흩어졌다.

"아아. 너무해. 한참 재밌게 보고 있었단 말이야…… 아!"

그의 손가락이 가장 뜨거운 길로 들어서자 그녀는 자기도 모르게 그의 허리를 감고 있던 다리를 꽉 오므렸다. 덕분에 둘 사이의 간격이 잔뜩 좁아지며 그의 침입이 더욱 깊어져 버렸다.

"흐읍!"

아리고 짜릿한 감각에 수인은 몸을 비틀며 고개를 돌렸다. 그때 바닥에 흩어진 종이들이 시야에 들어왔다. 상이 자신의 옷을 벗고 있던 틈을 타 재빨리 종이 쪽으로 기어갔다. 흩어진 종이들 가운데 읽다 만 페이지를 찾아내 무릎을 꿇고 엎드린 자세 그대로 정신없이 읽어 내려가고 있었다.

상의 양손이 그녀의 허리를 움켜쥐었다. 동시에 수인의 아랫배에는 알싸한 통증이 전해졌다. 그녀의 공허가 순식간에 그의 존재로 묵직하게 꽉 채워졌다. 한가롭다가 채워졌다가를 반복하는 그의 움직임에 수인은 읽고 있던 종이를 움켜쥐었다.

"하아…… 구겨지잖아요……."

"당신이 나를 구겨 버리고 있는 것만 하겠어?"

상은 몸을 숙여 수인의 귓가에 나쁘게 속삭였다. 그녀의 안에 있는 그는 마치 저 구겨져 버린 종이처럼 무자비하게 움켜쥐어지는 것만 같았다. 누군가 자신을 졸라매고 구기는데, 기분이 좋아지는 건 그녀와 함께하는 이런 순간뿐이라고 상은 생각했다.

그의 움직임은 점점 과격해졌고, 수인은 그에게서 벗어나 빨리 저 글의 다음 문장을 읽고만 싶었다. 허리를 단단히 움켜쥐고 있던 그의 손을 떼어 내려 해 봤지만 소용없는 일이었다.

"아! 조금만 살살…… 나 이거 읽을 수 있을 만큼만……."

눈앞에 놓인 그의 문장에 대한 갈증과 보이지 않는 등 뒤의 그를 향한 갈증이 동시에 일어나 수인은 딱 미칠 지경이었다. 어느 쪽의 갈증을 먼저 해소할지 딜레마에 빠진 그녀를 돕는 것은 결국 상이었다. 안으로 거칠게 밀고 들어오는 그의 움직임이 짜릿할수록 그녀의 눈은 절로 감겼고, 결국 그의 문장을 포기하고 등 뒤의 그를 먼저 느낄 수밖에 달리 방도가 없었다.

"애초에 방해를 말았어야지. 하아……!"

그의 예민한 촉각은 절정을 향해 내달리고 있었다. 수인은 바닥에 기댄 두 무릎이 떨려 올 정도로 아찔해지자 도저히 참을 수 없는 상태가 되어 무너져 내렸다. 덕분에 그녀의 높이가 낮아졌고, 그 틈을 타 상은 잠시 그녀에게서 벗어났다. 웅크린 채 엎드려 있는 그녀를 돌려 바로 눕히자, 여태 손에 움켜쥐고 있던 종이들이 공중에 흩날려 서재 여기저기로 뿌려졌다.

"페이지 다 흩어져 버렸잖아요……."

"내가 다시 찾아 주면 되잖아. 이리 와 봐."

그는 힘없이 누워 있던 수인의 손을 끌어당겼다. 하지만 수인은 버티고 일어나지를 않았다.

"싫어. 지금 찾아 줘요. 그럼 갈게."

어쩔 수 없이 바닥에 흩어진 원고들을 주워 모았다.

"자. 이제 이리 와."

몸을 돌렸을 때, 수인은 저만치 릴렉스 체어를 향해 기어가고 있었다. 평소 상이 작업을 하다가 피로한 눈을 잠시 쉬일 때 즐겨 사용하던 브라운 컬러의 의자였다. 두툼한 패브릭이 길게 늘어진 의자는 마치 해먹처럼 편안해 그가 이 서재에서 가장 사랑하는 부분이기도 했다.

의자 밑에서 읽어야 할 페이지를 발견하고 그리로 가던 수인은 목표점을 고작 한 뼘 남겨 두고는 다시 상에게 붙들렸다. 그녀는 릴렉스 체어를 짚은 채 그를 돌아봤다.

"지금 나랑 잡기 놀이 하자는 거야? 제발 좀 가만있어."

"이 페이지까지만……. 아!"

상의 손길은 금세 그녀의 네글리제를 어깨까지 들춰 올렸고, 다시 그녀의 안을 바쁘게 탐험하기 시작했다. 최선을 다하고 있는데도 종이 위 활자로부터 시선을 떼지 못하는 수인을 보며, 상은 자신의 글에 질투를 할 수도 없는 난처한 상황이라고 느꼈다.

"내 글 말고, 나한테 집중해."

"오늘은 이게 더 재밌어. 아아. 천천히…… 안 보인단 말이야……."

"그렇게 읽고 싶으면, 마음대로 해."

"……!"

결국 상은 그대로 그녀의 등을 안아 들고는 릴렉스 체어에 앉았다. 길게 몸을 뉘이고, 자신 위에 앉아 있는 그녀의 뒷모습을 잠시 감상했다. 긴 머리칼은 등의 중간에서 찰랑거렸고, 잘록한 허리에서 엉덩이로 이어지는 라인이 아름다웠다. 상은 그녀의 아름다운 몸을 가리고 있는 네글리제를 벗기려다가 생각을 접었다.

"아아. 이건 예뻐서 못 벗기겠다……."

사랑을 나누는 시간에 이토록 자신에게 무관심했던 그녀는 이번이 처음이었다. 자존심이 상하면서도 묘하게 정복욕이 끓었다. 지금 깔고 앉아 있는 남자는 아랑곳하지도 않고, 오직 문장을 읽는 데에만 정신이 팔려 있는 그녀를 괴롭히고 싶어져, 상은 허리를 세차게 들어 올리며 그녀를 공격하기 시작했다.

"하아……!"

움찔거리면서도 열심히 손에 든 글을 읽고 있는 그녀의 모습이 사랑스러워 상은 자꾸만 더 괴롭히고 싶어졌다. 그의 공격이 집요해질수록 그녀의 숨길은 비탈길 위를 달리는 것처럼 거칠어졌다.

"하아…… 더워……."

"독서는 그만 포기하고 나한테 와."

"아아…… 하아!"

얼마 못 가 그의 공격에 그로기 상태가 되어 버렸다. 수인은 고개를 젖히며 받은 호흡을 내뱉었고, 결국 손에서 종이를 떨어뜨리고 말았다. 그대로 뒤로 넘어지며 그의 가슴 위에 완전히 드러눕자, 상은 단단한 두 팔로 그녀의 허리를 벨트처럼 꽉 끌어안았다. 그리고 누르면 안에서 그녀의 대답이 들려오는 초인종을 다시 한 번 두드리기 시작했다. 수인의 입술은 자기도 모르게 감탄을 내뱉었다.

"아아! 너무 좋아……."

"내가 더 좋아, 내 글이 더 좋아?"

상의 입술은 그녀의 귓바퀴를 머금으며 질문했다. 수인은 반복적으로 자신의 중심을 밀어 올리는 그의 움직임에 혼미해지고 있었다. 견디기 어려운 열기에 수인은 그의 품을 벗어나려 몸을 비틀었다. 하지만, 족쇄처럼 발목에 감긴 그의 손안에서 도저히 빠져나갈 재간이 없었다.

"자기는 싫어…… 글이 더 좋아…… 아!"

원치 않는 대답에 상은 좀 더 거칠게 그녀를 밀어 올렸다. 그리고 손을 뻗어 그녀의 양 발목을 움켜쥐며 다시 물었다.

"아직도 내 글이 더 좋아?"

"하아……. 그럼 얘기해 줘요……. 주인공 남편이…… 사라진 범인이에요? 아니면 스파이? 아!"

그날 밤, 상의 질문은 수차례 반복됐다. 몇 번의 오답이 계속되자 상은 그녀를 종이 한 장도 들어 올릴 힘이 없을 때까지 지치게 만들었다. 두 사람의 정염은 마치 온 서재에 뿌려진 종이들처럼 까만 밤 위로 산산이 흩뿌려졌다.

□ ■ □

다음 날 점심. 결국 아침 출근을 못 하게 돼 버린 수인이 허겁지겁 채비를 하고 있었다.

"자기야."

상이 불렀다.

"응?"

"뽀뽀."

바빠 죽겠는데, 옆에 붙어 로맨틱한 주문까지 하는 상이 미웠지만 간밤에 그의 작업을 방해한 원죄가 자신에게 있었다. 수인은 바삐 단추를 채우며 살짝 고개만 돌려 입을 맞춰 준다.

'촉.'

"자기야……."

상이 또 불렀다.

"으응?"

"뽀뽀……."

실랑이하고 말 시간 여유가 없었다. 수인은 자동 반사격으로 다시 한 번 무심하게 고개를 돌렸다. 그런데…….

"앗!"

입술에 와 닿은 것은 상의 입술이 아닌 고슴도치였다. 입술을 닦아 대며 질색하는 수인을 보며 상은 깔깔 웃어 댔다. 혼낼 시간도 없었다. 수인은 현관으로 튀어 나가 구두를 꿰어 신었다.

"이따 봐. 시간 맞춰 데리러 갈게."

"응. 참!"

수인은 현관문을 열고 나가려다 말고 상의 허리춤을 잡으며 그를 올려다봤다. 상이 안고 있던 고슴도치도 반사적으로 가시를 세웠다. 이것은, 고슴도치도 알고 있는 그녀의 필살 애교였다. 상은 그녀가 무슨 말을 할지에 귀추를 주목하며 은근슬쩍 긴장을 타고 있었다. 사실, 그녀가 이미 원고를 다 읽고도 아무 말이 없다는 사실이 못내 신경 쓰이던 참이었으니까.

"이번 책……."

"어? 어……."

"정말 좋아."

"정말?"

"정말. 정말! 또 정말!"

"다행이다……."

상은 진심으로 안도했다. 사실 그가 집필을 마감하자마자 새로운 작품 집필에 들어가려고 했던 이유는 왠지 이번 작업에 자신이 없었기 때문이었다.

"고마워요. 따뜻해 줘서……."

스산하고 음산했던 그의 글이 이번 새 작품에서는 미약하나마 온기를 머금고 있었다. 수인은 그것이 자신을 만난 이후의 변화라는 사실에 감사했다. 자신이 그에게 플러스가 되는 사람이라는 사실이 따스했다.

"고마워. 사랑해 줘서……."

상은 행복한 눈빛으로 웃으며 수인을 두 팔에 가득 안았다.

상의 말대로 안전한 남자를 찾던 그녀는 특이했고, 그 역시 평범하지 않은 삶의 궤적을 가진 남자였다. 어쩌면 조금은 비범한 사람들. 그 비범함 가운데에서도 두 사람은 그들만의 잔잔한 일상을 평범하게 꾸려 나가고 있었다.

쪽잠이 고작이었음에도 '물과 사람'으로 출근한 수인의 발걸음이 가뿐했다. 집에서는 냄비받침으로 쓰던 상의 책을 애지중지하는 아르바이트생이 환한 미소로 수인을 맞았다. 수인 역시 화사한 미소로 그에게 인사를 건넸다.

"늦어서 미안해요."

천재 작가의 연인으로 살아가는 것에 대한 상념에 빠져 있던 어제와 오늘의 공기는 사뭇 달라져 있었다. 이제 상이라는 남자는 천재 작가이기 이전에 수인의 남자였고, 그녀는 그의 사랑을 확신하고 있었다. 그가 범인(凡人)은 결코 이해하지 못할 기행(奇行)을 일삼거나 둘의 앞날을 파괴적으로 무너뜨릴 리 또한 없었다. 그녀를 사랑하므로.

그것은 수인 쪽에서도 마찬가지였다. 책도 못 읽게 방해하고 못 견디게 괴롭히는 밤이 있는가 하면, 또 오늘의 출근길처럼 해사한 미소로 팔 벌려 안아 주는 아침이 있다. 언제나 자신을 보듬어 주고, 품 안에서 안락함을 느끼게 해 주는 남자.

그의 손을 잡고 걷는 길에 그를 힘겹게 하는 장애물이 있다면 그것이 무엇이든 치워 주려 노력할 것이고, 만약 그럴 수 없다면 그 장애물을 함께 뛰어넘을 단 하나의 친구가 될 것임을 확신했다. 그를 사랑하므로.

▫ ▪ ▫

상이 여느 때처럼 수인을 데리러 갔다가 졸지에 출판인들 다수에게 목격되고 난 그날 이후, 많은 것이 달라졌다. 당연한 듯 상이 수인과 연인 관계라는 사실은 삽시간에 업계로 퍼져 나갔다. 출근 전, 상의 따뜻한 포옹으로 배웅을 받던 호사도 사라졌다. 언론과 업계 사람들이 수인의 출퇴근 시간을 노려 집 근처에 진을 치고 있었기에.

그리고 상의 예언 그대로 세계 3대 문학상 병에 걸린 업계 사람들은 '작가 이상'의 차기작을 잡기 위해 '물과 사람'의 문턱을 윤이 나게 드나들며 수인을 괴롭혔다. 그렇게, 모든 일이 수순처럼 이어졌다. 더는 수인을 번거롭게 할 수 없었던 상이 직접 출판사에 모습을 드러내기로 한 것이다.

버선발로 튀어나온 문학 팀 이 차장은 다른 곳을 마다하고 자신에게 찾아온 상을 깜짝 반겼다.

"그래, 내 어떻게 해 주면 되겠어요? 얼마면 돼?"

"조건은 한 가지예요. 다른 출판사에서 이 사람 직장이나 집으로 찾아오지 않게만 해 주세요."

"카바 쳐 달라 이거죠? 오케이. 내 캄프라치 확실히 할게! 이히히히히!"

"……그렇게 무섭게 웃지도 말아 주셨으면 참 좋겠는데."

"알았어! 으므ㅁㅁㅁ훗!"

일본식 영어 표현과 기이한 웃음소리의 이 차장 덕분에 상과 수인은 눈물이 날 만큼 웃었다.

그 후 상이 출간 기념 기자회견을 하고, 프랑스에서의 낭독회 일정을 소화하게 되기까지 많은 우여곡절이 있었다. 하지만, 오랫동안 두문불출해 온 상이 수인의 손을 잡고 세상 밖으로 나간 첫

걸음에 두 사람은 더없이 만족해했다.

"운동화 몇 켤레 더 챙겨야 되는 거 아니에요?"

상의 새 책이 출간된 이후 정신없이 스케줄을 따르다 보니, 지난 몇 개월간 제대로 된 휴식 시간을 갖지 못했다. 지금까지는 하지 않아도 됐던 스케줄을 처리하느라 기를 뺏긴 상을 위해 수인은 여행을 계획했다.

"원고 털고 홀가분하게 다녀오자며. 너무 안 홀가분하다. 짐 그만 만들지?"

"알았어요. 하나만 더."

혼자 보내는 휴일이 외로워 차라리 일을 하는 편이 나았다. 그랬던 수인이 가게를 윤정에게 통째로 맡기고, 무려 7일간의 장기휴가를 썼다. 상과 함께 전국을 돌다 좋은 길이 나오면 멈춰 인라인스케이트로 달리는 여행이었다.

'당신 만나고, 내가 않던 짓 무지 많이 하게 됐잖아. 그러니까 당신도 해. 않던 짓.'

'않던 짓 뭐요?'

'되―게 뻔한데, 또 되―게 안 해 본 짓 없어?'

'음⋯⋯. 인라인스케이트. 그거 못 타 봤어요.'

'진짜? 어릴 때도?'

'한 번도.'

지난 몇 개월 사이, 수인은 상에게 인라인스케이트를 배웠다. 무언가 새로운 도전을 해야 한다면, 늘 고여 있고 정적인 일상에 균열을 내는 쪽을 선택하고 싶었다. 조금은 구태의연한 취미였지만 깨지고 넘어지며 요란하게 배우기엔 제격이었다.

상은 자동차 트렁크에 스케이트 두 켤레를 나란히 실었다. 문득, 작고 귀여운 그녀의 스케이트가 자신의 것과 나란히 누워 있는 모양이 살갑게 느껴져 상은 작게 웃었다.

"출발!"

7일간의 여행 도중, 겨우 두어 번밖에 다투지 않았다. 한 번은 상이 아이를 갖자고 졸라서였고…….

"당신 너무 마른 것 같아."

"이제 몸매 타박 하는 거예요? 마른 건 내가 아니라, 자기 사랑인 것 같은데에?"

"당신은 언제나 아름답지만, 딱 하나 부족한 게 있어. 여기 이렇게 완만한 능선이 추가된다면 참 좋을 텐데……."

상은 수인의 배에 볼록하게 가상의 능선을 그렸다. 수인은 자신의 배에 얼굴을 묻고 비비는 그의 고개를 들었다. 마치 죄인의 고개를 들 듯이. 상은 혼날 것을 각오하는지 두 눈을 질끈 감고 어금니를 꽉 앙다물고 있었다.

"급. 진. 적!"

"내가 언제 당장 그러재? 단지, 조형미 차원에서 당신의 쉐이프를 돋워 줄 수 있는 방법이 하나 있다…… 이 말이지."

"말이나 못하면. 결혼 전에는 절대 안 돼요!"

"결혼과 아가는 닭과 닭알이야!"

"달걀."

"닭과 달걀이야! 이제 와 새삼 뭐가 먼저냐 순서 따질 거 뭐 있어? 살림 합친 지가 언젠데. 당신이랑 나랑 맨 처음 한 이불 덮고 자던 날부터 한번 따져 볼까?"

"신혼도 패스하고 육아에 한번 시달려 볼래요? 애기가 무슨 고슴도치인 줄 알아. 아유, 누가 천재래? 바보."

"헉……."

"상처받은 척하지 마요."

"당신은…… 쫌 그래……."

"내가 뭘 어떻게 쫌 그런데요."

"전지적 작가 시점에서…… 쫌 그래!"

아이를 먼저 갖는 불상사가 생기기 전에, 아무래도 이듬해쯤에는 '물과 사람' 뜰에서 조출한 결혼식을 해야 할 것 같다. 다행스럽게도 정원이 가장 화려하게 꽃 필 때가 좋다던 상 역시 이듬해까지 얌전히 기다릴 태세였다.

또 한 번의 다툼은 상이 수인을 재워 두고 그사이 혼자 몰래 책을 읽어서였다.

"내가 자고 있으면 깨우면 됐잖아요. 왜 혼자 책을 읽어……."

외로울 때 사탕을 먹으며 다락방에 갇혀 책만 읽어 대던 상이였다. 당분간, 혼자일 때는 절대 책을 읽지 않겠다고 약속했으면서 반칙을 했다.

"같이 있어도 외로울 수 있어. 그거 이해해요. 그렇지만 나 모르게 혼자 외로워하지 말라구요……."

"알았어. 내가 잘못했어. 외로울 땐 당신을……."

상은 열두 번의 키스로 간신히 만회했다.

여행의 마지막 날. 수인과 상을 태운 차는 아무도 없이 텅 빈 해안 도로를 달렸다. 창밖으로 날개처럼 팔을 뻗어 자유를 만끽하다가 상이 말했다.

"우리 마지막 코스, 저기로 할래?"

마침 그곳을 지나고 있었다. 안전한 남자가 사는 곳. 차에서 내려 마을로 들어갔을 땐 멀리서 연호가 그때처럼 도색 작업을 하고 있는 모습이 보였다. 그의 약혼녀 혜은과 함께 페인트를 섞고 있는 모습이 은근 반가웠지만, 인사는 하지 않기로 했다.

두 사람은 바다가 보이는 방죽 길 위에서 인라인스케이트를 달렸다. 한참을 달릴 무렵 상이 갑자기 멈춰 섰다. 그는 한쪽 무릎을 꿇고 앉아 수인의 풀어진 스케이트 끈을 조여 매 주었다. 한쪽을 다 매자 다른 쪽 발을 척 내미는 그녀를 올려다본다.

"장족의 발전인데?"

남자한텐 가방도 들리지 않고, 선물을 사 달라고 조르거나 무리한 줄 알면서도 확인 차원에서 뭔가를 부탁하지 못하던 수인이였다. 상은 그녀의 달라진 행동에 웃음이 났다. 두 사람은 손을 잡고, 다시 한 번 신나게 인라인스케이트를 달렸다.

"근데, 안전한 남자란 게 정말 있다고 생각해?"

상의 질문이 바람을 갈랐다.

"응."

"찾을 수 없다면?"

"불러올 거예요. 나한테로."

"날 불렀던 것처럼?"

"응, 당신이 나한테 왔던 것처럼."

둘은 미소로 서로를 바라봤다.

"어어!"

상을 바라보다 넘어진 수인은 씩씩하게 혼자 일어섰다. 상이 되돌아와 손을 내밀며 말했다.

"행복해지자. 같이."

수인은 그가 내민 손을 잡았다. 두 사람은 추운 날 따뜻한 걸 안듯이 꼬옥 서로를 끌어안았다. 그리고 서로의 얼굴을 마주 보며 하얗게 웃었다.

— *fin*

작가 후기

어린 짐승들은 서로의 품을 파고들며 잠들죠.

자신의 연약함을 상대의 체온으로 채우는 데 부끄럼이 없어요.

서늘한 쪽에게 따뜻한 체온을 나눠 주는 데 인색하지도 않구요.

어떤 날엔 외로움이 사무쳐 누가 날 좀 안아 달라고, 애원하고

픈 심정일 때도 있지요.

'수인' 처럼 나약한 짐승임을 인정할 용기는 없지만 말이에요.

자잘한 생활의 부침은 힘겹고, 사랑이 식어 버린 일상은 외롭고,

보태 줄 체온 없이 홀로 차가울 때,

가시 돋친 관계 속에 상처받을 때면 이렇게 생각해요.

어차피 부대끼며 울어 대는 것이 인생이고,

고은 시인의 말처럼 사랑할 때밖에는 삶이 아닐지도 모르니

다시 사랑할 수밖에.

운이 좋은 날에는 '상' 처럼 마음을 보듬을 수 있는 상대를 만날 수 있을 거예요.

그때까지는 더 많이 사랑하고, 더 많이 보듬으려구요.

외로운 사람 눈에는 다른 사람의 외로움도 보여야 하니까.

'수인 & 상' 이 서로의 체온과 마음을 나누는 이야기를 통해

혼자 행복할 수 있는 방법을 찾는 것보다

함께 행복할 방법을 찾는 것이 더 빠르다는

보통의 진리를 떠올릴 수 있었으면 했어요.

지금의 바람은…

'수인 & 상' 커플과 함께해 주신 분들 모두의 마음이 안전하기를.

외롭지 마세요. 그리고 고마워요.

— 2016년 가을, 혜태.

※ '수인' 과 '상' 이 시(詩)를 이야기하는 부분에서 언급된 작품은 고은 시인의 〈사랑〉과 류시화 시인의 〈지금 아는 걸 그때도 알았더라면〉이었습니다.

& 해묵은 글을 책으로 엮을 수 있도록 도와주신 이영은 편집자님, 감사합니다.

안전한 남자

1판 1쇄 찍음 2016년 10월 24일
1판 1쇄 펴냄 2016년 10월 31일

지은이 | 혜 태
펴낸이 | 정 필
펴낸곳 | (주)뿔미디어

기획 · 편집 | 이영은

출판등록 | 2002년 9월 11일 (제1081-1-132호)
주소 | 경기도 부천시 원미구 소향로 17, 303(두성프라자)
전화 | 032)651-6513 / 팩스 032)651-6094
E-mail | scarlets2012@hanmail.net
블로그 | http://blog.naver.com/dahyangs
홈페이지 | http://bbulmedia.com

값 9,000원

ISBN 979-11-315-7472-0 03810

※파본은 구입하신 서점에서 교환하여 드립니다.